Jean Jacques Laurent
Elsässer Machenschaften

PIPER

Jean Jacques Laurent

ELSÄSSER MACHENSCHAFTEN

Ein Fall für Major Jules Gabin

PIPER

Mehr über unsere Autorinnen, Autoren und Bücher:
www.piper.de

Wenn Ihnen dieser Kriminalroman gefallen hat, schreiben Sie uns unter Nennung des Titels »Elsässer Machenschaften« an *empfehlungen@piper.de*, und wir empfehlen Ihnen gerne vergleichbare Bücher.

Von Jean Jacques Laurent liegen im Piper Verlag vor:
Jules-Gabin-Reihe:
Band 1: Elsässer Erbschaften
Band 2: Elsässer Sünden
Band 3: Elsässer Versuchungen
Band 4: Elsässer Verfehlungen
Band 5: Elsässer Intrigen
Band 6: Elsässer Machenschaften

Unser Versprechen für mehr Nachhaltigkeit
• Klimaneutrales Produkt
• FSC®-zertifiziertes Papier
• Hergestellt in Europa

FSC
www.fsc.org
MIX
Papier aus verantwortungsvollen Quellen
FSC® C083411

Originalausgabe
ISBN 978-3-492-31749-8
April 2022

Redaktion: Uta Rupprecht
Satz: Uhl + Massopust, Aalen
Gesetzt aus der Stempel Garamond
Druck und Bindung: CPI books GmbH, Leck
Printed in the EU

EINS

Schweiß rann Jules Gabin über die Stirn, während er in die Pedale trat. Am liebsten hätte er Helm und Trikot von sich geworfen, so sehr heizte ihm die Frühsommersonne ein. Fast mehr noch brachte ihn allerdings das Tempo in Wallung, das Joanna mit ihrem Rennrad vorgab. Einen knappen Meter vor ihm folgte sie ohne sichtliche Anstrengung den steilen Windungen des von Weinbergen begrenzten Sträßchens.

Ein wenig kratzte es ja schon an seinem Ego, dass seine Freundin so schnell war. Immerhin hatte er sie erst auf die Idee gebracht, es mit dem Rennradsport zu versuchen, damals, kurz nachdem sie sich kennengelernt hatten. Das lag nun vier Jahre zurück, inzwischen war ihm die ehrgeizige Joanna in Kondition und Technik ebenbürtig – mindestens. Sie schien den Kraftakt locker wegzustecken und gab in ihrem sportlichen Radlerdress noch dazu eine gute Figur ab.

Je weiter sie sich in Richtung der Vogesen vorarbeiteten, desto steiler wurden die Hänge der Weinberge, die sie in jungem Grün umgaben. Joanna hielt an ihrem ambitionierten Tempo fest, wohingegen Jules jeden erkämpften Höhenmeter schmerzlich in den Waden spürte. Er sehnte sich nach einer Trinkpause.

Ein Geräusch riss ihn aus seiner Konzentration, das laute Dröhnen eines auf Hochtouren getriebenen Motors. Jules blickte auf und sah ein metallicblaues Cabriolet, das mit hoher Geschwindigkeit auf sie zuraste. Da hatte es offenbar jemand noch eiliger als Joanna, dachte Jules und beobachtete, wie der sportliche Wagen über die enge Piste schoss und halsbrecherisch die Kurven schnitt.

Joanna, die ebenfalls aufmerksam geworden war, drosselte das Tempo und drückte sich mit ihrem Rad dicht an den Fahrbahnrand. Jules tat es ihr gleich, um dem viel zu schnell fahrenden Cabrio auszuweichen. Doch das entgegenkommende Auto nahm fast die ganze Straße ein. Der Abstand würde nicht reichen, erkannte Jules und lenkte sein Rennrad in einen kleinen Graben. Joanna tat glücklicherweise das Gleiche, denn schon im nächsten Moment jagte der Wagen röhrend an ihnen vorbei. Die Reifen schlitterten über den spröden Asphalt, Schotter prasselte gegen das Bodenblech.

»Ein Wahnsinniger!«, rief Jules, als er sich wieder aus der Deckung wagte.

»Dieser Wahnsinnige heißt Yves Morel«, entgegnete Joanna, die sich ebenfalls aufgerappelt hatte und sich das Gras von den Beinen klopfte. »Ich habe ihn an seiner blonden Tolle erkannt. Er ist Klatschkolumnist beim *Journal d'Alsace* in Colmar.«

»Ein rasender Reporter, wie er im Buche steht.« Jules sah fassungslos zu, wie sich das Cabrio in einem Höllentempo entfernte. Das Aufheulen des Motors war deutlich zu hören, als es dem Fahrer vor einer Kurve mit viel Verve gelang, den Wagen abzufangen, indem er das Steuer herumriss und das Cabrio mit kurzen Gasstößen wieder in Fahrtrichtung zwang. An Morel war offenbar ein Formel-1-Pilot verloren gegangen.

Doch dann veränderte sich urplötzlich etwas: Der Reporter schien die Kontrolle über das entfesselte Gefährt verloren zu haben. Kreischend schleuderte das Auto mit atemberaubender Geschwindigkeit in die nächste Kehre und durchbrach mit brachialer Gewalt eine Reihe von Randsteinen. Der Ausläufer eines nahen Weinbergs wirkte wie ein Katapult und ließ das Gefährt unversehens abheben. Für die Dauer eines Wimpernschlags schwebte das Cabrio in der Luft. Dann überschlug sich der Wagen, krachte rücklings gegen eine Schichtsteinmauer und zerbarst unter dem infernalischen Lärm sich verbiegenden und reißenden Blechs.

Das alles hatte nur wenige Sekunden gedauert, dann herrschte Stille. Eine unheilvolle Stille. Jules musste sich zwingen, den Blick von dem dampfenden Wrack loszureißen. Er wandte sich Joanna zu, die mit ungläubig aufgerissenem Mund dastand.

»Das darf doch nicht wahr sein!«, rief er und tastete sein Trikot nach dem Handy ab. »Ich verständige sofort die Kollegen.«

»Wir müssen da hin. Vielleicht können wir noch helfen«, erwiderte Joanna mit dünner Stimme. Der Schreck stand ihr ins Gesicht geschrieben.

»Ja, gleich«, sagte Jules und zog das Rad aus dem Graben, während er mit der anderen Hand die Nummer des Notrufs eintippte. In kurzen Worten gab er den Unfallort durch und nannte seinen Namen.

Die abschüssige Strecke schafften sie in wenigen Minuten. Während sie auf das völlig demolierte Cabriolet zufuhren, telefonierte Jules ein weiteres Mal. Er rief die Freiwillige Feuerwehr von Rebenheim an, denn wenn er sich nicht irrte, war der kleine Weinort die nächstgelegene Siedlung. Zum Glück erreichte er gleich den Richtigen, Feuerwehrkommandant Claude, ein guter Freund aus Jules' Rebenheimer Jahren. Noch einmal schilderte er, was sich zugetragen hatte, und Claude sicherte ihm zu, sofort seine Leute zusammenzutrommeln.

Sie erreichten den Unfallort und ahnten schon, dass jede Hilfe zu spät kam. Jules lehnte sein Rad gegen die Mauer und näherte sich dem Cabriolet, das nur noch ein Klumpen dampfenden Blechs war. Die Aufprallgeschwindigkeit musste dermaßen hoch gewesen sein, dass die Struktur des Wagens vollständig zerstört worden war. Jules kniete sich neben das auf dem Dach liegende Wrack und versuchte, in den Innenraum zu spähen.

Auch Joanna näherte sich dem Wagen, zaghaft und mit kleinen Schritten. »Kannst du ihn sehen?« Sie nahm den Helm ab, Jules registrierte beiläufig ihr kurzes hellblondes Haar, den blassen Teint und die ausdrucksvollen blauen Augen, die nun voller Sorge waren.

Er beugte sich noch tiefer hinunter. Nun entdeckte er den Fahrer, eingequetscht zwischen Türholm, Sitz und Lenksäule. Über der Brust lag der erschlaffte Airbag. Morel hatte auf der Stirn eine klaffende Wunde und auch im Bereich der Brust mehrere tiefe Schnittwunden. Schlimmer jedoch wog, dass der Hals unnatürlich zur Seite gebogen war. Genickbruch, erkannte Jules. Das Todesurteil für den rasenden Reporter.

ZWEI

Die Sanitäter meinten es gut, als sie Joanna eine Thermodecke aus goldglänzender Folie über die Schultern legten. Offenbar gingen sie davon aus, dass sie als Zeugin eines so grausamen Unfalls unter Schock stand.

Doch Joanna wehrte die Bemühungen ab. »Danke, nicht nötig«, sagte sie knapp und wandte sich stattdessen an zwei Uniformierte, die soeben einem der blau-weißen Fahrzeuge der Police municipale entstiegen waren. Einer war klein und dünn und zeigte eine besorgte Miene, der andere groß und kräftig, er sah so aus, als wollte er umgehend das Kommando übernehmen.

»Mein Name ist Joanna Laffargue, *juge d'instruction*«, stellte sie sich vor. Kaum hatte sie sich als Untersuchungsrichterin zu erkennen gegeben, sank der beleibte Stadtpolizist etwas in sich zusammen und nahm eine geradezu unterwürfige Haltung ein. Es wirkte fast, als wollte er sich verbeugen.

»Major Jules Gabin von der Gendarmerie in Colmar«, stellte sich nun auch Jules vor, woraufhin die beiden Polizisten wohl am liebsten wieder in ihr Auto gesprungen und davongebraust wären.

»Ähm … ja … also …«, stammelte der Kräftige, während sein kleinerer Kollege hinter ihm Schutz suchte.

»Nur zu«, sagte Jules in beruhigendem Tonfall,

»machen Sie Ihre Arbeit, und sperren Sie die Straße. Die Rebenheimer Feuerwehr habe ich bereits verständigt. Für das Unfallprotokoll stehen wir später gern zur Verfügung.«

Während die Polizisten Warnbaken und Flatterbänder aus dem Kofferraum holten, trat Joanna beiseite, um einen rot lackierten Rüstwagen durchzulassen, dessen laut knatternder alter Diesel rußigen Qualm ausstieß. Jules hatte ihr erzählt, dass sich Feuerwehrchef Claude mit einer angejahrten Wagenflotte herumplagen musste. Aber dass die Fahrzeuge so betagt waren …

Sie sah zu, wie Jules seinen alten Bekannten begrüßte. Obwohl Claude nicht wirklich alt war, sie schätzte ihn auf um die dreißig. Ein hochgewachsener, durchtrainierter Kerl mit flachsblondem Bürstenhaarschnitt, ein echter Hingucker. Doch Joannas Vorliebe ging in eine andere Richtung. Ihr Jules mochte nicht ganz so groß und muskulös sein, dafür liebte sie sein schwarzes Wuschelhaar, den braunen Teint und die dunklen Augen, in denen sie so gern versank. Da verzieh sie ihm sogar seine etwas unstete Art und dass sie oft nicht so genau wusste, woran sie bei ihm war.

»*Bonjour*, Joanna.« Claude, der in der dunkelblauen Uniform der *pompiers* steckte und unterm Arm einen blank polierten Helm trug, begrüßte nun auch sie, traditionell mit Küsschen auf beide Wangen. »Kein schöner Anlass, um sich mal wiederzusehen.« Er nickte zu dem Wrack hinüber, an dem sich seine Männer bereits zu schaffen machten. »Wie es aussieht, müssen wir den Toten mithilfe des Rettungsspreizers aus den Trümmern befreien. Es ist Yves Morel, nicht wahr?«

»Kanntest du ihn auch?«, erkundigte sich Jules

erstaunt, offenbar wunderte er sich, dass ihm dieser Name bisher nicht untergekommen war. Joanna hätte ihm den Grund sagen können: Weil er nie die Lokalzeitung las, sondern immer nur auf seinem Smartphone herumdaddelte.

»Ich kenne seine Kolumne im Journal«, antwortete Claude. »Man muss ja schließlich wissen, wer in Colmars feinen Kreisen mit wem verkehrt.«

»Muss man das wirklich?«, entgegnete Jules. Er richtete seine Aufmerksamkeit wieder auf den Unfallwagen und ging ein paar Schritte darauf zu. Dann begann er, mit suchenden Blicken um das Wrack herumzulaufen. Joanna fragte sich, was er zu finden hoffte. Es handelte sich doch um einen Unfall? Das war sicher sehr, sehr tragisch, aber kein Grund, gleich das Ermitteln anzufangen. Andererseits kannte sie Jules inzwischen lange genug, um zu wissen, dass er nicht anders konnte, als seinem Instinkt zu folgen. Was soll's, dachte sie. An unbeschwertes Freizeitvergnügen war nach dem, was sie erlebt hatten, an diesem Sonntag ohnehin nicht mehr zu denken.

»Morel muss einen Affenzahn draufgehabt haben«, sagte Claude mit Blick auf das zerrissene Blech der Karosserie. »Wundert mich, dass er nicht früher abgebremst hat. Er musste doch wissen, wie tückisch eng die Kurven hier sind.«

»Die Bremslichter habe ich aufleuchten sehen«, warf Joanna ein. Sie erinnerte sich noch gut an die Sekunden vor dem Aufprall. »Aber da war es wahrscheinlich schon zu spät.«

»Na, dann wollen wir mal.« Claude nickte ihr zu und ging, um seinen kleinen Trupp zu unterstützen.

Joanna, die das emsige Treiben ein wenig ratlos betrachtete, kam sich überflüssig vor. Gern hätte sie sich nützlich gemacht, aber sie wusste nicht, wie.

Jules hatte seine Suche beendet, er kam auf sie zu und hielt eine stark in Mitleidenschaft gezogene Tasche in der Hand, die er offenbar vom Boden aufgelesen hatte. Er streckte sie ihr entgegen.

»Schau dir das an«, sagte er, »die muss durch den Aufprall aus dem Wagen geschleudert worden sein. Ich nehme an, sie lag auf dem Beifahrersitz.«

»Seine Arbeitstasche«, mutmaßte Joanna. »Die steht seinen Hinterbliebenen zu.«

»Ja«, sagte Jules und legte die Hand auf den Verschluss. »Das Schloss ist gebrochen. Mal sehen, was sich darin befindet.« Er schlug die Lasche zurück.

»Du kannst doch nicht einfach …« Joannas Protest fiel halbherzig aus, denn auch sie wollte wissen, mit welcher Story der Reporter zuletzt befasst gewesen war. Vielleicht erklärte das seine Eile.

»Ein Block, Stifte, ein Handy mit gesprungenem Display und hier sogar ein Fahrtenbuch«, zählte Jules auf, während er die Tasche durchsuchte. »Nanu, was haben wir denn da?« Er hielt ihr einen schmalen Faltprospekt hin, auf dessen Vorderseite zwei Störche abgebildet waren. Dabei verzog er das Gesicht. »Meine Lieblingsvögel.«

Joanna wusste zwar, dass Jules Störche nicht ausstehen konnte, hatte aber nie verstanden, weshalb. Immerhin galten die eleganten Stelzvögel als eine Art Aushängeschild der Region. Sie nahm ihm den Prospekt ab und schlug ihn auf. »Werbung für den Storchenpark Colmar«, sagte sie und legte die Stirn in Falten.

»Seit wann interessiert sich ein Gesellschaftsreporter fürs Federvieh?« Jules war seine Abneigung gegen diese Vogelgattung deutlich anzusehen.

Da konnte Joanna bloß spekulieren: »Möglich, dass er hin und wieder Aufträge in anderen Ressorts übernehmen musste, zum Beispiel, wenn die Kollegen der Lokalredaktion keine Kapazitäten mehr hatten?«

»Möglich, ja…« Jules wirkte nicht überzeugt. Wieder glitten seine Blicke suchend hin und her.

»Was ist denn bloß los?«, wollte Joanna wissen, die sich nun von Jules' Unruhe anstecken ließ.

»Irgendetwas stimmt da nicht«, antwortete er, ohne sie anzusehen. »So wie Morel gefahren ist – als wäre der Teufel hinter ihm her…«

Claude, der neben seinen Leuten vor der Frontpartie des zerstörten Autos stand, machte ihnen ein Zeichen, woraufhin Jules sich sofort in Bewegung setzte.

Auf der Stirn des stattlichen Feuerwehrkommandanten hatte sich eine steile Furche gebildet, woraus Joanna schloss, dass er etwas entdeckt haben musste. Sie wollte nun nichts mehr verpassen und trat neben die Feuerwehrleute.

Tatsächlich schob Claude seine Hand in die gestauchten Eingeweide des Motorraums, förderte ein Schlauchende aus festem schwarzem Kunststoff zutage und erklärte knapp: »Die Bremsleitung. Sie ist beschädigt.«

Während Jules sich vorbeugte und den Schlauch musterte, erkundigte sich Joanna: »Kann das durch den Aufprall passiert sein?«

»Nein«, antwortete Claude mit fester Überzeugung. »Ihr wisst ja, dass ich jede freie Minute unter unseren Einsatzwagen verbringe, weil es an der Oldtimerflotte unentwegt etwas zu richten gibt. Auch wenn ich kein Mechaniker bin, kann ich euch versichern, dass hier manipuliert wurde.« Er hielt das Schlauchende höher. »Seht her: ein gerader, glatter Schnitt, so wie man ihn nur mit einem Teppichmesser oder einer ähnlich scharfen Klinge hinbekommt. Der Schlauch wurde etwa bis zur Hälfte sauber durchschnitten, sodass die Leitung leckte, die Bremse jedoch nicht sofort versagte. Wäre der Schlauch durch den Unfall geplatzt, müssten die Ränder ausgefranst und ungleichmäßig sein. Wie man sieht, ist das hier nicht der Fall.«

Joanna blieb skeptisch. »Dennoch könnte es sich rein theoretisch auch um einen technischen Defekt handeln, oder?«

»Wohl kaum«, meinte Claude. »Wir haben es mit einer Zweikreisbremse zu tun. Um einen totalen Bremsverlust zu bewirken, müssen beide Kreise unterbrochen sein, und genau das scheint hier passiert zu sein, denn ich habe noch einen weiteren Schnitt entdeckt.«

»Ich habe so etwas geahnt«, sagte Jules leise und nachdenklich.

»Aber wieso?« Joanna konnte immer noch nicht recht glauben, dass sie es womöglich mit einem Verbrechen zu tun hatten. Dann besann sie sich und schaltete vom Freizeit- in den Arbeitsmodus. »Wenn ihr euch beide sicher seid, dann sollten wir ab sofort den Vorschriften entsprechend handeln. Das Wrack muss von der Kriminaltechnik untersucht werden. Am besten, ihr rührt jetzt nichts mehr an, Claude.«

Jules verstand den Wink und nahm sein Smartphone zur Hand. »Ich gebe den Kollegen Bescheid und fordere die Spurensicherung an.« An Claude gerichtet wiederholte er Joannas Anweisung: »Ihr lasst eure Arbeit vorerst ruhen.«

»Selbstverständlich«, erwiderte Claude.

»Kannst du sagen, seit wann die Leitung beschädigt gewesen ist?«, erkundigte sich Joanna. »Ist es möglich, über einen längeren Zeitraum mit einem solchen Schaden herumzufahren?«

»Die Schnittstellen sehen frisch aus«, antwortete Claude. »Da recht viel Druck auf der Leitung ist, muss die Bremswirkung schon zu Beginn der Fahrt nachgelassen haben und war dann sehr bald komplett weg.« Er zog eine Stabtaschenlampe aus seiner Gürtelschlaufe und beleuchtete damit den Boden unterhalb des Wracks. »Wenn sich noch eine nennenswerte Menge an Bremsflüssigkeit im System befunden hätte, würden wir jetzt in einer Pfütze aus bernsteinfarbener, zäher Suppe stehen. Aber ich sehe keinen einzigen Tropfen. Die Bremswirkung muss zuletzt also gleich null gewesen sein. Der Fahrer konnte das Pedal bis aufs Blech treten, und es tat sich rein gar nichts mehr.«

»Wie steht es mit der Handbremse?«, wollte Joanna wissen. »Hätte Morel sich damit retten können?«

»Klar, die Handbremse ziehen und gleichzeitig runterschalten, um die Motorbremse zu nutzen, ist eine Möglichkeit, wenn einem die Zeit dafür bleibt – und wenn man in einem solchen Moment daran denkt«, erwiderte Claude.

»Ich weiß, was du meinst.« Joanna fuhr sich grübelnd mit der Hand ums Kinn. »Dann sollten wir als Erstes versuchen herauszufinden, woher Morel kam und wer Gelegenheit hatte, an seinem Wagen herumzuschrauben.«

»Herumzuschnipseln trifft es wohl besser«, merkte Jules an und fügte mit einem Seufzen hinzu: »Tja, so wie es aussieht, haben wir einen neuen Fall.«

Bedauernd stimmte Joanna zu. »Ich hätte mir unser Wochenende wirklich anders vorgestellt«, sagte sie.

DREI

Jules trug noch immer seinen Sportdress, als er in Colmar mit dem Rad auf das weitläufige Gelände der Gendarmerie nationale in der Rue de la Cavalerie rollte. Drei Stunden waren seit dem Unfall vergangen, Joanna war bereits nach Hause gefahren.

In dem Großraumbüro seines Dezernats herrschte an diesem Sonntag gähnende Leere, der Chef aber war anwesend. Kaum hatte er Jules durch die gläserne Trennwand seines Einzelbüros erkannt, verließ er den Schreibtisch und kam ihm entgegen. Capitaine Raymond Debré trug eine helle Stoffhose und ein lindgrünes Hemd, das weit geschnitten war und seine bullige Statur kaschierte, seine kurzen dunklen Haare waren unbedeckt. Jules fiel auf, dass er seinen Vorgesetzten bisher immer nur in Uniform und meist mit der schwarzen runden Kappe der Gendarmerie gesehen hatte. Oft trug er sie sogar, wenn er im Büro saß.

»Sie haben mich vom Barbecue weggeholt, Jules«, sagte er in vorwurfsvollem Tonfall und zeigte wie zum Beweis auf einige Fettspritzer, die sein Hemd zierten. »Sind Sie sicher, dass es sich um Mord handelt?«

»Mord, fahrlässige Tötung oder doch bloß ein Unfall. Ich will den kriminaltechnischen Untersuchungen nicht vorgreifen, die Jungs brauchen sicher noch eine ganze Weile. Aber wir müssen zumindest von einem Vorsatz ausgehen«, bestätigte Jules und löste bei Debré ein missmutiges Grummeln aus.

»Das passt überhaupt nicht ins Konzept. Mein Budget ist so gut wie aufgebraucht, und von unseren Personalnöten muss ich Ihnen ja nichts erzählen.«

Nein, musste er nicht. Jules wusste selbst, dass die beiden letzten Abgänge aus der Abteilung nicht nachbesetzt worden waren und sich beim verbliebenen Rest des Teams die Überstunden häuften. Auch die Budgetfrage war ihm als Debrés Stellvertreter überaus präsent. Das Sparprogramm der Regierung ließ grüßen. Trotzdem durfte die Qualität ihrer Arbeit nicht darunter leiden. Jules schlug vor, den Fall persönlich in die Hand zu nehmen und bei den Überstunden nicht so genau hinzusehen.

Debré lächelte gequält. »Und was sagt Ihre Freundin dazu, wenn Sie noch weniger Zeit für sie haben?«

»Es ist auch ihr Fall, sie ist die Untersuchungsrichterin. Sie wird Verständnis haben.«

Debré, der knapp zehn Jahre älter war als der Mittdreißiger Jules, schien privat andere Erfahrungen gesammelt zu haben. »Meine Frau war jedenfalls nicht begeistert darüber, dass ich sie mit den Gästen unserer Grillparty allein gelassen habe. Aber es hilft ja nichts, wenn die Pflicht ruft.«

Sie besprachen das weitere Vorgehen und überlegten, wer für eine kleine Ermittlungsgruppe infrage kam. »Die Kollegen Huber und Mathieu stecken mitten in einem anderen Fall. Marchand ist im Urlaub und Petit schon die dritte Woche krankgeschrieben. Wer bleibt da noch?« Mangels Personalressourcen akzeptierte Debré schließlich Jules' Angebot und nahm auch sich selbst in die Pflicht. »Doch das wird nicht reichen. Wir brauchen mindestens noch eine dritte Kraft.« Wie zur Bekräftigung schnalzte er deutlich hörbar mit der Zunge, sein Markenzeichen, wie Jules inzwischen wusste.

Da sie erst zu Beginn der neuen Woche klären konnten, ob sie Verstärkung bekommen würden, besprachen sie die Schritte, die noch heute getan werden mussten: »Enge Angehörige, die zu verständigen wären, gibt es nicht«, sagte Debré, »das habe ich schon geklärt. Morel war unverheiratet, hatte keine Geschwister, und die Eltern sind bereits verstorben.«

Einerseits gut, dachte Jules, dem das Überbringen von Todesnachrichten immer sehr naheging. Andererseits erschwerte das die Motivsuche. Denn für gewöhnlich begann man bei tödlichen Gewaltverbrechen als Erstes im Kreis der Familie – und wurde dort nicht selten fündig. »Möglicherweise gibt es eine Freundin oder einen Freund«, merkte Jules an.

»Könnte sein«, sagte Debré. »Das sollten wir im Auge behalten und prüfen. Doch solange wir im Privaten nicht weiterkommen, konzentrieren wir uns auf die berufliche Seite.«

»Morel arbeitete für das *Journal d'Alsace*.«

»Ich weiß. Eine Provinzgazette mit Ambitionen. Die Chefredakteurin gilt als ehrgeizig und bläst jede noch so unbedeutende Geschichte zur Staatsaffäre auf. Selbst vor dem Präfekten macht sie nicht halt, wenn es um die Aufdeckung von vermeintlichen politischen Fehltritten geht. Alles nur, um das Profil der Zeitung zu schärfen und dem Leserschwund entgegenzuwirken.«

»Das versuchen viele, aber ich fürchte, das Ende der Tageszeitungen ist längst eingeläutet.«

»Wie dem auch sei: Wir befragen heute noch Morels Kollegen«, entschied Debré.

»Am Wochenende?«

»Sicher, ja. Bei den Zeitungsleuten ist es doch ganz ähnlich wie bei uns. Die müssen auch sonntags ran, um die Ausgabe für Montag zusammenzuschustern. Und wir, um ...«

»... um die Stadt vom Verbrechen zu befreien«, führte Jules den Satz zu Ende.

»Und uns Ärger mit unseren Frauen einzuhandeln, wenn wir sie mal wieder allein zu Hause sitzen lassen«, ergänzte der Capitaine verdrießlich.

»Gut, dann werde ich das übernehmen.«

»Sich den Ärger meiner Frau einhandeln?« Wieder ein Zungenschnalzen, diesmal belustigt.

»Nein, da müssen wir wohl jeder selbst durch. Ich gehe in die Redaktion vom Journal und höre mich dort um.«

»Wichtig wäre vor allem, zu erfahren, womit sich Morel zuletzt beschäftigt hat und wem er dabei womöglich auf die Füße getreten ist.«

»Ja«, stimmte Jules zu. Vorerst blieb nur der dünne Hinweis auf den Storchenpark. Er berichtete Capitaine Debré von dem Flyer und sprach über seine Vermutung, Morel könnte eine Reportage über den Park vorbereitet haben.

Debré kräuselte die Stirn. »Ihnen ist schon bewusst, dass Yves Morel für die Klatschspalte des Journal geschrieben hat?«, fragte er. »Bei einer Modenschau, der Eröffnung eines Nobellokals oder auf dem Golfplatz konnte man ihn immer antreffen. Überall dort, wo die feine Gesellschaft verkehrt. Aber nicht in einem

Tiergehege, mit Federvieh hatte der doch nichts am Hut. Was sollte einer wie Morel dort suchen?«

»Darüber habe ich mich auch gewundert, nachdem ich erfuhr, womit sich Morel sonst beschäftigte«, räumte Jules ein. »Eine Storchenwiese ist normalerweise kein Tummelplatz für Promis.«

»Das stimmt nicht ganz«, meldete sich eine Frau zu Wort, die bis eben an einem Drucker neben der Tür des Großraumbüros beschäftigt gewesen war. Um die dreißig, etwa ein Meter siebzig groß, mollig und mit welligem schwarzem Haar, das ihr bis knapp über die Schultern reichte. Jules kannte sie nicht.

»Wie bitte?«, fragte Debré und reckte den Hals. »Was wollten Sie uns mitteilen? Kommen Sie doch mal her, bitte.«

Die Frau raffte die Papiere zusammen, die sie gerade ausgedruckt hatte, und trat näher. Sie wirkte eher zurückhaltend, wie Jules fand, trotzdem erläuterte sie: »Im Storchenpark gibt es derzeit prominenten Besuch, die Youtuberin Chloé aus Nizza hält sich seit ein paar Tagen dort auf.«

»Chloé? Sagt mir gar nichts«, gab Debré ziemlich barsch zurück.

Die Frau, die ihren Papierstapel umklammerte, als suchte sie dahinter Schutz, erklärte: »Sie hat mehr als drei Millionen Follower und ist ein Star im Netz.«

Debré hob und senkte die Schultern.

Nun erklärte sie ausführlich, dass es diese Chloé durch das Promoten von Mode und Kosmetika im Internet zu Geld und Ruhm gebracht habe und inzwischen ihre eigene Beauty-Kollektion anbiete. Ihre Fangemeinde reiche über die Landesgrenzen hinaus. Neuerdings habe die extrovertierte Influencerin, eine junge Frau von vielleicht Mitte zwanzig, ihr Herz für die Natur entdeckt und rufe zu Spenden für den finanziell darbenden Storchenpark auf, der sich der Wiederansiedlung der vom Aussterben bedrohten Zugvögel im Elsass verschrieben habe. »Ich folge Chloé selbst seit ein paar Jahren auf Instagram«, sagte die Frau, woraufhin sich ihre Wangen rosa färbten. »Und ich bin ein großer Fan ihres Youtube-Kanals.«

»Ach ja?«, fragte Debré, dessen Skepsis echtem Interesse gewichen war. »Und Sie heißen?«

»Sandrine Ungerer«, antwortete sie nach kurzem Zögern.

»Fein, Sandrine.« Debré lächelte breit. »Sie haben uns gerade einen wertvollen Hinweis gegeben. Als Kennerin der Materie sind Sie genau die Richtige, um dieser Spur höchstpersönlich nachzugehen, nicht wahr?«

Daraufhin färbten sich ihre Wangen noch stärker. »Ich? Aber das geht nicht. Ich arbeite doch in einem anderen Dezernat.«

»Wo arbeiten Sie denn, Sandrine?«, blieb Debré beharrlich.

»Betäubungsmittel«, erwiderte sie verdattert.

Debré winkte ab. »Das Rauschgiftdezernat hat doch aktuell kaum etwas zu tun, nachdem der Drogenring um Yvonne Bélanger letztes Jahr aufgeflogen ist. Ich werde Capitaine Bertrand morgen bitten, Sie für einige Zeit uns zu überlassen. Diese Bitte kann er mir nicht abschlagen, denn ich habe seit dem Fall Bélanger etwas gut bei ihm.« Er streckte ihr die Hand hin. »Was sagen Sie?«

»Ich, äh …«

»Willkommen an Bord!«

VIER

Sandrine sah zuversichtlich und entschlossen aus, als sie Jules eine halbe Stunde später mit einem Renault Mégane der Gendarmerie vor Joannas Wohnung abholte und dann beherzt aufs Gaspedal trat. Sie schien sich schnell mit ihrer überraschenden Berufung zur Ermittlerin in einem Mordfall abgefunden zu haben, es schien, als wäre sie stolz auf die neue Aufgabe.

Jules hatte bei Joanna einen schnellen Zwischenstopp eingelegt, um unter die Dusche zu springen und die Kleidung zu wechseln. Bei der Gelegenheit brachte er Joanna auf den neuesten Stand und teilte ihr mit, dass der Capitaine auf die Schnelle eine neue Partnerin für ihn rekrutiert habe.

»Eigentlich arbeitet sie in einer anderen Abteilung, aber da kennt Debré kein Pardon. Sie wird mich gleich in die Redaktion des *Journal d'Alsace* begleiten. Wir wollen klären, ob Morel einen Termin im Storchenpark hatte.«

Über Joannas Miene war ein Schatten gehuscht, als Jules die neue Partnerin erwähnte, doch sie verbiss sich die Frage, ob sie hübsch sei. Stattdessen überspielte sie den leisen Anfall von Eifersucht, wünschte Jules viel Erfolg und drückte ihm einen Kuss auf die Wange.

Nun saß er neben der Neuen auf dem Beifahrersitz des Polizeiwagens und staunte über die kühne Fahrweise der Kollegin, die er anfangs als zurückhaltend und vorsichtig eingestuft hatte. Wie man sich täuschen konnte …

»Sind Sie schon länger bei der Truppe?«, erkundigte er sich, während er sich an der Armlehne festhielt.

»Ja, ich habe mich gleich nach der Schule rekrutieren lassen«, antwortete sie und steuerte den Mégane mit forschem Tempo durch die engen Altstadtgassen. »Mein Elternhaus liegt gegenüber der Gendarmerie. Als Kind bin ich sofort zum Fenster gesprungen, sobald ich eine Sirene hörte. Ich wollte Polizistin werden, solange ich denken kann.« Mit einem Schmunzeln fügte sie hinzu: »Das erste Mal beworben habe ich mich, als ich ungefähr elf war, meine Eltern wussten natürlich nichts davon. Aber es kam tatsächlich eine Antwort, in der stand, dass ich mich gedulden, viel Sport treiben und fleißig für die Schule lernen solle, dann würde es mit der Polizeikarriere schon klappen. Daran habe ich mich gehalten, na ja, abgesehen vom Sport, das war nie so meine Sache.« Sie sah kurz zu Jules. »Und Sie, Major? Ich habe gehört, dass Sie erst im letzten Jahr zu uns gestoßen sind.«

»Das ist richtig«, bestätigte Jules. »Davor habe ich die Gendarmerie in Rebenheim geleitet. Das liegt ganz in der Nähe des Unfallorts.«

»Ich kenne Rebenheim, habe dort eine Cousine. Aber Ihr Akzent klingt gar nicht nach dem Elsass. Ich würde eher auf den Süden tippen.«

»Stimmt. Ursprünglich komme ich aus Royan an der Atlantikküste. Mein Wechsel hierher hatte hauptsächlich private Gründe.«

Sandrine nickte mit einem wissenden Ausdruck, weil

sie sich wohl ausrechnen konnte, dass eine Frauengeschichte dahintersteckte. Was auch tatsächlich der Fall war, denn Jules war aus der viel zu engen Beziehung zu seiner Ex-Freundin Lilou geflüchtet, nur um sich gleich darauf Hals über Kopf in Joanna zu verlieben.

Geschickt bugsierte Sandrine das Auto in eine enge Parklücke vor einem Geschäftshaus, auf dem das Logo des *Journal d'Alsace* prangte.

»*Voilà*«, sagte sie und löste den Anschnallgurt.

Im Parterre des Gebäudes befanden sich die Anzeigenannahme sowie Schalter für den Kartenvorverkauf von Konzerten oder Kabarettaufführungen, die Zeitungsredaktion lag im ersten Stock, den sie über eine Treppe im Flur erreichten.

Die Redaktion bestand aus einem Großraumbüro ähnlich dem in der Gendarmerie, allerdings waren die Schreibtische im Kreis aufgestellt. »Newsroom« nannte sich dieser Verbund, der den Austausch zwischen den verschiedenen Ressorts erleichtern sollte, das wusste Jules aus einer Fernsehdokumentation über modernen Journalismus. Heute waren die meisten Schreibtische allerdings verwaist, wie Jules mit einem Blick feststellte. Die Wochenendbesetzung bestand lediglich aus zwei jüngeren Männern, auf deren Bildschirmen Tabellen mit Ergebnissen von Amateurfußball-, Rugby- und Basketballvereinen zu sehen waren, sowie einem älteren Mann, den Jules schon einmal bei einer Pressekonferenz getroffen hatte, und einer Frau um die fünfzig. Im Gegensatz zu ihren salopp gekleideten Kollegen, die in Jeans und verwaschenen T-Shirts auf ihren Plätzen lümmelten, legte sie offensichtlich Wert auf ihr Äußeres. Sie trug ein figurbetontes, elegantes Kostüm, das auch Joanna gut gestanden hätte. Ihr gewelltes burgunderrotes Haar wippte auf ihren Schultern, als sie auf hochhackigen Pumps auf sie zukam.

Eine attraktive Frau, dachte Jules. Sie hatte Ausstrahlung und verstand es, ihre weiblichen Reize einzusetzen. Gleichzeitig wirkte sie reserviert und hatte etwas Arrogantes an sich.

»Monsieur, Madame, wie kann ich Ihnen helfen?«, fragte sie mit kühlem Blick.

Jules und Sandrine zeigten ihre Ausweise, woraufhin sich ihr Gegenüber als die Redaktionsleiterin Claudine Stangl vorstellte. Wie sich zeigte, wusste sie bereits von Morels Tod.

»Rolf kommt gerade vom Unfallort und verfasst den Bericht«, sagte sie und wies mit einem Nicken auf den älteren Kollegen. »Die Nachricht hat uns alle sehr bewegt.«

Diesen Eindruck hat man aber gar nicht, dachte Jules, der ja sehen konnte, dass alle scheinbar ungerührt weiterarbeiteten.

Chefredakteurin Stangl bemerkte seinen skeptischen Blick. »Wir haben einen Redaktionsschluss einzuhalten und bis dahin zu funktionieren. Die Trauer um den Kollegen muss warten, bis die Zeitung in Druck geht – Yves hätte dafür Verständnis.«

»Können wir uns irgendwo ungestört unterhalten?«, fragte Jules.

»Wenn es nicht zu lange dauert.« Claudine Stangl lotste sie in einen engen, fensterlosen Kopierraum gleich neben dem Newsroom.

War tatsächlich gerade kein separater Besprechungsraum frei?, fragte sich Jules. Oder setzte sie den unerwünschten Besuch bewusst einer unkomfortablen Umgebung aus, um das Gespräch kurz zu halten?

»Worum geht es denn? Wenn Sie von mir die Adresse von Yves' nächsten Angehörigen haben möchten …« Sie unterbrach sich, und ein Funkeln trat in ihre kobaltgrünen Augen. »Oder war es am Ende gar kein Unfall, der zu seinem Tod geführt hat?«

Jules tauschte einen kurzen Blick mit Sandrine, um dann ausweichend zu antworten: »Wir sind noch dabei, die Begleitumstände zu untersuchen. Dabei könnten Sie uns helfen.«

»Begleitumstände?« Der scharfe Verstand der Chefredakteurin blitzte erneut in ihren Augen auf. »Was ist wirklich passiert, Major?«

Darauf ging Jules nicht ein. »War Monsieur Morel heute im Dienst?«

»Ja«, sagte Claudine Stangl. »Er hatte einen Außentermin, von dem er leider nicht zurückkehrte.«

»Handelte es sich um einen Termin im Storchenpark?«

Bevor Claudine Stangl antworten konnte, öffnete sich die Tür. Eine Frau kam herein, auch sie eine gepflegte Erscheinung, doch um einiges jünger als Madame Stangl. Offenkundig hatte ihr niemand gesagt, dass der Kopierraum belegt war – und sie hatte ihre Emotionen weitaus schlechter im Griff als ihre Kollegen. Jules bemerkte die geröteten Augen und das verwischte Make-up.

»Oh, pardon. Ich, äh, wusste nicht …«, stammelte sie.

»Du kannst heute früher Schluss machen und nach Hause gehen, wenn du willst, Michelle«, rief die Chefredakteurin ihr zu, womöglich in dem Bemühen, eventuelle Fragen der Gendarmen zu vermeiden. »Bernard übernimmt deinen Termin in der Seniorenresidenz.«

Michelle dankte ihr mit erstickter Stimme und verließ überstürzt den Raum.

»Ein Greenhorn«, sagte Claudine Stangl mit hochgezogenen Schultern. »Ihr fehlt noch das dicke Fell, das man sich in unserer Branche mit den Jahren zulegt.«

»War sie mit Monsieur Morel enger befreundet?«, fragte Sandrine, die den Abgang der jungen Kollegin mit Argusaugen verfolgt hatte.

»Was heißt schon befreundet? Wir sind ein kleines Team. Es kommt vor, dass einige Kolleginnen und Kollegen nach Dienstschluss zusammen einen Pastis oder ein Bier trinken gehen. Aber sonst ...«

»Also schön«, sagte Jules und kam zurück aufs Thema: »Der Storchenpark. Weshalb hat sich Ihr Kollege dafür interessiert? Hat es etwas mit der Anwesenheit der Youtuberin Chloé zu tun?«

»Ich nehme es an, ja«, lautete die Antwort.

»Sie nehmen es an?« Jules neigte den Kopf. »Müssten Sie das als Morels Vorgesetzte nicht wissen? Ich meine, Sie sind es doch, die die Jobs verteilt, oder sehe ich das falsch?«

Claudine Stangls Lächeln war dünn und ein wenig überheblich. »Eine Zeitung ist kein Büro wie das einer Bank oder Versicherung, wo jeder seine vorgegebenen Aufgaben erledigt. Wir sind eine Gruppe von Individualisten. Ja, auch bei uns gibt es Termine, und grundsätzlich stimmen wir uns bei den Themen ab. Aber jedem steht auch ein gewisser Freiraum zu. Von manchen Geschichten erfahre ich erst dann, wenn sie fertig recherchiert und druckreif sind.«

»Sie setzen großes Vertrauen in Ihr Team«, folgerte Jules und hob den Blick. »Wenn Sie mir keine konkreten Auskünfte geben können, müssen wir uns den Arbeitsplatz des Verstorbenen ansehen. Möglicherweise findet sich dort ein Hinweis.«

Die Brauen der Redaktionsleiterin verengten sich. »Das kommt nicht infrage«, sagte sie hastig. »So etwas wäre ein Eingriff in die Pressefreiheit.«

Jules blieb ruhig. »Es geht uns lediglich darum, die Umstände zu klären, die zum Tod eines Ihrer Mitarbeiter führten. Das sollte doch auch in Ihrem Interesse liegen.«

»Wasser auf unsere Mühlen!«, entgegnete sie und stemmte die Fäuste in die Hüften. »Pressefreiheit ist in der französischen Verfassung festgeschrieben, und trotzdem gibt es sie nicht! Jedenfalls nicht so, wie es einer modernen Demokratie gebührt. Unser Anspruch ist es, unabhängig von staatlichen Einflussfaktoren oder Kontrollmechanismen arbeiten zu können, aber Leute wie Sie treten unsere Rechte mit Füßen.«

»Noch einmal: Ich will weder Einfluss auf Ihre Zeitung nehmen noch Ihre Arbeit kontrollieren«, sagte Jules. »Aber wir ermitteln in einem Todesfall, Madame.« Er schob sie beiseite und öffnete die Tür des Kopierzimmers.

»Nein, das steht Ihnen nicht zu!«, insistierte die Chefredakteurin mit gehobener Stimme und drängte sich wieder vor ihn. »Ich werde nicht zulassen, dass Sie ohne eine entsprechende Verfügung Einblick in unsere Recherchearbeit nehmen.«

Jules lag auf der Zunge, dass er mit einer Untersuchungsrichterin liiert und es für ihn ein Leichtes war, sich eine solche Verfügung zu besorgen, doch er schwieg. Aus den Augenwinkeln konnte er nämlich sehen, wie Sandrine inzwischen das Schreibtischrondell umrundete und auf der anderen Seite stehen blieb. Da sich Claudine Stangl ausschließlich auf Jules eingeschossen hatte, bekam sie davon nichts mit.

»Sie verweigern also eine Kooperation mit der Gendarmerie?«, fragte Jules mit ernster Miene. »Ihnen ist sicher bewusst, dass Sie damit die Ermittlungen behindern?«

Von Claudine Stangls anfangs noch so souveränem Auftritt war nicht viel übrig, als sie aufgewühlt konterte: »Ich schütze lediglich das Presserecht gegen unberechtigten Zugriff. Auch wenn das wahrscheinlich ein aussichtsloser Kampf ist. Tatsache ist, dass die französische Polizei dieses Recht regelmäßig missachtet, die Kollegen von *Le Monde*, *Le Canard Enchaîné* und *Le Nouvel Observateur* können ein Lied davon singen. Dort hat man schon Computer konfisziert, und bei *Le Télégramme de Brest* wurde vor Kurzem die Telefongesellschaft bedrängt, Nummern der Redakteure preiszugeben.«

Sandrine kehrte zurück, in der Hand hielt sie ihr Smartphone. Jules nahm an, dass sie Fotos von Morels Schreibtisch und den darauf befindlichen Unterlagen gemacht hatte.

»Wie Sie meinen«, gab Jules nach und reichte der reizbaren Redaktionschefin seine Karte. »Falls Sie es sich anders überlegen: Unter meiner Mobilnummer bin ich jederzeit zu erreichen.« Im Gehen nickte er ihr zu. »Ansonsten sehen wir uns sehr bald wieder – und dann mit der entsprechenden Handhabe.« Er war fest entschlossen, sich alsbald um einen Durchsuchungsbeschluss zu kümmern.

Kaum standen sie im Freien, wandte sich Jules an seine Kollegin: »Zeigen Sie mal her.«

Sandrine wusste sofort, was er meinte, und hielt ihm ihr Handy hin. »Morel hat seinen Arbeitsplatz mit Fotos und Artikeln über Chloé vollgepinnt«, sagte sie und zeigte Jules die heimlich gemachten Aufnahmen. »Das muss ein Riesenthema für ihn gewesen sein. Schwer zu glauben, dass Madame Stangl davon nichts mitbekommen hat.«

»Das sehe ich genauso.« Nachdenklich betrachtete Jules die Schnappschüsse, auf denen sich leider keine Einzelheiten erkennen ließen. Dazu waren die Fotos zu unscharf und zu dunkel. »Die hält mit etwas hinterm Berg. Fragt sich nur, was.«

»Madame Stangl scheint eine harte Nuss zu sein«, meinte Sandrine. »Ich bezweifle, dass wir bei ihr mit einem richterlichen Beschluss viel erreichen können. Ein amtliches Schreiben wird eine wie sie nicht weichkriegen, im Gegenteil. Wahrscheinlich hängt sie schon am Telefon und ruft ihren Hausanwalt an, der vermutlich ein Spezialist für Presserecht ist. Oder sie ist per Du mit dem Präfekten und nutzt ihre Verbindungen.«

»Vielleicht sollten wir lieber nach einer Schwachstelle in der Redaktion suchen und es dort probieren.«

»Was schwebt Ihnen da vor?«

Mit listigem Blick antwortete Sandrine: »Michelle, die Journalistin mit den verheulten Augen, ist wahrscheinlich weitaus weniger widerstandsfähig als ihre Chefin. Versuchen wir es bei ihr.«

»Gut.« Jules schnippte mit den Fingern. Sandrine

war wirklich auf Zack, auch wenn man ihr das auf den ersten Blick nicht ansah. »Warten wir auf eine passende Gelegenheit, um an diese Michelle heranzukommen.« Zuvor musste er aber dringend eine Wissenslücke schließen. »Was hat es mit dieser Chloé denn genau auf sich? Ich fürchte, ich bin aus dem Alter heraus, in dem man sich solche Videos ansieht. Das habe ich mir abgewöhnt, denn so was ist ein echter Zeitfresser. Andererseits: Falls es bei ihr bloß um Mode und Parfüm geht, würde ich mich wahrscheinlich auch dann nicht dafür interessieren, wenn ich jünger wäre.«

»Unterschätzen Sie die Youtuber- und Influencer-Szene nicht«, sagte Sandrine. »Das ist ein Riesengeschäft, und Chloé spielt in der ersten Liga mit.«

Sie hielt Jules erneut ihr Smartphone hin und rief einen Beitrag auf, der von Chloé stammte. Was Jules zu sehen bekam, war der Auftritt einer zwar ziemlich hübschen, aber seiner Meinung nach austauschbaren jungen Dame mit deutlich zur Schau gestellter Lässigkeit, die er ihr nicht abkaufte. Sie selbst wie auch der Hintergrund, vor dem sie sich in Szene setzte, wirkten mit großer Sorgfalt gestylt, aber etwas steril. Das Lächeln der Frau erschien ihm ebenso künstlich wie die übertriebene Begeisterung, mit der sie für eine neue Serie von Gesichtscremes warb.

Nicht mein Ding, dachte Jules bei sich und reichte das Handy zurück. Gleichwohl nahm er sich vor, selbst zu Hause oder im Büro noch einmal im Netz zu recherchieren und sich mit dem Phänomen von Chloés Erfolg zu befassen.

Sandrine fragte, ob sie als Nächstes den Storchenpark aufsuchen sollten. Jules hielt das für verfrüht, er wollte dort nicht mit leeren Händen erscheinen. Zunächst musste er herausfinden, hinter welcher ungewöhnlichen Geschichte Morel her gewesen und weshalb er von der Youtuberin so besessen war.

Es gab allerdings noch einen zweiten Grund für Jules, die Fahrt in den Vogelpark auf morgen zu verschieben: Er konnte Störche einfach nicht ausstehen, die weißen Stelzvögel waren ihm allein schon wegen ihrer respekteinflößenden Größe und ihrer langen Schnäbel suspekt.

FÜNF

Claude hatte etliche Stunden am Unfallort verbracht und dabei geholfen, das Wrack zu bergen und die Straße frei zu machen. Entsprechend abgekämpft und erschöpft war er, als er am frühen Abend in der *Brasserie Georges* eintraf, seinem Stammlokal in Rebenheim.

Die anderen waren längst dort, sie saßen mit einem Glas Kronenbourg auf der Terrasse oder schoben am angrenzenden Bouleplatz die Kugel. Der örtliche Versicherungsmakler Jean-Paul Gardier verbrachte wie gewöhnlich seinen Feierabend in der Brasserie, ebenso wie der ehemalige Dorfschullehrer Pierre Poirier und der Apotheker Jean Marie Bovier. Auch der Fahrradhändler Gilbert, dank seines Kahlkopfs nicht zu verkennen, Jules Gabins schlaksiger Nachfolger Alain Lautner und natürlich Lino Pignieres, der vor Jules und Alain die Rebenheimer Gendarmerie geleitet hatte. Die übliche Männerrunde, in die sich nur hin und wieder eine Frau verirrte. Etwa Clotilde, die Wirtin der *Auberge de la cigogne*, oder die respektable Tourismusamtsleiterin Isabelle Cantalloube. Sie waren beide nicht auf den Mund gefallen und hatten sich längst die Anerkennung der eingeschworenen Männerclique erarbeitet.

Claude war heute nicht in der Stimmung zum Boulespielen, er stellte sich ermattet an die Bar und bestellte ebenfalls ein Bier. Georges zapfte und setzte es vor ihm ab. Es war gut gekühlt, sodass sich Wasserperlen auf dem Glas bildeten.

»*Merci.*« Claude leerte es fast in einem Zug. »Das hat gutgetan.«

»Hattest wohl einen anstrengenden Einsatz, was?«

Der Fragende war von gedrungener Statur, trug einen abgeschabten beigefarbenen Cordanzug und raspelkurzes graues Haar über seinem faltigen Gesicht. Ein weiteres Markenzeichen des früheren Dorfgendarms Lino war seine Nase, die an eine Kartoffelknolle denken ließ.

Er lehnte sich ungefragt neben Claude und bestellte zwei weitere Bier. »Eines für mich und das andere für Claude, sein erstes muss wohl verdunstet sein.«

Claude wusste sehr wohl, dass Lino – der als Geizkragen bekannt war – ihm das Bier nicht ohne Hintergedanken spendierte. Dafür erwartete er eine Gegenleistung. Wahrscheinlich ging es ihm um Informationen, denn Lino saugte jede Art von Klatsch und Tratsch auf und zeigte sich vor allem an schicksalhaften Wendungen interessiert. Deshalb wunderte es Claude nicht, dass der alte Gendarm bereits den Namen des Unfallopfers kannte.

»Ist ja ein starkes Stück, das mit diesem Morel«, sagte Lino, während er die frisch Gezapften entgegennahm. »Reporter beim Journal in Colmar, nicht wahr? Er muss einen Affenzahn draufgehabt haben, als er seinen Wagen zu Klump fuhr. Die Karre war ja völlig zerstört.«

»Bist du vor Ort gewesen?«, fragte Claude. »Ich habe dich gar nicht gesehen.«

»Nein, nein, aber man hat ja seine Quellen. Pasteur

Bernhard ist zufällig mit dem Rad vorbeigekommen und hat den Unfallwagen gesehen. Daraufhin hat er sich bei den Verkehrspolizisten erkundigt und erfahren, um wen es sich bei dem Verunglückten handelte.«

»Inzwischen weiß es die ganze Runde, nehme ich an.« Claude sah sich nach den anderen um.

»Ein so spektakulärer Unfall bleibt nicht lange unbemerkt«, bestätigte Lino, um im Verschwörerton fortzufahren: »Wenn es denn überhaupt ein Unfall gewesen ist …«

Claude, der gerade sein zweites Bier an den Mund gesetzt hatte, stellte das Glas zurück auf den Tresen. »Woher …«

»Woher ich weiß, dass etwas nicht stimmt? Jemand aus deiner Mannschaft hat einen angeschnittenen Bremsschlauch erwähnt.«

Claude mahlte mit den Zähnen. »Denjenigen nehme ich mir vor. Wer war es? Henry, Abdel oder etwa Franz?«

Lino ging über diese Frage hinweg und setzte sein Spiel des Austricksens und Ausfragens fort, das er wohl in seinem Beruf entwickelt hatte. »Es ist zwar Wochenende, aber ein Reporter wie Morel ist sicherlich auch dann im Dienst. Ich nehme an, er war an irgendeiner Story dran. Trifft es zu, dass er sich für den *parc ornithologique* interessiert hat?«

Claude presste die Lippen fest aufeinander und nahm sich vor, seinem Gegenüber nichts weiter über den Unfall zu verraten.

»Nun ja, ich ziehe diese Frage zurück, denn ich weiß es bereits«, sagte Lino und lockte Claude so erneut aus der Reserve.

»Woher …«

»Von einem Bekannten bei der Police municipale.«

»Du hast wohl überall deine Ohren«, stellte Claude halb bewundernd fest.

»Ganz richtig. Daher bin ich auch darüber im Bilde, dass Jules Gabin Zeuge des Unfalls gewesen ist und nun mit den Ermittlungen betraut wurde.« Er zog die Stirn in Falten. »Das ist auch der Grund, weshalb ich dich angesprochen habe.«

»Ich verstehe nicht, worauf du hinauswillst.«

»Nicht? Du weißt doch selbst, wie viel unser Freund um die Ohren hat, seit er Stellvertreter im Großstadtrevier ist.«

»Großstadtrevier?«

»Aber sicher! In Colmar weht ein anderer Wind als hier in unserem beschaulichen Rebenheim. Der arme Jules hat dermaßen viel zu tun, dass er dringend auf Mithilfe aus der Bevölkerung angewiesen ist.«

Claude ahnte jetzt, worauf ihr Gespräch hinauslaufen sollte. »Die helfende Bevölkerung besteht aus Kerlen wie dir, nehme ich an.«

»Ganz richtig«, erwiderte Lino im Brustton der Überzeugung. »Betrachte mich als eine Art Hilfssheriff und erzähl mir alles, was du über diese Sache weißt.«

Claude verdrehte die Augen. Lino hatte in der Zeit, seit Jules ins Elsass gekommen war, schon mehrmals unter Beweis stellen wollen, dass er trotz seiner siebzig Jahre noch nicht zum alten Eisen zählte. Das aber führte immer wieder zu Situationen, die Jules ganz gewiss gern vermieden hätte. »Halt dich da bitte raus, Lino«, bat Claude den Freund. »Du weißt, dass Jules es nicht gern sieht, wenn sich Laien in seine Ermittlungen mischen.«

»Laien?« Zornesröte stieg in das breite Gesicht des Ex-Gendarms. »Vergiss nicht, wen du vor dir hast! Ich bringe mehr als vierzig Dienstjahre auf die Waage und weiß, wie der Hase läuft.«

»Du bist längst im Ruhestand und solltest dich auf das beschränken, was Rentner gemeinhin tun. Spiele Boule, fahre mit deinem Rad und genieße das gute Essen in Clotildes *winstub*. Aber halt dich um Himmels willen vom Storchenpark fern!«, appellierte Claude.

»Dann stimmt es also«, meinte Lino mit einem verschmitzten Grinsen. »Morel kam vom Vogelpark, als es passierte.«

Claude sah ihn verdutzt an. »Ich dachte, du hättest das bereits gewusst?«

»Ich habe es geahnt, denn sonst liegt ja nichts an dieser Strecke außer ein paar Weingütern.«

Claude begriff. »Dann haben die Jungs von der Police municipale gar nicht geplaudert? Du hast mich reingelegt.«

»Mir fehlte die letzte Gewissheit. Mach dir nichts draus«, sagte Lino versöhnlich, »ich habe schon ganz andere aufs Glatteis geführt.« Er reckte seinen kurzen Hals, als sei er auf der Suche nach etwas oder jemandem. Dann hellten sich seine Gesichtszüge auf, und er streckte den Zeigefinger in Richtung eines Ecktischs aus. »Dort drüben hockt er ja. Trinkt seine Weinschorle, wie üblich. Komm, Claude, wir leisten ihm Gesellschaft.«

Claude blickte nun auch hinüber und erkannte den

alten Gerard, einen vierschrötigen Mann etwa Linos Jahrgang, der seit seiner frühesten Kindheit zum Stadtbild gehörte. Er war einer der vielen alteingesessenen Rebenheimer, die ihrem Geburtsort nie den Rücken gekehrt hatten. Gerard war ein einfacher Mann, der sich seinen Lebensunterhalt als Gehilfe bei verschiedenen örtlichen Handwerksbetrieben verdient hatte. Eine Weile war er, soweit sich Claude erinnern konnte, auch als Straßenkehrer tätig gewesen. Doch was Lino ausgerechnet jetzt von ihm wollte, war Claude ein Rätsel.

Lino fasste ihn an der Ärmeljacke. »Komm schon! Wir haben zu tun.« Der kleine, stämmige Ex-Gendarm zog den hünenhaften Feuerwehrchef durchs Lokal. Viel auffälliger ging es nicht, die Gäste an den anderen Tischen blickten neugierig zu ihnen.

»Was willst du überhaupt von Gerard?«, erkundigte sich Claude jetzt.

»Der jobbt seit einiger Zeit im Storchenhof, wir horchen ihn ein wenig aus.«

»Gerard ist doch viel zu alt zum Jobben«, bemerkte Claude zweifelnd. »Außerdem arbeiten dort nur Ehrenamtliche.«

»Falsch: Die Leiterin bekommt ein Honorar und Gerard als Aushilfe ebenfalls. Ich glaube, er braucht das Geld, er konnte sich ja nicht viel für die Rente zur Seite legen.«

Gerard, der sich sein dunkles Resthaar in langen Strähnen über den Hinterkopf gekämmt hatte und genau wie Lino in abgetragener Freizeitkleidung ins Bistro gekommen war, rückte ein Stück zur Seite, um ihnen Platz zu machen. »Lino, Claude, was verschafft mir die Ehre?«

Die beiden setzten sich zu ihm. Lino redete nicht um den heißen Brei herum, sondern fragte: »Hast du gehört, was passiert ist? Heute gab es gar nicht weit vom Storchenpark entfernt einen schrecklichen Unfall. Mit einem Toten.«

Gerard senkte den Kopf. »Natürlich habe ich davon gehört. Schlimm. Ganz, ganz schlimm. Und da meint man immer, so etwas könnte nur auf der *autoroute* passieren.«

»Wo denkst du hin? Landstraßen sind viel gefährlicher als Autobahnen, allein schon wegen der engen Kurven.« Lino drehte sich nach Claude um. »Nicht wahr, Claude? Die gewundenen Straßen haben es in sich.« Wieder an Gerard gerichtet sagte er: »Claudes Truppe musste den Toten aus dem Wrack schneiden. Wie du ihm ansehen kannst, hat ihn das ziemlich mitgenommen.« Dann legte er Gerard vertraulich den Arm um die Schultern. »Hör mal, der Tote, ein Reporter namens Morel, soll zuvor bei euch auf dem Vogelhof gewesen sein. Hast du etwas davon mitbekommen oder eine Ahnung, was er dort wollte? Eigentlich passt so ein Tiergehege nämlich gar nicht in das Ressort von Morel.«

Gerard zog unschlüssig die Schultern nach oben. »Ich hatte zu tun. Ausmisten! Ihr macht euch keine Vorstellung, wie viel Dreck diese Vögel hinterlassen. Gerade jetzt, kurz vor der Brutzeit.«

»Aber du hättest doch sicher gemerkt, wenn jemand von der Zeitung da ist, Fotos schießt und herumfragt.«

»Da hat niemand Fotos geschossen«, sagte Gerard nach kurzem Nachdenken.

»Du hast Morel also nicht bei euch herumspringen

sehen?«, stellte Lino die Frage nun anders und lieferte eine vage Beschreibung des Reporters.

Gerard verneinte erneut. »Da waren bloß Besucher. Heute war einiges los am Vormittag, da standen fünf, sechs Autos auf dem Gästeparkplatz. Die meisten Einheimische, aber auch ein paar mit fremden Kennzeichen. Es ist Mai, da kommen die ersten Touristen.«

»Was für eine Automarke hat Morel gefahren?«, zischte Lino Claude zu.

»Einen Peugeot 207 CC, Cabriolet«, antwortete Claude so laut, dass es auch Gerard hören konnte.

»Farbe?«

»Blaumetallic.«

»Hm, ich weiß nicht …« Gerard mochte sich nicht festlegen.

»Denk genau nach«, redete Lino auf den Alten ein. »Hast du ein solches Auto auf eurem Parkplatz gesehen, ja oder nein? Es ist ja ziemlich auffällig, du müsstest dich erinnern.«

»Möglich, ja, ich glaube, es war ein blaues Cabrio dabei. Aber wie gesagt: Es ist insgesamt ziemlich viel los gewesen.«

»Ist denn der Hof für Touristen so interessant?«, wunderte sich Claude.

»Ja, es gibt viele Storchenfans, für die gehört ein Foto mit so einem Vogel zum Elsassurlaub einfach dazu«, erklärte Gerard.

»Aber einige kommen auch wegen des Fernsehstars, nehme ich an«, mischte sich Lino wieder ein.

Gerard winkte ab. »Hör mir bloß auf damit! Seitdem bekannt ist, dass die Frau sich auf der Farm aufhält, finden wir überhaupt keine Ruhe mehr.« Etwas gnädiger fügte er hinzu: »Aber es ist ja für einen guten Zweck.«

»Eine Youtube-Größe ist nicht unbedingt ein Fernsehstar«, stellte Claude richtig.

»Das ist mir gleich«, entgegnete Lino. »Jedenfalls ist sie berühmt und wohl auch ziemlich reich. Wie es heißt, soll sie im Park in einem Monstrum von Wohnmobil residieren. Ein Mordsding mit allem Fipapo. Stimmt's, Gerard?«

Der alte Mann nickte. »Das ist wohl wahr«, sagte er leise, und es schien so, als würde ihm das nicht gerade gefallen. »Es sorgt für viel Wirbel, wenn so jemand in der Gegend ist.«

»Noch mal zurück zu Morel und seinem blauen Flitzer«, sagte Lino. »Du hast den Wagen also wahrscheinlich auf dem Parkplatz gesehen, auch wenn du dir nicht ganz sicher bist. Ist dir Morel selbst auch begegnet?«

»Wie oft willst du mir diese Frage denn noch stellen?«, beschwerte sich Gerard. »Ich weiß doch gar nicht, wie der aussieht.«

»Ich habe ihn dir doch gerade beschrieben!«

»Trotzdem nicht.« Er grummelte vor sich hin. »Nun ja, kann sein, dass sich jemand, der aussah wie er, heute mit Camille unterhalten hat.«

»Camille?« Claude kratzte sich mit fragender Miene an der Stirn.

»Die Leiterin der Storchenfarm.« Lino wusste Bescheid. »Idealistin, ein bisschen versponnen, aber an sich ganz in Ordnung. Sie hat den Park aufgebaut, damals, vor etwa zehn Jahren, als die Störche aus dem Elsass so gut wie verschwunden waren.« Dank ihres Engagements und das anderer Tierschützer habe sich die Population wieder bestens erholt. Dann fragte er Gerard: »Hat Morel bloß mit Camille geredet oder auch mit Chloé?«

»Keine Ahnung. Wie gesagt: Ich habe gearbeitet und war mit dem Kopf ganz woanders.«

Claude, noch immer nachdenklich, interessierte sich dafür, warum sich eine so schillernde Persönlichkeit wie diese Chloé in einem Vogelpark aufhielt. Ob sie auf Tiervideos scharf sei? Die kämen im Netz ja gut an.

»Was weiß denn ich!«, entgegnete Gerard, ziemlich genervt über so viel Penetranz. »Sie hat wohl ein Herz für Tiere und unterstützt uns deswegen. Ihr wisst ja, dass wir auf Spenden angewiesen sind. Da ist jeder Cent willkommen.«

»Wenn Chloé wirklich ein so dickes Portemonnaie hat, wird wohl mehr abfallen als bloß ein paar Cent, was?«

Gerard schob sein leeres Weinglas beiseite und erhob sich. »Fragt mir keine Löcher in den Bauch. Wenn's euch so brennend interessiert, dann fahrt doch raus und sprecht mit Camille. Die hat das Ganze ausgehandelt und weiß Bescheid.« Er tippte sich mit der Handkante an die Schläfe, sagte »*Salut!*« und ließ Lino und Claude allein.

Claude sah ihm nach, wie er schlurfenden Schrittes davontrottete. Dann dachte er an Jules und dessen Ermittlungen. Was er wohl schon herausgefunden hatte?

SECHS

Der Montag begann für Jules ungewöhnlich früh. Schon um halb acht hatte er einen Termin bei der Rechtsmedizin des *Hôpital Pasteur*, daher stahl er sich bereits um halb sieben aus dem Bett, gab der schlafenden Joanna einen Kuss auf die Wange und schlich auf Zehenspitzen ins Bad.

Mit zehnminütiger Verspätung traf er vor dem halbrunden zweistöckigen Gebäude im Stil der 1930er-Jahre ein, das von einem von zwei schlanken Säulen getragenen Durchgang markiert wurde. An einer dieser Säulen lehnte Sandrine, die gerade auf die Uhr sah, als Jules ankam.

»Pardon, schneller ging es nicht«, entschuldigte sich Jules und verschwieg den Zwischenstopp bei einem Bäcker, wo er sich mit Kaffee to go und einem Croissant versorgt hatte.

Sandrine grüßte ihn mit einem wissenden Lächeln und hielt dabei ihren Blick auf seinen rechten Mundwinkel gerichtet. Jules wischte instinktiv darüber und fand Krumen seines schnellen Frühstücks auf dem Handrücken.

Er zwinkerte der Kollegin zu. »Nun wollen wir den Doktor nicht länger warten lassen.«

Ihr Weg führte sie in einen Saal, den Jules immer nur dann betrat, wenn es zwingend erforderlich war. Denn trotz seiner vielen Dienstjahre hatte er sich an den Anblick von Toten nicht gewöhnen können – zumal dann nicht, wenn sie auf einem metallischen Untersuchungstisch lagen und die brachialen Spuren einer Obduktion aufwiesen.

Der Raum war bis zur Decke weiß gekachelt und wurde von drei Reihen Neonröhren mit hellem weißem Licht erfüllt. Die Atmosphäre war so kühl wie die Temperatur. Ganz anders der Rechtsmediziner, der sie mit freundlichem Nicken in Empfang nahm: Noël Clémence besaß so gar nichts von der abgeklärten Rohheit mancher seiner Kollegen, im Gegenteil: Jules hatte ihn als sehr feinsinnig und humorvoll kennen- und schätzen gelernt. Noël war schlank, besaß zarte Gliedmaßen und Finger wie ein Pianist. Über dem offenen Gesicht wippte eine dunkle Haartolle, die Augen blitzten freundlich und interessiert. Er stellte sich Sandrine vor, die er noch nicht kannte, und musterte sie erfreut.

»Was haben Sie für uns, Noël?«, erkundigte sich Jules, der mit Erleichterung sah, dass das Objekt der Untersuchung von einem weißen Tuch bedeckt war.

Noël nahm eine Kladde zur Hand und schlug sie auf: »Zunächst einmal: keine Überraschung. Das Opfer, dreiundfünfzig Jahre alt, einen Meter achtundsiebzig groß, untrainiert, jedoch nicht übergewichtig, war im Großen und Ganzen gesund. Die Todesursache ist klar dem Unfall zuzuordnen. Durch den Aufprall, der laut den Kollegen der Kriminaltechnik bei einer Geschwindigkeit von etwa siebzig Stundenkilometern erfolgte, zog sich das Opfer zahlreiche Prellungen, Quetschungen und Knochenbrüche zu. Der Airbag hat zwar ausgelöst, konnte die Auswirkungen der kinetischen Energie jedoch nicht ausreichend eindämmen.« Er schlug einige Seiten um. »Mehrere innere Organe wurden beschädigt, darunter Milz und Nieren. Die Lunge war schwer gestaucht, außerdem hat das Opfer viel Blut durch eine tiefe Schnittwunde am linken Oberarm verloren. All das zusammengenommen hätte ebenfalls zum Tod führen können, dieser muss aber bereits während oder kurz nach dem Aufprall eingetreten sein, weil sich der Mann einen Bruch oberhalb des vierten Halswirbels zugezogen hatte. Selbst wenn man eine solche schwerwiegende Verletzung überlebt, kommt es zu Problemen bei der Atmung, unbehandelt erstickt man relativ rasch. Der Mann hatte praktisch keine Chance.«

Sandrine hatte aufmerksam zugehört und fragte nun: »Sind Sie schon dazu gekommen, eine toxikologische Untersuchung durchzuführen, *docteur*?«

»Noël. Nennen Sie mich bitte einfach nur Noël.«

»Sehr gern. Also, Noël, haben Sie etwas in seinem Blut gefunden?«

»Fehlanzeige, alles clean. Das Opfer wies keinerlei Spuren von Alkohol oder Drogen auf. Auch haben meine Untersuchungen keinen Anhaltspunkt für sonstige körperliche Ursachen für den Unfall gezeigt wie etwa einen Herzinfarkt oder Hirnschlag. Wie schon eingangs gesagt: Er war ein nicht mehr junger, aber dennoch gesunder Mann.« Er legte die Kladde beiseite. »So weit der medizinische Teil, der wenig spektakulär ist. Anders sieht es bei der Ursachenforschung aus: Es spricht vieles für die These, dass an dem Unfallfahrzeug manipuliert wurde. Von den Kollegen habe ich gehört, dass die Bremsleitungen mit einer scharfen

Klinge beschädigt worden sind. Tierbisse schließt die Kriminaltechnik mittlerweile definitiv aus. Die Schnitte waren frisch und können erst kurze Zeit vor dem Unfall vorgenommen worden sein. Vom Verursacher konnten bisher zwar keine Spuren gesichert werden, die Kollegen suchen aber weiter an dem Autowrack, das abgeschleppt und sicher untergestellt wurde.«

»Wir werden später selbst mit den Technikern sprechen, aber danke für den Hinweis«, sagte Jules.

»Sehr gern«, gab Noël etwas verschnupft von sich. Dass seine Rolle diesmal so klein ausfiel, schien ihm nicht zu gefallen.

Für Jules war die Visite in der Gerichtsmedizin damit beendet, doch überraschend wandte sich der Arzt dem Tisch mit dem zugedeckten Toten zu und hob das Tuch an. »Eines will ich euch nicht vorenthalten«, erklärte er.

Jules hielt die Luft an, als Noël die Decke bis zum Bauchnabel zurückschlug und die Y-Naht sichtbar wurde, mit der der malträtierte Körper des Verunfallten nach der Obduktion wieder geschlossen worden war. Der Arzt deutete auf eine kleine Tätowierung auf dem rechten Oberarm. Sie stellte ein in blassem Blau gezeichnetes halbes Herz dar.

»Wo ist die andere Hälfte?«, fragte Sandrine, die dicht neben den Toten getreten war.

»Genau das habe ich mich auch gefragt«, sagte Noël. »Möglich, dass es sich um ein partnerschaftliches Tattoo handelt und jemand anders das passende Pendant trägt. War er früher einmal verheiratet oder liiert? Die Tätowierung ist nicht neu. Ich vermute, er hat sie bereits seit zehn Jahren oder länger.«

»Nochmals danke, guter Hinweis«, sagte Jules und drehte sich rasch um. Ihm war flau, und er wollte so schnell wie möglich diesen Saal des Todes verlassen.

Seine Begleiterin schien es weniger eilig zu haben, an die frische Luft zu kommen. Und als sie ihm dann nach draußen folgte, war sie nicht einmal ein kleines bisschen blass um die Nase. Respekt, dachte Jules, der mit Debrés spontaner Rekrutierung mehr und mehr zufrieden war. Respekt!

»Damit ist die Sache klar«, stellte er fest, während sie zurück zum Wagen gingen. »Wer auch immer das Unfallfahrzeug manipuliert hat, wollte den Tod des Fahrers erreichen oder hat diesen zumindest billigend in Kauf genommen.« Er entriegelte das Polizeiauto und öffnete die Fahrertür. Etwas verhalten kündigte er den nächsten Schritt an. »Schauen wir uns als Nächstes im Storchenpark um. Mal sehen, ob diese Spur etwas taugt.«

»Der Park öffnet erst nach zehn, soviel ich weiß«, merkte Sandrine an.

»Auch nicht schlecht, dann bleibt noch Zeit für einen zweiten Kaffee. Ich kenne ein ausgezeichnetes Bistro in der Nähe, das ganz vorzügliche *petites tartelettes au crème-citron* serviert.« Er stieg ein und ließ den Motor an.

Sandrine setzte sich neben ihn. »Oder aber wir nutzen die Zeit und fahren noch einmal beim *Journal d'Alsace* vorbei. Die Mitglieder der Redaktion dürften sich um diese Uhrzeit allmählich auf den Weg zur Zeitung machen. Das wäre eine Gelegenheit …«

»… um diese Michelle abzufangen, die Journalistin, die von ihrer Chefin nach Hause geschickt worden ist«, vollendete Jules den Satz und schnalzte anerkennend mit der Zunge. Was er sofort bereute, denn keinesfalls wollte er sich diese Angewohnheit von Capitaine Debré ebenfalls aneignen. »Gute Idee«, sagte er und trat aufs Gaspedal, »so machen wir's!«

Keine zehn Minuten später ließen sie ihr auffälliges Gefährt in einer Seitenstraße stehen und positionierten sich hinter einer Litfaßsäule gegenüber dem Redaktionsgebäude. Von dort aus konnten sie zusehen, wie die Mitarbeiter einer nach dem anderen eintrafen. Einige marschierten flott und dynamisch ins Gebäude, andere ließen es ruhiger angehen und zögerten den Beginn der Arbeitszeit hinaus. Etwa eine Minute nach Chefredakteurin Stangl, elegant und forsch wie erwartet, meinte Jules die Frau zu erkennen, die er bisher nur unter dem Vornamen Michelle kannte. Ihre Körperhaltung mit hängenden Schultern und gesenktem Haupt verriet, dass es ihr nicht wesentlich besser ging als bei ihrer letzten Begegnung.

»Los jetzt!«, gab er den Befehl, worauf er und Sandrine zielstrebig die Straße überquerten und die junge Frau abfingen.

Michelle blieb abrupt stehen, als sich ihr die beiden Uniformierten in den Weg stellten. Sie schnappte nach Luft und fasste sich vor Schreck mit der rechten Hand an die Brust.

»Dürfen wir Sie einen Augenblick sprechen?«, fragte Jules.

Michelle schaute verängstigt. Ihre Blicke glitten nach links, nach rechts und wieder zurück, so als hoffte sie, ein Kollege würde auftauchen und ihr beistehen. Dann kam die Erinnerung: »Ich kenne Sie, oder? Die beiden Gendarmen, die mit Madame Stangl gesprochen haben, in unserem Kopierraum, das sind Sie gewesen.«

»Ganz richtig«, bestätigte Jules. »Wir ermitteln im Todesfall Morel.«

»Und was habe ich damit zu tun?«, fragte Michelle sofort. Alles an ihrer Haltung verriet, dass sie am liebsten weggelaufen wäre.

»Uns ist aufgefallen, wie sehr Sie der Tod von Monsieur Morel mitnimmt«, sagte Sandrine und musterte Michelle in der Hoffnung auf eine Reaktion.

»Ist das denn nicht normal? Yves war ein Kollege«, sagte sie mit flatternden Lidern.

»Es machte auf uns den Eindruck, als hätte der Unfall nicht jeden in der Redaktion so sehr erschüttert«, erklärte Jules.

»War Yves Morel für Sie vielleicht mehr als nur ein Kollege?«, erkundigte sich Sandrine.

Daraufhin wurden Michelles Blicke noch unruhiger. »Was wollen Sie eigentlich von mir? Ich muss zur Arbeit. In fünf Minuten beginnt unsere Frühkonferenz.«

»Was wir wollen?«, griff Jules ihre Frage auf. »Informationen. Monsieur Morel war nicht verheiratet, hatte wahrscheinlich aber eine Partnerin. Waren Sie das?«

»Nein!«, platzte es aus ihr heraus.

Diese Antwort kam zu schnell, um glaubwürdig zu sein, fand Jules. Selbst wenn Michelle nicht mit Yves Morel liiert gewesen war, stand sie ihm zumindest sehr nahe. Er fragte: »Wenn nicht Sie, wer war es dann?«

»Was weiß ich? Reden Sie lieber noch einmal mit Madame Stangl.«

»Wir möchten es aber von Ihnen hören.«

Sie blies die Backen auf. »Puh, Sie bringen mich in eine wirklich blöde Situation.«

»Sagen Sie uns einfach, was Sie wissen, dann sind Sie uns ganz schnell wieder los. Also: Mit wem war Monsieur Morel zuletzt zusammen?«

»Das weiß ich wirklich nicht. Glauben Sie mir bitte.« Sie fühlte sich offensichtlich nicht wohl in ihrer Haut, als sie andeutete: »Yves hatte – wie sagt man? – wechselnde Damenbekanntschaften.«

»Und wer war seine letzte Auserwählte? Verraten Sie uns doch bitte den Namen dieser Frau.«

Michelle presste die Lippen aufeinander. Widersprüchliche Gedanken schienen in ihrem Kopf gegeneinander zu kämpfen. »Pauline.« Sie spuckte diesen Namen geradezu aus. »Pauline Faber. Aber auch das war angeblich schon wieder vorbei.« Mit diesen Worten riss sie sich los und eilte zum Redaktionsgebäude. »Ich muss jetzt wirklich rein!«

Wieder im Einsatzwagen griff Jules zum Funkgerät. »Wir informieren besser den Capitaine darüber«, sagte er zu Sandrine. »Morel ist offensichtlich ein echter Herzensbrecher gewesen – daraus könnten sich Motive ableiten lassen.«

»Was gibt's?«, meldete sich Debrés knarrende Stimme über Lautsprecher.

»Kann sein, dass wir einen Treffer im privaten Umfeld haben.«

»So?« Der Capitaine klang verwundert. »Morel war nicht verheiratet, die Eltern sind beide schon gestorben, und es gibt keine Geschwister. Oder haben wir etwas übersehen?«

»Da ist eine Freundin oder vielmehr Ex-Freundin namens Pauline Faber.«

»Oha, die ehemalige Miss Colmar«, wusste Debré.

»Ganz richtig«, meldete sich Sandrine, die den Namen schon in ihr Smartphone eingegeben und gegoogelt hatte. »Wahrscheinlich haben sich die beiden bei einer Gala oder Modenschau kennengelernt, die Morel als Berichterstatter besucht hatte.«

»Gut möglich«, schnarrte Debré durch den Lautsprecher. »Die Dame sollte überprüft werden.«

Noch während Jules zuhörte, kam ihm ein neuer Gedanke in den Sinn. Er fragte: »Capitaine, haben Sie das Fahrtenbuch zur Hand, das aus Morels Auto geborgen wurde?«

»Ja, es liegt hier vor mir in der Akte. Warum?«

»Schauen Sie sich bitte die letzten Eintragungen an. Da steht etwas vom Storchenpark, es sind aber noch weitere Adressen angegeben, die Morel zuletzt aufgesucht hatte. Vielleicht ist eine Fahrt zu seiner Ex eingetragen.«

»Sie wohnt in der Rue de Trois Épis in Ingersheim«, steuerte Sandrine bei, die die Adresse von ihrem Smartphone ablas.

Für einen Moment herrschte Funkstille. Gleich darauf brummte Debré zufrieden ins Mikrofon. »Morels Fahrtenbuch ist penibel geführt. Wohl, um Dienstreisen korrekt abrechnen zu können. Eine Tour zu dieser Adresse ist zwar nicht dabei, doch zwischen den beiden letzten offiziellen Fahrten klafft eine Lücke von sieben Kilometern.« Debrés Stimme wurde leiser, als er sich vom Funkgerät entfernte, vermutlich trat er vor die Landkarte an der Wand seines Büros. »Die Redaktion des Journal liegt relativ zentral in der Ortsmitte, der Storchenpark hingegen ein ganzes Stück außerhalb in der Peripherie. Auf direktem Weg wären das etwa acht oder neun Kilometer gewesen. Seltsamerweise zeigt der letzte Tachostand besagte sieben Kilometer zu viel an.«

»Er hat also einen Umweg gemacht«, stellte Jules fest.

»So sieht es aus. Wenn ich auf der Karte einen Bogen über Ingersheim schlage, kommt das ziemlich genau hin. Könnte sein, dass Morel bei seiner Verflossenen gewesen ist, kurz bevor er den Park besuchte.«

»Wir fahren hin«, entschied Jules und drehte den Zündschlüssel.

»Machen Sie das«, bestätigte Debré. »Aber verlieren Sie die Storchenfarm nicht aus dem Blick.«

Nein, dachte Jules, das würde bestimmt nicht geschehen. Dennoch war er froh, dass er diesen Part der Ermittlungen noch etwas länger vor sich herschieben konnte.

SIEBEN

Für die Inspektion eines Fahrrads berechnete Gilbert mittlerweile siebzig Euro. Da waren zwar Arbeitszeit und Kleinteile bereits inbegriffen, dennoch hatte Lino Gilberts Laden *Cycl'évasion* in »Zweirad-Apotheke« umgetauft und sich entschlossen, auf einem Freundschaftspreis zu bestehen.

»Gilbert, du bekommst fünfzig von mir und keinen Centime mehr«, stellte Lino klar, während er sein Rad an den Tresen des kleinen Geschäfts lehnte, in dem aus Platzmangel Felgen und Rahmen unter der Decke hingen. Das zuvorkommend freundliche Lächeln in Gilberts Gesicht konnte Lino nicht darüber hinwegtäuschen, dass in dem gedrungenen Radhändler ein ausgefuchster Geschäftsmann steckte.

Gilbert, der seine geringe Körpergröße von gerade mal einem Meter siebzig zu kaschieren suchte, indem er Schuhe mit hohen Absätzen trug, trat vor den Verkaufsstand, ging in die Knie und unterzog Linos betagtes Rad einer eingehenden Untersuchung. »Dir ist bewusst, dass die Rückbremse nicht mehr zieht? Die Kette hat zu viel Spiel, damit ruinierst du dir den Zahnkranz. Beide Reifen sind runter und haben kaum Profil. Da kommt einiges zusammen.«

»Fünfzig ist mein letztes Wort«, beharrte Lino.

Daraufhin erhob sich Gilbert und wandte sich dem

Schaufenster zu, in dem er zwei E-Bikes ausgestellt hatte. Ein todschickes schwarzes Mountainbike und eines für den normalen Straßenverkehr. »Wie alt bist du jetzt, Lino?«, fragte er und legte seine Hand sachte auf den Sattel des Straßen-Bikes.

»Du weißt genau, wie alt ich bin«, blaffte Lino ihn an. »Schließlich bist du bei jeder meiner Geburtstagsfeiern in der *Brasserie Georges* dabei gewesen und hast dich mehr als jeder andere am Buffet bedient.«

Gilbert überhörte diese Spitze. »Die meisten Kunden steigen schon mit Anfang bis Mitte fünfzig auf E-Bikes um. Du ahnst gar nicht, welche Erleichterung ein paar Watt Unterstützung bringen.« Er ließ seine Hand über das Gestänge des Straßenrads gleiten. »Du bist noch einmal zwanzig Jahre älter. Höchste Zeit für den Umstieg, Lino. Damit sparst du dir übrigens auch die Wartungskosten, vor denen du so sehr zurückschreckst, denn in den ersten drei Jahre nach dem Kauf ist die Inspektion inklusive.«

Lino, der tatsächlich schon mit einem solchen Wechsel geliebäugelt hatte, neigte den Kopf. »Eine Tour in die Vogesen fällt damit gewiss leichter.«

»Nicht nur in den Vogesen spielt das E-Bike seine Stärken aus, auch im Alltag wirst du es bald nicht mehr missen wollen«, versicherte ihm Gilbert.

Lino betrachtete das Elektrorad interessiert. »Und für die Inspektionen berechnest du mir in den ersten Jahren wirklich nichts?«, hakte er nach.

»Keinen Cent«, bestätigte Gilbert. »Oder wie du sagen würdest: keinen Centime.«

Lino nickte wohlwollend. »Was soll so ein E-Flitzer denn kosten?«

»Normalerweise dreitausendsechshundert, aber du bekommst ihn für dreitausendfünfhundert, *mon ami.*«

Linos vorübergehende Gewogenheit verflüchtigte sich. »Du spinnst wohl! Was glaubst du eigentlich, was ein alter *flic* verdient?«

Gilbert sah ein, dass er mit Lino kein Geschäft machen würde. Wortlos schob er das alte Rad in die Werkstatt und kehrte mit einer Flasche und zwei Gläsern zurück. Mit gleichmütiger Miene stellte er sie auf dem Verkaufstresen ab. »Also schön: Ich versuche, deine Preisvorgabe bei der Inspektion zu halten«, sagte er schmallippig, »auch wenn ich dabei wahrscheinlich draufzahlen werde.«

»Du Armer, ich sehe dich schon am Hungertuch nagen.«

Gilbert goss beiden ein. Goldglänzende Flüssigkeit schwappte in den Gläsern. Ein Marc oder auch Tresterschnaps, wie Lino erkannte, einer von unzähligen Edelbränden aus der Gegend. Denn wenn ein Elsässer nur die geringste Möglichkeit dazu hatte, destillierte er, was ihm in die Hände fiel, zu feinen Spirituosen. Es gab Birnen-, Kirschen-, Mirabellen- und Himbeergeist und sogar Marc de Gewurztraminer. Am liebsten waren Lino Schnäpse aus Wildbeeren wie Weißdorn, Holunder, Schlehen oder Hagebutten. Manch privater Brenner scheute selbst vor Fichtentrieben oder Kreuzkümmelsamen nicht zurück.

Gilbert ließ sein Glas an das von Lino stoßen. »*Santé!*«

Der Alkohol hinterließ ein wohliges Brennen im Hals. Zufrieden setzte Lino das Glas wieder ab. »Wann kann ich das Rad abholen?«

»Sagen wir, nächste Woche Mittwoch?«, schlug Gilbert vor, der meistens ein volles Auftragsbuch hatte und schon lange keine neuen Kunden mehr annahm.

»Das geht nicht«, entgegnete Lino. »Ich brauche es bis morgen, allerspätestens übermorgen.«

Gilbert beugte sich über seinen Kalender und kratzte sich am Kopf. »Tut mir leid, ich bin total ausgelastet. Kannst du nicht eine Weile zu Fuß gehen oder deinen Citroën Typ H benutzen?«

»Unmöglich. Gerade jetzt bin ich auf das Rad angewiesen.«

»Ich könnte dir ein Leihrad geben, gegen eine geringe Gebühr. Allerdings ist die Saison schon angelaufen, ich habe gerade nur zwei Damenräder vorrätig.«

»Kein Leihrad! Ich möchte mein eigenes benutzen. Damit kenne ich mich aus und verschalte mich nicht, wenn es schnell gehen muss.«

»Also dann …« Gilbert zog ratlos die Schultern nach oben. »Ich frage mich wirklich, warum du es damit so eilig hast. Was hast du denn bloß vor?«

Lino zögerte, ob er Gilbert ins Vertrauen ziehen sollte, gab sich dann aber einen Ruck: »Ich will die Storchenfarm auskundschaften. Zu Fuß ist das zu weit, und wenn ich mit meinem alten Wellblechtransporter dort aufkreuze, wäre das viel zu auffällig.«

»Den Storchenpark?«, wunderte sich Gilbert. »Was gibt es da auszukundschaften?«

Nun erzählte Lino ihm von Yves Morels Autounfall und dem letzten Auftrag des Reporters, der ihn in den Vogelpark geführt hatte. »Möglicherweise war der Unfall kein Unfall«, raunte er dem Fahrradhändler zu. »Deshalb ermittelt Jules jetzt in der Sache.«

»Und der braucht natürlich deine Hilfe«, sagte Gilbert mit einem vieldeutigen Grinsen.

»Natürlich!« Daran ließ Lino keine Zweifel aufkommen. »Ich bin also auf ein voll funktionsfähiges Rad angewiesen, um meine Aufgabe erfüllen zu können. Du darfst dich geehrt fühlen, dass du ebenfalls zu den Ermittlungen beiträgst, wenn du es bis morgen früh gerichtet hast.«

»Solltest du dich doch noch zum Kauf eines E-Bikes durchringen, könntest du sofort loslegen«, merkte Gilbert an. Da Lino nicht darauf einging, sagte er: »Willst du meine Meinung über dein Vorhaben hören?«

Lino sah ihn argwöhnisch an. »Ich weiß nicht, ob ich das wirklich will …«

»Ich sage es dir trotzdem: Du bist hier jahrzehntelang als *flic* unterwegs gewesen. Jeder in der Gegend kennt dich. Da ist es vollkommen gleichgültig, ob du in deinem Typ H sitzt oder auf dem Sattel eines Fahrrads. Dein Bekanntheitsgrad macht dich schlicht und einfach zu auffällig für eine Observierung. Wenn du wissen willst, was im *parc ornithologique* vor sich geht, musst du jemand anderen schicken.«

Lino wollte widersprechen, denn er konnte es nicht ausstehen, wenn er kritisiert wurde. Doch er besann sich und kam ins Grübeln.

Jemand anderen schicken. Vielleicht war das gar keine schlechte Idee.

ACHT

Die Adresse in dem kleinen Vorort hatten sie schnell gefunden. Ingersheim war eine typisch elsässische Gemeinde von dörflichem Charakter, mit einer schönen Sammlung alter Winzerhäuser mit farbenfrohen Fassaden, einem hübschen Brunnen auf dem Marktplatz und sogar einem stattlichen Renaissancebau, in dem das Rathaus untergebracht war. Nun hoffte Jules, dass das Glück an ihrer Seite blieb und sie die ehemalige Miss Colmar zu Hause antrafen.

Pauline Faber wohnte in einem Mehrfamilienhaus, keine zehn Gehminuten vom Zentrum entfernt. Ihr Name stand auf einem von vier Klingelschildern. Jules drückte den Knopf, nach kurzer Zeit meldete sich eine weibliche Stimme an der Sprechanlage. Jules nannte Namen und Funktion, woraufhin der Türsummer erklang.

Kurz darauf standen sie einer jungen Frau gegenüber, die man ohne Umschweife als Schönheit bezeichnen konnte. Etwa Mitte bis Ende zwanzig und damit weitaus jünger als Yves Morel, groß und schlank, mit ausdrucksstarken Augen und einem Meer langer dunkler Haare, die sich wie Wellen über ihre Schultern ergossen. Sie trug eine Jogginghose und ein T-Shirt, da sie offenbar nicht mit Besuch gerechnet hatte, doch selbst in diesem legeren Outfit war sie beeindruckend.

Jules und Sandrine zeigten ihre Ausweise und sagten, dass sie wegen des tödlichen Unfalls von Yves Morel gekommen seien. Jules registrierte einen schnellen Wimpernschlag, konnte sonst aber keine Reaktion erkennen.

»Wussten Sie bereits von seinem Tod?«, erkundigte er sich.

Pauline Faber langte hinter sich und nahm eine Zeitung vom Telefontisch, die aktuelle Ausgabe des Journal. Die Titelseite zeigte ein Porträtbild des Verstorbenen mit schwarzer Trauerbinde. »Im Radio haben sie es auch gebracht«, sagte sie.

»Wir versuchen, die letzten Stunden im Leben von Monsieur Morel zu rekonstruieren«, sagte Sandrine. »Es gibt Hinweise darauf, dass Monsieur Morel Sie kurz vor seinem Tod aufgesucht hat.«

Eine gewagte Formulierung, fand Jules, denn bisher war der angebliche Abstecher von Morel nach Ingersheim ja blanke Theorie. Doch Sandrines Worte zeigten Wirkung.

»Ja, Yves ist gestern hier gewesen«, gab Pauline unumwunden zu, und das mit einer Gleichgültigkeit, die Jules nicht einordnen konnte.

»Sie hatten Monsieur Morel zu sich eingeladen?«, fragte Sandrine.

»Ganz im Gegenteil.«

Auch darüber wunderte sich Jules. »Welche Art von Beziehung hatten Sie mit dem Verstorbenen?«, wollte er nun wissen.

»Beendet«, antwortete sie knapp und merkte wohl selbst, dass diese dürren Auskünfte den Gendarmen nicht reichten. Noch immer am Rahmen der Wohnungstür lehnend erklärte sie: »Seit drei Wochen ist Schluss. Es war eine flüchtige Affäre, jedenfalls in meinen Augen, und ich habe keinen Grund zu der Annahme, dass Yves das anders gesehen hat.«

»Aber dennoch war es wohl so«, vermutete Sandrine. »Sonst hätte er Sie kaum aufgesucht.«

»Zumindest tat er so«, räumte Pauline Faber ein. »Er sagte, er wolle mit mir zusammenbleiben.«

»Was Sie nicht wollten?«, fragte Jules.

»Nein!«, lautete die prompte Antwort. Dann nagte sie an den Lippen und ließ erstmals so etwas wie Mitleid für den Verstorbenen erkennen. »Na ja, er war aufmerksam, amüsant und nicht so hitzköpfig wie die Jungs in meinem Alter. Und er konnte zuhören. Genau, was ich während der letzten Monate gebraucht habe, aber eben nicht mehr. Vielleicht habe ich ihn schlecht behandelt. Aber wenn, dann ist es jetzt zu spät, sich Vorwürfe zu machen, oder?«

»Die Beziehung war beendet, er hat Sie aber immer noch besucht. Habe ich das richtig verstanden?«, fasste Jules nach.

»Ja, mehrmals, immer um mir zu sagen, wie sehr er mich liebt. Jedes Mal habe ich versucht, ihm klarzumachen, dass es vorbei ist und es keine Zukunft für uns gibt. An so etwas hatte ich auch nie gedacht. Aber er ließ einfach nicht locker. Er versuchte es mit allen Mitteln, einschließlich der unerfreulichen. Das hat mir teilweise echt Angst gemacht.« Nach einer kurzen Pause fügte sie hinzu: »Ich habe wohl kein Geschick, eine Beziehung abzubrechen. Jedenfalls gestern …«

»Ja? Gestern?«, fragte Jules aufmerksam.

»Gestern war ein unguter Tag. Yves kam schon am

frühen Vormittag vorbei, ich steckte noch im Pyjama. Yves redete und redete auf mich ein, bis ich ihn anschrie, weil ich es nicht mehr aushielt. Ich habe ihn dann einfach im Wohnzimmer stehen lassen und nahm an, er hätte es begriffen und würde abziehen. Aber nein: Ich hatte mich gerade fertig gemacht und angezogen, da stand er plötzlich im Badezimmer, er hatte nicht einmal angeklopft. Er beschimpfte mich, brüllte. Ich versuchte, ihn zur Vernunft zu bringen, aber ohne Erfolg. Er vergaß sich so weit, dass er mich ins Gesicht schlug. Sehen Sie hier, die bläuliche Verfärbung? Das ist Yves' Werk.«

»Wie reagierten Sie darauf?«, fragte Sandrine.

»Ich sagte ihm, was ich von ihm hielt, und das in ziemlich klaren Worten. Er schlug mich wieder, und ich trat nach ihm.«

»Sie traten ihn?«, fragte Jules.

»Was hätte ich denn tun sollen?«

»Was geschah darauf?«

»Dann hatte ich nur noch ein Bedürfnis: Raus! An die frische Luft!«

»Hat Sie jemand gesehen?«, fragte Jules. »Im Hausflur oder draußen auf der Straße?«

»Nein, ich habe mich versteckt gehalten.«

»Warum denn das?«

»Weil ich geheult hatte und furchtbar aussah.«

»Stand Morels Auto vor der Tür? Haben Sie es gesehen?«

»Kann sein, ich habe nicht darauf geachtet.«

»Es ist ziemlich auffällig, nicht wahr?«, hakte er nach.

»Ja, aber ich hatte keine Augen dafür. Ich habe eine

Runde um den Block gedreht, bevor ich mich wieder in meine Wohnung wagte. Da war er zum Glück fort.«

»Danke für Ihre Angaben«, sagte Sandrine, die in einem kleinen Notizblock mitgeschrieben hatte.

»Gern«, sagte Pauline Faber und wirkte erleichtert. Sie ging wohl davon aus, die Befragung sei beendet. Doch da täuschte sie sich.

»Sie haben sich noch nicht danach erkundigt, wie Morel zu Tode gekommen ist«, sagte Jules, ohne sie dabei aus den Augen zu lassen.

Pauline Faber wirkte irritiert. »Wieso? Ein Autounfall, das ist doch bekannt.« Sie wedelte wie zum Beweis mit der Zeitung in ihrer Hand.

»Ja, ein Autounfall, auf einer der Straßen zwischen den Weinbergen bei Rebenheim. Sein Wagen ist gegen eine Mauer geprallt. Eine klare Sache, sollte man meinen. Deshalb wundern Sie sich wahrscheinlich, weshalb wir so viele Fragen stellen«, sagte Sandrine.

»Haben Sie den Artikel denn nicht zu Ende gelesen?«, fragte Jules. »Da steht auch, dass die Polizei wegen möglichem Fremdverschulden ermittelt.«

»Fremdverschulden? Das kann ich mir nicht vorstellen.« Pauline Faber schien nicht wahrhaben zu wollen, was Jules ihr soeben klarzumachen versuchte. Mit leicht abwesendem Blick starrte sie vor sich hin, während sie nachdachte und dabei redete: »Die Straßen dort oben auf den Hügeln, da muss man vorsichtig fahren. Und höllisch aufpassen, besonders morgens. Die Sonne blendet, man ist im Kopf vielleicht gerade ganz woanders, fährt ein bisschen zu schnell. Die Kurven sind wirklich verdammt gefährlich. Das hätte jedem passieren können. Ich meine: Yves war zwar nicht leichtsinnig, aber er trinkt gern mal ein Gläschen, raucht ein bisschen Gras, und das reicht dann eben schon.«

»Monsieur Morel war nicht betrunken, und er hatte auch nichts anderes konsumiert«, stellte Jules richtig. »Der Sonnenstand scheidet ebenfalls als Ursache aus. Aber dafür gab es einen Defekt am Fahrzeug, der ausschlaggebend für den Unfall gewesen sein könnte. Wir gehen davon aus, dass an dem Wagen manipuliert worden ist. Und zwar nicht lange bevor der Unfall passierte.«

In Paulines Gesicht spiegelten sich jetzt die unterschiedlichsten Gedanken wider. Jules meinte, Erkenntnis, Erschrecken und Angst zu erkennen. »Sie glauben jetzt aber nicht, dass ich das gewesen bin.«

»Sind Sie es gewesen?«, fragte Sandrine.

»Aber nein! Ich habe keine Ahnung von Autos. Ich weiß überhaupt nicht, was da zu tun wäre. Außerdem habe ich doch gar keinen Schlüssel für Yves' Cabrio.«

Um die Bremsleitungen zu sabotieren, braucht man keinen Schlüssel, dachte sich Jules, der gehofft hatte, die junge Frau würde sich durch einen unbedachten Satz verraten. So aber blieb es vorerst bei einem Verdachtsmoment – und einem Motiv, denn immerhin hatte das spätere Opfer sie bedroht und geschlagen.

»Bitte halten Sie sich zu unserer Verfügung«, sagte Jules und händigte seine Karte aus.

Zurück im Wagen bemerkte er Sandrines skeptischen Blick. »Entweder Miss Colmar ist die Täterin und zugleich sehr naiv, denn sonst hätte sie uns kaum vom Streit mit Morel erzählt. Oder sie hat nichts mit der beschädigten Bremsleitung zu tun und wusste bis eben wirklich nichts von unseren Ermittlungen.«

»Es gibt noch eine dritte Möglichkeit«, merkte Jules an. »Pauline Faber ist eine glänzende Schauspielerin und führt uns an der Nase herum.«

»Kann sein«, pflichtete Sandrine ihm bei und führte nachdenklich den Zeigefinger zum Mund. »Ist es Ihnen übrigens aufgefallen?«, fragte sie dann. »Pauline trug ein ärmelfreies Shirt.«

»Ja«, bestätigte Jules, der wusste, worauf die Kollegin anspielte. »Keine Spur eines Tattoos. Es besteht die Möglichkeit, dass Morel sich das Zeichen während einer früheren Beziehung hat stechen lassen. Das deckt sich mit Noëls Vermutung, dass er es schon länger hatte. Mindestens zehn Jahre. Wir sollten in Erfahrung bringen, wer ihm früher so nahegestanden hat, dass er zur Bezeugung seiner Liebe ins Tattoostudio gegangen ist.«

NEUN

Der Ort, den Jules nie im Leben aus eigenem Antrieb aufgesucht hätte, war von einem hohen, efeubewachsenen Zaun umgeben. Neben dem weit offen stehenden Tor kündigten zwei Schilder mit Bildmotiven an, was den Besucher erwartete: Störche. Jules konnte nicht anders, als das Gesicht zu verziehen.

»Sie mögen diese großen stolzen Vögel wirklich nicht, was?«, erkundigte sich Sandrine.

»Damit kein falscher Eindruck entsteht: Meine Antipathie bezieht sich nicht nur auf Störche, sondern allgemein auf große Vögel«, erklärte Jules. »Ich mag auch keine Schwäne, und Flamingos toleriere ich nur wegen ihrer harmlosen rosa Farbe.«

Sandrine sah ihn an, als würde sie ihm ein Trauma unterstellen. Jules konnte sich jedoch nicht entsinnen, jemals von einem Vogel gezwickt worden zu sein oder Ähnliches. Seiner Aversion lagen keine rationalen Gründe zugrunde.

Er steuerte den Polizeiwagen durch die Einfahrt bis zu einer geschotterten Parkfläche, auf der einige andere Autos standen.

»Wir könnten untersuchen lassen, ob sich hier Spuren von Bremsflüssigkeit finden«, schlug Sandrine vor.

Jules sah das kritisch. »Das ist ein Besucherparkplatz mit viel Fluktuation. Klar würden wir etwas finden: Öl, Kühlwasser, Batteriesäure und eventuell auch Bremsflüssigkeit. Aber lässt sie sich dann dem Unfallwagen zuordnen?«

»Es war ja bloß ein Vorschlag«, gab Sandrine ein wenig verschnupft von sich.

Jules merkte selbst, dass er die Ablehnung ihrer Idee nicht gerade freundlich formuliert hatte. Das lag daran, dass sich seine Laune gerade zusehends verschlechterte, denn schon hatte er das erste Gehege erspäht. Da er seine Missstimmung nicht an der Kollegin auslassen wollte, lenkte er ein und griff zum Funkgerät.

»Sie haben recht, ich fordere die Spurensicherung an.«

Anschließend stieß er die Autotür auf.

Innerhalb der mit Maschendrahtzaun geschützten Umhegung tummelte sich etwa ein Dutzend Störche. Sie staksten über eine Wiese mit einem kleinen Teich in der Mitte. Warum fliegen die Viecher nicht weg?, fragte sich Jules und spürte, wie es in seiner Nase zu kitzeln begann. Kurz darauf musste er niesen.

»Gesundheit!«, rief Sandrine ihm zu. Mit besorgtem Blick sagte sie: »Ist etwas nicht in Ordnung, Major? Ihre Augen, sie sind ganz rot.«

Jules rieb sich über die Lider, was die Sache nicht besser machte. Dass er keine Störche mochte, war ja nichts Neues, aber dass jetzt offenbar auch noch eine Allergie hinzukam, setzte dem Ganzen die Krone auf.

»Als Jugendliche hatte ich auch mit Allergien zu kämpfen«, sagte Sandrine ungefragt. »Die Bindehäute entzünden sich, und das Gewebe um das Auge herum schwillt an, manchmal so weit, dass man kaum noch etwas sehen kann. Das kann innerhalb von Minuten passieren, vor allem wenn man auch noch kräftig daran reibt.«

»Ach ja?«, gab Jules gereizt von sich. Er hatte nicht vor, dieses Thema zu vertiefen.

»Am Anfang sehen Sie alles verschwommen. Wenn Sie durch die Schwellung die Augen nicht mehr aufkriegen, sind Sie quasi blind. Aber es gibt Mittel dagegen.«

Jules nahm ihren Rat kommentarlos zur Kenntnis und zeigte auf ein barackenähnliches Gebäude, das wohl die Anmeldung beherbergte. »Lassen Sie uns hineingehen«, entschied er und entfernte sich, so schnell es ging, von dem Gehege.

Der Verwaltungsbau, gleichzeitig Kassenhaus und Informationszentrale, sah innen ebenso einfach aus wie von außen. Die Ausstattung beschränkte sich auf einen drehbaren Ständer, der Prospekte und Postkarten enthielt, außerdem gab es eine Vitrine mit Souvenirs, darunter Kuschelstörche aus Plüsch und Schlüsselanhänger mit Vogelmotiv.

Während sich Sandrine ein Faltblatt aus dem Prospektkarussell nahm, richtete Jules seine Aufmerksamkeit auf eine Frau, die hinter dem Tresen stand, der aus dem gleichen hellen Holz gezimmert war wie Decke und Böden. Sie war mittelgroß und mittelschlank, hatte ein leicht aufgedunsenes Gesicht und trug ihr flachsblondes Haar als Pagenschnitt. Die Haarkante über ihrer Stirn bildete dabei einen wie mit dem Lineal gezogenen geraden Strich. Jules schätzte sie auf irgendetwas zwischen dreißig und vierzig. An ihrem waldgrünen Hemd steckte ein kleines Namensschild: Camille Krueger.

Jules tippte an sein Käppi und nannte seinen Namen. »Wir möchten uns mit dem Leiter oder der Leiterin des Parks unterhalten«, sagte er.

»Steht vor Ihnen«, sagte Camille Krueger. »Willkommen in unserem Besucherzentrum! Was kann ich für Sie tun?«

Jules spürte ihre Zurückhaltung und ihren Argwohn. Was nichts heißen musste, denn wie er aus Erfahrung wusste, reagierten viele Menschen so, wenn sie unerwartet von Uniformierten angesprochen wurden. »Wir ermitteln im Zusammenhang mit dem Verkehrsunfall des Journalisten Yves Morel. Am Tag seines Todes stand ein Besuch Ihrer Einrichtung in seinem Terminkalender.«

»Monsieur Morel war eigentlich Gesellschaftsreporter«, ergänzte Sandrine. »Wir fragen uns daher, welches Interesse er an einem Vogelpark gehabt haben könnte.«

»Ist Monsieur Morel hier gewesen?«, fragte Jules.

Die rosigen Stellen im Gesicht seines Gegenübers breiteten sich aus. »Ja.« Camille Krueger räusperte sich. »Ja, Monsieur Morel war gestern bei uns. Ich habe im Radio von seinem Unfall gehört. Ganz furchtbar.«

»Hatte er sich angemeldet?«, wollte Jules wissen. »Hatten Sie einen festen Termin vereinbart?«

»Ja. Monsieur Morel kam mit Anmeldung«, bestätigte sie. »Er hatte sich schon am Freitag angekündigt.«

»Was wollte er von Ihnen? Ging es ihm tatsächlich um eine Reportage über den Storchenpark?«

Ihre schmalen Lippen ließen ein bedauerndes Lächeln erahnen. »Leider nein. Unsere Tiere sollten in seiner Geschichte höchstens am Rande auftauchen.«

»Welche Ziele verfolgen Sie denn mit der Farm?«,

erkundigte sich Jules, dem es schwerfiel, sich vorzustellen, warum jemand freiwillig diese Vögel um sich scharte.

»Störche, besonders den Weißstorch, aufzuziehen, damit die Storchennester in den elsässischen Dörfern wieder bewohnt werden, das ist das erklärte Ziel unseres Parks. Wenn die Leute zu uns kommen, können sie aus nächster Nähe die Aufzucht von Jungstörchen beobachten – und lassen hoffentlich ein bisschen Kleingeld da für unsere Unkosten.«

»Monsieur Morel war wohl eher wegen Ihres prominenten Gasts gekommen, richtig?«, tippte Sandrine.

Camille Krueger wirkte wenig glücklich, als sie bestätigte: »Der *parc ornithologique* kann gute Presse zwar gebrauchen, denn wir finanzieren uns einzig und allein durch Spenden. Monsieur Morel hatte aber andere Interessen, auch wenn ich versucht habe, ihn von unserem Konzept zu begeistern.«

»Selbst wenn er nur über die Anwesenheit der Youtuberin Chloé berichtet hätte, könnte Ihnen das nur recht sein, oder?«, meinte Sandrine. »Chloé hat viele Fans, die den Bekanntheitsgrad Ihres Parks beträchtlich erhöhen dürften.«

»Mag sein, doch wir sind kein Rummelplatz. Das Tierwohl hat bei uns oberste Priorität«, entgegnete Camille.

»Trotzdem lassen Sie zu, dass Chloé sich hier aufhält und sich auf ihrem Kanal als Tierschützerin präsentiert. Ist das nicht ein Widerspruch?«

»Chloé greift uns finanziell unter die Arme«, begründete Camille etwas zögerlich. Man merkte ihr an, dass ihr dieses Arrangement nicht behagte. »Sie ruft im

Internet zu Spenden auf. Dazu sagen wir natürlich nicht Nein.«

»Wo ist sie denn untergebracht?«, wollte Jules wissen. »Sie haben hier ja keine Gästezimmer oder so etwas.«

»Nein, wir sind ganz sicher kein Hotelbetrieb.« Sie ging auf eines der rückwärtigen Fenster zu und zeigte hinaus. »Dahinten. Sehen Sie das Wohnmobil, halb verdeckt durch die Büsche?«

Jules stieß einen Pfiff aus. »Allerdings! Dieses Riesenschiff ist kaum zu übersehen.«

»Chloé und ihr Begleiter sind mit dem Camper angereist und logieren dort, solange sie sich im Elsass aufhalten. Gerard, unser Hausmeister, hat für die Anschlüsse gesorgt: Wasser und Strom. Das Essen lassen sie sich vom Lieferservice kommen.«

»Danke für die Auskünfte«, sagte Jules, bei dem sich der Eindruck verstärkte, dass Camille ihren prominenten Gast zwar duldete, aber so bald wie möglich wieder loswerden wollte. »Wissen Sie, ob Chloé gerade zu Hause ist, also in ihrem Wohnmobil?«

»Ich denke schon. Versuchen Sie es einfach.«

Kaum hatten sie die Empfangsbaracke verlassen, spürte Jules ein Kratzen im Hals. Auch die Augen begannen wieder zu jucken.

»Was halten Sie von ihr?«, fragte er seine Begleiterin.

»Schwer zu sagen. Da sich Morels Interesse am Vogelpark wohl auf Chloé beschränkte, ist Camille für uns wahrscheinlich nicht wichtig.«

»Das sehe ich auch so. Andererseits hat Morel auch mit ihr gesprochen, sonst hätte sie ja nicht die Gelegenheit gehabt, ihm ihre Farm schmackhaft zu machen.

Nehmen wir einmal an, dass Morel sehr schroff darauf reagierte. Camille fühlte sich durch sein Desinteresse vor den Kopf gestoßen und griff zur Schere. Schnipp, schnapp, und die Bremsleitung war entzwei.«

»Glauben Sie das wirklich, Major?«

»Am Anfang einer Ermittlung muss man für alles offen sein, finde ich.«

Sie gingen an einem kopfhohen Zaun aus Drahtgeflecht entlang, durch den sie freie Sicht auf das Gelände hatten. Es handelte sich um eine weitläufige Ebene, durch die sich ein Bächlein schlängelte. Links und rechts des Bachs hatten sich kleine Tümpel gebildet, in denen einige Störche staksten. Ansonsten gab es viel hohes Gras, einige Büsche und immer wieder schattenspendende Bäume. Mittendrin, jeweils mit mehreren Metern Abstand voneinander, waren Baumstämme in den Boden gerammt worden, jeder drei bis vier Meter hoch. Auf den Pfählen hatte man tellerartige Halterungen befestigt, damit die Störche dort ihre Nester bauen konnten.

Als sie weitergingen, erweckten sie die Aufmerksamkeit von zwei Störchen, die sich neugierig dem Zaun näherten. Das Jucken in Jules' Augen wurde stärker. Er konnte nicht anders, als sie wieder zu reiben.

Sandrine entging das nicht. »Jetzt haben wir ganz vergessen zu fragen, warum sie nicht wegfliegen. Normalerweise müssen Vögel ja in Volieren gehalten werden, wenn man will, dass sie bleiben.«

Jules erinnerte sich an seinen letzten Zoobesuch. »Nicht unbedingt. Denken Sie an Flamingos.«

»Ich glaube, denen stutzt man die Flügel«, riet Sandrine.

»Keine Ahnung. Aber wir werden uns erkundigen«, versprach Jules. »Nächstes Mal denken wir dran.«

Je näher sie dem Wohnmobil kamen, desto imposanter wurde es: ein dreiachsiges Ungetüm mit den Ausmaßen eines mittelgroßen Autobusses. In den lackweißen Aufbau waren dunkel getönte Scheiben eingelassen, Zierleisten und verchromte Radkappen glänzten in der Sonne, und auf dem Dach stand eine ausladende Satellitenschüssel. Das Heck verfügte über eine große Ladeklappe. Da sie offen stand, warf Jules einen Blick hinein und sah zwei E-Roller sowie ein Motorrad, die über eine Rampe hinausgerollt werden konnten.

Sie umrundeten das Fahrzeug. Auf der anderen Seite spendete ein ausfahrbares apricotfarbenes Sonnendach Schatten. Darunter saßen zwei junge Leute in Lounge-Liegestühlen, lässig zurückgelehnt, die Beine ausgestreckt, in den Händen Cocktailgläser mit viel Eis und langen Strohhalmen. Beide salopp gekleidet und ganz offensichtlich nicht auf Besuch eingestellt.

Der Mann, schwarzes Haar, Dreitagebart, in Jeansshorts und Tanktop, reagierte als Erster. Er setzte sich gerade hin, stellte das Glas auf einen niedrigen Campingtisch und schnippte die Zigarette weg, die er in der anderen Hand gehalten hatte. Der Blick, den er den zwei Uniformierten zuwarf, war nicht eben freundlich.

Etwas zeitversetzt regte sich auch Chloé. Jules musterte sie neugierig. Sie sah anders aus als in dem Video, das Sandrine ihm gezeigt hatte. Auch sie trug legere Freizeitkleidung, und ihr schulterlanges blondes Haar war ebenso wenig gestylt wie ihr Gesicht. Eine Zwanzigjährige wie viele andere, ging es Jules durch den Kopf, und er fragte sich, ob Chloé nicht fürchten musste, so von ihren Fans gesehen und womöglich fotografiert zu werden. Dann sah er den nahen Zaun, der an dieser Stelle besonders dicht von Efeu bewachsen war. Der Platz, den sich Chloé und Begleiter ausgesucht hatten, bot ausreichend Schutz vor neugierigen Blicken und lag ein ganzes Stück abseits der beschilderten Wege für Besucher.

Deshalb konnte es Chloé gar nicht recht sein, wenn plötzlich doch jemand unangekündigt um die Ecke bog. »Was wollen Sie?«, fragte sie mit einer gänzlich anderen Stimme als im Video: selbstbewusster, eine Spur tiefer und mahnend.

Als sie sich vor Jules aufbaute, registrierte er, dass er sich durch das Video auch ihre Größe betreffend getäuscht hatte. Chloé war sehr klein, etwa eins sechzig, vielleicht sogar weniger. Die starke Ausstrahlung, die zweifelsohne von ihr ausging, machte diesen Makel – wenn es denn überhaupt einer war – aber wieder wett.

»Wir kommen von der Gendarmerie nationale in Colmar und möchten uns mit Ihnen über Monsieur Morel unterhalten«, sagte Jules und zeigte seinen Ausweis. »Wahrscheinlich haben Sie von seinem Unfalltod bereits gehört.«

»Jaja«, sagte Chloé und setzte ihren Fuß auf die Türschwelle des Wohnmobils. »Clément, biete unseren Gästen etwas zu trinken an, ich bin gleich wieder da.« Mit dieser Anweisung verschwand sie im Wagen.

»Und Sie sind …?«, wandte sich Sandrine an den jungen Mann.

»Clément«, wiederholte dieser etwas widerwillig den Namen, mit dem ihn Chloé soeben angesprochen hatte. »Clément Tessier, Chloés Freund.« Mit ungelenker Geste deutete er auf die diversen Getränke, die auf dem Tisch standen. »Möchten Sie?«

»Nein danke«, sagte Jules. »Dürfen wir uns setzen?«

»Aber klar.« Clément zog zwei neongrüne Sitzwürfel heran. »Wie wäre es mit einem Snack?«

»Nicht nötig«, sagte Jules. »Wir sind einzig und allein auf Informationen aus.«

»Informationen …« Clément straffte die Schultern. Wie unwohl er sich in der Gegenwart von zwei Uniformierten fühlte, konnte er nicht verbergen. Umso größer schien seine Erleichterung, als Chloé zurückkam.

In der kurzen Zeit war es ihr gelungen, ihre Garderobe zu wechseln, etwas Schminke aufzutragen und sich durchs Haar zu kämmen. Außerdem trug sie jetzt hochhackige Schuhe. Mit souveränem Lächeln ließ sie sich neben Jules nieder. »*Alors*, Major, was kann ich für Sie tun?«, fragte sie, schlug die Beine übereinander und beugte sich zu ihm vor.

»Bei den Ermittlungen der Unfallursache sind einige Ungereimtheiten zutage getreten«, erläuterte Jules und berichtete, dass am Unfallwagen vermutlich manipuliert worden war. »Da sich Monsieur Morel zuvor hier aufgehalten hat, um mit Ihnen ein Interview zu führen, müssen wir klären, ob es möglicherweise Zusammenhänge gibt.«

»Das verstehe ich nicht«, sagte Chloé.

»Die Bremsleitung von Monsieurs Fahrzeug wurde angeschnitten«, präzisierte Sandrine. »Es ist nicht auszuschließen, dass dies hier auf der Storchenfarm passiert ist.«

Chloé zog ihre linke Braue nach oben. »Trotzdem verstehe ich nicht, warum Sie gerade mir das sagen.«

»Immerhin hat Monsieur Morel den Park besucht, um Sie zu treffen«, begründete Jules.

»Das mag ja sein, aber was soll das mit seinem Unfall zu tun haben?«

»Mord oder fahrlässige Tötung«, korrigierte Sandrine mit schneidender Stimme. »Darauf läuft es hinaus, wenn man jemandem die Bremsanlage sabotiert.«

Chloé verzog den Mund. »Hören Sie: Dieser Morel ist bei mir gewesen, um mir Fragen zu stellen. Dabei hatte ich schon vorher klargemacht, dass ich keine Interviews gebe. Grundsätzlich nicht.« Sie sah sich nach ihrem Freund um. »Clément wird Ihnen das bestätigen: So ist es doch gewesen, Clément, nach fünf Minuten war dieser Zeitungsmensch wieder weg, richtig?«

»Das stimmt«, bejahte der Freund. »Er ist kaum zu Wort gekommen.«

»Was wollte Morel von Ihnen wissen?«, erkundigte sich Jules bei Chloé.

»Das Übliche, eine Exklusivstory für sein Blatt. Aber wenn ich selbst *Paris Match* nicht zur Verfügung stehe, warum dann ausgerechnet einer Elsässer Provinzgazette?«

»Sie sind wohl nicht auf gute Presse angewiesen?«, fragte Sandrine, bei der Jules ihre Strenge gegenüber der Befragten auffiel.

»Offen gesprochen: Ich habe kein Interesse daran, weil es mir nicht um zusätzliche Publicity geht, von der ich eh genug habe. Meine Community liest keine Zeitung, unsere Generation bezieht ihre Informationen aus anderen Quellen.«

»Könnte es sein, dass Ihre Absage Morel zu einer

besonders aggressiven Fahrweise veranlasst hat?«, legte Sandrine nach und überspannte nach Jules' Ansicht damit den Bogen.

Prompt mischte sich Clément ein: »Reporter leben eben gefährlich.«

»Kommen wir zurück auf die defekte Bremse«, sagte Jules. »Können Sie sich denken, wer sich an Morels Wagen zu schaffen gemacht haben könnte?«

»Nein«, sagte Chloé sofort. »Ich kannte den Mann ja kaum. Woher sollte ich wissen, wen er sich zum Feind gemacht hat?«

»Dieser Feind, wie Sie ihn nennen, hat sich höchstwahrscheinlich hier auf dem Gelände aufgehalten«, erwiderte Jules eindringlich. »Da kommen nicht besonders viele Personen infrage.«

»Wenn Sie die Besucher mitzählen, aber schon«, widersprach Clément. »Vielleicht ist es ja auch ein Storch gewesen, der keine Reporter mag und mit seinem langen Schnabel in den Schlauch gezwickt hat.«

Chloés Stirn kräuselte sich bedenklich, als sie ihren Freund anfuhr: »Deine Späße sind hier unangebracht.«

»Das meine ich auch«, sagte Jules. »Offensichtlich sind Sie sich der Tragweite unserer Fragen nicht bewusst, Monsieur Tessier. Wir ermitteln wegen eines Kapitalverbrechens.«

»Und wenn es doch bloß ein Unfall war?«, schob Clément kleinlaut nach. »Undichte Bremsleitungen – so etwas soll ja vorkommen, auch ohne dass sich jemand mit einem Messer daran zu schaffen macht.«

»Die Kriminaltechnik sieht es als erwiesen an, dass die Leitungen durchtrennt wurden«, stellte Sandrine klar. »Und zwar zeitnah vor dem Unfall.«

»Hat jemand von Ihnen Monsieur Morel nach dem Gespräch zurück zu seinem Wagen begleitet?«, wollte Jules wissen.

Beide Befragten schüttelten den Kopf. »Er ist ziemlich überstürzt aufgebrochen, nachdem er sich meine Absage abgeholt hatte«, schilderte Chloé und fügte herablassend hinzu: »Monsieur Morel erweckte nicht den Eindruck, als ob er länger an unserer Gesellschaft interessiert war.«

»Konnten Sie sehen, ob er danach direkt zum Parkplatz gegangen ist?«

»Ich habe mich nicht mehr darum gekümmert«, antwortete Chloé.

»Und Sie, Monsieur Tessier?«

»Nein. Also, ich glaube…« Er rutschte unruhig hin und her. »Er ist dann wohl gleich zum Parkplatz, soweit ich sehen konnte.«

»Sind Sie sicher?«

»So genau habe ich auch nicht darauf geachtet.«

Jules, der sich Stichpunkte des Gesprächs in einem Block notiert hatte, klappte diesen zu und stand auf. »Danke für Ihre Auskünfte«, sagte er.

Auch Sandrine erhob sich, obwohl es so aussah, als hätte sie Chloé und ihrem Freund gern noch länger auf den Zahn gefühlt.

Als sich Jules von Chloé verabschiedete, fragte er beiläufig: »Wie lange haben Sie vor hierzubleiben? Eigentlich leben Sie ja in Nizza, richtig?«

»Solange es nötig ist«, antwortete Chloé vieldeutig.

Jules nahm das ohne Nachfrage zur Kenntnis und beschloss, das Gespräch bei passender Gelegenheit fortzusetzen – ohne die Anwesenheit von Clément und

Sandrine. Vielleicht war Chloé dann etwas zugänglicher.

Auf dem Rückweg suchten Jules und Sandrine erneut die Verwaltungsbaracke auf. Wegen ihrer Nähe zum Gehege nahm der Juckreiz in Jules' Augen wieder zu.

»Nicht reiben«, empfahl Sandrine zum wiederholten Mal. »Das macht es nur schlimmer.«

Camille Krueger erwartete sie mit derselben gleichmütigen Miene wie zuvor. Ihr teigiges Gesicht, die blassblauen Augen und der seltsame Haarschnitt im Stil von Prinz Eisenherz vermittelten einen etwas unglücklichen Eindruck, den Jules nur schwer deuten konnte.

»Hatten Sie Glück?«, erkundigte sie sich.

»Wir haben Chloé angetroffen, danke«, sagte Jules und kündigte an, dass Mitarbeiter der Gendarmerie den Gästeparkplatz kriminaltechnisch untersuchen würden. »Können Sie veranlassen, dass ab sofort keine Besucher mehr einfahren?«, bat er. »Unsere Kollegen von der Spurensicherung treffen sicher bald ein.«

»Gerard wird sich darum kümmern«, sagte sie. »Wir haben genug Flatterband im Lager.«

»Apropos Gerard: Gibt es neben dem Hausmeister und Ihnen weiteres festes Personal auf der Farm?«

»Nein«, sagte Camille. »Mehr könnten wir uns gar nicht leisten, obwohl es immer viel zu tun gibt. Wir sind auf ehrenamtliche Helfer angewiesen, und zurzeit hilft uns außerdem noch Patrick.«

»Patrick?«, hakte Jules nach.

»Unser Praktikant. Er absolviert bei uns eine Art soziales Jahr.«

»Gibt es eine Liste der ehrenamtlichen Helfer, die Sie

mir rasch ausdrucken könnten?«, erkundigte sich Sandrine.

»Nein, aber ich kann Ihnen eine zusammenstellen«, bot Camille an. »Allerdings haben wir eine recht große Fluktuation. Regelmäßig kommt eigentlich nur Dr. Bierot.«

»Ein Tierarzt?«, vermutete Jules aufgrund des Doktortitels.

»Nicht direkt, Paul Bierot ist ein pensionierter Ornithologe, der uns hin und wieder berät. Bis zu einem gewissen Grad ersetzt er aber auch den Tierarzt, was uns nur recht sein kann, da er kein Honorar berechnet.« Sie stieß einen Seufzer aus. »Insgesamt gibt es leider viel zu wenige helfende Hände. Dabei wären wir dringend darauf angewiesen. Sicher haben Sie unsere Aushänge gesehen: ›Vogelfreunde gesucht!‹ Falls Sie jemanden kennen, der sich für unsere Storchenpopulation engagieren möchte, soll er sich bei uns melden.« Wie um ihre Worte zu unterstreichen, drückte sie Jules ein Flugblatt mit dem Aufruf in die Hand.

Dieser nahm den Zettel mit Widerwillen entgegen. »Ähm, ja, ich kann mich ja mal umhören«, sagte er und erkundigte sich, ob die genannten Helfer zu sprechen seien.

Camille warf einen Blick auf eine Uhr, die über der Tür hing. »Gerard macht wahrscheinlich gerade Pause. Möglich, dass Sie ihn an der Geräteschеune antreffen. Dort setzt er sich gern auf eine Bank in der Sonne. Patrick dürfte sich irgendwo im Gehege aufhalten. Mit Dr. Bierot rechnen wir heute nicht mehr.«

»Gut, ich danke Ihnen«, sagte Jules und wollte gehen.

Doch Sandrine hatte noch etwas auf dem Herzen: »Mein Kollege und ich haben uns gefragt, warum die Störche auf der Farm bleiben und nicht wegfliegen. Das Freigehege ist ja kein Käfig.«

Camille schmunzelte. »Ganz einfach: Weil sie sich dafür entschieden haben, bei uns zu bleiben.« Sandrine und Jules sahen sie ungläubig an, woraufhin die Parkleiterin ausholte: »Der Weißstorch, das Wahrzeichen des Elsass, drohte vor einigen Jahren aus verschiedenen Gründen auszusterben: Nahrungsmangel wegen Verschmutzung und Austrocknung der Feuchtgebiete oder tödliche Elektroleitungen, es hatte vielerlei Ursachen. Zuletzt gab es nur noch ein einziges Storchenpaar in der Gegend. Also mussten wir etwas tun. Gut zehn Jahre ist es her, dass wir mit dem Bau eines geschlossenen Geheges, einer Voliere, begannen, in das wir drei Storchenpaare aus der Schweiz einsetzten und während des Winters versorgten. Im Frühjahr darauf wurde das erste Storchenpaar in die Freiheit entlassen, es nahm eines der Nester im Freigehege an. Im Frühsommer desselben Jahres durften wir uns über die Geburt des ersten Jungstorches freuen. In den Jahren darauf siedelten sich dann mehr und mehr Störche bei uns an – ganz freiwillig.« Sie behielt ihr wissendes Lächeln bei, als sie fortfuhr: »Vielleicht sollte ich ergänzen, dass Störche zwar einen großen Appetit haben, aber auch bequem sind. Wenn sie zwischen unseren schönen Flachseen mit Fischen und Amphibien und irgendeiner Wiese mit schwer zu jagenden Kleinsäugern wählen können, entscheiden sie sich im Zweifelsfall für den Selbstbedienungsladen, den wir ihnen hier bieten. Sie fühlen sich ganz einfach wohl bei uns.«

»Aber heißt es nicht, Störche würden im Winter in den Süden fliegen?«, wollte Sandrine wissen.

Camille nickte verständig. »Ganz richtig. Jungstörche, die flügge werden, folgen normalerweise ihrem natürlichen Instinkt und machen sich zum Winterquartier in Afrika auf. Das tun sie, um jahreszeitlich bedingten Futtermangel auszugleichen. Das gilt nicht für verletzte oder schwache Vögel, die es nicht schaffen, mit ihren Artgenossen aufzubrechen. Sie bleiben und verlieren den Drang, sich im Herbst aufzumachen. Hin und wieder passiert das auch bei gesunden Störchen, man weiß nicht genau, warum.«

»Im Ernst? So einfach ist das?«

»Ja. Haben Störche einmal einen Winter in Mitteleuropa verbracht, erlischt bei vielen von ihnen der sogenannte Zugtrieb, und sie fliegen nicht mehr in den Süden, genauer gesagt, über die Ägäis und den Sinai nach Ostafrika. Wenn sie eine Wintersaison bei uns verbracht haben, nisten sich einige von ihnen entweder hier im Park oder in den Dörfern der Umgebung ein, vor allem in alten verlassenen Nestern. Genug Nahrung bekommen sie bei uns ja das ganze Jahr über.«

»Wieder etwas gelernt«, sagte Sandrine und bedankte sich.

Vor der Tür fragte sie, ob sie nun zurückfahren sollten.

Jules aber wollte bleiben. »Wir sollten noch den Rest des Personals befragen«, bemerkte er. »Kann sein, dass jemand etwas beobachtet hat, das uns weiterhilft. Übernehmen Sie den Praktikanten?« Diese Aufteilung wählte er mit Bedacht, weil er dem Gehege nicht zu nahe kommen wollte.

Sandrine stimmte gleich zu, und Jules suchte nach der Scheune, von der die Parkleiterin gesprochen hatte. Der aus Holz gezimmerte Schober war nicht schwer zu finden. Er bestand aus mehreren Gebäudeteilen; wahrscheinlich war mehrmals angebaut worden. Jules entdeckte auch auf Anhieb die Sitzbank, ein lauschiges Plätzchen wirklich, zur Hälfte beschattet durch eine knorrige Weide. Da niemand darauf saß, warf Jules einen Blick durch das halb offen stehende Scheunentor. Auch im Inneren rührte sich nichts.

Wo auch immer Gerard seine Pause verbrachte, heute schien er von seiner üblichen Routine abzuweichen. Jules umrundete die Scheune, traf aber keine Menschenseele an und ging deshalb zurück zum Parkplatz.

Am Auto traf er wieder auf Sandrine, die aussah, als habe sie mehr Erfolg gehabt als er.

»Wie ist es gelaufen?«, erkundigte sich Jules. »Haben Sie Patrick erwischt?«

»Ja«, antwortete Sandrine. »Es war allerdings nicht sonderlich ergiebig. Er ist ziemlich verstockt. Sagt nur das Allernötigste.«

»Hat er etwas oder jemanden beobachtet?«

»Nein. Er behauptet, überhaupt nichts von Morels Besuch auf der Farm mitbekommen zu haben.«

»Klang er glaubwürdig?«

»Schwer zu beurteilen. Wie gesagt, seine Antworten sind ziemlich knapp ausgefallen.« Nach kurzem Innehalten fügte sie hinzu: »Eines ist mir aufgefallen: Auf meine Frage, ob ihn der Unfalltod des Reporters so sehr mitnimmt, dass er nicht darüber reden will, hat er seltsam reagiert. Er wurde zornig und sagte, seine Gefühle würden mich gar nichts angehen.«

»Also lässt ihn Morels Tod wohl doch nicht ganz kalt«, folgerte Jules.

Sandrine fand eine andere schlüssige Erklärung: »Oder er wollte mich ganz einfach loswerden. Patrick hatte ja bereits gleich am Anfang deutlich gemacht, dass er nichts zu unseren Ermittlungen beitragen könne.«

»Hm. Das bringt uns leider alles nicht weiter. Hoffen wir, dass wir an anderer Stelle mehr Glück haben.«

Als sie im Auto saßen, sprach Jules Sandrine auf ihre forsche Befragung von Chloé an: »Ich dachte, Sie wären ein Fan ihres Youtube-Kanals? Das hat sich gerade gar nicht so angehört.«

»Bin ich auch«, bekräftigte Sandrine. »Aber ich bemühe mich, Privates von Beruflichem zu trennen. Deshalb habe ich mir auch kein Autogramm geben lassen, obwohl ich gern eins hätte.«

»Verstehe«, sagte Jules. »Wie war Ihr Eindruck? Weshalb hat sich Chloé nicht auf das Interview mit Morel eingelassen und ihn abgewiesen?«

»Aus genau den Gründen, die sie uns genannt hat. Es geht ihr darum, ihre Inhalte exklusiv über die eigenen Kanäle zu vermarkten. Chloé hat über drei Millionen Follower, und gerade Tiergeschichten laufen super. Dass sie sich in den Park quasi eingekauft hat, wird sich für sie sicher bald auszahlen. Dafür braucht sie keine lokale Berichterstattung.«

»Klingt plausibel«, stimmte Jules zu. »Dennoch frage ich mich, was Morel sich von seiner Story versprochen hat. Sie war ihm doch offenbar sehr wichtig.«

»Nun ja, einen Star wie Chloé hat man ja nicht jeden Tag vor der Haustür. Mal etwas anderes als ein Bericht über die diesjährige Erdbeerprinzessin oder den Spargelkönig.«

»Spargelkönig? Gibt es den wirklich?«

»Keine Ahnung. Aber wundern würde es mich nicht.«

Jules startete den Motor. Kaum schwenkte er in die enge Ausfahrt ein, musste er aufs Bremspedal treten. Ein anderes Auto kam ihm mit flottem Tempo entgegen. Es handelte sich um einen uralten Citroën Typ H-Lieferwagen aus Wellblech in der charakteristischen Bauweise. Der mausgraue Oldtimer stieß dunkle Dieselwolken aus, während er an ihnen vorbeirollte.

Jules wusste, dass nur noch ein Fahrzeug dieses Typs in der Gegend unterwegs war, und so überraschte es ihn nicht, als er Lino Pignieres hinterm Steuer erblickte. Der Ex-Gendarm ignorierte ihn und fuhr mit sturem Blick weiter in Richtung Verwaltungsbau.

Was zum Teufel hatte Lino im Vogelpark verloren?

Mit verbissener Miene mixte sich Chloé einen Fruchtcocktail. Sie bearbeitete eine Limette mit einem kleinen Messer so inbrünstig, als wollte sie sie in winzige Stücke hacken. »Den Spruch mit den Störchen hättest du dir wirklich sparen können«, sagte sie zu Clément, ohne ihn anzusehen.

Der hatte seinen Stuhl ein Stück verschoben, um einen gewissen Sicherheitsabstand zu ihr zu haben. »Die *flics* können uns gar nichts«, wiegelte er ab. »Dieser Kerl ist mit seinem Wagen verunglückt. *Who cares?*«

Chloé rutschte mit dem Messer aus, die scharfe Klinge hinterließ eine tiefe Furche in der Arbeitsplatte. Mit dieser Klinge könnte sie noch ganz anderes in kleine Stücke schneiden als bloß das Obst, dachte Clément.

»Würdest du bitte nicht vergessen, dass es ums Geschäft geht?«, brauste Chloé auf. »Es geht immer ums Geschäft! Von der Polizei in einer Mordsache befragt zu werden, kommt in der Community sicher nicht gut an.« Wieder sauste das Messer auf die Frucht herab, dass es nur so spritzte. »Du hättest dich vor dem Major wirklich nicht so gehen lassen dürfen. Da erwarte ich mehr von dir. Immerhin lebst du sehr gut von dem, was ich verdiene, oder?«

»Fragt sich bloß, wie lange noch«, wagte Clément zu bemerken. »Die Fans warten auf neuen Content. Und zwar richtige Inhalte, nicht bloß das hundertste Bild von einem Drecksstorch.«

»Was soll das heißen?« Chloé hatte das Messer beiseitegelegt und starrte ihn angriffslustig an.

»Du weißt doch, dass das Landleben nicht so mein Ding ist, außerdem bin ich nicht zum Campen geboren. Dein Engagement für diesen Park – ich halte das für einen Fehler.«

»Ach ja?« Chloé stemmte die Fäuste in die Taille. »Hat der Herr denn nicht allen Komfort? Du lebst hier in einem Super-Luxus-Reisemobil inklusive Klimaanlage, 65-Zoll-Flatscreen und Surround-System. Das WLAN ist stabil, und sogar dein heiß geliebtes Motorrad findet Platz in der Heckgarage. Was willst du mehr?«

»Zurück nach Nizza.«

»Damit du deine Kumpels treffen und jede Nacht durchfeiern kannst?«

Darauf ging Clément nicht ein. »Das Wohnmobil

ist ganz okay. Trotzdem bin ich dafür, dass wir bald zurückfahren. Ich kann wirklich nicht verstehen, weshalb du so viel Zeit auf diese blöden Vögel verschwendest.« Das war vom ersten Tag an so gewesen. Ihr Interesse an der Storchenfarm war auffällig plötzlich gekommen, wie aus dem Nichts. Zuvor hatte er seine Freundin nie als eine sonderliche Tierfreundin erlebt. Doch nach Gründen für ihren Sinneswandel suchte er bisher vergeblich.

Außerdem fragte er sich noch immer, weshalb sie diesen Reporter so schroff zurückgewiesen hatte. Chloé gab zwar wirklich nicht gern Interviews, doch sie hatte Morel erst gar nicht zu Wort kommen lassen. Sie hatte ihn buchstäblich vom Platz gejagt, als hätte er die Pest.

Und weshalb hatte sie die Frage des Majors, ob Morel sofort zu seinem Auto zurückgegangen sei, nicht wahrheitsgemäß beantwortet? Clément hatte mit eigenen Augen gesehen, dass der Reporter noch einen Abstecher zum Gehege gemacht hatte. Womöglich, um mit Camille zu reden oder mit dem Hausmeister, dem alten Gerard. Das hätte Chloé doch durchaus sagen können.

»Du hältst meinen Einsatz für die Farm für einen Fehler?«, fragte Chloé mit bohrendem Blick. »Nur bist du leider nicht mein Manager, sondern mein Freund. Und von dir brauche ich keine beruflichen Ratschläge, weil du keine Ahnung von dem Metier hast. Mehr als die Kamera halten kannst du nämlich nicht. Aber schön, wenn du unbedingt willst, fahr zurück an die Côte d'Azur. Los, los! Worauf wartest du noch? Schnapp dir dein Motorrad und zisch ab!«

Nichts lieber als das! Doch es kam nicht infrage, denn dann würde sie ihn fallen lassen, das wusste Clément genau.

»Und wer soll dir dann assistieren, zum Beispiel mit der Kamera?«, fragte er in versöhnlichem Ton und versuchte sich an einem Lächeln. »Außerdem würde ich dich ganz schnell vermissen. Ich bleibe natürlich.«

»Gut, dann wäre das ja geklärt«, sagte sie und klappte einen Taschenspiegel auf. »Das nächste Mal, wenn die Polizei aufkreuzt, überlässt du das Reden mir. Auch in deinem eigenen Interesse.« Sie streckte ihr Kinn vor und suchte ihr Spiegelbild sorgfältig nach Hautunreinheiten oder gar Fältchen ab.

Bisher waren keinerlei Spuren des Alterns an ihr zu entdecken, fand Clément, aber wenn es je so weit kam, würde sie sofort losziehen, um sich die Haut straffen oder die Lippen aufspritzen zu lassen.

Ihre Eitelkeit und Selbstverliebtheit waren wie ein Panzer, der sie unangreifbar machte. Manchmal beneidete er sie darum. Doch jetzt, in diesem Moment, empfand er ihre Art als unpassend und irritierend.

ZEHN

»Seit unserer Radtour hatte ich keine einzige ruhige Minute mehr!«, klagte Jules, als er abgekämpft Joannas Wohnung betrat. Der Abend war längst angebrochen und die Zahl seiner Überstunden wieder einmal gestiegen. »Man kommt überhaupt nicht mehr zur Ruhe, geschweige denn dazu, gemeinsam etwas zu unternehmen. Was hältst du davon, wenn wir heute fein essen gehen?« Er schlug das *La Pergola* vor, das in der Nähe von Kathedrale und Pfisterhaus lag und bekannt war für seine Munsterkäse-Spezialitäten. »Oder mal wieder ins *La Taverne*?« Zwischen Klein-Venedig und Place de l'Ancienne Douane gelegen, bot es traditionelle elsässische Spezialitäten wie Baeckeoffe oder geschmorten Schinken im Sauerkrautnest. Außerdem war die *winstub* urgemütlich. »Ja, lass uns ausgehen!«

Joanna, die den hinter ihr liegenden Arbeitstag offenbar deutlich besser verkraftet hatte als er und so frisch wie der Frühling wirkte, kam mit federleichtem Schritt auf ihn zu, drückte ihn an sich und beschenkte ihn mit einem ausgiebigen Kuss. Jules spürte ihre warme Haut durch den dünnen Stoff des Kleides und roch ihr Parfüm, eine Mischung aus Veilchenduft und Meeresbrise.

»Was hältst du davon, wenn wir das nicht tun, sondern uns selbst an den Herd stellen?«, hauchte sie ihm ins Ohr. »Du wolltest doch mehr Ruhe und Zweisamkeit. Das haben wir beides hier zu Hause.«

»Das klingt noch besser, gute Idee!«, erwiderte er freudig und löste sich von ihr, aber nur ungern. »Was schwebt dir denn vor?«

Joanna ging zum Kühlschrank. Auf dem Tisch stand bereits eine entkorkte Weinflasche, daneben zwei Gläser. »Kommt darauf an, was unsere Vorräte hergeben.« Nach grober Sichtung des Kühlschrankinhalts und einem Blick in den Speiseschrank stand ihre Entscheidung fest: »Zewelkueche.«

»Bitte was?«

»Zwiebelkuchen«, übersetzte Joanna den elsässischen Begriff.

Bestimmt wieder so eine ganz eigene Variante, dachte Jules, der die hiesige Küche mehr und mehr schätzte. Die *Cuisine d'Alsace* war mit ihren Zutaten, Rezepten und Spezialitäten eine Synthese aus alemannischer Deftigkeit und französischer Raffinesse. Oder wie es der elsässische Karikaturist und Autor Tomi Ungerer einmal so treffend ausgedrückt hatte: »Französische Qualität und deutsche Portionen.«

Jules, der bis zu seinem Umzug ins Elsass der mediterranen Küche den Vorzug gegeben hatte, hatte mittlerweile nicht nur ein Faible für Flammkuchen und deftige Sauerkrautgerichte entwickelt. Was ihm besonders entgegenkam, war die hiesige Frühstückskultur. Generell fiel das *petit déjeuner* in Frankreich ja recht mager aus, es bestand meist nur aus *café au lait* oder einer Tasse Schokolade und dazu ein Croissant oder ein Stück Baguette mit Butter und Marmelade. Am Fuß der Vogesen dagegen wurde erfreulich oft ein reichhaltiges

Frühstück mit Wurst, Käse und Ei serviert, gern auch mit einem großen Stück Kougelhopf. Doch bei allem Einfluss aus dem benachbarten Deutschland – auf die typisch französische Küche musste Jules ebenfalls nicht verzichten, denn natürlich gab es auch in seiner neuen Heimat Soufflés, Gratins und Coq au Vin, hier bevorzugt als Coq au Riesling.

Joanna schnippte mit den Fingern und holte ihn damit aus seinen Gedanken. »So versonnen, wie du gerade schaust, denkst du hoffentlich an mich.«

»Aber natürlich«, sagte er und holte sich einen weiteren Kuss ab.

Nach dem ersten Glas Wein machten sie sich daran, ihr Abendessen vorzubereiten. Sie mischten in einer Schüssel Mehl, Salz und Butterstückchen und benetzten alles mit etwas Wasser. Nach dem Kneten formte Joanna eine Teigkugel und umwickelte sie mit Frischhaltefolie.

»Der Teig muss jetzt eine halbe Stunde in den Kühlschrank«, sagte sie und hakte ihren Zeigefinger hinter Jules' Gürtelschnalle ein. »Eine Idee, was wir in der Zwischenzeit tun könnten?«

Sie wartete die Antwort nicht ab, sondern zog ihn hinter sich her und stieß mit der Fußspitze die Schlafzimmertür auf.

Die Kugel war ausgekühlt und hatte eine seidenweiche Oberfläche, als sie in die Küche zurückkamen und den Teig aus dem Kühlschrank holten. Nachdem sie damit eine große, runde Steingutform ausgelegt hatten, bedeckte Joanna ihn mit Backpapier und schob die Form zum Vorbacken in den vorgeheizten Ofen. Während sie am Wein nippten, schnitten sie Zwiebeln und Speck. Jules stellte den Herd auf eine niedrige Stufe und briet beides, bis die Zwiebeln glasig wurden. Unterdessen verquirlte Joanna Sahne mit Milch und schlug vier Eier hinein. Dazu gab sie etwas Salz, Pfeffer und eine Prise Muskatnuss.

Nach etwa zwanzig Minuten, in denen sie noch den grünen Salat geputzt und gewaschen hatten, nahm Joanna die Form aus dem Ofen. Jules verteilte die Zwiebel-Speck-Mischung auf dem vorgebackenen Boden und ließ die Eier-Sahne-Mischung darüberfließen. Nun müsse der Kuchen noch weitere dreißig Minuten bei hundertachtzig Grad backen, verkündete Joanna.

»Mir knurrt schon jetzt der Magen«, sagte Jules gut gelaunt und freute sich auf das, was der Abend noch bringen würde. So viel ungestörte Harmonie hatten sie schon lange nicht mehr genossen.

Er war gerade dabei, Teller und Besteck zu decken, da schlich sich Joanna von hinten an ihn heran und schlang die Arme um ihn.

»Lass die Gabeln fallen«, sagte sie zärtlich und bestimmend zugleich. »Noch mal eine halbe Stunde – wir wollen die Zeit doch nicht mit Tischdecken vergeuden, oder?«

»Aber wir haben doch gerade erst …«, wunderte sich Jules, während Joanna ihren Körper fest an ihn presste. Er spürte ihre Brüste und die Hüfte, die ihn an die Tischkante drängte.

»Dreh dich um«, zischt sie ihm ins Ohr, während ihre Hände nach seinem Unterleib tasteten.

Jules fühlte die Wärme und die Erregung in sich aufsteigen, da klingelte es an der Wohnungstür.

Der Blick, den Joanna ihm zuwarf, konnte finsterer nicht sein.

»Wer will uns da den Abend vermasseln?«, sprach sie aus, was beide dachten.

Nachdem der erste Schockmoment vorüber war, sagte Jules angesichts der knappen Zeit: »Wir machen einfach nicht auf. Dann wird der Störenfried schon verschwinden.«

Bei Joanna, aus deren Wangen das Rosa bereits wich, überwog allerdings die Neugierde. »Lass mich wenigstens mal durch den Türspion sehen«, sagte sie und schlich in den Flur. Trotz ihres Bemühens, leise zu sein, konnte sie das Knarren der Bodendielen nicht verhindern.

Jules folgte dicht hinter ihr. Joanna warf einen Blick durch das kleine Guckloch und zuckte vor Schreck so schnell zurück, dass sie mit dem Kopf gegen Jules' Stirn prallte.

»Autsch!«, zischte er schmerzerfüllt und taumelte zwei Schritte nach hinten. »Wer ist es denn?«

Die Antwort auf seine Frage kam mit dröhnender Stimme aus dem Treppenhaus, begleitet von einem weiteren energischen Klingeln. »Ich bin's, Lino! Macht endlich auf, ihr zwei. Ich weiß, dass ihr zu Hause seid. Euren Zwiebelkuchen riecht man im ganzen Haus. Ich hoffe, ihr habt ein Stück für mich aufgehoben.«

Kurz darauf saßen sie zu dritt am Küchentisch, vor ihnen der goldbraun gebackene Zewelkueche.

»Der Boden knusprig und krümelig zugleich, der Belag deftig und fluffig – *formidable*, genau so muss er sein!«, lobte Lino, der sich das größte Stück abgeschnitten hatte. Nun goss er sich den Rest des Weins ein.

Jules und Joanna machten gute Miene zum bösen Spiel und beschieden sich mit dem, was übrig blieb. »Was verschlägt dich zu dieser späten Stunde nach Colmar?«, wollte Jules wissen. »Ich dachte, du meidest Fahrten in die ›Großstadt‹, zumal, wenn es dunkel ist.«

Der alte Gendarm stimmte mit einem Grunzlaut zu. »Ganz recht«, sagte er schmatzend. »Aber ich war ohnehin noch unterwegs, und da dachte ich mir, es wird Zeit, mal wieder ein paar alte Freunde zu besuchen.«

»Einfach so?«, fragte Jules betont erstaunt. »Es gibt wirklich keinen besonderen Anlass für dein Kommen?«

Lino zeigte eine Unschuldsmiene. »Was für einen sollte es denn geben?«

»Zum Beispiel, dass du uns über den Fall Morel aushorchen willst«, vermutete Jules. »Ich habe dich heute in deiner Klapperkiste bei der Storchenfarm vorfahren sehen. Das ist bestimmt kein Zufall gewesen.«

»Nenn meinen Citroën Typ H nicht Klapperkiste«, beschwerte sich Lino. »Jedes Automuseum würde sich die Finger danach abschlecken.«

»Dort gehört er auch hin«, entgegnete Jules. »Was wolltest du da?«

»Wo?«

»Im *parc ornithologique*.«

»Ach, nichts Besonderes.« Lino winkte ab. »Ich wollte bloß mal wieder ein paar Worte mit Camille wechseln.«

»Du kennst die Verwalterin des Vogelparks?«

»Natürlich. Wer kennt Camille nicht? Sie und ihre

Störche sind in der Gegend allgemein bekannt. In meiner aktiven Zeit hatte ich ab und zu auf der Farm zu tun. Einmal wurde die Kasse mit den Tageseinnahmen geklaut, ein andermal fehlte Futter. Aber das hatten sich nicht irgendwelche Langfinger, sondern Wildtiere geholt, die durch ein Loch im Zaun eingedrungen waren.«

»Soso«, sagte Jules und musterte das faltige Gesicht seines Gegenübers, in dem zwei Augen listig funkelten. »Und was hältst du von Camille? Wie ist dein Eindruck?«

»Sie ist wie eine typische Katzenmutti, die ihre Kinderlosigkeit mit einem Haufen Viecher überspielt. Anstelle der Katzen sind es bei ihr eben Störche. Ein bisschen verschroben, aber harmlos.«

»Kennst du auch die anderen Mitarbeiter? Diesen Hausmeister zum Beispiel?«

»Gerard? Aber natürlich! Ein echtes Elsässer Urgewächs, der für Camille den Laden schmeißt. Zumindest, was die körperliche Arbeit anbelangt. Gerard weiß, wo er anpacken muss, und macht nicht viele Worte darum.« Er neigte den Kopf. »Du müsstest ihn eigentlich auch kennen, denn er stammt aus Rebenheim und lässt sich hin und wieder in der *brasserie* blicken.«

»Wie steht es mit dem Praktikanten?«

Nun ließ Lino die Mundwinkel hängen. »Dieser Patrick? Eine hochgeschossene Bohnenstange, rostrotes Haar, das Gesicht voller Sommersprossen. Ich habe ihn bisher nur einmal kurz gesprochen. Ein linkischer Typ, der einem nicht in die Augen sehen kann. Dem traue ich nicht über den Weg.«

»Danke für deine Einschätzungen«, sagte Jules und

meinte es ernst. Denn er vertraute der Menschenkenntnis seines Amtsvorgängers aus Rebenheim, seiner früheren Wirkungsstätte.

»Gern.« Lino schwieg einen Moment, obwohl deutlich zu erkennen war, dass er noch etwas sagen wollte. Schließlich rückte er damit heraus: »Ich habe eine Weile zugeschaut, wie die Jungs von der Kriminaltechnik den Parkplatz umgepflügt haben.«

»Und Mädels«, ergänzte Joanna. Lino sah sie verständnislos an, woraufhin sie präzisierte: »Die Jungs und Mädels der Kriminaltechnik.«

»Jaja«, sagte Lino und fuhr fort: »Jedenfalls haben sie kein Kieselsteinchen auf dem anderen gelassen. Was versprecht ihr euch davon? Dass ihr eine Pfütze mit Bremsflüssigkeit findet, um zu klären, ob Morels Wagen auf dem Parkplatz beschädigt worden ist?« Er machte eine wegwerfende Handbewegung. »Der Platz ist nicht gepflastert, sondern hat bloß gekiesten Boden. Das Zeug ist längst versickert. Selbst wenn ihr fündig werdet, lässt sich der Täterkreis nicht eingrenzen, denn die Zufahrt ist öffentlich zugänglich. Jeder hätte dorthin kommen können.« Nach einer weiteren kurzen Pause fragte er: »Hat sich der Aufwand denn gelohnt?«

Jules wechselte einen Blick mit Joanna, die über alles informiert war. Sie übernahm das Antworten: »Ja. Es wurde eine gewisse Menge Bremsflüssigkeit im Bereich der Parkfläche sichergestellt. Ob sie tatsächlich aus dem Wagen des Opfers stammt, muss allerdings noch geklärt werden.«

»Wie ich schon sagte: Alles für die Katz«, gab Lino abfällig von sich.

»Das sehe ich anders«, widersprach Jules. »Der

letzte Termin für seine Zeitung, den Morel vor seinem Tod wahrgenommen hat, war auf der Storchenfarm. Soweit wir wissen, hat er den Park äußerst unzufrieden und überstürzt wieder verlassen. Was genau er noch vorhatte, ist nicht bekannt. Jedoch lässt sich nicht ausschließen, dass ihn jemand daran hindern wollte, seine Recherche fortzusetzen.«

Jules bemerkte einen weiteren Wechsel im Ausdruck des alten *flic*. Dann griff Lino in die Innentasche seiner abgewetzten Cordjacke und förderte ein Flugblatt zutage. Jules erkannte sofort, worum es sich dabei handelte: Es war der gleiche Aufruf zur freiwilligen Mitarbeit im Storchenpark, den Camille auch ihm in die Hand gedrückt hatte.

»Möchte man herausfinden, ob im *parc ornithologique* etwas nicht mit rechten Dingen zugeht, dann mischt man sich am besten unters Personal«, sagte Lino und schaute abwartend in die Runde.

Jules roch den Braten und reagierte unverzüglich: »Ich kann mir denken, was du vorhast, aber das ist mein Fall. Du hältst dich da schön raus.« Er entriss Lino den Flyer und stopfte ihn in die eigene Hosentasche. »Versprich mir, dass du keinen Job im Vogelpark annimmst!«

Lino versprach es ohne jedes Zögern. »Was hätte das auch für einen Sinn? Mich kennt ja jeder. Alle wissen, dass ich ein *flic* war. Das wäre eine sehr schlechte Tarnung.«

Jules nickte nachdenklich. Er traute dem Frieden nicht.

Dass Claudine Stangl erst nach zehn Uhr abends nach Hause kam, war keine Seltenheit. Längst hatte sie aufgehört, die Stunden zu zählen, die sie in den Redaktionsräumen des *Journal d'Alsace* verbrachte, und es mehr oder weniger akzeptiert, dass ihr als Chefredakteurin kein Privatleben mehr vergönnt blieb. Zumindest keines im bürgerlichen Sinn. Sie hatte sich damit arrangiert und Lösungen gefunden, dennoch ein erfülltes Leben zu führen.

Nur das indirekte Licht im Flur brannte, als sie ihren leichten Sommermantel ablegte und beim Betreten des kombinierten Wohn- und Essbereichs die Pumps abstreifte. Als Nächstes glitt das Jackett von den Schultern, und sie öffnete zwei Knöpfe an ihrer kurzärmligen Bluse. Vor dem hohen Spiegel im Durchgang zum Schlafzimmer blieb sie stehen und betrachtete sich. Sie war stolz auf ihre Weiblichkeit und Eleganz, womit sie den Männern noch immer den Kopf verdrehen konnte. Vor allem denjenigen, die auf Rothaarige standen. Die begehrlichen Blicke dieser Verehrer bestätigten sie in ihrem Selbstempfinden als Frau, doch es kam nur selten vor, dass sie dem Werben nachgab. Meist begnügte sie sich mit dem Wissen darum, dass sie könnte, wenn sie denn wollte.

Im diffusen Halbdunkel waren die Fältchen in ihrem Gesicht nicht zu erkennen, sodass sie glatt als Dreißigjährige durchgegangen wäre. Sie lachte bei diesem Anflug von Selbstverliebtheit und löste sich von ihrem Spiegelbild.

Ohne den Lichtschalter zu betätigen, fand sie den Weg zum Servierwagen, der ihr als rollende Bar diente, großzügig ausgestattet mit Alkoholika, samt und sonders teure Markenware. Sie schwankte kurz zwischen einem Cognac und einem Whisky und entschied sich dann für den Single Malt aus dem schottischen Hochland. Aus einem Sodaspender gab sie etwas Wasser hinzu, allerdings in homöopathischer Dosis.

Mit dem Glas in der Hand ging sie vorsichtig über den Parkettboden, bis sie den Schurwollteppich unter den Füßen spürte. Sie ertastete den Ohrensessel, der aus der Erbmasse ihres Großvaters stammte, und ließ sich hineingleiten, das Whiskyglas fest in der Hand.

Nun folgte ihr Abendritual: Mit geschlossenen Augen beugte sie sich über das Getränk, ließ den ersten Schluck am Gaumen verweilen und seine Wirkung entfalten. Als sie schluckte, spürte sie das Feuer in ihrer Kehle und merkte, wie die Anspannung von ihr abfiel.

Eine gute Viertelstunde widmete sie sich dem Alkohol und genoss seine gnädige Wirkung, um innerlich herunterzufahren, streifte den beruflichen Ballast des Tages ab wie eine zweite Haut. Erst nachdem das Glas bis auf den letzten Tropfen geleert war, stand sie auf und ging ohne Hast zur Schalterleiste. Kurz darauf wurde die Wohnung in wohltemperiertes Licht getaucht.

Claudine stellte das Glas ab und wechselte ins Bad. Dort entledigte sie sich ihres Schmucks. Ohrclips, Halskette und Armreif fielen mit leisem Klirren in eine Muschelschale. Sie fuhr sich mit den Händen durchs schimmernde Haar und betrachtete ihr Gesicht erneut im Spiegel. In ihren Augen meinte sie, einen Anflug von Traurigkeit zu erkennen.

Traurigkeit …

Oder war es nicht eher Betroffenheit?

Claudine wollte dieses Gefühl nicht zulassen, sie hätte es gern verdrängt. Aber war das überhaupt möglich? Wohl kaum. Selbst nach all den Jahren nicht.

Nachdenklich führte sie die Hand auf den linken Oberarm und legte sie über das tätowierte halbe Herz.

ELF

Das Besprechungszimmer verfügte über eine Fensterreihe, die auf den begrünten Innenhof der Gendarmerie nationale hinausging. Überragt wurden die Bäume, die den hohen Zaun säumten, von einem Fahnenmast, an dem schlaff die Trikolore hing. Jules behielt die Flagge von seinem Platz aus im Blick und wartete darauf, dass sich ein Windstoß erbarmte und sie zum Flattern brachte.

»Kaffee?«, fragte Sandrine und unterbrach damit seine Betrachtungen.

Jules sah zu ihr auf und bemerkte, dass sie nicht weniger als vier gefährlich volle Becher mit Automatenkaffee in den Händen hielt.

»Danke, gern«, sagte Jules und machte eilends Platz, damit die Kollegin die dampfenden Getränke auf dem Tisch abstellen konnte.

Zeitgleich öffnete sich die Tür, Capitaine Debré füllte den Rahmen. Etwas später würde noch Joanna zu ihnen stoßen, wusste Jules. Damit wäre die kleine Sonderkommission zum Fall Morel komplett.

Debré hatte einen Bartschatten, seine Krawatte saß schlecht. An Acht-Uhr-Termine war der Chef nicht gewöhnt. Jules nickte ihm der Höflichkeit halber zu.

»Was haben wir?«, eröffnete der Capitaine die Lagebesprechung, kaum dass er Platz genommen hatte.

Nicht viel Neues, dachte Jules und lieferte anhand seiner Aufzeichnungen eine Zusammenfassung der Fakten, die bislang vorlagen. Während er sprach, beschriftete Sandrine ein Whiteboard, auf dem bereits Fotos des Unfallorts mit kleinen Magneten fixiert worden waren.

»Fest steht: Laut Kriminaltechnik ist die Bremsanlage von Morels Wagen gezielt sabotiert worden. Die Kollegen konnten anhand der Größe des Lecks berechnen, in welchem Radius das Fahrzeug nach der Beschädigung des Schlauchs unterwegs gewesen sein konnte, bevor die Bremsanlage endgültig versagte«, erklärte Jules. Er stand auf und zeichnete auf einer Landkarte mit dem Zeigefinger einen Kreis um den mit Kreuz markierten Unfallort. »Darin liegen sowohl die Storchenfarm wie auch die Wohnung von Morels letzter Freundin und einige Randbezirke von Colmar.«

»Das Alibi der Freundin haben Sie überprüft?«, fragte Debré.

»Pauline Faber hat eingeräumt, sich an Morels Todestag mit ihm getroffen zu haben. Sie machte auch keinen Hehl daraus, dass sie im Streit auseinandergingen. Dass sie sich an Morels Wagen zu schaffen gemacht hat, hat sie dagegen vehement abgestritten. Oder besser gesagt: Sie hat das Cabrio nach eigenen Angaben gar nicht zu Gesicht bekommen.«

»Genau genommen beantwortete sie die Frage, ob sie den späteren Unfallwagen vorm Haus parken sah, wie folgt: ›Kann sein, ich habe nicht darauf geachtet‹«, präzisierte Sandrine nach einem Blick in ihre Aufzeichnungen.

»Damit gehört sie auf alle Fälle zum Kreis der Verdächtigen«, entschied Debré, woraufhin Sandrine den Namen Pauline Faber auf die Tafel schrieb. »Wie steht es mit den Beschäftigten dieses Vogelparks?«, wollte er als Nächstes wissen. »Haben Sie alle befragt?«

»Wir haben die Leiterin gesprochen, Camille Krueger«, sagte Jules. »Außerdem konnten wir die Youtuberin Chloé befragen sowie ihren Freund. Sehr erhellend waren diese Gespräche allerdings alle nicht.«

»Das war alles?«

»Auf der Farm arbeiten außerdem ein Hausmeister sowie ein Langzeitpraktikant, der von Sandrine befragt wurde. Hinzu kommt ein pensionierter Vogelkundler, der als regelmäßiger Berater fungiert. Seine Befragung und die des Hausmeisters stehen noch aus.«

»Holen Sie das nach«, ordnete Debré an. »Wie Sie wissen, hat die Kriminaltechnik Anhaltspunkte dafür gefunden, dass der Saboteur wohl auf dem Parkplatz der Storchenfarm zugeschlagen hat. Wie wir inzwischen wissen, ist die sichergestellte Bremsflüssigkeit mit neunzigprozentiger Wahrscheinlichkeit identisch mit der aus dem Unfallwagen. Daher brauchen wir die Aussagen von allen Mitarbeitern. Womöglich haben sie entsprechende Beobachtungen gemacht. Wer weiß, vielleicht haben sie sogar Pauline Faber dabei gesehen, wie sie ihrem Ex gefolgt ist, um dann Morels Wagen zu beschädigen.«

»Ich werde mich darum kümmern«, bot Jules an.

»*D'accord*. Aber erledigen Sie das diesmal allein. Wir müssen mit unseren personellen Ressourcen haushalten und können uns keine Doppelbesetzungen erlauben. Sandrine soll derweil noch einmal bei der Freundin vorstellig werden. Fühlen Sie ihr auf den Zahn und klopfen das Alibi ab.«

Diese Aufteilung kam Jules durchaus gelegen, denn er hatte ja ohnehin vorgehabt, Chloé ein zweites Mal zu befragen. Am liebsten unter vier Augen, ohne ihren Freund Clément. Von einer Einzelbefragung erhoffte er sich, dass sie weniger auf ihr öffentliches Image bedacht war und sich ihm gegenüber mehr öffnete.

Debré fuchtelte mit dem Zeigefinger in Richtung des Whiteboards. »Schreiben Sie die Namen dieser ganzen Vogelfreunde auf!«

»Alle?«, vergewisserte sich Sandrine.

»So viele sind es ja nicht, oder? Vergessen Sie die Youtuberin und ihren Begleiter nicht.« Er kratzte sich am Kopf. »Apropos: Wissen wir inzwischen, was Morel von Chloé wollte?«

»Leider nein«, räumte Jules ein und machte sich bewusst, dass sie nach wie vor ganz am Anfang standen. »Wir nehmen an, dass es um ein exklusives Interview gehen sollte. Nach den Angaben von Chloé hat sie ihn aber erst gar nicht zu Wort kommen lassen und jegliches Gespräch verweigert. Wie Sie wissen, konnte man uns auch in der Zeitungsredaktion nicht sagen, was Morel im Storchenpark eigentlich genau wollte.«

»Äußerst ärgerlich«, schimpfte Debré. »Was die Presse sich mitunter herausnimmt, ist unerhört. Auch Journalisten stehen schließlich nicht über dem Gesetz. Pressefreiheit hin oder her – es geht immerhin um die Aufklärung eines Kapitalverbrechens, Mord oder fahrlässige Tötung. Uns in einer solchen Situation Informationen vorzuenthalten, betrachte ich als Behinderung der Polizeiarbeit.«

»Wenn wir uns einen Durchsuchungsbeschluss für die Redaktion beschaffen, werden wir die benötigten Hinweise auf Morels Anliegen finden, da bin ich sicher«, regte Jules an.

»Das kannst du vergessen, Jules.« Diejenige, die das sagte, betrat mit Schwung und Elan den Raum. Sie trug ein figurbetontes anthrazitfarbenes Kostüm und darunter eine kirschrote Bluse, die zu ihren Ballerinas passte. Alles in allem eine sehr attraktive Erscheinung. In ihrem Gesicht standen Entschlossenheit und Kampfeswillen.

»Joanna!«, rief Jules überrascht. Er hatte sie erst später erwartet, da sie zunächst einen Termin am Gericht wahrnehmen wollte.

»*Madame la juge d'instruction*!« Debré sprang auf und eilte Joanna entgegen, um sie formvollendet zu begrüßen. »Willkommen in unserer kleinen Runde.«

Jules musste unwillkürlich schmunzeln, als er sah, wie der gestandene Kriminalist vor der Ermittlungsrichterin buckelte. Anderseits wusste er sehr wohl um die Macht dieses Amtes. So war es Joanna jederzeit möglich, die Untersuchung im Fall Morel an sich zu ziehen und Debré direkte Anweisungen zu erteilen. Es war keineswegs eine Selbstverständlichkeit, dass sie ihn an der langen Leine ließ und sich mehr oder weniger aufs Beobachten beschränkte.

Joanna suchte sich einen Platz, legte die gefalteten Hände auf den Tisch und machte ruhig und besonnen ihren Standpunkt klar: Den Durchsuchungsbeschluss für die Redaktionsräume des *Journal d'Alsace* halte sie für heikel, denn es sei grundsätzlich keine gute Idee, in die Pressefreiheit einzugreifen. »Das Pressegesetz von

1881 gewährleistet ein individuelles Recht auf Meinungsäußerung, und der Staat muss dieses Recht schützen.«

»Aber Madame«, wagte Debré zu widersprechen, »wir sind doch gottlob nicht in Deutschland, wo die Medien ja quasi per Gesetz zur vierten Gewalt erhoben sind. Noch haben wir hier die Oberhand.«

»Genau das ist der Punkt«, bestätigte Joanna. »Die Presse steht auch bei uns unter besonderem Schutz, und Durchsuchungen können nur mit richterlichem Beschluss durchgeführt werden. Eine Redaktion darf nicht gedrängt werden, ihre Quellen preiszugeben. Doch bei uns gibt es keine nationale Instanz wie das Bundesverfassungsgericht, das die Freiheit der Medien notfalls verteidigen kann. In Frankreich hängt alles von der Gunst des zuständigen Richters ab. Umso wichtiger ist es, dass wir Richter unsere Arbeit verantwortungsvoll machen und nicht über das Ziel hinausschießen. Gerade wenn es um die Einschränkung der Meinungsfreiheit geht, sieht die Bevölkerung sehr genau hin. Und da wollt ihr Chefredakteurin Stangl dazu zwingen, euch die Schubladen durchwühlen zu lassen?« Sie schüttelte den Kopf. »Selbst wenn wir das durchsetzen könnten, geht so etwas meistens nach hinten los. Ihr solltet auf freiwillige Kooperation setzen.«

Leichter gesagt als getan, dachte Jules, an Claudine Stangl würden sie sich gewiss die Zähne ausbeißen. Ehe eine wie sie sich in die Karten schauen ließ, musste man mit der Kavallerie anrücken – was Joanna leider zu verhindern wusste.

»Kooperation?«, fragte Debré zweifelnd. »Wir werden unser Möglichstes tun.«

»Machen Sie das«, bestärkte ihn Joanna mit einem motivierenden Lächeln. »Bestimmt ist die Chefredakteurin für gute Argumente offen.«

Jules widersprach ihr innerlich, er war sich sicher, dass sie auf diese Weise nicht weiterkommen würden. Joannas Bedenken mochten ja berechtigt sein, doch seiner Meinung nach durfte sich die Polizei von der Presse nicht auf der Nase herumtanzen lassen.

Joanna hatte sich mittlerweile der Tafel mit den Namen zugewandt. Dank Jules war sie über die Schwerpunkte der Ermittlungen ja bereits im Bilde. »Ein Motiv ist bislang lediglich bei der Ex-Freundin zu finden, ja?«, fragte sie. »Verbrechen aus Leidenschaft, Angst vor dem abgelegten Liebhaber oder aus gekränkter Eitelkeit? Das heißt nicht, dass sie seinen Tod wollte, vielleicht sollte es ihm nur eine Lehre sein. Zumindest aber hätte sie Morels Tod damit billigend in Kauf genommen.«

»Ja, die Freundin hätte ein Motiv – aber womöglich auch Chloé«, entgegnete Jules, der sich dafür einen etwas unfreundlichen Blick von Sandrine einfing. Offensichtlich wollte sie sich ihr Idol nicht beschädigen lassen. »Wir wissen nicht, mit welchem Anliegen Morel wirklich bei ihr war. Es ist nicht auszuschließen, dass er etwas gegen sie in der Hand hatte, das er an die Öffentlichkeit bringen wollte.«

»Was sollte das denn sein? Ein dunkles Geheimnis aus der Vergangenheit?«, fragte Sandrine. »Chloé ist vierundzwanzig Jahre alt und gibt Mode- und Schminktipps im Internet. Harmloser geht es doch nicht, oder?«

»Sie verdient mit diesen ›Tipps‹ Hunderttausende, wenn nicht sogar Millionen, da sie auch ihr eigenes Kosmetiklabel besitzt. Da gibt es sicherlich Neider, die ihr den Erfolg nicht gönnen und der Presse eine schmutzige Geschichte gesteckt haben könnten«, argumentierte Jules. »Geld war schon immer ein starkes Motiv.«

»Wir nehmen uns also die beiden Damen noch einmal vor. Teilen Sie sich auf«, wies Debré Jules und Sandrine an. »Außerdem möchte ich, dass wir bei beiden die Aktenlage prüfen. Vielleicht gibt es Vorstrafen oder andere relevante Einträge. Diesen Part werde ich selbst übernehmen und unsere Datenbank checken.«

Wie überaus selbstlos!, dachte Jules etwas verärgert. Seiner Meinung nach hätte Debré sich ein bisschen mehr in die aktive Ermittlungsarbeit einbringen können, selbst wenn er dafür seinen ausgeprägten Hintern vom Bürostuhl schwingen müsste.

ZWÖLF

Die *Auberge de la cigogne* befand sich in einem Fachwerkhaus mit Butzenscheiben und zahlreichen Schnitzereien am Gebälk, einem der ältesten in Rebenheim. Windschief lehnte es sich an die Flanke eines Wehrturms der Stadtmauer, ohne dessen stützendes Mauerwerk es wahrscheinlich längst in sich zusammengebrochen wäre. Selbstredend verfügte die *Auberge* über ein gefälliges Hauswappen und eine Vielzahl Geranien auf den Fensterbänken, wie es sich für eine Elsässer Vorzeigeadresse gehörte.

Nachdem Lino Pignieres die schmucke Fassade mit einem flüchtigen Blick gestreift hatte, öffnete er die schwere Holztür und trat ein. Seine Augen mussten sich erst an das Halbdunkel im beengten Foyer des Gasthauses gewöhnen, bevor er die Klingel auf dem Tresen des Empfangs fand. Doch ehe er sie betätigen konnte, tauchte bereits eine rundliche Frau in einer Art Trachtenkleid auf. Graugelocktes Haar umrahmte ein rotwangiges Gesicht, aus dem ihn zwei wache Augen neugierig betrachteten.

»Lino?«, fragte sie und legte in den kurzen Namen eine geballte Ladung an Vorwürfen.

»Clotilde«, sagte Lino mit all dem bescheidenen Charme, der ihm zur Verfügung stand, »schön, dich mal wieder zu sehen.«

»Das könntest du öfter haben, wenn du dein Bier nicht jeden Abend in der *Brasserie Georges* trinken würdest, sondern ab und zu auch mal in unserer *winstub.*«

Lino wich dem Vorwurf geschickt aus und sagte mit überaus freundlicher Stimme: »Hast du einen Augenblick Zeit für mich?« Die Wirtin ließ sich erweichen und nickte.

»Im Moment ist nicht viel los, sodass ich einige Minuten für dich erübrigen kann«, sagte sie und klappte den Verschlag des Tresens nach oben. »Lass uns in den Gastraum gehen, dann kannst du unseren neuen Silvaner probieren.«

»Du und Pierre haltet diesem Gewächs also immer noch die Treue?«, fragte Lino im Gehen.

»Ja und das hat gute Gründe: Der Silvaner hat eine relativ dicke Beerenhaut und ist daher ziemlich widerstandsfähig. Auch ist seine Vegetationszeit kürzer, sodass er sich an Klimaveränderungen besser anpassen kann als andere Rebsorten. Außerdem …« Sie zwinkerte ihm zu. »Der Silvaner schmeckt schon als Traube besser als beispielsweise der Riesling. Bei der Ernte müssen wir sogar aufpassen, dass die Arbeiter nicht allzu viele von den Trauben essen.«

»Wie man hört, werdet ihr das Aufpassen bald anderen überlassen«, bemerkte Lino, als er sich an der Theke in der urgemütlichen *winstub* niederließ. »Es stimmt doch, dass ihr kürzertreten wollt, Pierre und du?«

Clotilde stellte zwei Gläser bereit und goss sich und ihrem Gast ein. »Wir sind nun einmal in dem Alter, in dem man Jüngeren den Vortritt überlassen sollte«, sagte sie, wobei ein wenig Wehmut in ihren Worten mitklang. »Pierre und ich haben beschlossen, den Hotelbetrieb, die Gastronomie und vor allem die Bewirtschaftung unseres kleinen Weinbergs nach und nach abzugeben. Unsere Kinder gehen ja ihre eigenen Wege, aber wir haben Interessenten gefunden, die zu einer Übernahme bereit wären. Nicht von heute auf morgen, aber nach und nach. Ein junges Paar aus der Straßburger Gegend. Sie hat im Hotelfach gelernt, und er kommt aus einem Winzerbetrieb, beide bringen also erste Erfahrungen mit und wissen, auf was sie sich einlassen. Das war Pierre und mir sehr wichtig. Anna und Gustave haben übrigens schon im letzten Monat bei uns angefangen.«

»Wie machen sich die jungen Leute denn?«

»Ausgezeichnet! Sie haben sich ruck, zuck eingearbeitet und wissen, was zu tun ist. Auch bei den Gästen hinterlassen sie einen guten Eindruck. Ich bekomme nur Lob zu hören.« Versonnen fügte sie hinzu: »Die beiden schmeißen den Laden jetzt schon. Wenn wir wollten, könnten Pierre und ich für einige Tage in den Urlaub fahren, ohne die Pension schließen zu müssen – das wäre das erste Mal seit vierzig Jahren. Aber wohin? Nirgends in Frankreich ist es so schön wie bei uns im Elsass.«

»Das heißt, dass du deutlich mehr Zeit hast als früher«, folgerte Lino.

»Ja, das stimmt.« Clotildes Züge entspannten sich, und sie ließ ihr Glas an das von Lino stoßen. »*Santé*.«

»*Santé*«, erwiderte Lino und nippte am Wein, der wirklich hervorragend war. Gute Silvaner hatten immer eine gewisse Eleganz, nicht zu viel Säure und nicht zu viel Alkohol, nicht zu viel Fülle und Wucht. Genau das Richtige für diese frühe Stunde. »Freut mich für dich, dann bleibt dir die nötige Muße für deine Hobbys.«

Clotilde stimmte mit einem Lächeln zu, doch dann malte sich Verwunderung auf ihr Gesicht. »Meine Hobbys?«, fragte sie nach. »Du meinst mein Engagement im Kirchenverein?«

»Ja genau. Und für all die anderen Dinge, die du tun kannst, wenn du nicht mehr vierundzwanzig Stunden am Tag an euren Betrieb gebunden bist.«

Clotilde betrachtete ihn nachdenklich. »Pierre und ich wollen erst einmal nur ausspannen. Abschalten. Uns zurücklehnen.«

Lino gab Clotilde etwas Zeit, bevor er meinte: »Dir ist aber bewusst, dass du nicht der Typ Frau bist, die sich mit Wellnessurlauben und Kaffeeklatschrunden zufriedengibt, oder?«

Seine Worte zeigten Wirkung. »Ich … also … ich …« Clotilde rang um Fassung. »Ich werde schon etwas finden.«

»Das wirst du ganz gewiss«, sagte Lino beruhigend und schob dezent den Flyer der Storchenfarm über den Tresen. »Und falls nicht …«

Clotilde griff nach dem Zettel und überflog dessen Inhalt. »Camille sucht ehrenamtliche Mitarbeiter?«, fragte sie. »Was soll ich damit? Glaubst du etwa, ich würde auf dem Storchenhof aushelfen?«

»Warum nicht?«, entgegnete Lino. »Du hast selbst gesagt, dass du nach einer Freizeitbeschäftigung suchst.«

»Habe ich nicht.«

»Der Kirchenverein wird dich kaum auslasten.«

»Das mag sein, aber deshalb werde ich mich nicht

Camille andienen. Wie kommst du bloß darauf?« Plötzlich schien sie zu begreifen, was vor sich ging. Ihre Augen verengten sich, als sie Lino fragte: »Du führst etwas im Schilde, alter Mann. Wofür willst du mich einspannen?«

Nun, nachdem Clotilde den Braten gerochen hatte, redete Lino Klartext. Er berichtete vom Fall Morel – von dem Clotilde natürlich auch schon gehört hatte – und verriet, dass er sie gern als eine Art Spionin einsetzen wollte.

»Eine Spionin?« Clotilde ging auf Abstand.

»Nun, wenn dir der Begriff nicht gefällt, wie wäre es dann mit Detektivin?«, versuchte es Lino weiter. »Du wärst quasi der verlängerte Arm der Gendarmerie, *en mission secrète*.«

»Du meinst wohl eher, dein verlängerter Arm, Lino. Wie du vielleicht vergessen hast, bist du kein Gendarm mehr.«

»Wie dem auch sei: Auf alle Fälle hättest du das Zeug zu einer erfolgreichen Detektivin, da bin ich mir sicher. Du bringst eine gesunde Neugierde mit, verfügst über die notwendige Hartnäckigkeit und kannst dich behaupten, wenn es hart auf hart kommt.«

Clotilde konnte nicht verhehlen, dass ihr diese Worte schmeichelten. Ganz offensichtlich fand sie Gefallen an der Vorstellung, in die Rolle der heimlichen Ermittlerin zu schlüpfen.

»Außerdem …« In Linos Augen trat plötzlich ein eigentümlicher Glanz, als er die Wirtin musterte. »Außerdem hast du – wie mir erst jetzt auffällt – eine gewisse Ähnlichkeit mit dieser britischen Schauspielerin.«

Clotilde hob die Brauen. »Schauspielerin? Welcher Schauspielerin?«

Lino lag der Name auf der Zunge, doch er kam nicht drauf. »Ich meine die, die in den Sechzigerjahren Miss Marple verkörpert hat. In den schönen alten Schwarz-Weiß-Filmen.«

»Ach, du meinst Margaret Rutherford!« Clotilde lachte. Gleich darauf sah sie ihn erschrocken an. »Findest du wirklich, dass ich aussehe wie Miss Marple? Das kann doch gar nicht sein. Allein schon vom Alter kommt es nicht hin.«

Lino hob beschwichtigend die Hände. »Ich weiß, ich weiß. Ich meine natürlich die jüngere Margarete Rutherford«, behauptete Lino, obwohl es nicht stimmte. Denn genau wie Clotilde war auch die Schauspielerin bereits über siebzig gewesen, als sie die berühmte Rolle verkörperte. »Und du siehst viel besser aus, keine Frage«, schob er nach.

Clotilde nahm es ihm ab und neigte den Kopf vor. »Lass hören, Lino: Wie hast du dir das Ganze vorgestellt? Was genau muss ich auf der Storchenfarm für dich auskundschaften, und wann soll ich dort anfangen?«

»Um mit deiner letzten Frage zu beginnen: Je eher, desto besser. Am besten gleich morgen!«

DREIZEHN

Jules hatte ausgesprochenes Glück. Als er sich bei Parkleiterin Camille nach ihrem prominenten Gast erkundigte, teilte sie ihm mit, dass Chloés Freund gerade mit dem Motorrad unterwegs und die Influencerin daher allein sei. Das kam Jules sehr gelegen, denn dann würde sie hoffentlich ihre Starallüren ablegen und offener für seine Fragen sein.

»Gehen Sie nur zu ihr«, meinte Camille. »Sie kennen den Weg inzwischen ja.«

Jules gewann den Eindruck, als wäre es Camille nur recht, dass er nicht zu ihr, sondern zu Chloé wollte. Denn sie entspannte sich merklich, kaum dass er sich zum Gehen wandte.

Wenige Minuten später nahm er Chloé gegenüber in ihrem rollenden Luxusdomizil Platz, in dem er sich vorkam wie in einem edel eingerichteten Wohnzimmer.

Sie trug eine Leggins zu einem Funktionsshirt sowie Sportschuhe, sämtlich Markenware eines großen amerikanischen Sportartikelherstellers. Ein Sponsor?

Sie habe gerade vorgehabt, ihr tägliches Work-out zu starten, erklärte sie ungefragt ihren Aufzug, und Jules dankte ihr brav dafür, dass sie ihre Übungen für ihn um ein paar Minuten verschob.

»Schon gut«, sagte sie gelassen, setzte sich ihm gegenüber in einen drehbaren Sessel mit breiten Lehnen und schlug die Beine übereinander. »Was möchten Sie denn noch wissen? Ich kann Ihnen nicht mehr über diesen Morel sagen als beim letzten Mal.«

Kann oder will? Jules hegte Zweifel daran, dass Chloé ihm gegenüber aufrichtig war. Sie enthielt ihm Informationen vor, davon ging er aus. Also nahm er sich vor, sie etwas zappeln zu lassen.

Er zeigte ein unverbindliches Lächeln, holte mit langsamen Bewegungen sein Notizbuch aus der Tasche, legte es neben sich auf ein Sideboard und sah sich um. Auch dafür ließ er sich Zeit. Als er merkte, dass sein Gegenüber erste Anzeichen von Unruhe zu erkennen gab, sagte er unvermittelt: »Wir sitzen in einem Reisemobil der Luxusklasse. Was kostet so etwas?«

Chloé, die wohl mit einer anderen Frage gerechnet hatte, stutzte kurz, um dann zu antworten: »Der Basispreis liegt bei etwa siebenhunderttausend. Plus Extras.«

Jules nickte anerkennend. »Dafür kaufen sich andere ein Haus. Wird ein solches Wohnmobil auf einem Campingplatz nicht sofort geklaut?«

Wieder eine Frage, die sein Gegenüber verblüffte. Doch Chloé war um eine Antwort nicht verlegen. »Alles, was Sie an Sicherheitsausstattung in einem Haus gewohnt sind, gibt es hier auch. Außerdem einige GPS-Tracker, die versteckt verbaut sind. Diebe würden nicht weit kommen.«

»Ich habe mich ein wenig erkundigt: Ein Fahrzeug dieses Typs wiegt mehr als sechs Tonnen und ist fast zehn Meter lang. Haben Sie Fahrstunden genommen, damit das gute Stück nicht an der nächsten Ecke einen Kratzer bekommt?«

Chloé sah ihn verwundert an. Sie konnte nicht wissen, wohin diese Fragen führen sollten. »Nicht nötig«, erwiderte sie etwas gezwungen. »Clément sitzt am Steuer, wenn wir unterwegs sind. Ich bin viel zu busy, um meine Zeit mit Autofahren zu vergeuden.« Wie zur Rechtfertigung fügte sie hinzu: »Meine Fans erwarten ständig neuen Content, deshalb muss ich liefern. Ich nutze die Touren, um mich mit dem Laptop zu beschäftigen. So halten es andere erfolgreiche Geschäftsleute auch, oder?«

»Das ist wohl wahr«, bestätigte Jules und griff den Faden auf. »Wie sieht Ihr Geschäftsmodell denn aus? Als Youtuberin, Podcasterin und Kolumnistin wollen Sie unterhalten und gleichzeitig journalistischen Ansprüchen gerecht werden, sich darüber hinaus aber auch als Influencerin positionieren – wie bringen Sie das alles unter einen Hut?«

»Wenn Sie glauben, ich würde mir zu viel vornehmen, täuschen Sie sich. Ich bin stark. Meine Energie reicht noch für viel mehr.«

»Ihre Popularität im Netz ist wirklich beeindruckend«, stimmte Jules zu. »Sie verfügen fraglos über ein besonderes Talent, viele Menschen in Ihren Bann zu ziehen. Soweit ich das beurteilen kann, zählen Sie derzeit zu den einflussreichsten Influencern in Frankreich.«

Chloé schlug die Augen nieder. »Ich weiß nicht, ob man das als Talent bezeichnen kann. Es sind eher die Früchte meines Fleißes. Glück war auch dabei, und ich bin wahnsinnig stolz darauf, eine so treue Community zu haben.«

»Treu und spendabel«, entgegnete Jules. »Wenn man sich Ihre Livestreams aus dem Storchenpark anschaut, in denen Sie um Spenden bitten, da geben manche zehn Euro, manchmal sind es aber auch zweihundert. Viel mehr als die Besucher des Parks je spenden würden.«

»Ja, das ist krass, oder?«

»Wie viel ist denn bisher zusammengekommen?«

»Etwas über siebentausend.«

»Für den Park ist das eine Menge Geld. Aber lohnt sich das auch für Sie selbst? Sie verdienen Ihr Geld damit, dass Sie sich von Unternehmen sponsern lassen, sehe ich das richtig? Modelabels, Kosmetikfirmen und und und. Je mehr Follower, desto höher die Zuschüsse, so lautet das Geschäftsmodell, korrekt?«

»Das interessiert die Unternehmen gar nicht mehr so sehr. Denen ist es wichtiger, dass die Follower auch selbst kommunizieren. Dadurch erhoffen sie sich eine Art Schneeballeffekt.«

»Es kommt also auch auf die Qualität der Follower an«, folgerte Jules.

»Genau.«

»Trotzdem noch einmal die Frage: Wie passt der Storchenpark in die Fashion-Welt, die Sie eigentlich vertreten?«

»Die Unternehmen gehen jetzt mehr und mehr auf das Thema Nachhaltigkeit. Und ich spreche hier nicht von Greenwashing. Vielen Unternehmen liegt der Einklang mit der Natur inzwischen wirklich am Herzen, weil sie merken, dass ihre Kunden das erwarten.«

»Ihnen geht es also mehr ums Image als um die Vögel«, folgerte Jules.

Sie zuckte gekränkt zusammen. »Wenn ich mich für etwas einsetze, dann mit Leib und Seele. Ich möchte diese Einrichtung unterstützen und ihren Fortbestand sichern.«

Jules notierte das. »Ich kenne mich mit Ihrem Berufsbild wenig aus. Wie viel Arbeit macht Ihr Job?«

»Mindestens zwölf Stunden am Tag, manchmal sind es auch mehr, das meiste online. Heute bin ich um sechs aufgestanden und habe eine Kooperation vereinbart, eine Story gepostet und ein Video bearbeitet. Es gibt eigentlich immer etwas zu tun: Man muss Bilder machen, Filme schneiden, Texte für den Podcast schreiben und einsprechen, Fragen aus der Community beantworten.«

»Können Sie nicht manches delegieren?«

»Ich habe eine Mitarbeiterin in Nizza, die kümmert sich aber fast ausschließlich um die Finanzen. Rechnungen, Steuern und so weiter.«

Jules wechselte abrupt das Thema. »Morel wollte offensichtlich einen Artikel über Sie und Ihr Engagement für die Storchenfarm bringen. Haben Sie eine Vorstellung, auf was er dabei abzielte?«

»So ähnlich haben Sie mich letztes Mal schon gefragt. Meine Antwort lautet noch immer: Nein.«

»Monsieur Morel brüstete sich in seiner Redaktion damit, dass er einer großen Sache auf der Spur sei. Das klingt nach Skandalstory. Können Sie sich denken, worum es ihm ging?«

»Nein und nochmals nein, ich habe nicht die leiseste Ahnung«, entgegnete Chloé mit einem Anflug von Zorn. Sie war es offensichtlich nicht gewöhnt, auf diese Weise ausgefragt zu werden.

Jules, der sie nicht verprellen wollte, schaltete einen Gang zurück und schlug freundlich vor: »Dann lassen

Sie uns gemeinsam überlegen. In den sozialen Netzwerken wird ja viel über den teils rauen Umgangston geklagt. Von Polarisierung ist die Rede und von Hass. Haben Sie schon einmal einen Shitstorm erlebt?«

»Na klar, so etwas gibt es«, antwortete sie nun schon wieder offener. »Instagram zum Beispiel ist ja längst nicht mehr die Gute-Laune-Oase, als die es geschaffen wurde. Auf Twitter geht es teils hart zur Sache, und über Facebook muss ich Ihnen wohl nichts sagen. Viele lassen in den sozialen Netzwerken ihren Frust raus und schreiben abwertend über andere Menschen, manchmal eben auch über mich. Aber der Großteil meiner Community steht hinter mir.«

»Auf was könnte Morel sonst aus gewesen sein?«

»Ich weiß es nicht.«

»Sprechen wir über Abhängigkeiten. Von wem sind Sie am meisten abhängig?«

»Neben meinen Followern, meinen Sie?«

»Ja.«

»Das sind die Werbekunden.«

»Gibt es einen, der besonders hervorsticht? Dessen Renommee nicht das Beste ist, sodass man Ihnen die Zusammenarbeit als nicht opportun ankreiden könnte?«

Sie dachte kurz nach, dann folgte ein überzeugtes »Nein«.

»Ich merke schon: Auf diese Weise kommen wir nicht weiter.« Jules blätterte in seinem Notizbuch einige Seiten zurück. »Chloé ist Ihr Künstlername. Ihr bürgerlicher Name lautet Claudette Bernard, korrekt?«

Chloé verzog den Mund. »Ich wäre Ihnen mehr

als nur dankbar, wenn Sie diesen Namen nie wieder erwähnen. Meine Fans kennen mich als Chloé, und dabei soll es bitte bleiben. Nicht einmal auf Wikipedia taucht mein Geburtsname auf.«

»Gibt es einen besonderen Grund dafür, dass Sie den Namen geheim halten?«

»Die meisten in der Szene treten mit Fake-Namen auf und schützen ihre private Identität, so gut es eben geht. Sie wissen ja selbst, wie viele Verrückte da draußen herumlaufen. Die müssen nicht wissen, welcher Name in meinem Pass steht, und sollten erst recht nicht meine Adresse erfahren.«

»Auf der Storchenfarm sind Sie momentan aber leicht zu finden. Haben Sie hier keine Angst vor diesen ›Verrückten‹?«

»Angst ist nicht der richtige Ausdruck, ich möchte von denen nur nicht genervt werden. Außerdem ist meine Zeit hier auf der Farm ja begrenzt. Wir können jederzeit abfahren.«

»Steht Ihr Abreisedatum schon fest?«

»Nein.«

»Warten Sie ein bestimmtes Ereignis oder Datum ab, bevor Sie in den Süden zurückkehren?«

»Nein, ich werde das spontan entscheiden«, sagte Chloé und rutschte auf ihrem Sessel herum.

Mit ihrer Mitteilsamkeit war es nun wohl vorbei, folgerte Jules, klappte seinen Block zu und stand auf. »Ich danke Ihnen für die Zeit, die Sie für mich geopfert haben – und für Ihre Offenheit.«

»Gern.« Erleichterung klang aus diesem Wort. Sie fasste hinter sich und nahm eine Tasse aus einem Karton. Weißes Porzellan, bedruckt mit ihrem Konterfei.

Mit einem schwarzen Edding schrieb sie ihren Namen dazu und hielt sie Jules hin. »Bitte sehr. Für Sie.«

»*Merci*«, sagte Jules und nahm die Tasse entgegen. Vielleicht würde er sie Sandrine schenken. Sie würde sich bestimmt darüber freuen.

Er stand schon in der Tür des Wohnmobils, als er sich noch einmal umdrehte. »Trotzdem bleibe ich dabei: Es muss einen Aspekt in Ihrem Leben oder Ihrer Tätigkeit geben, der Morel geradezu elektrisiert hat. Tun Sie mir den Gefallen, und denken Sie noch einmal in Ruhe darüber nach.«

Chloé ließ ein leises Stöhnen vernehmen. »Das kann ich machen, aber versprechen Sie sich nicht zu viel davon.«

Gerard, den Jules ebenfalls gern gesprochen hätte, war wieder nicht da. Auch Vogelexperte Bierot ließ sich nicht blicken. Also würde bald der nächste Besuch im Park auf dem Plan stehen, dachte Jules, dem schon wieder die Augen juckten.

VIERZEHN

Bevor Jules weiterfuhr, setzte er sich mit Sandrine in Verbindung, um sich mit ihr abzustimmen. Sie hatte inzwischen noch einmal mit Morels Ex-Freundin gesprochen, doch – ganz ähnlich, wie es Jules mit Chloé ergangen war – keine hilfreichen Neuigkeiten erfahren. Daraufhin verabredeten sie sich in der Stadt, um zu versuchen, vor dem Verlagsgebäude des Journal neue Erkenntnisse zu gewinnen. Sandrines Idee war, die Redakteure und Redakteurinnen auf dem Weg in die Mittagspause abzufangen und sie außerhalb des Einflussbereichs der unkooperativen Chefredakteurin anzusprechen. »Bei Michelle hat das ja auch geklappt«, argumentierte sie. »Versuchen wir unser Glück einfach noch einmal.«

Weil sie sich in ihren Uniformen nicht auf dem Präsentierteller zeigen wollten, suchten sie einen Platz gegenüber der Zeitung aus, wo sie sich erneut hinter der Litfaßsäule verbargen. Sie mussten nicht lange warten, schon um kurz nach zwölf verließen mehrere Personen das Gebäude und trabten plaudernd nebeneinanderher. Da die Zeitungsleute Gruppen bildeten, hielten sich Jules und Sandrine zunächst zurück. Kurz darauf kam noch eine einzelne Frau aus der Tür. Höchstens dreißig, schätzte Jules, und hoffentlich noch nicht ganz so abgeklärt wie ihre älteren Redakteurskollegen.

»Die schnappen wir uns!«, entschied er und löste sich aus dem Schatten der Säule.

Sandrine war als Erste bei der Frau und fing sie vor der *boulangerie* ab. Gleich darauf war auch Jules zur Stelle. Wie nicht anders zu erwarten, sah die Frau die beiden Gendarmen erschrocken an.

»Keine Sorge, wir wollen Ihnen keinen Strafzettel aufbrummen«, sagte Jules mit einem offenen Lächeln und zeigte seinen Ausweis. »Wir ermitteln im Todesfall Ihres Kollegen Monsieur Morel. Haben Sie ein paar Minuten für uns?«

Ehe die Frau, die noch immer eingeschüchtert wirkte, antworten konnte, schlug Sandrine vor: »Lassen Sie uns in den kleinen Park dort drüben gehen. Da sind wir ungestört.«

Die Frau nickte zaghaft und folgte ihnen bis zu einer Baumgruppe, wo sie sich auf einer Bank niederließen.

Kaum saßen sie, da eröffnete Jules bereits das Gespräch: »Für welches Ressort sind Sie denn tätig, Madame …«

»Vicky«, sagte die Frau. »Nennen Sie mich einfach nur Vicky. Ich arbeite fürs Lokale.«

»Demnach hatten Sie oft mit Morel zu tun?«, erkundigte sich Sandrine.

»Ja, hatte ich. Aber warum …«

Jules wollte nicht zulassen, dass sie die ungewöhnliche Vorgehensweise hinterfragte. »Uns geht es darum, einige noch offenen Punkte zu klären«, sagte er.

»Deshalb halten wir es für das Beste, mit Morels Kollegen direkt ins Gespräch zu kommen«, ergänzte Sandrine. »Wir sind nämlich auf Ihre Mithilfe angewiesen. Sie wollen doch auch, dass die Umstände, die zu dem schlimmen Unfall geführt haben, restlos aufgeklärt werden, oder?«

»Ja, natürlich möchte ich das«, sagte Vicky und bemühte sich, ihre Beklemmung zu überwinden. »Was wollen Sie denn wissen?«

»Für uns wäre es wichtig zu erfahren, an was der Kollege zuletzt gearbeitet hat«, antwortete Jules.

»Ich dachte, das wissen Sie längst: An einer Story über den *parc ornithologique*«, sagte Vicky.

»Ja, das ist uns bekannt«, entgegnete Jules. »Aber wir müssten Genaueres darüber wissen. Morels Aufhänger war die Anwesenheit des Youtube-Stars Chloé auf der Storchenfarm – wie genau wollte er diese Story aufbereiten? Auf was war er aus?«

»Tut mir leid, da kann ich Ihnen nicht helfen«, sagte Vicky. »Yves hat ein ziemliches Geheimnis daraus gemacht. Ich bin nicht einmal sicher, ob Claudine, unsere Chefin, mehr darüber wusste.«

Wieder nichts, ärgerte sich Jules im Stillen. »Haben Sie mitbekommen, dass Morel in jüngster Zeit Schwierigkeiten oder Ärger aufgrund seiner Berichterstattung hatte?«

»Ab und zu gab es Beschwerden«, antwortete Vicky nach kurzem Nachdenken. »Doch das war immer ziemlich harmlos, denn in seiner Klatschkolumne ist er selten Leuten auf die Füße getreten. Ungemütlich wurden nur diejenigen, die in seiner Spalte nicht oft genug erwähnt wurden.«

»Ein echter Star wie Chloé tauchte in Morels Klatschspalte normalerweise nicht auf, oder?«, fragte Sandrine.

Vicky nickte. »Wir haben es hier eher mit der lokalen

Prominenz zu tun, die Bandbreite reicht vom Sternekoch bis zum Präfekten. Nicht sonderlich glamourös. Wahrscheinlich war das der Grund für Yves' Unruhe, denn Chloé hat die Bezeichnung VIP ja wirklich verdient«, fügte sie nachdenklich hinzu.

»Unruhe?«, fasste Jules nach.

»Yves war in den Tagen vor dem Unfall sehr aufgekratzt und redete über fast nichts anderes mehr als über Chloé. Immer wieder sagte er, dass er mit einem Exklusivinterview groß rauskommen werde.«

»Was hätte daran exklusiv sein sollen?«, fragte Jules. »Chloés Anwesenheit in Colmar dürfte mittlerweile auch der überregionalen Presse bekannt sein. Davon abgesehen handelt es sich nicht gerade um eine Sensation, wenn eine Youtuberin Tierfilmchen veröffentlicht.«

Sandrine fügte hinzu: »Und außerdem, Chloé gibt sowieso keine Interviews. Das hat sie uns selbst gesagt. Weshalb hätte sie für ihn eine Ausnahme machen sollen?«

»Richtig«, stimmte Vicky zu. »Darüber habe ich mir auch Gedanken gemacht. Für Yves scheint das wie eine fixe Idee gewesen zu sein. Vielleicht hatte er sich auch in etwas verrannt.«

»Oder er war eben doch einer Sensation auf der Spur …«, bohrte Sandrine nach.

Doch Vicky zuckte die Achseln. »Ich weiß es ehrlich nicht.«

»Dann wollen wir Sie nicht aufhalten und Sie in die Mittagspause entlassen«, sagte Sandrine.

Vicky wirkte erleichtert und stand sofort auf.

Doch Jules hatte noch eine letzte Frage: »Was würden Sie sagen, war Monsieur Morel in der Redaktion beliebt oder unbeliebt?«

Vicky brauchte einige Sekunden, bevor sie antwortete: »Eher beliebt.«

»›Eher‹?«

»Yves hatte seinen eigenen Kopf, und wenn ihm zum Beispiel eine Entscheidung von Claudine gegen den Strich ging, konnte er ziemlich ungemütlich werden. Die beiden haben sich manchmal ziemlich beharkt. Na ja, vielleicht ist das normal unter Ex-Partnern.«

Jules horchte auf. »Morel und Madame Stangl waren früher ein Paar?«

Vicky lief rot an. »Ja, vor längerer Zeit. Aber das ist kein Geheimnis, jeder in der Redaktion hätte Ihnen das sagen können. Es ist allgemein bekannt.«

»Machen Sie sich bitte keine Vorwürfe«, bat Sandrine. »Sie haben nichts Falsches gesagt, und wir behandeln solche Informationen grundsätzlich vertraulich. Sie können sich darauf verlassen.«

Jules wartete ab, bis sich die Redakteurin weit genug entfernt hatte, dann machte er seinem Unmut Luft: »*Merde*, Madame Stangl hat uns verladen. Dass sie uns gegenüber auf der Pressefreiheit und dem Redaktionsgeheimnis beharrt hat, war nur vorgeschoben. In Wirklichkeit wollte sie uns daran hindern, zu viele Fragen zu stellen. Denn sonst wären wir früher oder später darauf gekommen, dass sie und Morel ein Paar gewesen sind – womit Madame Stangl natürlich sofort in den Kreis der Verdächtigen aufschließt.«

»Wie sollen wir nun weiter vorgehen?«, fragte Sandrine.

»Zunächst mit Capitaine Debré darüber sprechen.«

»Und dann?«

»Joanna bedrängen, uns doch noch einen Durchsuchungsbeschluss fürs Journal auszustellen. Wir müssen endlich Morels Unterlagen einsehen und vor allem verhindern, dass Claudine Stangl sie verschwinden lässt. Denn dieser Dame traue ich mittlerweile alles zu.«

Nach einem Besuch in der Bäckerei, vor der sie Vicky abgefangen hatten, gingen sie zurück zu ihrem Dienstwagen. Sandrine wollte in die Gendarmerie zurückkehren, Jules hingegen plante einen weiteren Abstecher: Die Wohnung von Dr. Bierot lag quasi auf dem Weg, deshalb sollte Sandrine ihn dort absetzen, in der Hoffnung, dass Jules den Vogelkundler zu Hause antraf. Besonders viel versprach er sich zwar nicht von einer Unterhaltung mit ihm, doch wie Jules nur zu gut wusste, konnte am Ende jedes Puzzleteil zur Lösung eines Falles beitragen. Außerdem hatte Debré ja darauf bestanden, dass sie mit jedem Mitarbeiter des Storchenparks sprachen.

Das schmale Fachwerkhaus, in dem Dr. Paul Bierot wohnte, befand sich in einer ruhigen Nebenstraße unweit des Zentrums. Ein älterer Herr mit hagerer Statur öffnete Jules. Das graue, etwas krause Haar und die randlose Brille mit kreisrunden Gläsern fügten sich recht gut in das Bild, das Jules von einem Ornithologen hatte. Auch die graue Stoffhose, das karierte Wollhemd und die Weste passten dazu.

»*Bonjour*, was verschafft mir die Ehre?«, fragte Bierot mit knarziger Stimme. In seinem Gesicht stand vorsichtige Neugierde.

Jules wies sich aus und bat, eintreten zu dürfen. »Die

Leiterin der Storchenfarm hat mir netterweise Ihren Namen genannt. Ich ermittle wegen eines Todesfalls und bin auf der Suche nach Hinweisen.«

»Camille schickt Sie? Dann seien Sie mein Gast!«

Jules fielen schon im Flur die zahlreichen Sammlerstücke auf, mit denen sich Bierot umgab. Die Wände waren fast vollständig mit Fotos und Skizzen diverser Vogelarten behangen. Auf einer Kommode drängten sich ausgestopfte Exemplare von Sing- und Wasservögeln, Staubfänger, die bei jedem Allergiker die Alarmglocken klingeln ließen. Jules hoffte, dass um die nächste Ecke kein mumifizierter Storch wartete.

»Entschuldigen Sie die Unordnung«, sagte Bierot, während er im kombinierten Wohn- und Arbeitszimmer eine Sitzecke von weiteren Exemplaren seiner umfassenden Sammlung befreite.

Jules ließ sich Bierot gegenüber nieder, wobei er den Blick auf ein Regal gerichtet hielt, das mit Eiern in verschiedenen Größen und Farben gefüllt war.

»Oh, Sie interessieren sich für das Brutverhalten?«, interpretierte der Vogelkundler Jules' neugierige Miene.

»Ich hätte nicht gedacht, dass es so unterschiedliche Formen von Eiern gibt«, sagte Jules, der eigentlich nur die kannte, die am Sonntagmorgen bei ihm auf dem Frühstückstisch standen.

»O ja, nicht nur die Farben, auch die Volumina sind höchst vielfältig und reichen vom kleinen Wachtelei bis zum besonders großen Gelege des Vogel Strauß«, erklärte Bierot.

»Der Grund meines Kommens hat in gewisser Weise ebenfalls mit Vögeln zu tun, genauer gesagt mit den Störchen, die Sie betreuen«, sagte Jules.

»Betreuen trifft es nicht ganz«, korrigierte Bierot, während er aufstand und sich dem Regal mit der Eiersammlung näherte. Zielsicher suchte er ein besonders großes heraus und nahm es vorsichtig in die Hand. »Ich bin Ornithologe und kein Tierpfleger. Aber ich gebe mein Bestes. Ich berate zum Beispiel beim Zuschnitt von Gehegen und – nun ja – den gängigen Vogelkrankheiten wie der Aspergillose oder dem tückischen Federrupfen. So ersparen wir uns den Tierarzt, wenigstens in den meisten Fällen.« Bierot hielt Jules das große Ei hin. »Der Weißstorch und einige weitere Arten der Gattung Ciconia brüten oft in losen Kolonien, wo die Nachbarn einander weitgehend tolerieren, indem sie sich ignorieren. Ein Gelege besteht im Durchschnitt aus drei bis fünf solcher Eier, die zwischen März und Mai gelegt werden. Die Eier sind etwa hundert Gramm schwer, weiß und leicht glänzend und haben eine feine Körnung, wie Sie hier gut erkennen können. Die Brutdauer beträgt etwa dreiunddreißig bis vierunddreißig Tage. Hier, nehmen Sie es mal in die Hand.«

Jules betrachtete das Ei und fragte: »Die Unterstützung für die Storchenfarm machen Sie ehrenamtlich?«

»Selbstverständlich«, kam es wie aus der Pistole geschossen. »Ich bin Rentner, habe also genug Zeit, und seit dem Tod meiner Frau Ingeborg kommt mir jede Abwechslung gelegen. Ich will kein Geld dafür. Es ist ja kaum etwas da, das verteilt werden kann. Die wenigen Spenden fließen in Futtermittel, Miete – und auch Camille und Gerard halten die Hände auf.«

»Das hört sich jetzt aber beinahe so an, als würden Sie den beiden ihr Gehalt nicht gönnen«, meinte Jules und gab das Storchenei zurück.

Bierot schüttelte den Kopf, legte das Ei behutsam auf den Tisch und setzte sich wieder. »Das habe ich nicht so gemeint. Camille als Verwalterin hat mit dem Papierkram eine Menge zu tun. Und Gerard – nun ja, irgendwer muss den Mist ja aus den Gehegen karren.«

»Wie oft haben Sie auf der Farm zu tun?«

»Oft. Gewiss drei- bis viermal in der Woche.« Er zog die Stirn in Falten. »Wissen Sie, Camille gibt ja ihr Möglichstes, aber ihr fehlt nun einmal der akademische Hintergrund. Eine Storchenpopulation zu begleiten erfordert umfassende Sachkenntnis, die sie nicht mitbringt. Woher sollte das Wissen auch kommen? Camille ist gelernte Einzelhandelskauffrau. Zu den Störchen kam sie wie die Jungfrau zum Kinde.«

»Und Gerard?«

»Hilfsarbeiter«, gab Bierot ziemlich abfällig von sich.

Jules klappte seinen Block auf und las in seinen Aufzeichnungen nach. »Dann gibt es da noch eine Praktikantenstelle …«

»Sie meinen Patrick?« Bierots Mundwinkel wiesen nach unten. »Ein Tunichtgut. Zu nichts zu gebrauchen, der Junge. Mir ist es ein Rätsel, warum Camille ihm die Stelle überhaupt gegeben hat.«

Bierot zog die Kompetenz des Vogelparkteams in Zweifel, während er sich selbst für unverzichtbar hielt. Was ließ sich daraus schließen? Schließlich erkundigte Jules sich: »Was halten Sie von dem Engagement der Youtuberin Chloé für den Park?«

Bierots Körpersprache verriet Jules, dass der Vogelkundler allein schon beim Erwähnen des Namens Chloé in Abwehrhaltung ging. »Lächerlich«, sagte er. »Ein junges Ding, das sein Geld mit Reklame für Kosmetik und Kleider verdient, hat in einer Einrichtung wie dem *parc ornithologique* nichts verloren. Ihre Anwesenheit zieht das völlig falsche Publikum an. So etwas können wir wirklich nicht gebrauchen.«

»Immerhin spülen Chloés Spendenaufrufe Geld in die leeren Kassen des Parks«, merkte Jules an.

Doch Bierot wollte davon nichts hören. »An das Geld wären wir auch auf andere Weise gekommen. Durch eine Tombola anlässlich des Weinfestes etwa oder mit einer Haustürsammlung …«

»Wie erklären Sie es sich, dass ein Youtube-Star aus Nizza ausgerechnet an einem Vogelpark im Elsass Interesse zeigt?«

»Gar nicht. Und es ist mir auch gleichgültig. Hauptsache, dieses Engagement bleibt auf wenige Wochen beschränkt. Anschließend darf die junge Dame gern wieder zurück ans Mittelmeer fahren, und dort soll sie bitte schön bleiben.«

»Kommen wir auf den Tod von Monsieur Morel zu sprechen: Können Sie sich denken, weshalb er die Storchenfarm aufgesucht hat?«

»Wegen dieser Chloé, keine Frage.«

»Gab es sonst keine Berührungspunkte zwischen Morel und dem Park?«

»Nein, nicht dass ich wüsste.« Bierot rückte seine Brille zurecht. »Morel war auf die Schönen und Reichen der Gegend spezialisiert, wenn Sie verstehen, was ich meine.«

Wieder diese Abfälligkeit in Wortwahl und Betonung, registrierte Jules. »Kannten Sie Monsieur Morel denn besser?«

»Was man so ›kennen‹ nennt. Colmar ist klein, da läuft man sich zwangsläufig hin und wieder über den Weg.«

Jules nahm das zur Kenntnis. »Eine letzte Frage habe ich: Waren Sie am Tag des Unfalls ebenfalls im Park beschäftigt?«

Diesmal folgte die Antwort nicht ganz so prompt. »Das war der Sonntag, oder? Ja, ich bin an dem Tag draußen gewesen. Einer der Störche bereitet uns Sorgen, ich habe nach ihm gesehen.«

»Wann war das?«

»Im Laufe des Vormittags.«

»Sind Sie Monsieur Morel begegnet?«

»Nein.« Wieder fasste er nach seinem Brillengestell. »Aber seinen Wagen habe ich gesehen.«

»Woher wissen Sie denn, welches Fahrzeug Morel fuhr?«

»Ach, das weiß doch jeder! So oft, wie Morel mit seinem Cabrio durch die Gegend gebraust ist.«

»Haben Sie irgendetwas Auffälliges in Zusammenhang mit diesem Wagen beobachten können?«

»Nein. Außer vielleicht …« Er hielt inne.

»Außer vielleicht?«, fasste Jules nach.

»Ach, es ist nichts.«

»Bitte sagen Sie mir, was Sie beobachtet haben.«

»Nun ja, wenn Sie darauf bestehen: Gerard machte wohl mal wieder eine seiner zahllosen Pausen. Ich habe gesehen, wie er sich auf dem Besucherparkplatz herumtrieb, um Morels Cabriolet zu bestaunen. Richtig große Augen hat er gemacht. Kein Wunder, denn so einen Wagen wird sich einer wie Gerard nie im Leben leisten können.« Er sah Jules auffordernd an. »Haben

Sie schon mit ihm gesprochen? Mit Gerard, meine ich?«

»Bislang nicht, doch ich werde es sehr bald nachholen«, sagte Jules und bedankte sich für das Gespräch.

FÜNFZEHN

Die Stimmung rutschte in den Keller, als Jules am Abend Joanna bedrängte, ihm endlich einen Durchsuchungsbeschluss für die Redaktionsräume des Journal auszustellen. Wie zwei Krieger standen sie sich in ihrer Wohnung gegenüber und lieferten sich einen Schlagabtausch.

»Ich habe mich erkundigt«, ereiferte sich Jules. »Drüben, in Deutschland, mag die Pressefreiheit ein oberstes Gebot sein, nicht aber bei uns, wo es eindeutige gesetzliche Schranken für die Ausübung des Journalistenberufs gibt.«

»Na, sieh mal einer an! Glaubst du, ein bisschen Internetrecherche ersetzt ein Jurastudium?«

»Fest steht, dass die Presse bei uns keine Narrenfreiheit genießt.«

»Nun ja, unser Pressegesetz stammt von 1881, gilt im Wesentlichen bis heute und enthält durchaus Vorschriften über die strafrechtliche Verantwortlichkeit von Journalisten«, räumte Joanna ein.

»Na bitte! Dann können wir sie drankriegen!«, jubilierte Jules.

Joanna dagegen bewahrte einen kühlen Kopf. »Nein, Jules, denn ich werde mich nicht mit Leuten auf eine Stufe stellen, die etwas so Grundlegendes wie die Pressefreiheit mit Füßen treten.« Sie fuhr sich mit der

Hand durchs Haar. »Zugegeben, das Ganze ist schwierig. Denn das Gesetz bleibt sehr vage, was die richterlichen Möglichkeiten betrifft, Beschlagnahmungen durchzuführen oder Druck auf einen Journalisten auszuüben, um an gewisse Informationen zu kommen. Manche meiner Kollegen nutzen diese Grauzone aus, um schneller zu einem Ergebnis zu kommen. Aber ist das richtig?«

»Richtig oder falsch – auf welcher Seite stehst du eigentlich?«

»Im Zweifel auf der Seite der Demokratie, die es ohne eine freie Presse nicht geben kann. Das ist meine Überzeugung.«

Jules brauste auf: »Auch wenn im Raum steht, dass unter dem Deckmantel der Pressefreiheit womöglich ein Mord vertuscht wird?«

Joanna biss sich auf die Lippen. »Von Vertuschung kann hier ja wohl nicht die Rede sein. Aber wenn du davon überzeugt bist, dann schaff mir Beweise her, und du bekommst deinen Durchsuchungsbeschluss.«

Jules fasste sich an die Stirn. »Die Beweise kann ich dir aber nur bringen, wenn ich gegenüber dieser Zeitung freie Hand bekomme. Wir drehen uns im Kreis.«

Am Ende ihres Disputs hatte Jules nichts erreicht, außer dass Joanna sauer auf ihn war, weil er wieder einmal Dienstliches mit Privatem vermischte.

»Also gut, ich entschuldige mich«, rang er sich schließlich durch und strich Joanna über den Arm. »Friede?«

»Das muss ich mir noch überlegen«, stieß sie zornig aus.

»Komm schon: Lass uns zur Versöhnung gemeinsam

etwas Feines kochen«, umgarnte er sie. »Und danach – na, da fällt uns schon was Nettes ein …«

»Schon wieder?« Joanna winkte ab. »*Non, Monsieur*, heute bleibt die Küche kalt.« Mit großen Schritten ging sie zur Garderobe, um sich ihren Sommermantel überzuziehen. »Wir gehen aus – und du zahlst.«

»Einverstanden«, sagte Jules, der einsah, dass Widerrede zwecklos war. »Wo soll es denn hingehen?«

»Es gibt Dutzende exzellente Restaurants in Colmar, allerdings sind viele von ihnen von Touristen überlaufen. Wir Einheimischen ziehen deshalb die verschwiegenen Adressen vor. Eines davon ist bis heute ein absoluter Geheimtipp geblieben.« Joanna legte den Zeigefinger an die Lippen: »*Le secret.*«

»Nie davon gehört«, bekannte Jules.

»Du findest es in keinem Fremdenführer und auch nicht im Internet«, verriet ihm Joanna. »Nur Eingeweihte kennen die Adresse.«

»Das klingt eher nach einem Privatclub.«

»So in der Art. Die Küche ist jedenfalls exzellent. Interesse?«

»Aber ja!«

»Dann führe ich dich dorthin.« Joannas Lächeln wirkte eigentümlich. »Es gibt allerdings eine Bedingung.«

»So?« Jules sah sie verblüfft an.

»Die letzten Meter bis zum Restaurant musst du dir die Augen verbinden lassen. Nur so ist gewährleistet, dass die Adresse für Außenstehende geheim bleibt.«

»Ist das dein Ernst?«

»Mein voller Ernst!«

Jules ließ sich auf das Spiel ein, wobei seine Neugierde wuchs, je näher sie ihrem Ziel kamen. Sie hatten die üblichen Touristenpfade verlassen und schlenderten an der friedlich plätschernden Lauch entlang, als Joanna ihn aufforderte, das mitgebrachte Tuch herauszuholen. Sie bestand darauf, es ihm um den Kopf zu schlingen und sich davon zu überzeugen, dass er wirklich nichts mehr sehen konnte.

»Ist das nicht etwas albern?«, fragte Jules. »Wenn uns jemand sieht?«

»So lauten nun einmal die Regeln«, beharrte Joanna und fasste ihn in die Armbeuge. »Ich werde dich führen. Vertrau mir.«

Mit vorsichtigen Schritten setzte Jules die Füße auf das unebene Pflaster. Zunächst rauschte noch der Bach zu seiner Linken. Dann, nach einer Abbiegung nach rechts, war von dem Wasser kaum noch etwas zu hören. Stattdessen vernahm Jules andere Geräusche: das entfernte Brummen von Autos, das Klingeln eines Fahrrads, von irgendwoher trällerte Musik aus einem Radio.

»Ist es noch weit?«

»Bloß ein paar Meter.«

Zu den Geräuschen kamen nun Gerüche. In die auffrischende Abendluft mischte sich Joannas Parfüm, Jules meinte aber auch, den Duft von Blumen zu schnuppern. Wahrscheinlich einer der mit Geranien und Petunien bepflanzten Kübel, wie sie zuhauf die Fensterbänke und Eingangstüren der Wohn- und Geschäftshäuser in Colmar schmückten. Ein paar Schritte weiter gesellte sich das Aroma nach Gebratenem dazu.

»Sind wir da?«

»Es dauert nicht mehr lang.«

Jules hörte das Klackern von Absätzen, gefolgt von Stimmen. Jemand kam auf sie zu. Als die Schritte ganz nah waren, kicherte eine Frau. Machte sie sich über Jules' Augenbinde lustig?

»Wann ist es denn so weit?«

»Gleich.«

Joanna führte ihn um die nächste Biegung, und endlich blieben sie stehen. Jules nahm wahr, dass Joanna eine Tür öffnete, bevor sie ihn zwei Stufen nach oben führte. Stimmengewirr und das Klirren von Geschirr und Besteck umgaben ihn. Es roch nach Flammkuchen und Sauerkraut.

»Du darfst die Binde jetzt lösen«, sagte Joanna.

Jules ließ sich nicht lange bitten und legte das Tuch ab. Sie standen inmitten eines gut besuchten Lokals, in dem zwei emsige Kellnerinnen voll beladene Tabletts durch die engen Stuhlreihen balancierten.

»Das ist es also?«, fragte er erstaunt über die vielen Gäste. »*Le secret?*«

Joanna zwinkerte ihm zu. »Reingelegt! Es gibt kein *Le secret*, auch wenn ich die Idee charmant fände. Die verbundenen Augen waren die Revanche dafür, dass du fortwährend Arbeit mit nach Hause bringst.«

Jules lachte auf. »Du kleines Biest. Ich hatte dir wirklich vertraut.«

Ihnen wurde ein Tisch in einer gemütlichen Nische zugewiesen, umrahmt vom dunklen Gebälk des alten Gasthauses. Licht spendete eine Petroleumleuchte, die über ihren Köpfen flackerte. Jules studierte die Karte, während Joanna sich bereits entschieden zu haben schien.

»Nehmen wir Quiche Lorraine«, schlug sie vor. »Du findest weit und breit keine bessere. Mit einem schönen kühlen Bier dazu ist sie ein Gedicht.«

Während sie auf ihr Essen warteten, weihte Joanna ihn in die Geschichte des Lothringer Speckkuchens ein: »Das Wort ›Quiche‹ hat germanische Wurzeln. Angeblich entstammt es dem fränkisch-lothringischen Begriff ›Kichel‹ oder ›Kuechel‹. Die Quiche setzte sich in ganz Frankreich durch, obwohl es ja eigentlich auch nichts anderes ist als eine *tarte.*« Anfangs habe man einen Brotteig für den Boden verwendet, später setzte sich der herzhafte Mürbeteig durch, wie man ihn heute kenne. »Auf den Teig kommen gerösteter Speck, Eier, Crème fraîche sowie Pfeffer und eine Prise Muskat, aber kein Käse. Das Original kommt nämlich ohne aus.«

Joanna hatte nicht zu viel versprochen: Als Jules die Gabel in die goldbraune Masse tauchte und ihm der würzige Wohlgeruch in die Nase stieg, lief ihm das Wasser im Mund zusammen. Er ließ sich die wunderbare Mischung aus samtiger Füllung und krümeliger Hülle auf der Zunge zergehen und war überzeugt, nie zuvor eine so exquisite *quiche* oder *tarte* genossen zu haben.

Sämtlicher Ärger war verflogen, und zwischen Jules und Joanna herrschte absolute Einträchtigkeit. Umso mehr wunderte es Jules, dass Joanna plötzlich doch wieder auf den Fall Morel zu sprechen kam.

»Ist es nicht seltsam? Da verursacht jemand einen tödlichen Unfall, indem er Bremsschläuche durchtrennt, aber es ist weder ein echter Tatverdächtiger noch ein überzeugendes Motiv in Sicht. Volle drei Tage sind inzwischen verstrichen – und wir tappen weiter im Dunkeln.«

Jules wischte sich die Mundwinkel mit einer Serviette. »Ich dachte, das Thema wäre tabu?«

»Solange du mich nicht wegen irgendwelcher richterlichen Beschlüsse bedrängst, können wir darüber reden.« Joanna sah ihn an. »Ich will ja schließlich auch wissen, wohin das Ganze führt.«

»Nun ...« Jules nahm einen kräftigen Schluck aus seinem Bierglas. Die gut gewürzte *quiche* hatte ihn durstig gemacht. »Mögliche Motive gibt es durchaus.« Er begann aufzuzählen, bei wem er Beweggründe für die Tat vermutete: »Morel hat seiner Verflossenen Pauline Faber nachgestellt und sie bedrängt, so auch am Morgen der Tat. Womöglich sah sie keinen anderen Ausweg, als sich des zudringlichen Ex-Freundes dauerhaft zu entledigen. Dann wäre da eine weitere abgelegte Braut: Chefredakteurin Claudine Stangl. Vielleicht konnte sie nicht verschmerzen, dass Morel ihr die kalte Schulter zeigte?«

»Verbrechen aus Leidenschaft?« Joanna wiegte den Kopf. »Dazu könnte die Vorgehensweise passen. Frauen morden ja selten so offensiv wie Männer, die nach Schusswaffen, Messern oder Strangulationswerkzeugen greifen. Das weibliche Geschlecht bedient sich subtilerer Methoden. Die Manipulation an einem Auto könnte daher durchaus zu einer Frau passen.«

»Ohne sexistisch zu werden – ist es denn realistisch, dass sich eine der beiden so gut mit Kraftfahrzeugen auskennt, um zu wissen, an welcher Stelle im Bremssystem sie das Messer ansetzen mussten?«, wandt Jules ein.

Joanna zog die Brauen zusammen. »Diese Bemerkung ist sehr wohl sexistisch.«

»Also gut, es gibt ja noch mehr. Nehmen wir an, dass Morel bei seinen Vorrecherchen über Chloé auf etwas gestoßen ist, womit er sie unter Druck setzen konnte. Irgendein dunkles Kapitel in ihrer Vita. Dann könnte Chloé selbst oder auch ihr Freund Clément dafür gesorgt haben, dass Morel keine Gelegenheit mehr bekam, dieses Wissen mit jemandem zu teilen.«

»Du hast zweimal mit Chloé gesprochen, Jules. Denkst du, sie verheimlicht vor ihren Fans einen früheren Fehltritt, eventuell eine Straftat?«

»Nein, das hat Capitaine Debré inzwischen überprüft: Sie hat kein Strafregister. Es muss etwas sein, was in keiner Akte auftaucht.«

»Aber was?« Joanna blickte ihn fragend an. »Mir fällt dazu nichts ein.«

»Mir leider auch nicht«, sagte Jules. »Tja, und das war es dann auch schon.«

»Mehr habt ihr noch immer nicht zu bieten?«

»Leider nein. Abgesehen von zwei sehr dünnen weiteren Spuren.«

»Lass hören!«

»Auf der Storchenfarm schleicht so eine Art Knecht herum. Im wahrsten Sinne des Wortes, denn der alte Gerard ist wohl nicht gerade von Tatendrang erfüllt. Ein Zeuge will beobachtet haben, wie Gerard sich am Tag des Mordes in der Nähe von Morels Cabrio herumtrieb. Dieser Zeuge wiederum – der pensionierte Vogelforscher Dr. Bierot – lässt an keinem einzigen Menschen ein gutes Haar. Er selbst war an diesem Tag übrigens ebenfalls vor Ort …«

»… hat aber kein erkennbares Motiv, ebenso wenig wie Gerard«, führte Joanna den Satz zu Ende.

»Da bin ich mir nicht so sicher«, widersprach Jules. »Bierot ist ein Sammler. Sein Haus ist vollgestellt wie ein Museum, und an den Wänden hängen Dutzende Bilder. Beim Hinausgehen ist mir eine Kollektion gerahmter Zeitungsartikel aufgefallen, mit Fotos, die Bierot auf diversen gesellschaftlichen Ereignissen zeigen. Offenbar steht er gern im Rampenlicht. Dieser Pressespiegel war allerdings schon ziemlich angestaubt. Es gab keinen einzigen Bericht aus der jüngeren Zeit.«

»Was schließt du daraus?«, fragte Joanna.

»Dass Bierot mit Morel über Kreuz lag und deshalb nicht mehr über ihn und sein gesellschaftliches Engagement berichtet wurde«, gab Jules seine neuesten Überlegungen preis. »Das ist allerdings eine reine Hypothese.«

Joanna deutete ein Nicken an. »Mord aus gekränkter Eitelkeit – bei narzisstisch veranlagten Personen durchaus vorstellbar.«

»Außerdem gibt es einen eigentümlichen Praktikanten namens Patrick, den wir uns wohl noch einmal vornehmen müssen – und, nicht zu vergessen, die ziemlich verschrobene Vogelparkleiterin Camille«, schloss Jules die Auflistung der Kandidaten, von denen Joanna zumeist bereits gehört hatte. »Camille ist die Anwesenheit von Chloé ein Dorn im Auge, doch sie duldet sie, weil sie nicht auf die von Chloé gesammelten Spendengelder verzichten kann.«

Joanna schnipste mit den Fingern. »Damit hätten wir auch für sie ein Motiv. Hätte Morel Chloé mit seinem Artikel vertrieben, wäre der Geldfluss versiegt.«

Jules winkte ab. »Zu viel Spekulation«, fand er und zwinkerte ihr zu. »Mit solchen Konstrukten überzeugst du keinen Untersuchungsrichter und erst recht keine Richterin.«

»Stimmt«, bestätigte Joanna und sah sich nach der Bedienung um. »Ich fürchte, ihr müsst euch morgen richtig ins Zeug legen, wenn ihr von mir einen Haftbefehl bekommen wollt. Aber jetzt lassen wir uns erst einmal ein feines Dessert kommen.«

Nur zu gern, dachte Jules und überlegte, für welche der köstlichen Elsässer Süßspeisen er sich entscheiden sollte. Zur Auswahl standen Kougelhopf, süß oder deftig, *tarte au pommes*, der heimische Apfelkuchen, sowie *tarte myrtille*, die Variante mit Heidelbeeren.

Wie unpassend, dass ausgerechnet jetzt sein Handy zu vibrieren begann. Jules zog es aus der Hosentasche und schaute aufs Display: Der Anruf kam von Sandrine. Um diese Zeit? Es musste etwas passiert sein, folgerte Jules und schob den Stuhl zurück.

»Ich muss kurz raus zum Telefonieren«, sagte er zu Joanna. »Etwas Dienstliches.«

Im Eilschritt verließ er den Gastraum, in dem die Geräuschkulisse eine Unterhaltung am Telefon unmöglich gemacht hätte. Draußen nahm er den Anruf entgegen und hörte sich Sandrines ausführliche Entschuldigung dafür an, dass sie ihn jetzt noch störte.

»Schon gut. Was gibt es denn?«, fragte er.

»Ich melde mich wegen des Journal. Die Chancen für eine Erlaubnis, dass wir den Laden auf den Kopf stellen dürfen, sind wahrscheinlich nicht gestiegen, oder?«

»Leider nein«, gab Jules etwas zerknirscht zu. Er

glaubte kaum mehr daran, dass Joanna sich über das Presserecht stellen würde.

»Ich hätte vielleicht eine Lösung anzubieten«, redete Sandrine weiter.

»Eine Lösung? Ich verstehe nicht …«

»Eine Tante von mir, Florine, jobbt bei einer Putzkolonne. Einer ihrer Auftraggeber ist der Verlag vom Journal. Abends nach Redaktionsschluss kommen Florine und ihre Kollegen zum Reinemachen. Sie leeren die Papierkörbe, wischen über die Schreibtische und saugen den Boden.« Nach kurzer Pause fügte sie hinzu: »Florine konnte mir noch nie einen Gefallen abschlagen. Ich habe sie darum gebeten, uns mitzunehmen. Und sie hat zugesagt.«

Jules stutzte. Sandrines Eifer in Ehren – aber meinte sie das, was sie ihm gerade vorschlug, wirklich ernst? »Das wäre Hausfriedensbruch«, sagte er.

»Wir unterstützen doch bloß das Putzteam, wenn wir auf Morels Schreibtisch etwas aufräumen«, spielte Sandrine die Sache herunter.

»Trotzdem ist es illegal.«

»Aber es wäre auch eine Gelegenheit, in unserem Fall endlich weiterzukommen.«

Jules konnte nicht leugnen, dass er diese Chance durchaus verlockend fand. »Wann ist die Putzkolonne Ihrer Tante das nächste Mal unterwegs?«, fragte er.

»Heute Nacht!«

SECHZEHN

Eine Kirchturmuhr ganz in der Nähe des Zeitungshauses schlug zehn. Jules hielt vergebens nach Sandrine Ausschau, bis sie mit einem kurzen Pfiff auf sich aufmerksam machte. Sie hatte an der Litfaßsäule gewartet, ihrem üblichen Versteck. In Zivilkleidung, einer weit fallenden Cargohose und einem Sweatshirt, hätte Jules sie beinahe nicht erkannt.

»Warten Sie schon lange?«, fragte er und sah zum Redaktionsgebäude hinüber: Auf zwei Etagen brannte Licht. Das mussten die Putzleute sein.

»Vielleicht eine Viertelstunde«, sagte Sandrine.

»Ich musste mir erst eine Ausrede für meine Freundin zurechtlegen«, erklärte Jules. »Ich konnte ihr ja schlecht auf die Nase binden, dass wir uns illegal Zutritt ins Allerheiligste des Journal verschaffen wollen.«

»Sie hätte es ja in der Hand gehabt, uns auf legalem Wege hineinzulassen«, merkte Sandrine etwas spitz an.

Stimmt, dachte sich Jules, und sein schlechtes Gewissen Joanna gegenüber verflüchtigte sich.

»Ich habe gerade mit meiner Tante telefoniert«, erzählte Sandrine. »Der letzte Mann aus dem Spätdienst, ein Sportredakteur, hat das Haus vor zehn Minuten verlassen. Die Luft ist also rein.«

»Und was ist mit den Kolleginnen und Kollegen Ihrer Tante?«, fragte Jules. »Schöpfen die keinen Verdacht, wenn sich zwei Fremde über die Schreibtische hermachen?«

»Florine sagt, das sei kein Problem. Sie meint, dass die anderen bestimmt davon ausgehen, dass wir zur Redaktion gehören. Dort kreuzen öfter auch spät am Abend noch Reporter auf, das sind sie gewohnt.«

»Dann wollen wir hoffen, dass heute Abend kein echter Reporter vorbeikommt – sonst geraten wir nämlich in echte Erklärungsnot.«

Sie stahlen sich über die Straße und drückten sich neben dem Eingangsbereich, über dem in Leuchtschrift »Journal d'Alsace« stand, an die Mauer. Sandrine hatte inzwischen eine Nachricht an Tante Florine geschickt, kurz darauf tauchte die Tante hinter der Scheibe auf.

Florine, die eine gewisse Ähnlichkeit mit ihrer Nichte aufwies und den grauen Kittel der Gebäudereinigungsfirma trug, öffnete die Tür nur so weit, dass sie gerade eben hindurchpassten.

»Macht schnell«, raunte sie ihnen zu und eilte durch das menschenleere Foyer. »Ich habe in der Kantine zu tun. Wenn ihr fertig seid und wieder rauswollt, gebt mir Bescheid.«

Jules kam nicht einmal dazu, sich für ihre Gefälligkeit zu bedanken, so schnell war Florine um die nächste Ecke gebogen. Dann suchten sie eilig den Newsroom auf, wo sie beim ersten Besuch ihr wenig ergiebiges Gespräch mit Chefredakteurin Stangl geführt hatten. Dort trafen sie auf einen jüngeren Mann, der einen Putzwagen schob und den Inhalt von Papierkörben in Plastiksäcke leerte, die an dem Wagen befestigt waren. Er trug Kopfhörer und schien sich nicht im Geringsten für die Neuankömmlinge zu interessieren.

Ohne Zeit zu verlieren, begaben sie sich zum Schreibtisch des Toten, den Sandrine beim letzten Mal bereits identifiziert hatte. Zu seiner Erleichterung erkannte Jules auf den ersten Blick, dass sich seit Sandrines verschwommenen Handyfotos wohl nichts verändert hatte. Offensichtlich waren die Kollegen noch nicht dazu gekommen, den Schreibtisch aufzuräumen. Oder aber sie hatten aus Respekt für den Verstorbenen bisher davor zurückgescheut.

Eine Veränderung gab es aber doch. »Ein Trauerflor über dem Bildschirm und ein Blumenstrauß«, bemerkte Jules. »Wer das wohl war?« Er erwartete keine Antwort auf diese Frage, denn woher sollte Sandrine das wissen? Er selbst dachte an eine heimliche Verehrerin oder eine von Morels abgelegten Liebschaften. Vielleicht handelte es sich auch um eine gemeinsame Geste der Belegschaft?

Sofort machten sie sich daran, den Arbeitsplatz näher zu untersuchen. Der Computer war erwartungsgemäß heruntergefahren. Auch lagen leider keine Unterlagen auf der Schreibtischplatte, die ihnen womöglich Aufschlüsse über Morels letzte Recherche gegeben hätten.

Sandrine, die Latexhandschuhe übergezogen hatte, versuchte, eine der Schubladen zu öffnen. »Abgeschlossen«, sagte sie enttäuscht.

Jules glaubte bereits an einen Fehlschlag, da fiel sein Blick auf die Notizen, Fotos und Zeitungsausschnitte, mit denen Morel die Innenseite der Sichtschutzwand gespickt hatte. Sie waren glücklicherweise noch an Ort und Stelle und offen einzusehen. Wie auf einer Pinnwand hatte der Journalist Material gehortet, das sich – wie Jules schon anhand von Sandrines Schnappschüssen geahnt hatte – auf eine einzige Person konzentrierte: Chloé.

»Es macht den Eindruck, als hätte sich Morel zuletzt wirklich mit keinem anderen Thema beschäftigt als mit ihr«, stellte Sandrine fest und schob ihren Kopf dichter vor die Artikelsammlung. »Einige Passagen hat er eingekringelt, andere mit Leuchtmarker angestrichen.«

Auch Jules kam näher, um sich die entsprechenden Stellen anzusehen. »Hier geht es um Chloés Kindheit beziehungsweise die Tatsache, dass so wenig darüber bekannt ist.«

»Ja«, sagte Sandrine, während sie sich den nächsten Text vornahm. »Chloé blendet in ihren Posts so ziemlich alles aus, was ihre Jugend anbelangt. Schulabschluss, Ausbildung – all das findet in ihrer Vita nicht statt.«

»Aber im Internet wird man doch sicher etwas darüber finden«, vermutete Jules, obwohl er selbst nichts dergleichen entdeckt hatte.

»Nicht mehr als Morel hier zusammengetragen hat.« Sandrine tippte mit dem Zeigefinger auf einen Ausriss, in dem nahezu jede Zeile neongelb unterlegt war. »Es wird spekuliert, dass Chloé ein Heimkind gewesen sein könnte. Ihre Eltern, deren Identität unbekannt sei, hätten sie in jungen Jahren wegen Überforderung abgegeben, heißt es. Andere Quellen behaupten, das Jugendamt habe Chloé als Kleinkind aus dem Elternhaus geholt und ins Waisenhaus gesteckt. Chloé selbst konnte oder wollte sich bisher nicht dazu äußern.«

Jules sah Sandrine verwundert an: »Woher weißt du das alles?« Er ertappte sich dabei, dass er die Kollegin versehentlich geduzt hatte.

Doch die hatte offenbar nichts dagegen, sie sagte nur grinsend: »Schon gut, unter Einbrechern duzt man sich ohnehin.« Dann beantwortete sie seine Frage: »Wie gesagt, ich gehöre zu ihren Fans, und als Fan interessiert man sich eben für alles.«

»Na schön«, sagte Jules und überflog die restlichen Artikel und Ausdrucke, mit denen sich Morel umgeben hatte. »Aber wenn ihre Kindheit als Waisenkind ein offenes Geheimnis ist, hätte Morel mit dieser ›Enthüllung‹ keinen Blumentopf gewinnen können, oder?«

»Nein«, sagte Sandrine nachdenklich. »Eigentlich nicht. Ich sehe hier nichts, was in Fan-Kreisen nicht längst diskutiert wird.«

»Was ist mit den leiblichen Eltern?«, hakte Jules nach. »Weiß man inzwischen mehr über sie?«

Sandrine schüttelte den Kopf. »Chloé hat sich nie dazu geäußert, und im Netz sind bloß haltlose Spekulationen zu finden. Einige mutmaßen, dass Chloé die Tochter eines bekannten Schauspielerpaares sein könnte, dem wegen ausufernden Rauschmittelkonsums das Sorgerecht aberkannt wurde. Als Beleg dafür führen sie Chloés vielfältige Talente auf, die sie von den prominenten Eltern geerbt habe. Aber solche Geschichten entbehren jeder Grundlage, da sich niemand auf die Namen dieser Stars festlegen will.«

»Ob Chloé selbst es weiß?«, fragte Jules. »Vielleicht kennt sie ihre Eltern und hat inzwischen Kontakt zu ihnen?«

»Wenn das der Fall wäre und sie sich ab und zu treffen würden, gäbe es unter Garantie Paparazzi-Fotos davon«, wandte Sandrine ein. »Nein, ich glaube nicht, dass Chloé mit ihren Eltern in Verbindung steht – wenn sie denn überhaupt noch leben.«

Jules wollte diese Spur nicht so schnell abschreiben und sah sich die Sammlung noch einmal genau an. Diesmal blieb sein Blick an einem Notizzettel hängen. Darauf standen nur zwei Worte und dahinter drei fett gemalte Fragezeichen.

Claudette Bernard ???

Der Nachname war unterstrichen.

»Das ist Chloés bürgerlicher Name«, merkte Jules an.

»Ein Name, den sie nicht gern hört«, kommentierte Sandrine.

»Mag ja sein, aber für Morel scheint er eine wichtige Bedeutung gehabt zu haben, sonst hätte er ihn nicht notiert und aufgehängt.« Grüblerisch fuhr Jules fort: »Könnte es Morel gelungen sein, über den Namen Bernard auf die leiblichen Eltern zu stoßen?«

Sandrine setzte ein schiefes Lächeln auf. »Der Name Bernard ist in Frankreich nicht gerade selten. Dann hätte Morel die Nadel im Heuhaufen gefunden.«

»Vielleicht hat er das ja wirklich«, überlegte Jules, fügte dann aber hinzu: »Allerdings muss das nicht der wirkliche Nachname der Eltern sein. Soviel ich weiß, erhalten Kinder, die aus prekären Verhältnissen kommen, mitunter neue Identitäten.«

»Auch das ist möglich, ja.«

»Das ist alles nicht sehr befriedigend.« Jules stützte die Arme auf den Schreibtisch. »Wir brauchen mehr Informationen. Am besten, wir setzen uns mit dem Kinderheim in Verbindung. Chloé wird nichts anderes übrig bleiben, als uns die Adresse zu nennen.«

»Es ist nicht gesagt, dass die Heimleitung mehr über Chloés Herkunft weiß.«

»Dann müssen wir eben auch mit dem Jugendamt sprechen. Irgendjemand wird doch wissen, aus welchem Haushalt Chloé damals herausgeholt worden ist«, beharrte Jules.

»Damals, das war vor mehr als zwanzig Jahren!« Sandrine sah Jules zweifelnd an. »Dass der zuständige Sachbearbeiter noch in Amt und Würden ist, kann ich mir kaum vorstellen.«

Ein Pfiff ließ sie aufschauen. Sandrines Tante Florine stand inmitten des Newsrooms und winkte mit einem Wischtuch.

»Unsere Zeit ist um«, raunte Sandrine Jules zu.

Der nickte. Doch bevor er sich von Morels Arbeitsplatz losriss, hielt er die Artikelsammlung an der Pinnwand noch in mehreren Handyfotos fest. Diesmal so, dass man die Inhalte lesen konnte.

SIEBZEHN

Clotilde hielt sich fit. Einerseits durch die körperliche Arbeit in ihrer Pension, wo sie beim Bedienen in der *winstub* und dem Reinigen der Zimmer Tag für Tag leicht auf ihre zehntausend Schritte kam, aber auch in ihrer raren Freizeit, weil sie das Fahrrad dem Auto vorzog. Diese sportliche Betätigung war leider auch nötig, denn sie hatte nun einmal eine Veranlagung zum Übergewicht. Ihre Statur, die »schweren Knochen«, tat ein Übriges. Deshalb hatte sie sich fest vorgenommen, ihren Bewegungsdrang im Rentenalter keinesfalls einzuschränken. Im Gegenteil!

Für Clotilde war es daher selbstverständlich, die knapp zehn Kilometer von Rebenheim bis zum *parc ornithologique* mit dem *vélo* zurückzulegen. Sie hatte heute früh praktische Kleidung gewählt, eine beschichtete Jacke als Windschutz übergezogen und ihr weißes Haar mit einem Kopftuch bedeckt.

Als sie derart bekleidet in die Zufahrt des Vogelparks einbog und sich ihres Erscheinungsbildes bewusst wurde, fiel auch ihr unwillkürlich die Ähnlichkeit zu Agatha Christies Meisterdetektivin Miss Marple auf, die bekanntermaßen auch gern in die Pedale trat. Fehlte nur noch, dass Lino ihr als ein Abklatsch von Mister Stringer auf seinen Drahtesel folgte!, dachte sie. Das aber verkniff er sich glücklicherweise.

Clotilde ließ das Rad vor dem Besucherzentrum ausrollen, wo Camille schon in der Tür lehnte und ihr entgegensah.

»Wie schön, dass Sie gekommen sind«, begrüßte sie Clotilde mit einem erleichterten Lächeln. »Nach unserem Telefonat gestern war ich mir nicht sicher, ob ich Sie nicht mit der Aufzählung der vielen Aufgaben, die bei uns anfallen, verschreckt haben könnte.«

»Ich stehe zu meinem Wort«, erwiderte Clotilde und setzte den Rucksack neben sich ab, in dem sie ihre Wegzehrung und einige Kleinigkeiten für zwischendurch verstaut hatte. »Ich freue mich, wenn ich mich in meinem Alter noch nützlich machen kann.«

»Sie sind die Wirtin der *Auberge de la cigogne*, habe ich recht?«

»Ja, ganz richtig, doch mein Mann und ich ziehen uns mehr und mehr aus dem Tagesgeschäft zurück. Trotzdem möchte ich nicht untätig bleiben und mich daher ehrenamtlich engagieren.«

»Das höre ich gern«, sagte Camille, noch immer lächelnd. »Wir werden nicht gerade von freiwilligen Helfern überrannt.«

»Dann lassen Sie mich gleich anfangen!«, gab sich Clotilde tatendurstig. »Was gibt es zu tun?«

Camille lud sie auf einen Rundgang ein, bei dem sie erklären wollte, welche Aufgaben sie Clotilde zugedacht hatte. Dazu zählten das Zufüttern der Jungvögel mit proteinhaltigen Pellets und Gartenarbeit ebenso wie der Ticketverkauf, falls Camille einmal nicht anwesend war. Sobald sich Clotilde besser auskannte, sollte sie auch Führungen für Schulklassen übernehmen.

»Ich muss Sie noch darauf hinweisen, dass es bei uns

auch Nachtschichten gibt, bei denen wir uns abwechseln«, teilte Camille ihr mit. »Ist das für Sie ein Problem?«

»Aber nein«, sagte Clotilde und erkundigte sich: »Was gibt es denn nachts zu tun?«

»Wenn es dunkel wird, müssen wir ein Auge auf den Park haben, um gegebenenfalls Fuchsalarm geben zu können. Wiesel sind ebenfalls ein Problem für die Jungvögel.«

»Sie können mir gern auch körperliche Arbeiten anvertrauen«, sagte Clotilde, während sie ihren Blick über die weitläufigen Freianlagen gleiten ließ. Dutzende Störche durchpflügten den feuchten Grund mit ihren langen Schnäbeln nach Nahrung. »Wer kümmert sich um den Vogeldreck?«

Wie auf Kommando trat ein kräftiger Mann in blauer Handwerkermontur neben sie. Aufgrund seiner sonnengegerbten Haut und des schütteren Haars schätzte Clotilde ihn auf Mitte bis Ende sechzig. Sie war sich fast sicher, ihm in Rebenheim schon einige Male über den Weg gelaufen zu sein, und hatte bereits eine Vermutung, um wen es sich handelte.

»Das übernehme ich«, sagte der Mann und reichte ihr eine breite Hand, deren raue Haut mit Rissen überzogen war.

»Gut, dass du kommst, Gerard«, empfing ihn Camille. »Darf ich dir unsere neue Helferin vorstellen? Sie heißt Clotilde.« An Clotilde gerichtet fuhr sie fort: »Gerard ist unser stärkster Mitarbeiter, und zwar im wahrsten Sinne des Wortes: Wenn es sein muss, stemmt er mehr als ein Gewichtheber.«

»So ist es, wo immer es Arbeit gibt, packe ich an.

Ich bin mir für nichts zu schade«, bestätigte der rüstige Gerard und musterte den Neuzugang neugierig.

»Wo du schon da bist: Würdest du Clotilde bitte den restlichen Park zeigen?«, bat ihn Camille. »Ich muss zurück ins Büro. Hab noch einen Haufen Papierkram zu erledigen.«

»Klar«, brummte Gerard, der seine Musterung von Clotilde beendet hatte und offenbar zu einem zufriedenstellenden Ergebnis gekommen war. »Kommen Sie mit.«

Clotilde behielt für sich, dass sie von Lino gebrieft worden war und über Gerard und die anderen Bescheid wusste. Während sie Gerard zu einer windschiefen Scheune mit angebauter Werkstatt folgte, erzählte sie von sich und ihrer Pension mit Restaurant, und Gerard sagte, dass er ja selbst in Rebenheim wohne. Allerdings verkehre er eher in Eckkneipen statt in einer gediegenen *winstub*.

Auf halber Strecke kreuzte ein junger Mann ihren Weg, der einen Sack geschultert hatte. Mit seiner hellen Haut und dem rötlichen Haar sah er aus wie ein Ire aus dem Bilderbuch, fand Clotilde und ahnte, dass es sich um den von Lino ebenfalls erwähnten Praktikanten handeln musste.

Prompt rief Gerard nach ihm und winkte. Patrick sah etwas unschlüssig zu ihnen herüber, stellte die Last ab und wartete auf sie.

»Patrick, ich will dir unsere neue Kollegin vorstellen«, sagte Gerard und machte ihn mit Clotilde bekannt.

Ihr fiel der unstete Blick des hochgewachsenen Praktikanten auf, seine hellgrünen Augen wichen ihr aus.

Auch seine Körperhaltung verriet, dass er es kaum erwarten konnte, sich wieder zu entfernen, was er nach einem kurzen Gespräch auch tat.

Gerard führte Clotilde in die große Scheune, die ein Arsenal an Gartengeräten wie Spaten, Schaufeln, Hacken und Scheren beherbergte. Der gemauerte Anbau beherbergte wie erwartet einen Werkzeugraum, der gut ausgestattet war, wenn auch mit schon recht betagten Maschinen und Gerätschaften. Wie Gerard erklärte, war es genug, um den Zaun zu flicken, aber auch mal etwas an der Zufahrt oder dem Parkplatz auszubessern.

Nachdem er Clotilde zu einem danebenstehenden Schuppen geführt hatte, in dem die Futtermittel aufbewahrt wurden, schlug er vor: »Wenn Sie wollen, können Sie sich gleich Patrick anschließen und die Vögel versorgen.«

»Wollen wir uns nicht duzen? Das wäre doch einfacher«, schlug Clotilde vor, woraufhin ein breites Grinsen ins faltige Gesicht ihres Gegenübers trat.

»Sehr gern, Clotilde!«

Sie griff sich einen der Futtersäcke, allerdings einen kleineren als den, mit dem Patrick sich abgeschleppt hatte.

»Was ist da eigentlich drin?«, erkundigte sie sich.

»Ergänzungsnahrung«, sagte Gerard und lachte. »Gehörst du etwa auch zu denen, die glauben, dass Störche nur Frösche fressen? Das stimmt nicht, Meister Adebars Speiseplan ist ziemlich vielfältig.«

»So?«

»Aber ja! Er mag Lurche, Feldmäuse, kleine Vögel, ihm schmecken aber auch Insekten und Regenwürmer.

Manchmal erwischt er sogar einen Maulwurf. Von den Überbleibseln der Brote, die die Schulklassen zurücklassen, mal ganz zu schweigen. Ab und zu verfüttern wir Leckerbissen wie Geflügelinnereien und Fisch. Die Ergänzungsnahrung bekommen sie vor allem wegen der Medikamente, die sie enthält. Hilft angeblich gegen Parasiten. Dr. Bierot legt großen Wert darauf.«

»Eine ausgewogenere Ernährung biete ich meinen Hotelgästen auch nicht«, scherzte Clotilde.

»Ja, die Vögel bekommen alles, was sie benötigen, und danken es uns, indem sie bis zu sechs Eier pro Jahr legen und die Storchenpopulation im Elsass weiter anwachsen lassen«, sagte Gerard und blieb stehen.

Er müsse noch etwas erledigen, sei aber bald zurück, um ihr zur Hand zu gehen, versprach er. »Geh du ruhig schon weiter zu Patrick!«

Mit dem Körnerpacken in den Armen suchte Clotilde nach einem Zugang zum Gehege. Nachdem sie eine Baumgruppe umrundet hatte, stand sie auf einmal vor einem riesigen Fahrzeug. Es war fast so groß wie ein Reisebus, hatte auf dem Dach aber eine breite Satellitenschüssel. Das schneeweiße Ungetüm wirkte im ländlichen Umfeld des Vogelparks wie ein Fremdkörper. Clotilde nahm an, dass sie vor dem Wohnmobil stand, mit dem dieses Jugendidol unterwegs war, diese Chloé – auch diesen Namen hatte Lino ihr genannt und erklärt, womit die junge Dame ihr Geld verdiente. So richtig verstanden hatte Clotilde das aber nicht.

Sie staunte noch über die schiere Größe der rollenden Luxusvilla, als eine Stimme an ihr Ohr drang und ein Mann hinter dem monumentalen Wohnmobil hervortrat. Er war nicht älter als dreißig, trug eine Jogginghose, ein schulterfreies Shirt und eine Kappe, deren Schirm nach hinten gedreht war. In seinem Mundwinkel klemmte eine Zigarette, und er hielt ein Handy ans Ohr gepresst. Clotilde nahm an, dass es sich um Chloés Freund Clément handelte. Der Mann war so sehr in sein Gespräch vertieft, dass er sie nicht bemerkte.

So konnte Clotilde ein paar Schritte zurücktreten und hinter der Baumgruppe in Deckung gehen. Zu ihrer Freude näherte sich auch Clement den Bäumen, blieb aber auf der anderen Seite. Clotilde konnte ihn gut verstehen, ohne dass Clément sie sah.

»… nicht der richtige Zeitpunkt, *chéri*«, hörte Clotilde ihn sagen. »Wir hatten doch ausgemacht, dass ich dich anrufe und nicht umgekehrt… Nein, Chloé weiß nichts von meinem Zweithandy, und das soll auch so bleiben. Also bitte: Nächstes Mal wartest du einfach, bis ich mich melde… Ich liebe dich auch. Und ja, ich vermisse dich sehr. Ich kann es kaum erwarten, dass wir endlich zurückfahren… Nein, du kannst nicht ins Elsass kommen, das halte ich für keine gute Idee. Bleib in Nizza. Lange kann es ja nicht mehr dauern, bis wir zurückkommen.«

Clotilde konnte kaum glauben, was sie da hörte. Offenbar war Clément seiner Freundin nicht treu! In Nizza wartete eine Geliebte auf ihn. Gleich an ihrem ersten Tag einen solchen Treffer zu landen, übertraf all ihre Erwartungen.

»Wie lange? Ich weiß nicht, aber ich hoffe, es sind bloß noch ein paar Tage«, redete Clément weiter. Er hatte ja keine Ahnung, dass er belauscht wurde. »Die Storchen-Posts laufen nicht besonders gut. Das ist kein

Thema, mit dem Chloé bei ihren Followern punkten kann, und das weiß sie – verdammt noch mal – sehr gut. Aber sie lässt sich die Sache einfach nicht ausreden, keine Chance.«

Clément setzte sich wieder in Bewegung, Clotilde hörte das Knirschen seiner Sohlen auf dem gekiesten Weg. Sie spähte durch die Bäume, um zu sehen, wohin er ging, und folgte ihm so leise wie möglich auf dem parallel verlaufenden Pfad hinter den Bäumen entlang.

»Was sagst du? Chloé interessiert sich gar nicht für Vögel? Das weiß ich doch, ich bin ja nicht blöd. Den Storchenfimmel täuscht sie vor, in Wirklichkeit ist sie hinter etwas ganz anderem her. Inzwischen ahne ich, worum es ihr in Wahrheit geht… Nein, darüber möchte ich lieber noch nicht reden. Aber ich bleibe dran.«

Clotilde hatte Mühe, Clément auf den Fersen zu bleiben, denn er wechselte jetzt mehrfach die Richtung. Mal stand er näher an der Baumgruppe, mal entfernte er sich ein ganzes Stück, daher bekam sie vom Rest des Gesprächs kaum etwas mit. Einmal meinte sie, den Namen »Morel« zu vernehmen, dann ging es wohl um den Job der Geliebten; Clément erkundigte sich, wie es mit dem Kellnern liefe und ob ihr Boss sie immer noch belästige und ihr nachstelle.

Schließlich verstummte Clément. Mehr war nicht in Erfahrung zu bringen, wahrscheinlich hatte er das Telefonat beendet und ging zurück zum Reisemobil. Clotilde war dennoch höchst zufrieden. Lino würde voll des Lobes sein, wenn sie ihm am Abend von ihrem ersten Ermittlungserfolg berichtete.

Mit stolzgeschwellter Brust verließ Clotilde ihren

Horchposten, um zum Gehege zu gehen. Doch kaum trat sie aus dem Schatten der Bäume, lief sie Clément direkt in die Arme. Vor Schreck japste sie nach Luft. Auch Clément erschrak offenkundig, denn er machte einen Satz nach hinten und hatte es eilig, das Handy in der Hosentasche verschwinden zu lassen.

Er sah Clotilde aus großen Augen an und hielt sie im ersten Moment wohl für eine verirrte Besucherin. Erst als seine Blicke auf den kleinen Futtersack in Clotildes Rechter fiel, entspannten sich seine Züge.

»Sie gehören zu den Leuten von der Farm?«, erkundigte er sich.

Clotilde nickte und stellte sich vor. »Ich habe heute erst angefangen«, ergänzte sie.

Auch Clément nannte seinen Namen, deutete auf das Wohnmobil und erklärte, dass er und seine Freundin Chloé dort ein paar Tage wohnten, jedoch keinen Besuch vom Parkpersonal wünschten. Damit kehrte er der älteren Frau mit dem Futtersack ohne Abschiedswort den Rücken zu.

Ein unsympathischer Kerl, dachte sich Clotilde, dem müsste man mal Manieren beibringen. Verärgert ging sie davon.

Bei der Fütterung kam ihr dann Gerard zu Hilfe, nachdem sie Patrick nicht gefunden hatte. Gerard erklärte ihr, was sie beachten musste und wie sie sich gegen allzu aufdringliche Storchenmännchen zur Wehr setzen konnte.

»Du musst dir Respekt verschaffen, sonst tanzen sie dir auf der Nase herum«, sagte er.

Während Clotilde das Futter ausstreute, erzählte

sie von ihrer Begegnung mit Clément. »Er sagte, der Platz, wo das Reisemobil steht, ist fürs Personal tabu«, berichtete sie ihm.

Gerard zog verärgert die Brauen zusammen. »Was für die Störche gilt, gilt erst recht für diesen Lackaffen. Lass dir von dem nichts gefallen! Er ist hier geduldet, mehr aber auch nicht.«

In Gerards Worten schwang eine tiefe Abneigung mit. Clotilde fragte sich, ob sich diese Antipathie lediglich auf Clément bezog oder auch auf Chloé.

ACHTZEHN

Jules saß in der morgendlichen Lagebesprechung im kleinen Konferenzraum der Gendarmerie und starrte auf seinen Kaffeebecher. Es ging ihm nicht besonders, und das lag vor allem daran, dass er ziemlich schlecht geschlafen hatte. Das wiederum hatte an der mitternächtlichen Auseinandersetzung mit Joanna gelegen.

Sie verübelte ihm den überstürzten Aufbruch aus dem Restaurant, vor allem, weil er ihr verschwiegen hatte, was vorgefallen war und wo er so spät noch hinwollte. Nach seiner Rückkehr hatte Joanna ihn mit Dutzenden von Fragen empfangen und so lange gebohrt, bis er ihr alles gestand. Wie nicht anders zu erwarten, zeigte sie sich wenig begeistert über das widerrechtliche Eindringen in die Redaktionsräume des Journal, nannte Jules' Verhalten unverantwortlich und ärgerte sich außerordentlich, dass er sich einfach über ihre Anweisungen hinweggesetzt hatte. Eine Versöhnung war letzte Nacht nicht mehr zustande gekommen; am Morgen hatten sie kein Wort miteinander gewechselt.

»Jules? Sind Sie heute nur körperlich anwesend oder dürfen wir auch auf Beiträge von Ihrer Seite hoffen?«

Die Stimme von Capitaine Debré riss Jules aus seiner Trance. »Pardon«, sagte er und richtete sich auf.

Debré quittierte das mit einem Zungenschnalzen. »Sandrine«, wandte er sich an die Kollegin. »Darf ich

Sie bitten, die Namensliste auf den neuesten Stand zu bringen?«

Sandrine trat vor das Whiteboard, an dem noch immer die Unfallfotos hingen und gleich daneben die Liste der beteiligten Personen. Sie nahm einen Stift zur Hand und wartete auf weitere Anweisungen.

»Lassen Sie uns das Ganze strukturiert angehen«, sagte der Capitaine. »Schreiben Sie den Namen Morel in die Mitte der Tafel, anschließend ordnen wir diejenigen zu, die nachweislich mit ihm in Verbindung standen.«

Also alles noch einmal von vorn, dachte sich Jules und sah zu, wie sich ein Kreis von Personen rund um das Opfer bildete. Darunter waren seine Ex-Partnerinnen Claudine Stangl und Pauline Faber ebenso wie Chloé als letzte Interviewpartnerin, ihr Freund Clément und das Personal der Storchenfarm einschließlich des Vogelforschers Dr. Bierot. Auch wenn Jules prinzipiell viel von Visualisierungen hielt, konnte er aus dem, was auf der Tafel stand, heute keine neuen Erkenntnisse gewinnen.

Nach einer zähen Diskussion über mögliche Täter und ihre Motive schob Jules entnervt den leeren Kaffeebecher zur Seite und schlug vor, sich auf Chloé und ihre familiäre Herkunft zu konzentrieren. »Ich halte es für sehr wahrscheinlich, dass darin der Schlüssel zu allem liegt«, verkündete er voller Überzeugung. »Finden wir heraus, woher Chloé stammt und wer ihre Eltern waren, dann erfahren wir den Grund für Morels Euphorie und seine Fixierung auf diese Frau.«

Debré, der nach greifbaren Ergebnissen gierte und aus diesem Wunsch keinen Hehl machte, nickte bedächtig. »Tun Sie das und lassen Sie sich dabei von Sandrine unterstützen. Allerdings …«, er machte eine nachdrückliche Pause, »allerdings dürfen wir nicht mögliche andere Spuren aus den Augen verlieren, zum Beispiel jene, die zu dem Vogelkundler Bierot führt. Nur weil Chloé alle anderen überstrahlt, muss das nicht heißen, dass sie zwingend der Auslöser für die Tat gewesen ist.«

So ganz beiläufig ließ Debré zum Abschluss der Besprechung noch eine Bombe platzen: »Ach ja, ich hatte den Part übernommen, die Beteiligten auf Vorstrafen oder sonstige relevante Einträge abzuklopfen. Ein Name taucht tatsächlich in der Datenbank auf.«

Jules sah ihn erwartungsvoll an, ebenso wie Sandrine. Gespannt wartete er, welchen Namen er gleich zu hören bekommen würde.

Debré kostete den Moment aus, dann verkündete er: »Chloés Freund Clément ist kein unbeschriebenes Blatt, er hat mehrere Vorstrafen wegen Drogendelikten. Und dabei ging es um Mengen, die den Eigenbedarf deutlich überschritten.«

»Clément hat gedealt?«, fragte Jules, den diese Nachricht keineswegs überraschte. Chloés Freund traute er so manches zu.

Bei näherer Betrachtung fielen ihm umgehend ein paar mögliche Szenarien ein: Was, wenn Chloé nichts von Cléments Strafregister wusste, Morel jedoch Wind davon bekommen hatte und sie damit konfrontieren wollte? Hatte Clément dieser Enthüllung durch den als Unfall getarnten Mord zuvorkommen wollen?

»Wie gesagt«, gab Debré ihnen noch mit auf den Weg, »es gibt mehrere Spuren in diesem Fall, und jede von ihnen sollte sorgsam geprüft werden.«

Beim Hinausgehen teilten Sandrine und Jules die

Arbeit untereinander auf. Sie waren sich einig, dass sie sich – trotz der Ermahnung ihres Vorgesetzten – keinesfalls verzetteln durften.

»Chloés Herkunftsgeschichte hat Vorrang«, beschloss Jules, und Sandrine stimmte ihm zu. »Finde doch bitte möglichst bald heraus, in welchem Heim sie untergebracht war. Vielleicht kann uns die Jugendbehörde weiterhelfen? Ich werde inzwischen einen neuen Versuch bei Madame Stangl starten und an ihr Pflichtgefühl als gute Staatsbürgerin appellieren. Wenn sie uns freiwillig an Morels Computer lässt, würde uns das eine Menge Arbeit ersparen. Bei der Gelegenheit kann ich ihr unter die Nase reiben, dass sie uns ihre Liaison mit Morel verschwiegen hat, was durchaus verdächtig erscheinen kann. Mal sehen, wie sie auf ein bisschen mehr Druck reagiert.«

Sandrine und Jules hatten sich gerade getrennt, als Jules auf Joanna traf, die ihm im Flur entgegenkam. In ihrem dezent grauen Kostüm und mit der schmalen Aktentasche unterm Arm wirkte sie ebenso zugeknöpft wie ihr Gesichtsausdruck.

»Die Lagebesprechung ist schon vorbei«, sagte Jules, nachdem sie sich kollegial mit *la bise* begrüßt hatten.

»Ich hatte nicht vor, daran teilzunehmen«, sagte Joanna noch immer ziemlich unterkühlt.

Jules beabsichtigte nicht, ihre Diskussion von letzter Nacht fortzusetzen. Trotzdem konnte er es sich nicht verkneifen zu sagen: »Du weißt doch, ich bin Polizist mit Leib und Seele.«

»Das stellt dich nicht über das Gesetz«, konterte Joanna.

Jules lag eine Erwiderung auf der Zunge: nämlich, dass er angesichts von Joannas Blockadehaltung gar nicht anders gekonnt habe, als der festgefahrenen Ermittlung auf diese Weise auf die Sprünge zu helfen. Doch er war schlau genug, diesen Gedanken für sich zu behalten. Stattdessen sagte er so freundlich, wie er konnte: »Da du wohl nicht vorhast, gegen Sandrine und mich ein Disziplinarverfahren einzuleiten, schlage ich vor, dass wir einfach weiterarbeiten und uns bemühen, diesen Fall so bald wie möglich abzuschließen, *d'accord*?«

»Einverstanden«, erwiderte Joanna mit zusammengebissenen Zähnen. »Ich habe jetzt einen Termin bei deinem Chef. Er weiß nichts von eurem Ausflug gestern Nacht, oder?«

»Nein«, sagte Jules und zwinkerte ihr zu. »Es wäre schön, wenn es dabei bleibt.«

Als Jules am frühen Nachmittag in die Redaktion kam, herrschte dort Hochbetrieb. Manche Journalisten – es waren etwa gleich viele Frauen wie Männer – telefonierten, andere tippten eifrig Texte in die Tastaturen ihrer Computer. Dazwischen drängte sich ein Fotograf, dem zwei Kameras mit langen Objektiven von den Schultern hingen. Für zusätzliche Unruhe sorgte ein schnauzbärtiger Mann mittleren Alters mit Schweißperlen auf der weißen Stirn. Er ging von Tisch zu Tisch, führte kurze Gespräche, machte sich Notizen in einer Kladde und eilte weiter. Wohl eine Art Chef vom Dienst, folgerte Jules und sprach ihn an.

»Pardon, Monsieur, ich bin auf der Suche nach Madame Stangl.« Jules hielt dem Mann seinen Ausweis hin.

Der Schnauzbärtige schnaufte gestresst, warf einen Blick auf seine Armbanduhr und sagte: »Eigentlich habe ich überhaupt keine Zeit. Haben Sie einen Termin?«

»Nein«, antwortete Jules. »Den brauche ich auch nicht. Aber es reicht, wenn Sie mir sagen, wo ich sie finde.«

Wieder ein Schnaufen. »Den Gang entlang und dann die letzte Tür rechts. *Rédacteur en chef* steht dran, Sie können es nicht verfehlen. Aber klopfen Sie an, bevor Sie eintreten!«

»Danke schön!« Jules legte die Handkante an den Schirm seines *képi* und überließ den Mann seiner Hektik.

Vor der Tür zum Büro der Chefredakteurin hielt Jules sich an die Anweisung und wartete, bis er ein »*Entrez!*« vernahm. Von der Betriebsamkeit in der Großraumredaktion war im Büro von Claudine Stangl nichts mehr zu spüren, sie saß allein in einem Raum mit den Abmessungen eines mittelgroßen Klassenzimmers. Es gab eine Sitzecke mit sechs Plätzen, Beamer und Leinwand, eine Anrichte mit Kaffeeautomat und Wasserspender und mehrere üppige Grünpflanzen – kein Vergleich mit dem winzigen Kopierraum, in den sie ihn und Sandrine bei der ersten Begegnung geführt hatte. Claudine Stangl selbst befand sich hinter einem Schreibtisch mit gläserner Platte, auf der sie ein filigranes Notebook platziert hatte.

Als sie Jules erblickte, sah sie zunächst überrascht aus, doch schnell wurde ihre Miene argwöhnisch und abwehrend. »Waren wir verabredet, Major?«, fragte sie ungnädig, stand auf und zog ihr eng anliegendes moosgrünes Strickkleid zurecht.

»Nein, ich komme ohne Anmeldung«, antwortete Jules und trat näher. »Trotzdem hoffe ich, dass Sie ein paar Minuten für mich erübrigen können.«

Claudine Stangl fuhr sich mit der Hand durch ihr welliges Haar. »Wir haben einen Redaktionsschluss einzuhalten.«

»Sie haben ein motiviertes und fleißiges Team. Ich bin sicher, Ihre Mitarbeiterinnen und Mitarbeiter werden den Redaktionsschluss auch dann einhalten, wenn Sie kurz mit mir reden.« Breitbeinig baute sich Jules vor ihr auf und verschränkte die Arme.

Claudine Stangl stieß einen leisen Seufzer aus. »Was auch immer Sie noch von mir wollen: Machen Sie es bitte kurz.«

»Zunächst einmal möchte ich Sie bitten, die langen Ärmel Ihres Kleides ein wenig zurückzuschieben«, sagte Jules, wohl wissend, dass er damit ihren Protest auslösen würde.

»Was soll das, Major?« Claudine Stangl funkelte ihn böse an. »Ich denke nicht, dass Sie befugt sind …«

»Ich würde gern das Tattoo sehen«, unterbrach er sie. »Sie haben doch eines, richtig? Eines, dessen Äquivalent der verstorbene Monsieur Morel auf dem Arm trug.« Er wartete auf eine Reaktion. Als diese ausblieb, fuhr er fort: »Warum haben Sie uns verschwiegen, dass Sie und Monsieur Morel einmal ein Paar gewesen sind?«

Claudine Stangl biss sich auf die Lippen und fuhr Jules an: »Wieso hätte ich das sagen sollen? Das spielt doch keine Rolle!«

»Selbstverständlich ist das im Rahmen einer Mordermittlung eine wesentliche Information.«

»Mord? Jetzt nehmen Sie den Mund aber sehr voll, Major. Noch können Sie nicht ausschließen, dass es auf fahrlässige Tötung hinausläuft.«

»Ach, Sie meinen, dass der Täter – oder die Täterin – ohne Tötungsabsicht gehandelt hat? Dass es nur eine Art ›Denkzettel‹ sein sollte? Ein Denkzettel für einen ehemaligen Weggefährten?«

Claudine Stangl ließ ihre schmale Faust auf die Glasplatte krachen. »Haben Sie dafür irgendwelche Anhaltspunkte? Wenn Sie mir etwas Derartiges unterstellen wollen, müssen Sie schon schärfere Geschütze auffahren. Vor allem sollten Sie dann nicht allein kommen, denn ohne Zeugen hätten Sie nichts davon, wenn ich was auch immer zugeben würde.«

Jules schmunzelte über ihre Dünnhäutigkeit. Von einer gestandenen Chefredakteurin hätte er mehr Gelassenheit erwartet. »Ich hätte nicht gedacht, dass Sie derart leicht in Rage zu bringen sind!«, bemerkte er in versöhnlichem Tonfall. »Sei's drum: Wir beide hatten keinen guten Start, aber ich bin zuversichtlich, dass wir doch noch einen Weg finden werden. Alles, um das ich Sie bitten möchte, ist Offenheit und die Bereitschaft, uns bei unseren Ermittlungen zu unterstützen.«

»Also noch einmal«, kam es gepresst, »was wollen Sie von mir wissen? Wenn es um meine Zeit mit Yves geht: Ich will nicht behaupten, dass wir uns in Frieden getrennt hätten, aber das alles liegt fast zwanzig Jahre zurück. Hören Sie? Zwanzig Jahre! Irgendwann verfliegt der Groll, wir haben schon seit Langem wieder ganz normal zusammengearbeitet. Privat hat mir Yves schon lange nichts mehr bedeutet, und umgekehrt war es sicher genauso.« Wieder fuhr sie sich durchs Haar.

»Okay, ich habe Ihnen nichts davon gesagt, aber nur aus dem simplen Grund, weil es tatsächlich keine Rolle mehr spielt. Sie wollen mir doch nicht ernsthaft aus einer uralten Beziehungsgeschichte einen Strick drehen, Major? Nein, nein, das mit Yves und mir ist längst verjährt. Sie dürfen damit aufhören, mir ein Motiv anzudichten.« Sie breitete die Arme aus. »Wie Sie sehen, habe ich mich mit meinem Leben arrangiert. Ich kann mehr als zufrieden sein mit dem, was ich erreicht habe. Und damit meine ich nicht nur den Job. Glauben Sie mir, Major, über Yves Morel bin ich schon lange, lange hinweg.«

»Mit Glauben hat mein Beruf wenig bis gar nichts zu tun, Madame«, entgegnete Jules, der sehr wohl merkte, wie viele Worte sie um ihren Verflossenen machte. »Wie auch immer Ihr Verhältnis zu Monsieur Morel zuletzt gewesen sein mag, es sollte auch in Ihrem Interesse liegen, dass der Verursacher des Unfalls bald gefasst wird. Sie haben es in der Hand, das alles deutlich zu beschleunigen, indem Sie uns Einblick in Monsieur Morels Aufzeichnungen geben. Mir fällt es schwer zu verstehen, weshalb Sie uns die Polizeiarbeit durch Ihre Weigerung so sehr erschweren.«

Claudine Stangl holte tief Luft. Jules fürchtete schon einen weiteren Vortrag darüber, dass es ihre Pflicht als Leiterin einer Zeitungsredaktion sei, die Rechercheergebnisse ihrer Mitarbeiter zu schützen. Zu seiner Verwunderung stand sie aber nur wortlos auf und verschwand in einem Nebenzimmer.

Kurz darauf kehrte sie zurück und knallte einen USB-Stick vor Jules auf den Tisch. »Ich habe Yves' Rechner von unserer IT neu aufsetzen lassen, da wir ihn für den Arbeitsplatz seiner Nachfolgerin benötigen«, sagte sie eisig. »Natürlich haben wir vorher sämtliche Daten gesichert. Nehmen Sie das Material und werden Sie glücklich damit.«

Sie ging zur Tür und hielt sie für Jules auf. »In meinen Augen birgt Yves' Recherche kein Mordmotiv. Denn wenn es so wäre, hätten wir darüber längst in unserem Blatt berichtet.«

NEUNZEHN

An ihrem zweiten Tag im Storchenpark fühlte sich Clotilde bereits als vollwertiges Mitglied des Stammpersonals. Nach einer kurzen, herzlichen Begrüßung durch Camille und einem verhaltenen »Guten Morgen«-Ruf von Praktikant Patrick nahm Gerard sie in Beschlag. Er wollte mit ihr die Nester kontrollieren.

»Letzte Nacht war es ziemlich windig. Wir überprüfen, ob die Horste in Ordnung sind«, erklärte er ihr. »Werden sie instabil, können sie nämlich auseinanderfallen. Für die Paare wäre das so kurz vor der Brutzeit eine Katastrophe.«

Clotilde fragte, was sie dabei zu tun hatte, worauf Gerard knapp verkündete: »Die Leiter halten.«

Während er neben einem der abgesägten Baumstämme, auf denen die Nester thronten, eine ausfahrbare Sprossenleiter aufstellte, erläuterte er: »Der Unterbau eines Nests besteht aus starken, biegsamen Ästen, die Auflage ist Polstermaterial wie Gras, feines Gehölz und Blätter. Wenn ein Nistplatz mehrmals benutzt wird, können große Nestburgen daraus werden, weil dann jedes Jahr angebaut wird. So etwas versuchen wir hier zu verhindern, weil es die ganze Konstruktion wacklig macht.«

»Die Störche plagen sich mit dem Nestbau wohl ziemlich ab.«

»Ja, sie haben viel zu tun. Ein Neubau dauert acht Tage oder länger. Aber auch ein altes Nest wieder auf Vordermann zu bringen, kostet seine Zeit.« Er setzte den Fuß auf die unterste Stufe. »Wie gesagt, die Eiablage steht kurz bevor, alles muss bereit sein. Ich checke jeden Horst, ob er das Gewicht aushält.«

»Die kleinen Küken werden ja nicht so viel wiegen«, vermutete Clotilde.

»Aber die Eltern. Und auch der Nachwuchs holt schnell auf. Am Anfang, ja, da sind die Küken nicht mal so groß wie meine Faust. Aber die Kleinen sind Vielfraße: Täglich vertilgen sie mehr als ihr halbes Körpergewicht. Die Eltern kommen mit dem Füttern kaum hinterher, manchmal geben wir ihnen deshalb zusätzliche Nahrung.«

»Dann frage ich mich, warum es sich diese großen Vögel nicht einfacher machen und auf dem Boden brüten. Weil sie Angst vor Raubtieren haben?«

»Na klar. Bodenbruten kommen bei Störchen nur sehr, sehr selten vor. Von weiter oben können die Vögel auch ihre Futtergebiete viel besser überblicken. Und sie können leichter starten, wenn sie gleich genug Wind unter den Flügeln haben.«

Den Vormittag über waren sie damit beschäftigt, einen Horst nach dem anderen zu inspizieren. Während Clotilde dafür sorgte, dass die hohe Leiter, auf der Gerard stand, nicht ins Wanken kam, sah sie sich immer wieder um. Sie hielt Ausschau nach etwas Verdächtigem oder einer neuen Gelegenheit, hinter ein mögliches Geheimnis des Vogelparkpersonals zu kommen. Denn Lino hatte sich zwar zufrieden über ihren ersten Bericht gezeigt, ihr jedoch gleichzeitig zu verstehen gegeben, dass ihr Auftrag längst nicht abgeschlossen sei. Er dürstete nach weiteren Informationen, und sie war seine Quelle.

Leider konnte Clotilde an diesem Vormittag aber nichts Ungewöhnliches erspähen. Camille befand sich im Besucherzentrum, Patrick hielt sich irgendwo an der Scheune auf, und rund ums Wohnmobil rührte sich ebenfalls nichts. Auch die wenigen Besucher, meist Großeltern mit ihren Enkeln und ein paar junge Chloé-Fans, die ihre Handys auf den Camper ausrichteten, erschienen ihr alles andere als verdächtig.

Clotilde hatte die Hoffnung auf einen Glückstreffer wie den gestrigen schon fast aufgegeben, als sie ein entferntes Motorengeräusch wahrnahm, das bald lauter wurde. Kurz darauf tauchte ein älterer jägergrüner Kombi in der Zufahrt auf, der nicht auf den Besucherparkplatz fuhr, sondern direkt vor der Verwaltung hielt. Ein kleiner Mann mit Hut stieg aus und ging in die Baracke.

Auch Gerard, der drei Meter über ihr an einem der Horste zupfte, hatte die Ankunft des Neuankömmlings mitbekommen. Er ließ einen daumendicken Ast, der sich aus dem Geflecht zu lösen drohte, an Ort und Stelle und kletterte zügig herunter.

»Das ist Dr. Bierot«, sagte er zu Clotilde und wirkte nicht sehr erfreut. »Seines Zeichens Vogelkundler und Besserwisser. Hat an allem, was wir tun, etwas auszusetzen. Ganz besonders an mir.« Gerard fuhr die Leiter ein und klemmte sie unter den Arm. »Nimm es mir nicht übel, aber ich verkrümele mich für die nächste halbe Stunde. Du findest bestimmt so lange eine andere Beschäftigung.« Mit diesen Worten ließ er Clotilde stehen.

Sie war darüber keineswegs böse, denn so bekam sie die Gelegenheit, auch Dr. Bierot kennenzulernen, von dem sie bereits gehört hatte. Clotilde ging auf den Verwaltungsbau zu, wählte statt der Eingangsfront jedoch die Rückseite. Sie hatte mitbekommen, dass Camille eine Frischluftfanatikerin war und stets die Fenster geöffnet hielt. Deshalb positionierte sie sich unter einem der rückwärtigen Fenster, das wie erwartet gekippt war, und lauschte.

Eine helle, etwas schrille Männerstimme war klar und deutlich zu vernehmen, denn Dr. Bierot sprach sehr laut. Wie Clotilde schnell feststellte, hatte Gerard mit seiner Beschreibung nicht übertrieben, der Vogelforscher war in der Tat ein sehr kritischer Zeitgenosse. Tatsächlich kam Camille kaum zu Wort und musste sich von Bierot diverse Vorhaltungen machen lassen. Zwar verstand Clotilde nicht jedes Detail, aber es ging wohl um bestimmte behördliche Auflagen und dass die Vorgaben des Tierschutzes auf der Farm nicht gewährleistet seien.

»Bei allem guten Willen, Camille«, zürnte Bierot. »Ich kann nicht jedes Mal meinen Kopf für euch hinhalten und die Dinge schönreden. Wenn das Veterinäramt eines Tages Ernst macht, dann ist euer Laden dicht. Das muss dir doch klar sein. Ja, Camille, ich weiß, dass ihr es gut meint mit eurem Engagement. Aber die Milbenplage im letzten Jahr, die wir kaum in den Griff bekommen haben, war ein Warnschuss. Wenn von der Farm ernsthafte Gefahren für die Vogelwelt in der Umgebung ausgehen und das ruchbar wird, ist die Sache für euch gelaufen.«

Clotilde stellte sich auf die Zehenspitzen, um noch

mehr mitzubekommen. Nun konnte sie gerade so über das Fensterbrett spähen, dass sie zusehen konnte, wie sich die beiden verhielten. Camille stand ganz still und ließ die Schultern hängen, während Bierot wie ein aufgescheuchtes Huhn durch den Raum stakste.

Er redete weiter auf Camille ein: »Wie schnell so etwas an die Öffentlichkeit gelangen kann, haben wir gerade erst erfahren müssen. Dieser Reporter vom Journal ist doch nicht zufällig hier gewesen. Du magst vielleicht glauben, dass es ihm um deinen prominenten Gast ging, aber meines Erachtens ist das naiv. Denk doch mal nach, Camille. Ich bin mir sicher, Morel schwebte ein Enthüllungsbericht über den Park vor. Dem sind bestimmt der schlechte Allgemeinzustand und die unzureichende Hygiene aufgefallen. Ich mag gar nicht daran denken, was passiert wäre, wenn er seinen Text wirklich veröffentlicht hätte.«

»Das Problem mit den Milben haben wir im Griff«, beteuerte Camille. »Da kann uns niemand etwas vorwerfen. Wir kümmern uns um unsere Tiere!«

»Kümmern allein reicht nicht.«

»Ich weiß ja selbst, dass wir die strengen behördlichen Auflagen nicht immer eingehalten haben, aber was zählt, ist doch der gute Wille.«

»Eben nicht! Camille, du kannst doch nicht immer die Augen vor den Realitäten verschließen! Die Milben sind die eine Sache. Aber der gegenwärtige Zustand des Geheges bereitet auch anderen Plagen den Weg.«

»Was meinst du?«

»Das weißt du genau: Pilzsporen.«

»Ach hör doch auf, Paul!«

»Wenn man nicht die nötigen Vorkehrungen trifft,

gelangen die Sporen viel zu leicht in die Lungen der Nestlinge. Ältere Tiere erkranken teilweise sogar chronisch. Das hatten wir in der letzten Saison bereits bei zwei Paaren!«

»Aber Paul …«

»Noch mögen es Einzelfälle sein. Doch wenn der Aspergillose-Pilz in diesem Frühsommer flächendeckend bei Küken auftritt, so kann es seuchenhafte Ausmaße annehmen. Mach dir das klar, Camille: Du kannst von Glück sagen, dass Morel nicht mehr dazu gekommen ist, das alles in einem Zeitungsartikel zu veröffentlichen. Sonst wären hier nämlich längst die Lichter ausgegangen.«

»Da liegst du falsch. Morel hatte keine Ahnung davon, und es interessierte ihn auch nicht«, bekräftigte Camille.

»Kannst du dir da wirklich sicher sein?«

Das wird ja immer interessanter, dachte Clotilde. Sie lauschte dermaßen gebannt, dass sie, als sie das nächste Mal ihre Position veränderte, nicht darauf achtete, wo sie hintrat. Mit dem Knie stieß sie gegen einen Blecheimer, der scheppernd umfiel.

Augenblicklich verstummte Bierots Stimme. Dann waren von innen Schritte zu hören. Clotilde durchfuhr ein gewaltiger Schrecken. Jeden Augenblick konnte sein Kopf am Fenster erscheinen! Hektisch hielt sie Ausschau nach einem Versteck oder einer Mauer, hinter der sie Schutz finden konnte. Doch da war nichts! Sie konnte sich nur hinter das Hauseck flüchten und hoffen, dass sie dort niemand bemerkte. Stolpernd eilte sie davon, ohne sicher zu sein, ob Bierot oder Camille sie nicht doch erspäht hatten. Endlich in Deckung drückte sie sich mit dem Rücken an die Wand, schloss die Augen und schnappte nach Luft.

Das war knapp, ging es ihr durch den Kopf. Sie fühlte ihren Puls bis zum Hals. Erst nach mehreren tiefen Atemzügen schlug sie die Augen wieder auf – und erschrak erneut! Ihr gegenüber lehnte Patrick an einem Baum und rauchte eine Zigarette. Der Blick, den er ihr zuwarf, lag irgendwo zwischen Neugierde und Argwohn.

Was mochte er bloß über sie denken, fragte sich Clotilde und sah zu, dass sie weiterkam.

ZWANZIG

Zurück in der Gendarmerie fand Jules Sandrine an ihrem Arbeitsplatz, tief über die Tastatur gebeugt, die Augen fest auf den Bildschirm geheftet. Sie war hoch konzentriert und merkte überhaupt nicht, dass er hinter ihr stand.

Jules räusperte sich.

»Oh, Major! Schon zurück?«

Jules sah auf seine Armbanduhr. »Schon? Wann hast du mich denn erwartet?«

Sandrine lächelte, als käme sie aus einer anderen Welt zurück. »Oje, ich habe wohl die Zeit vergessen. Es ist ja längst Mittag vorbei.«

»Eifrig am Recherchieren?«, erkundigte sich Jules, der ein eng beschriebenes Notizblatt neben der Maus bemerkte.

»Ja, ich denke, wir kommen der Sache näher. Ich habe jetzt die Anschrift des Heims, in dem Chloé untergebracht war.«

»Tatsächlich?«

»Es trägt den ziemlich euphemistischen Namen *Enfants heureux* und – das dürfte dich überraschen – befindet sich ganz in unserer Nähe, in Besançon.«

Besançon lag in der benachbarten Region Franche-Comté. Ja, das überraschte Jules wirklich, denn er hatte aus Chloés jetzigem Wohnort Nizza geschlossen, dass sie von der Côte d'Azur oder irgendwo aus der Provence stammte. »Das bedeutet, sie kommt ursprünglich aus unserer Gegend«, schlussfolgerte er und zog den USB-Stick aus der Tasche, den Claudine Stangl ihm überlassen hatte. Während seine Finger mit dem kleinen Datenträger spielten, fragte er: »Hast du dich mit dem Heim schon in Verbindung gesetzt?«

»Ja, und auch mit dem zuständigen Jugendamt. Dort werden die Akten allerdings nur zehn Jahre lang aufbewahrt, von einer Claudette Bernard, wie Chloé ja eigentlich heißt, lagen keine Unterlagen mehr vor.«

»Ärgerlich«, meinte Jules.

»Ja, zumal Chloés Nachname kaum Rückschlüsse zulässt. Bernard ist ein Nullachtfünfzehn-Name, den es bei uns so häufig gibt wie Meier drüben in Deutschland. Falls das wirklich ihr Familienname ist, dann haben wir viel zu tun, um die richtigen Eltern zu ermitteln. Genauso gut könnte es aber auch sein, dass Chloé im Heim einen anderen Namen bekommen hat. Du hast ja selbst darauf hingewiesen, dass so etwas vorkommen kann, oft zum Schutz des Kindswohls, damit gewalttätige Eltern es nicht ausfindig machen können. Kurzum, mit dem erhofften Durchbruch kann ich nicht dienen.«

»Was sagen die von der Heimleitung?«

»Bei denen sieht es ähnlich aus: Die Einrichtung hat vor fünfzehn Jahren ein neues EDV-System angeschafft, personenbezogene Daten aus der Zeit vor 2005 wurden da gar nicht mehr eingepflegt. Also auch dort Fehlanzeige.«

»*Merde*«, schimpfte Jules, der sich mehr versprochen hatte. »Dann bleibt uns wohl nichts anderes übrig, als

Chloé noch einmal selbst zu befragen, obwohl ich nicht davon ausgehe, dass sie uns freiwillig Einblick in einen Lebensabschnitt gewähren wird, den sie vor der Öffentlichkeit unbedingt verborgen halten will. Und zwingen können wir sie nicht, denn es besteht kein begründeter Verdacht gegen sie. Sehr wohl ist mir nicht bei der Vorstellung, sie schon wieder behelligen zu müssen.«

Sandrine hob die Hand. »Eine Hoffnung besteht noch: Im Heim gibt es eine Kinderpflegerin, die eigentlich längst im Ruhestand ist, aber noch stundenweise aushilft. Sie war schon dort, als Chloé ein Heimkind war. Es ist nicht ausgeschlossen, dass sie sich an ihren Schützling erinnert und uns vielleicht etwas über die Eltern sagen kann.«

Jules hob und senkte langsam den Kopf. »Sehr gut«, lobte er Sandrines Hartnäckigkeit. »Dann sollten wir uns unbedingt mit der alten Dame unterhalten. So etwas gelingt erfahrungsgemäß allerdings nicht am Telefon. Wir müssen dort hinfahren und sie persönlich sprechen. Außerdem …« Nun hielt er Sandrine den Speicherstick hin. »… könnten uns Morels Nachforschungen auf die Sprünge helfen.« Er berichtete der Kollegin, woher die Daten stammten. »Ich werde heute wohl ein paar Überstunden einlegen und mir einen ersten Überblick verschaffen.«

»Habe ich das gerade richtig gehört? Es gibt eine neue Spur?«, platzte Capitaine Debré dazwischen und riss das Gespräch an sich. »Chloés frühere Kinderpflegerin? Ich gebe dem Major völlig recht, dass ihre Befragung vis-à-vis erfolgen muss. Wo lebt die Frau?«

»Besançon«, antwortete Sandrine.

»Gut«, sagte Debré. »Vereinbaren Sie einen Termin mit ihr. Am besten noch heute.«

»Heute?« Sandrine sah ihn fragend an.

»Aber sicher! Je eher, desto besser«, beharrte der Capitaine.

»Aber das sind immerhin hundertsiebzig Kilometer, da brauche ich zwei Stunden für die einfache Fahrt.«

Debré beharrte darauf. »Wir müssen endlich vom Fleck kommen. Drei Tage ohne konkrete Resultate – so darf es nicht weitergehen. Außerdem, wenn Sie sich beeilen, schaffen Sie die Strecke locker in eineinhalb Stunden.« An Jules gewandt ordnete er an: »Sie fahren auf die Storchenfarm. Reden Sie mit Chloé, und machen Sie ihr klar, dass es jetzt an der Zeit ist auszupacken. Wenn sie mehr über Morels wahre Absichten weiß, muss sie endlich damit herausrücken. Die Schonzeit ist vorbei!«

Leichter gesagt als getan, dachte Jules, gehorchte aber: »In Ordnung, ich mache mich gleich auf den Weg.«

»Nehmen Sie sich auch die anderen vor, die Parkleiterin ebenso wie das übrige Personal. Gehen Sie mit denen alles noch einmal durch.«

»Ja, mache ich.« Jules wollte sich seine Uniformjacke überziehen, da fuhr sein Chef fort: »Damit Sie beide nicht glauben, ich würde hier Däumchen drehen, während Sie sich die Füße platt laufen: Es gibt Neuigkeiten über unseren Vogelkundler Dr. Bierot. Morel hat vor zwei Jahren einen ziemlich fiesen Artikel über ihn verfasst, in dem er Bierots fachliche Kompetenz infrage stellte und ihm in diversen wissenschaftlichen Publikationen Fehler nachwies. Offenbar hatte ein ehemaliger Kollege mit Bierot noch eine Rechnung offen und

Morel die Infos rübergeschoben. Bierot zog sich daraufhin aus dem Vorstand des größten Umweltschutzvereins in Colmar zurück und trat auch sonst kaum mehr öffentlich in Erscheinung.«

Vor zwei Jahren? Das erklärte, weshalb Bierot in seiner Wohnung nur ältere Artikel über sich ausgestellt hatte, dachte Jules. »Ein Motiv«, schlussfolgerte er. »Wenn auch kein allzu starkes. Denn Bierot war sicher nicht der Einzige, den Morel in seinen Artikeln aufs Korn genommen hat.«

»Aber vielleicht der Einzige, der ihm diese Kränkung nicht verziehen und sich für den Rufmord tödlich gerächt hat«, entgegnete Debré.

»Nach zwei Jahren?« Jules klang zweifelnd, denn er selbst hielt den alternden Ornithologen mittlerweile eher für eine Randfigur. »Wäre der Zorn nach so langer Zeit nicht verflogen?«

»Fahren Sie zur Storchenfarm, und bleiben Sie wachsam!«, beendete Debré die Debatte und zog sich in sein Büro zurück.

Am Park angekommen, hätte sich Jules am liebsten die Augen ausgekratzt. Der Juckreiz war schier unerträglich! Wenn er öfter hier zu tun haben sollte, musste er sehr bald eine Apotheke aufsuchen, um sich ein Antiallergikum zu besorgen.

Er strebte zunächst zum Besucherzentrum und plante, anschließend bei Chloés Wohnmobil vorbeizuschauen – eine inzwischen fast vertraute Runde. Während er sich gedanklich seine Fragen zurechtlegte, achtete er zunächst nicht auf die alte Frau am Wegesrand, die damit beschäftigt war, Unkraut zu jäten. Erst als er bereits einige Meter weiter war, wurde ihm bewusst, um wen es sich handelte.

Abrupt blieb er stehen, machte kehrt und trat neben die Frau. Sie trug, passend zu ihrer Tätigkeit, robuste Kleidung, festes Schuhwerk und grobe Handschuhe, wie man sie für die Gartenarbeit eben braucht. Ein ungewohnter Anblick, kannte Jules sie doch bloß in der farbenfrohen Tracht, die sie in der *Auberge* bevorzugte.

»Ich glaube es nicht!«, rief er aus und stemmte die Arme in die Hüften. »Was um Himmels willen haben Sie hier verloren, Clotilde?«

Die Angesprochene richtete sich mühsam auf und klopfte einige Erdkrumen von den Hosenbeinen. »Verloren? Eigentlich gar nichts. Ich arbeite«, sagte sie, als wäre dies das Selbstverständlichste der Welt. »Und Sie, *Monsieur le commissaire?*«

»Immer noch Major«, korrigierte Jules und sah seine frühere Zimmerwirtin prüfend an. »Es ist doch bestimmt kein Zufall, dass ich Sie ausgerechnet an diesem Ort antreffe, oder? Was steckt dahinter? Oder sollte ich besser fragen: Wer?«

Clotilde blickte ihn trotzig an. »Das, was ich tue, ist nur zu Ihrem Besten. Lino hat mir geschildert, dass die Gendarmerie unter Personalmangel leidet. Was mich nicht wundert, denn die öffentlichen Gelder werden knapper und knapper. Deshalb ist es für mich eine Selbstverständlichkeit, meiner Bürgerpflicht nachzukommen und Sie zu unterstützen.«

»Mich zu unterstützen, indem Sie sich unter Vorspiegelung falscher Tatsachen auf der Farm einschleichen und hier spionieren?«, fragte Jules spitz. »Ich gehe davon aus, dass Camille nicht weiß, auf wen sie sich mit Ihnen eingelassen hat.«

»Abgesehen davon, dass es tatsächlich sehr viel zu tun gibt und ich eine große Hilfe für den Park bin, habe ich ganz nebenbei wahrscheinlich mehr herausgefunden als Sie bei Ihren Verhören, Monsieur Gabin«, empörte sich Clotilde und lieferte ihm einige Stichproben von dem, was sie bereits aufgeschnappt hatte.

Dickköpfig und eigensinnig wie eh und je, stellte Jules fest und versuchte es mit einem Appell: »Clotilde, Lino hat Ihnen da einen Floh ins Ohr gesetzt. Polizeiarbeit will gelernt sein, denn andernfalls kann es schnell brenzlig werden. Mit dem, was Sie tun, bringen Sie sich womöglich in ernsthafte Gefahr. Daher bitte ich Sie eindringlich, Ihre Tätigkeit auf der Farm einzustellen. Am besten jetzt gleich.«

»Das geht nicht!«, entgegnete Clotilde entschieden. »Wenn ich meine Hilfe anbiete, dann stehe ich zu meinem Wort. Etwas anderes kommt für mich nicht infrage.«

»Clotilde, das ist völlig unvernünftig«, redete Jules auf sie ein. »Ich kann Sie zwar nicht zwingen …«

»Ganz richtig!«, fiel sie ihm ins Wort. »Sie können mich zu nichts zwingen, auch nicht dazu, meine Stelle aufzugeben.« Besänftigend fügte sie hinzu: »Außerdem: Was sollte mir passieren? Ich bin eine alte Frau, die niemandem etwas zuleide tut. Ich sperre lediglich die Ohren auf. Keiner braucht sich durch meine Anwesenheit bedroht zu fühlen.«

Hoffentlich hatte sie damit recht, dachte Jules, der einsah, dass er die störrische Wirtin nicht von ihrem Plan abbringen würde.

Bevor er weiterging, bat er sie darum, nicht nur die Ohren, sondern auch die Augen offen zu halten: »Passen Sie auf sich auf, Clotilde. Und ziehen Sie sich rechtzeitig zurück, wenn es Ihnen zu mulmig wird.«

EINUNDZWANZIG

»Was darf ich dir anbieten, Lino?« Georges unterbrach das Polieren der Zapfhähne am Tresen, das er meistens um diese Zeit tat, und widmete sich seinem frühen Gast. »Ist es jetzt schon Zeit für einen Pastis?«

»Diese Frage müsste ich eigentlich dir stellen«, entgegnete Lino, setzte sich auf einen Barhocker und krempelte die Ärmel seines Karohemds nach oben. »Du bist der Wirt der *Brasserie Georges*, also weißt du am besten, welches Getränk du mir nachmittags ausschenken kannst. Aber komm mir bitte nicht mit Kaffee oder – schlimmer noch – Tee.«

Georges zapfte ein »Fischer«, eines der beliebtesten Biere der Franzosen, gebraut im elsässischen Schiltigheim. Lino nahm diese Wahl mit Wohlwollen zur Kenntnis.

»Ich merke, dass wir uns verstehen«, sagte er zufrieden und nippte am Glas. »Was gibt es Neues?«

»Nicht viel«, antwortete der Wirt, dessen Markenzeichen ein dunkelblonder Lockenkranz um seinen Kahlkopf war. »Außer dass die *Auberge de la cigogne* momentan verwaist ist.«

»So ein Unsinn«, widersprach Lino. »Die neuen Wirtsleute machen sich ganz ausgezeichnet, hat man mir versichert.«

»Neue Wirtsleute?« Georges sah nicht überzeugt

aus. »Clotilde glänzt durch Abwesenheit – und ich frage dich: Was ist unsere *Auberge* ohne sie?«

»Ohne Zweifel war und ist Clotilde das Herz ihrer Herberge«, räumte Lino ein. »Aber gönn ihr doch auf ihre alten Tage mal etwas Abwechslung.«

Georges kniff die Augen zusammen. »Abwechslung? Was verstehst du darunter?« Er beugte sich über die Theke und sagte leise: »Wie man hört, hilft sie auf der Vogelfarm aus. Aber nicht etwa, um eine Kantine für Personal und Besucher aufzubauen, sie kümmert sich um die Viecher. Ich frage mich, was sie sich davon verspricht. Wenn du meine Meinung hören willst: Das passt nicht zu ihr.«

Lino mochte sich nicht aushorchen lassen und sagte nur: »Ja, wer weiß, vielleicht hatte sie es satt, den lieben langen Tag in einer Hotelküche zu stehen, und wollte etwas tun, bei dem sie an der frischen Luft ist.«

»Mag sein«, meinte Georges. »Dabei wäre das mit der Kantine keine schlechte Idee. Dann würden die da draußen auch mal in den Genuss von *Tête de veau ravigote* kommen, ihrem legendären Kalbskopf nach Art des Hauses. Oder könnten Clotildes köstliche *Lewerknepfles sur choucroute nouvelle* probieren.« Er rieb sich den Bauch. »Hühnerleberknödel auf Sauerkraut – mein Leibgericht, und niemand bereitet es so gut zu wie unsere Clotilde!«

Ja, damit ließe sich die Attraktivität des Parks ohne Frage steigern und die Besucherzahl erhöhen, stimmte Lino insgeheim zu und dachte an seine ganz persönliche Lieblingsspeise aus Clotildes Küche: *Ravioles à l'alsacienne avec sauce au Munster*. Allein die gehaltvolle Soße aus geschmolzenem Munster-Käse war eine

Sünde wert, selbst wenn sie Linos hohem Cholesterinwert ganz bestimmt nicht guttat.

Er schwang sich vom Hocker und nickte dem Wirt zu, der schon wieder dabei war, seine Thekenausstattung auf Hochglanz zu bringen. Mit dem Bierkelch in der Hand gesellte sich Lino zu den Mitgliedern seiner Boulegruppe, die sich bereits auf der Veranda versammelt hatten und in stoischer Gleichmütigkeit auf ihr spätnachmittägliches Turnier warteten. Als da waren Pierre, ein Namensvetter von Clotildes Ehemann und ehemaliger Pauker, der es nach wie vor nicht lassen konnte, seine Mitmenschen zu belehren, und Jean-Paul, ein Versicherungsmakler mit viel Freizeit. Die anderen Boulespieler mussten um diese Zeit noch arbeiten und würden später dazustoßen.

»*Salut*, Pierre, *salut*, Jean-Paul«, sagte Lino und zog sich einen Stuhl heran. Beim Ausblick auf den von stattlichen Kastanien beschatteten Bouleplatz konnte er es kaum abwarten, die schweren silbernen Kugeln in seinen Händen zu wiegen. Doch bis dahin galt es noch ein paar Stunden zu überbrücken.

»Du kommst wie gerufen«, begrüßte ihn Pierre mit seiner markant klaren Stimme. Seine klugen Augen richteten sich durch die Gläser einer Gelehrtenbrille auf den Neuankömmling. »Wir sprechen gerade über den Unfall dieses Reporters, dieses Morel. Aus der Zeitung wird man ja nicht schlau. Stimmt es, dass sich jemand an seinem Wagen zu schaffen gemacht hat und dass es einen Zusammenhang mit der Storchenfarm gibt?«

»Ich frage mich, was ausgerechnet Morel dort zu suchen hatte«, mischte sich der Versicherungsvertreter

Jean-Paul ein. »Schreibt der sonst nicht nur Klatschgeschichten?«

»Schrieb«, verbesserte ihn Pierre.

»Meine ich doch«, blaffte Jean-Paul ihn an.

»Ich kann euch darüber nichts sagen.« Lino hob beide Hände. »Wie ihr wisst, bin ich raus aus dem Spiel.«

»Dann müssen wir uns an Gerard wenden, sobald er sich blicken lässt«, schlug Pierre vor und ergänzte in mitfühlendem Ton: »Gerard – die gute Seele des *parc ornithologique.* Angesichts seines Engagements vergisst man völlig seine Vergangenheit.«

»Du sprichst von den Problemen mit dem da?« Jean-Paul schwenkte sein Bierglas.

»Ja, der Alkohol und das, was er aus ihm gemacht hat.«

Nun fiel auch Lino die alte Geschichte aus seiner Amtszeit als Leiter der Rebenheimer Gendarmerie wieder ein: Gerard, damals schon lange arbeitslos, hatte mit seiner Citroën-2-CV-»Ente« im volltrunkenen Zustand einen Radfahrer touchiert und lebensgefährlich verletzt. Daraufhin wurde er zu einer Haftstrafe auf Bewährung verurteilt sowie einer Geldstrafe, die er jahrelang abstottern musste.

»Auf der Farm hat er nun endlich seine Bestimmung gefunden«, meinte Jean-Paul mit gönnerischer Miene. »Er wirkt viel gefestigter als früher und hat aufgehört zu saufen.« Im nächsten Moment verfinsterte sich sein Gesicht, als er anmerkte: »Auch wenn die Storchenfarm offenbar eine heilsame Wirkung auf verirrte Seelen ausübt – ich habe große Zweifel daran, ob diese Kraft stark genug ist, um auch auf Patrick einzuwirken.«

»Du sprichst von dem Praktikanten?«, vergewisserte sich Lino.

»Ja, so nennt man das wohl, was er dort draußen treibt oder auch nicht treibt«, erwiderte Jean-Paul in abfälligem Tonfall.

»Was hast du gegen den jungen Mann?«

»Er ist ein schlechtes Geschäft für meine Agentur«, sagte Jean-Paul frei heraus. »So viele Haftpflichtschäden, wie dieser ›junge Mann‹ bereits verschuldet hat, bringt sonst niemand in seinem Alter zustande. Wenn ich könnte, würde ich die Versicherungspolice kündigen – doch da hätte wohl seine Mutter etwas dagegen, und mit der möchte ich mich nicht anlegen. Das versteht ihr sicher, oder?«

Lino und Pierre nickten einhellig.

»Trotzdem scheint etwas dran zu sein an der ›heilenden Wirkung‹ der Vogelfarm«, sinnierte Pierre. »Auch Camille ist ja ein gutes Beispiel dafür.«

Lino wusste nicht gleich, auf was der alte Lehrer anspielte. Doch dann fiel der Groschen. War nicht auch sie vor vielen Jahren in Konflikt mit dem Gesetz geraten?

»Ach ja!«, rief Jean-Paul. »Das hatte ich fast vergessen. Camille hat damals den Tabak- und Lottoladen an der Rue de Mousquetaire geführt, nicht wahr? Da gab es diese unschöne Geschichte mit dem verschleppten Konkurs …«

»Ganz recht«, pflichtete Pierre ihm bei.

In Pierres Gelehrtenschädel waren sämtliche Fehltritte der Bürger Rebenheims und Umgebung gespeichert, stellte Lino wieder einmal fest. Und angesichts der unsteten Lebensläufe aller Mitarbeiterinnen und

Mitarbeiter der Storchenfarm fragte er sich, ob er Clotilde vielleicht doch etwas zu blauäugig in den Kampf geschickt hatte…

ZWEIUNDZWANZIG

Das Navi führte Sandrine zunächst nach Mülhausen und anschließend über die *autoroute A36* via Belfort und Montbéliard bis nach Besançon. Berechnete Fahrzeit: eine Stunde und vierzig Minuten. Anfangs spielte Sandrine mit dem Gedanken, das Blaulicht einzuschalten, dann müsste sie sich nicht an das Tempolimit von einhundertdreißig halten. Es verstieß nur leider gegen die Vorschriften.

Während der Fahrt hatte Sandrine also ausreichend Zeit zum Nachdenken, vor allem über sich und ihre momentane Situation. Das kam ihr gelegen, denn an Zeit für sich selbst hatte es ihr in den letzten Tagen gemangelt, alles drehte sich nur um den Fall Morel. Hals über Kopf hatte sie sich in die Ermittlungen gestürzt oder war vielmehr von Capitaine Debré gestürzt worden. Wie ging es ihr angesichts des plötzlichen Dauerstresses?

Erstaunlich gut!

Sie kam zu dem Schluss, dass ihr nichts Besseres hätte passieren können. Ihre eigentliche Aufgabe im Drogendezernat hatte sie nie so richtig gefordert. Auch da gab es zwar Probleme und knifflige Situationen, oder auch Glücksmomente, wenn sie einen Ermittlungserfolg landen und einen Dealer festnehmen konnte. Doch alles in allem hatte sich die Drogenszene in Colmar eher als kleinstädtisch erwiesen, entsprechend geruhsam gestaltete sich ihr Arbeitsalltag. Das langweilte sie.

Bei der Mordkommission sah das nun ganz anders aus. Hier war sie ein wertvolles Glied in der Kette, fühlte sich gefordert und gebraucht. Sie war wichtig – und das tat Sandrine gut. Es stärkte ihr Selbstbewusstsein, das zuletzt ziemlich gelitten hatte. Einerseits durch die relative Belanglosigkeit ihrer bisherigen Arbeit, mehr noch aber wegen der Beziehung mit Michel. Ihr Freund und sie hatten sich in den letzten Monaten auseinandergelebt. Sie fühlte sich von ihm vernachlässigt, da er sich mehr für seine Computerspiele zu interessieren schien als für sie und die gemeinsame Zukunft. Manchmal gewann sie den Eindruck, als nähme er sie gar nicht wahr, auch wenn sie sich in seiner Nähe aufhielt. Vom ursprünglichen Zauber ihrer Liebe war wenig übrig geblieben, zumindest nicht bei ihm. Woran mochte das liegen? Hatte er genug von ihr, oder fand er, dass sie eigentlich nicht sein Typ war? Lag es vielleicht an ihrer Figur, mit der sie selbst immer wieder haderte? Aber nein, so oberflächlich war Michel nicht … oder etwa doch?

Wie auch immer, so konnte es nicht weitergehen. Das Gefühl, nicht mehr geachtet zu werden, machte Sandrine schwer zu schaffen. Noch war sie allerdings nicht so weit, die erforderlichen Konsequenzen zu ziehen, und scheute vor der dringend notwendigen Aussprache mit Michel zurück. Die Mordermittlung war daher wie gerufen gekommen, um sie vom privaten Frust abzulenken.

Telefonisch hatte Sandrine ihren Besuch im Kinderheim *Enfants heureux* bereits angekündigt und darum gebeten, Guinevere Martin über ihr Kommen zu informieren. Sie wollte die Pflegerin, die schon während Chloés Aufenthalt dort tätig gewesen war, unbedingt sprechen und hoffte sehr, dass sich die alte Frau an ihren früheren Zögling erinnerte.

Schon von außen machte das Heim einen freundlichen, ansprechenden Eindruck, im Gegensatz zu vielen anderen sozialen Einrichtungen in Frankreich, die mangels finanzieller Ausstattung oft recht heruntergekommen waren. Sandrine wurde in einem offenbar frisch renovierten Foyer empfangen und traf auf nette Erzieherinnen und unbeschwert lachende Kinder. Alles in bester Ordnung – oder täuschte der Anschein? Sandrine wollte lieber kein vorschnelles Urteil fällen.

Nachdem sie sich am Empfang vorgestellt hatte, führte man sie ins Büro der Heimleiterin, einer robusten Dame mittleren Alters. Ganz das Gegenteil der alten Frau, die klein und zierlich war und in der Sitzecke des Büros beinahe verschwand. Das war Guinevere Martin, wie sich herausstellte, sechsundsiebzig Jahre alt und ein wenig schüchtern.

Sandrine nannte noch einmal ihren Namen und ihre Funktion und trug ihr Anliegen vor. Sie hatte auch ein Bild von Chloé mitgebracht, eines, das sie während eines Youtube-Auftritts zeigte.

»Nur zu«, ermunterte sie die Heimleiterin mit energischer Stimme. »Nehmen Sie Platz, und stellen Sie Ihre Fragen. Wir hoffen, dass wir Ihnen weiterhelfen können.«

»Sehr freundlich von Ihnen«, sagte Sandrine und wählte einen der schmalen Sessel in der Sitzecke.

»Das machen wir doch gern«, beteuerte die Leiterin. »Wir müssen immer wieder mal die Dienste der Gendarmerie in Anspruch nehmen, da wir es ab und zu mit kleinen oder größeren Ausreißern zu tun haben. Nicht jeder nimmt es so genau mit den Sperrstunden, gerade unseren Jugendlichen fällt das mitunter schwer, oft werden sie dann in einem Streifenwagen zu uns zurückgebracht. Wenn wir uns also einmal revanchieren können, ist das nur gerecht.«

»Madame Martin«, sprach Sandrine die alte Pflegerin an, »können Sie mir etwas über Claudette Bernard sagen? Sie nennt sich heute Chloé, gut möglich, dass sie auch schon früher so gerufen wurde. Können Sie sich noch erinnern, was für ein Kind sie gewesen ist, und vielleicht auch, wo sie herkam?«

Die Angesprochene wendete das Bild in ihrer Hand und musterte es genau. »Ich habe alle meine Kinder noch bestens im Gedächtnis«, sagte sie mit sanfter Stimme. »Für unsere Schützlinge sind meine Kolleginnen und ich ein Elternersatz. In gewisser Weise sehe ich mich daher als ihre Mutter, und eine Mutter vergisst keines ihrer Kinder.«

Sandrine freute sich. »Umso besser, dann schildern Sie mir doch bitte, wie Sie Chloé damals empfunden haben, ihr Verhalten, ihre Vorlieben. Einfach alles, was Ihnen zu ihr einfällt.«

Und das war eine Menge!

Guinevere Martin berichtete detailreich von der Kindheit und Jugend eines aufgeweckten, allseits interessierten Mädchens, das sich als überaus intelligent und ehrgeizig erwiesen hatte. Chloé sei alles andere als zurückhaltend gewesen, liebend gern habe sie im Mittelpunkt gestanden. Schon als Neunjährige habe sie in der hausinternen Theatergruppe die anderen Heimkinder mitgerissen und begeistert. Auch musikalisch erwies sie sich als Talent, sie lernte Querflöte und Klavier und war bei jedem Heimkonzert dabei.

»Mir war sehr bald klar, dass unsere Chloé nach Höherem strebte. Nicht dass sie sich bei uns nicht wohlgefühlt hätte, doch sie entwickelte als Jugendliche einen ungeheuren Freiheitsdrang und wollte allen zeigen, was sie konnte.« Sie betrachtete erneut das Foto. »Wie es aussieht, hat sie es geschafft. Ich freue mich für Chloé.«

»Vielleicht hat Chloé ihr Talent geerbt?«, merkte Sandrine an. »Es gibt Gerüchte, wonach sie die Tochter berühmter Eltern ist, die angeblich Schauspieler waren.«

Guinevere Martin schmunzelte wissend. »Es würde mich nicht wundern, wenn Chloé selbst dieses Gerücht gestreut hätte. Sie müssen wissen, dass Chloé sich schon als kleines Mädchen die Welt schönreden konnte und stets eine unerschütterliche Optimistin blieb. Eine Gabe, die ihr über die Heimjahre hinweghalf und sicher auch zu ihrem späteren Erfolg beitrug.« Sie seufzte. »Aber die Realität sieht anders aus: Chloé wurde damals vom Jugendamt an uns vermittelt. Man hatte sie ihren leiblichen Eltern weggenommen.«

»Wissen Sie etwas über die Gründe dieser Entscheidung und vor allem, wer die Eltern waren?«

Die alte Dame zuckte mit den Schultern. »Zwei mittellose Alkoholiker, soviel ich weiß. Zu häuslicher

Gewalt war es zwar nicht gekommen, wenn ich mich recht entsinne, wohl aber zu Verwahrlosung. Natürlich haben wir nie die Namen der Eltern oder gar die Adresse erfahren. Wenn Sie darüber etwas herausfinden wollen, müssen Sie sich an die Jugendbehörde wenden.«

»Das haben wir bereits getan, leider ohne Erfolg. Es gibt keine Unterlagen mehr.« Sandrine stützte das Kinn auf die verschränkten Hände. »Wie steht es mit dem Nachnamen Bernard? Lassen sich daraus keine Rückschlüsse ziehen?«

»Der kommt mit Sicherheit vom Amt«, mischte sich die Heimleiterin ein, die von ihrem Schreibtisch aus mitgehört hatte. So etwas sei bei Kindern aus Problemfamilien gang und gäbe, um die Sicherheit der Kinder zu gewährleisten und es den Eltern zu erschweren, ihre Töchter und Söhne ausfindig zu machen. »Auch Findelkinder tragen fiktive Nachnamen, die sie bis zu einer etwaigen Adoption behalten.« Der erdachte Name werde im Geburtenregister eingetragen und beurkundet.

»Und warum dann ausgerechnet Bernard und nicht irgendein anderer Nachname?«, wollte Sandrine wissen.

Guinevere Martin erinnerte sich auch daran: »Der Zuname ›Bernard‹ ist damals gewählt worden, weil er so gut zu unserer Chloé passte. Als sie zu uns kam, war sie gerade vier Jahre alt, aber ihr Temperament schon sehr ausgeprägt. ›Bernard‹ leitet sich von den germanischen Begriffen ›Bero‹ für Bär und ›Hart‹ für stark ab, was auf unsere kleine, tapfere Kämpferin voll und ganz zutraf.«

Das mag ja alles höchst interessant sein, dachte sich Sandrine, nur leider brachten diese Informationen die Ermittlungen nicht voran. »Haben denn die Eltern im Laufe der Jahre, die Chloé im Heim verbrachte, niemals versucht, Kontakt zu ihrer Tochter aufzunehmen?«, fasste sie nach.

»Nein«, antwortete Guinevere Martin. »Das hätten wir erfahren und es dem Jugendamt gemeldet. Denn so etwas ist immer heikel und mit Unbilden für das Kind verbunden.«

Die Heimleiterin nickte bestätigend.

»Aus welchem Gebiet kommen die Kinder, die bei Ihnen untergebracht sind?«, fragte Sandrine.

»Das lässt sich nicht genau eingrenzen«, sagte die Leiterin.

»Aus dem ganzen Land?«

»Nein, aber die meisten Kinder sind nicht in Besançon geboren, sonst wäre es ausgeschlossen, den Abstand zu den Eltern zu wahren. Die Mehrheit unserer Zöglinge stammt aus benachbarten Regionen.«

»Etwa aus dem Département Haut-Rhin im Elsass?«, wollte Sandrine wissen.

»Ja, beispielsweise aus dem Elsass«, bestätigte die Heimleiterin.

Sandrine wertete das als kleinen Erfolg, denn diese Information ließ gewisse Schlüsse zu: Chloé selbst könnte recherchiert und herausgefunden haben, wo sie auf die Welt gekommen war, nämlich in der Gegend um Colmar. Das wiederum könnte bedeuten, dass sie sich momentan auf der Storchenfarm aufhielt, um heimlich nach ihren Wurzeln zu suchen und ihre Eltern ausfindig zu machen.

Eine schöne Hypothese, dachte Sandrine zufrieden. Doch sogleich drängte sich die Frage auf: Lieferte Chloés Identitätssuche wirklich ein stichhaltiges Motiv für den Mord an Yves Morel?

Sandrine hatte das Heim bereits verlassen und befand sich auf dem Weg zum Parkplatz, da hörte sie trippelnde Schritte hinter sich. Es war Guinevere Martin, die offensichtlich noch etwas auf dem Herzen hatte. Sandrine wartete, bis die alte Dame sie eingeholt hatte, und wunderte sich über ihren veränderten Gesichtsausdruck. Von der Altersmilde war nichts übrig geblieben, als Guinevere Martin nun sehr deutlich ihren Standpunkt vertrat.

»Lassen Sie sich bloß nicht täuschen von dem, was Sie bei uns gesehen und gehört haben. Der Schein trügt. Für die Kinder hier ist es heute wie damals ein ewiger Kampf. Dieses Mädchen, Chloé, hat sich am eigenen Schopf aus dem Sumpf gezogen. Das schaffen nur die wenigsten. Ich bitte Sie eindringlich: Machen Sie ihr jetzt nicht alles kaputt!«

DREIUNDZWANZIG

Clotilde, gerade dabei, den Weg zum Gehege von Moosen und Flechten zu befreien, spürte schon eine ganze Weile, dass sie beobachtet wurde. Immer, wenn sie zur Verwaltungsbaracke hinübersah, stand wie zufällig Camille am Fenster und spähte zu ihr herüber. Sobald sich ihre Blicke trafen, verschwand sie im Halbdunkel des Büros. Dieses Spiel wiederholte sich so lange, bis es Clotilde zu dumm wurde. Sie packte die Gartengeräte zusammen und ging entschlossen auf das Gebäude zu.

Kaum war sie dort, trat Camille heraus. Sie wirkte unentschlossen.

»Ich bin so weit fertig mit dem Jäten«, verkündete Clotilde und sah ihre Chefin abwartend an.

»Prima!«, lobte Camille und ging die drei flachen Stufen der Eingangstreppe hinunter. »Wirklich prima! Sie sind uns eine große Hilfe.«

»Danke«, sagte Clotilde. »Aber so ganz scheinen Sie meinem Arbeitseifer ja nicht zu trauen.«

Camille machte große Augen. »Wieso?«

»Sie haben ziemlich oft zu mir rübergesehen, oder?«

»Ach, wirklich?«, tat Camille erstaunt. Doch sie musste spüren, dass Clotilde ihr die Überraschung nicht abkaufte. »Sie haben recht«, räumte sie zögernd ein. »Um ehrlich zu sein: Mir ist aufgefallen, wie Sie sich vorhin mit dem Major unterhalten haben. Zuerst habe ich mich gefragt, warum Monsieur Gabin überhaupt mit Ihnen redet, denn Sie waren ja noch gar nicht bei uns, als diese traurige Geschichte mit Monsieur Morel passierte. Doch dann gewann ich den Eindruck, dass Sie und Major Gabin sich kennen. Stimmt das?«

Clotilde sah keinen Vorteil darin zu lügen. »Ja«, gab sie unumwunden zu. »Monsieur Gabin ist ein guter Bekannter. Er hatte eine Zeit lang ein Zimmer in meiner *Auberge* gemietet.«

»Ach, daher ...« Camille fuhr sich mit dem Finger um den Mund.

Clotilde spürte den anhaltenden Argwohn. »Diese Antwort reicht Ihnen nicht, stimmt's?«

»Ganz offen gefragt, Clotilde: Kann es sein, dass Ihre Bewerbung bei uns einen bestimmten Grund hatte? Sollen Sie hier Nachforschungen anstellen? Womöglich im Auftrag von Major Gabin?«

»Monsieur Gabin war Gast in meiner Pension, mehr nicht. Er würde mich niemals für seine Polizeiarbeit einspannen«, erwiderte Clotilde wahrheitsgemäß. »Womit Sie allerdings richtigliegen ist die Vermutung, dass ich mich für den Fall Morel interessiere. Das tue ich nämlich wirklich.«

»Habe ich es mir doch gedacht.« Camille nickte mehrmals, wobei ihr nicht anzumerken war, ob sie Clotilde die Neugierde übel nahm.

Und wenn das Gegenteil der Fall war? Clotilde hatte plötzlich das Gefühl, als läge Camille etwas auf dem Herzen. Etwas, was sie dringend loswerden oder mit jemandem teilen wollte. Was konnte das sein? Suchte sie etwa nach einem Weg, eine Information weiterzugeben, ohne sich direkt an die Polizei zu wenden?

Clotilde startete einen Versuchsballon. »Immerhin kenne ich Major Gabin gut genug, dass ich ihm einen Hinweis weiterleiten kann, ohne dafür eine Quelle nennen zu müssen. Falls Sie also das Bedürfnis haben, ihm auf unauffällige Weise etwas mitzuteilen: Ich bin ganz Ohr.«

Camille ließ die Worte auf sich wirken, bevor sie deutlich leiser als zuvor sagte: »Es gibt da tatsächlich etwas …«

»Ja?«, fragte Clotilde wissbegierig und trat näher an sie heran.

»Es ist nichts Konkretes«, schränkte Camille sogleich ein. »Eigentlich bloß eine Ahnung. Major Gabin würde mich wahrscheinlich auslachen, wenn ich ihn mit so einer Bagatelle behelligen würde.«

»Nur zu!«, ermutigte Clotilde sie. »Schütten Sie Ihr Herz aus, oft können auch Kleinigkeiten wichtig sein.«

»Also gut …«

Camille überwand ihre Skrupel und setzte zu einer Erklärung an. Doch ausgerechnet jetzt bogen Gerard und Patrick um die Ecke, sie schleppten sich mit einer Wassertränke ab, deren Boden durchgerostet war. Camille hörte sofort auf zu reden und wartete mit verkniffenem Gesicht, bis die beiden Männer weitergezogen waren.

Erst als sie sich ein ganzes Stück entfernt hatten, wandte sie sich wieder an Clotilde: »Lassen Sie uns später darüber sprechen.« Nervös sah sie auf ihre Uhr. »Ich bin heute mit der Nachtschicht an der Reihe. Wenn der Park geschlossen ist und die anderen gegangen sind, können wir unser Gespräch in Ruhe fortsetzen. Haben Sie so lange Zeit?«

Clotilde dachte an ihren Mann, der mit dem Abendessen auf sie warten würde. Doch von privaten Angelegenheiten durfte sich eine ambitionierte Detektivin selbstverständlich nicht abhalten lassen. »Ich bleibe!«, sagte sie fest entschlossen.

Camille wirkte erleichtert. »Das freut mich.« Wie in einem spontanen Entschluss fasste sie nach Clotildes Arm und drückte ihn. »Es ist gut zu wissen, dass einem jemand zur Seite steht.«

Wer steht ihr denn nicht zur Seite?, fragte sich Clotilde unwillkürlich.

»Endlich!« Clotilde presste ihr Handy ans Ohr und war froh, Linos brummige Stimme zu hören. Sie hatte sich ein verschwiegenes Plätzchen hinter der Scheune gesucht und sich davon überzeugt, dass sich niemand in Hörweite befand. »Warum dauert das denn so lange, bis du drangehst?«

»Wir sind mitten in einem Spiel!«, erklärte Lino unwirsch. »Wenn ich nicht aufpasse, läuft mir Antoine den Rang als Boulekönig ab.«

»Es gibt jetzt Wichtigeres als euer Boulespiel«, sagte Clotilde. »Ich habe eine neue Spur.«

»Schon wieder? Deine Ausbeute nimmt ja bald inflationäre Züge an.«

»Hör auf, dich über mich lustig zu machen! Immerhin bist du es gewesen, der mich hierhergeschickt und auf diese Sache angesetzt hat. Also hör dir gefälligst an, was ich zu sagen habe!«

»Jaja, schon gut«, kam es kleinlaut durch den Hörer. »Kein Grund, gleich fuchsig zu werden. Ich höre dir zu.«

»Na schön. Es ist nämlich sehr wichtig: Camille, die Parkleiterin, weiß etwas.«

»Was weiß sie und worüber?«

»Nicht so ungeduldig! Sie hat mich gebeten, heute Abend länger zu bleiben. Wenn wir unter uns sind, will sie mir etwas anvertrauen, einen Verdacht. Vielleicht ahnt sie, wer sich an Morels Wagen zu schaffen gemacht hat?«

Lino schwieg einige Sekunden. »Camille hat von dir verlangt, dass du bis nach der Schließung des Parks dortbleibst? Und sie weiß, dass du Nachforschungen anstellst? Was, wenn sie selbst etwas mit Morels Tod zu tun hat und in dir eine Gefahr sieht? Eine Gefahr, die sie ausschalten muss?« Er klang nun sehr ernst und besorgt.

»Camille?«, fragte Clotilde ungläubig. »So etwas traue ich ihr nicht zu. Nein, nein, Lino, da bist du auf dem Holzweg. Sie will ungestört mit mir plaudern, weiter nichts.«

»Sei dir da nicht so sicher«, mahnte Lino, der erfahrene Gendarm. »Man kann in Menschen nicht hineinschauen. Soll ich kommen und dich unterstützen? Ich könnte dir den Rücken freihalten und eingreifen, wenn es nötig sein sollte.«

»Ach was!«, beschwichtigte ihn Clotilde. »Geh zurück zu deinen Jungs und bring das Spiel zu Ende. Ich komme schon klar.« Dann, nach kurzem Zögern, fügte sie doch lieber hinzu: »Behalte dein Handy im Auge. Ich melde mich, sobald ich weiß, wen Camille unter Verdacht hat.«

Lino überkam ein mulmiges Gefühl. Nachdem Clotilde das kurze Gespräch beendet hatte, hielt er sein klobiges Handy eine ganze Weile in der Hand und starrte es nachdenklich an. Er zählte nicht zu den Zartbesaiteten und war auch keiner, den ständig ein schlechtes Gewissen plagte. So etwas war ihm mehr oder weniger fremd. Clotildes Anruf jedoch löste etwas in ihm aus. Er machte sich ernsthafte Sorgen. Was, wenn dem alten Mädchen wirklich etwas passierte? Die rüstige Großmutter war zwar durchaus in der Lage, sich zu verteidigen, und würde sich nach Kräften wehren, wenn es hart auf hart käme. Davon war er überzeugt. Aber dennoch: Man konnte nie wissen, schon gar nicht in einem Fall wie diesem.

Selbstkritisch hielt er sich vor Augen, dass er es gewesen war, der Clotilde auf geheimer Mission in den Storchenpark geschickt hatte, und zwar ohne zuvor die Risiken abzuwägen. Mittlerweile fragte er sich, wie er auf eine solche Schnapsidee hatte kommen können. Jemand anderen in Gefahr zu bringen, bloß um seine eigene Neugierde zu stillen, das gehörte sich nicht. Er hatte einen Fehler begangen, den er nun bereute.

Andererseits war Clotilde sofort Feuer und Flamme für die Idee gewesen und ging ganz in ihrer Rolle als französische Miss Marple auf. So gesehen hatte er ihr einen Gefallen erwiesen und sie vor Langeweile bewahrt…

Überraschte Rufe und spitze Pfiffe ließen ihn aufblicken. Dann brannte Beifall auf. Die Männer unter den Kastanien beklatschten Antoine.

Linos Kinnlade klappte nach unten. Er stopfte das Handy in die ausgebeulte Hosentasche und trabte zum

Platz zurück, um mit eigenen Augen zu sehen, was er bis eben für unmöglich gehalten hatte.

Doch es ließ sich nicht leugnen: Antoine musste es in den letzten Minuten gelungen sein, mit einer seiner Kugeln eine von Lino aus dem Feld zu kicken. Ausgerechnet diejenige, die Lino ein Haarbreit neben der kleinen Zielkugel platziert hatte. *Putain!* Die Chance, den Rückstand in der nächsten Runde aufzuholen, erschien ihm verschwindend gering. Das konnte ihm nur gelingen, wenn er ab sofort seine volle Konzentration auf das Spiel lenkte.

Seine alte Freundin würde bestimmt allein zurechtkommen.

Clotilde musste länger warten als gedacht, denn weder Gerard noch Patrick schienen es besonders eilig zu haben, Feierabend zu machen. Auch vor dem Reisemobil herrschte noch Betrieb, da Chloé ein neues Video aufnahm und ihr Freund die Kamera bedienen musste. Was wohl nicht sonderlich gut klappte, wenn man Chloés mehrfach wiederholter und deutlicher Kritik an Cléments Bemühungen glauben durfte.

Längst hatten die letzten Besucher die Anlage verlassen – es waren heute ohnehin nur eine Handvoll gewesen –, als Clotilde Patrick und Gerard endlich bei der Scheune antraf, in der auch die Spinde der Mitarbeiter untergebracht waren. Während sich die Männer unterhielten, wechselten sie in aller Seelenruhe ihre Garderobe und tauschten die verschmutzten Stiefel und Hosen gegen die eigenen sauberen aus den Schränken. Die beiden gaben ein harmonisches Bild ab, wie Clotilde fand. Eigentlich war Gelassenheit ja etwas Schönes, aber heute Abend störte sie sich an der Gemächlichkeit, mit der die Männer zu Werke gingen. Sie wollte endlich wissen, was Camille ihr anvertrauen wollte, und brauchte dafür freie Bahn.

»Hallo Clotilde«, rief Gerard ihr zu, nachdem er sie erspäht hatte. »Noch nicht auf dem Heimweg?«

»In ein paar Minuten breche ich auf«, log sie. »Und ihr zwei?«

»Sind schon so gut wie weg«, antwortete Gerard lachend.

»Dann lasst euch nicht aufhalten!«

Vorbei am Verwaltungstrakt, wo Camille wahrscheinlich ebenso ungeduldig auf die Gelegenheit wartete, sich ungestört mit ihr auszutauschen, bog Clotilde erneut zum Wohnmobil ab. Die untergehende Sonne kratzte bereits am Horizont, Clotilde legte die Handkante an die Stirn, um vom roten Sonnenball nicht geblendet zu werden. Da sah sie eine Silhouette hinter dem großen Fahrzeug auftauchen, bei der es sich den Umrissen nach nur um Clément handeln konnte. Die Videoaufnahmen waren wohl beendet, denn von der Kameraausrüstung war nichts mehr zu sehen. Stattdessen hob Clément die Heckklappe des Reisemobils an, zog eine Schiene nach unten und machte sich daran, ein Motorrad abzuladen. Gleich darauf schwang er sich auf den Sitz. Clotilde hörte, wie der Motor angelassen wurde.

Fuhr Clément jetzt weg? Wohin? Und weshalb ohne Chloé? Für den Augenblick argwöhnte Clotilde, der untreue Freund würde sich mit seiner Geliebten treffen, mit der er neulich heimlich telefoniert hatte. Doch die weilte ja im fernen Nizza. Oder sollte sie ihre Ankündigung wahr gemacht haben und ins Elsass gereist sein?

Clément ließ den Motor aufkreischen und jagte das Gefährt über die kurvigen Wege der Farm, ohne jede Rücksicht auf die Störche, von denen einige nervös ihre Flügel ausbreiteten. Clotilde blickte dem Rowcy hinterher bis zur Ausfahrt, wo Gerard und Patrick gerade fröhlich plaudernd den Park verließen. Clément steuerte das Motorrad so dicht an ihnen vorbei, dass sie wütend ihre Fäuste gegen ihn erhoben. Das Brüllen des Motors wurde schnell leiser. Bald verschwanden auch die langen Schatten von Gerard und Patrick in der Dämmerung.

Blieb bloß noch Chloé, folgerte Clotilde und wagte sich näher an deren Luxusmobil heran. Draußen, unter der Markise, traf Clotilde sie nicht mehr an. Zwar standen halb geleerte Gläser und ein Teller mit Pizzaresten herum, Chloé selbst jedoch glänzte durch Abwesenheit. Ob sie Clément doch begleitet hatte? Aber nein, er hatte allein auf dem Motorrad gesessen.

Etwas schepperte, das Geräusch kam aus dem Wohnmobil. Clotilde stellte sich auf die Zehenspitzen und spähte durch eines der Fenster. Mit Erstaunen betrachtete sie die noble Ausstattung, die an ein Apartment in einer amerikanischen Fernsehserie erinnerte. Poliertes Holz, Chrom und edel bezogene Polster. Mittendrin stand Chloé, die gerade herzhaft gähnte. Sie trug ein dünnes Nachthemd, eher ein Negligé. Den Blick hielt sie auf ihr Smartphone gerichtet, auf dem sie unentwegt mit beiden Daumen tippte. Ohne das Handy auch nur eine Sekunde aus den Augen zu verlieren, ließ sie sich auf ein Bett fallen. Die geht heute Abend nirgendwo mehr hin, war sich Clotilde sicher und zog sich leise zurück.

Voller Neugierde auf das, was Camille ihr zu sagen hatte, schlug sie den Pfad zur Verwaltung ein. Allerdings war es mittlerweile so dunkel, dass Clotilde kaum sah, wo sie hintrat. Deshalb brauchte sie länger als beabsichtigt.

Camille erwartete sie offenbar schon, denn wie Clotilde im Näherkommen beobachten konnte, trat gerade jemand vor die Tür der Baracke. Das musste Camille sein, die sich nach ihr umsah.

Nun rief sie sogar nach ihr: »Clotilde? Hallo? Sind Sie noch da?«

Clotilde beeilte sich, so gut es ging, ohne ins Stolpern zu kommen. Dabei hob sie den rechten Arm, um auf sich aufmerksam zu machen. »Hallo! Hier bin ich! Ich komme schon!«, rief sie zurück.

Camille war inzwischen die Stufen bis zum Vorplatz hinuntergestiegen, sie bewegte den Kopf nach rechts und nach links. Noch hatte sie Clotilde in der aufziehenden Nacht nicht erkannt.

»Ich bin gleich da!«, rief Clotilde, noch immer winkend.

Jetzt endlich wurde Camille auf sie aufmerksam. Auch sie hob den Arm.

Etwa dreißig Meter lagen zwischen ihnen, vielleicht sogar ein bisschen weniger. Clotilde würde jeden Moment bei ihr sein und erfahren, was Camille auf dem Herzen hatte. Hoffentlich war die Information es wert, dass sie so lange gewartet und Pierre beim Abendessen allein gelassen hatte. Er war über ihr Engagement auf der Storchenfarm ohnehin nicht sonderlich glücklich. Dass sie nun auch noch Überstunden schob, würde er bestimmt nicht gutheißen, vermutete Clotilde.

Zwanzig Meter. Clotilde ging schneller und wollte gerade wieder rufen: »Hallo, ich bin gleich …«

In dieser Sekunde tauchte ein Stück neben Camille eine zweite Silhouette auf und näherte sich ihr rasch. Von einem Moment zum nächsten schienen die beiden menschlichen Umrisse miteinander zu verschmelzen.

Clotilde blieb stehen. Sie starrte in die Dunkelheit, rieb sich die Augen und bemühte sich, mehr zu erkennen. Was ging da vor? Wer mochte diese zweite Person sein?

Die Schattenrisse überlagerten sich für vier, vielleicht fünf Sekunden. Danach lösten sie sich voneinander, und eine der schemenhaften Figuren entfernte sich zügig, aber ohne Hast. Die andere Silhouette blieb an Ort und Stelle stehen, doch nur ein paar Wimpernschläge lang. Dann sackte sie in sich zusammen.

»*Mon Dieu!*«, entfuhr es Clotilde. Reflexhaft presste sie sich die Hände vor den Mund. Was war da gerade geschehen? Hatte sich vor ihren Augen etwa ein weiterer Mord … Nein, sie konnte diesen schrecklichen Gedanken nicht zu Ende denken.

Obwohl ihre Beine weich wie Pudding waren, setzte Clotilde ihren Weg tapfer fort. Sie näherte sich der auf dem Boden liegenden Gestalt, wobei ihr mit jedem Schritt flauer wurde.

Der Moment der Wahrheit kam, als sie neben dem leblosen Menschen in die Hocke ging und sah, dass es tatsächlich Camille war. Um sie herum breitete sich eine Lache aus, so dunkel wie ein Bergsee.

Clotilde wurde übel.

VIERUNDZWANZIG

Das volle Programm, stellte Jules fest, nachdem er auf der Storchenfarm eingetroffen war. Drei Wagen der Police municipale und der Gendarmerie sowie zwei Rettungswagen verteilten sich über den Vorplatz, hinzu kamen zwei Fahrzeuge aus dem Fuhrpark der Freiwilligen Feuerwehr Rebenheim, deren Blaulichter unentwegt kreisten. Feuerwehrkommandant Claude hatte sogar eine Lichtgiraffe aufgetrieben, die das Areal rund um das Besucherzentrum taghell ausleuchtete.

Jules, der seinen eigenen Wagen etwas abseits auf dem Besucherparkplatz abgestellt hatte, näherte sich der Szenerie mit wachem Blick. Was war hier geschehen?, fragte er sich, während er sich aufmerksam umsah. Camille war ermordet worden – aber von wem und aus welchem Grund? Auf Anhieb fand Jules dafür keine schlüssige Erklärung und auch keine belastbare Verbindung zum Tod von Morel. Camille hatte für ihn bislang nicht im Zentrum der Ermittlungen gestanden, er hatte ihr daher keine besondere Bedeutung zugemessen. Und nun das!

Seine Armbanduhr zeigte zehn Uhr abends. Abgesehen von dem künstlich erzeugten Lichtkegel rund um die am Boden liegende Leiche herrschte stockfinstere Nacht, denn es gab hier draußen kaum Umgebungslicht. Der Anruf, dass etwas vorgefallen war, hatte ihn erreicht, als er sich zusammen mit Joanna gerade einen Film bei France Télévisions ansah, einen Bretagne-Krimi, bei dem er eingeschlafen war. Seitdem ratterte es in seinem Kopf, da er sich keinen Reim auf das machen konnte, was da passiert war.

Jules schlängelte sich durch die zahlreichen Rettungskräfte, für die es nichts mehr zu retten gab, und ging neben Noël in die Hocke. Der Gerichtsmediziner war gerade dabei, die Leiche einer ersten schnellen Untersuchung zu unterziehen. Ein paar Schritte weiter nahmen zwei Kollegen der Spurensicherung Abdrücke vom Boden des Parkplatzes. Jules rechnete sich gute Chancen für einen Treffer aus, denn der Untergrund bestand an dieser Stelle aus Lehm, der nur lückenhaft gekiest war.

»Was haben wir?«, fragte er an Noël gerichtet.

»Eine sehr eindeutige Todesursache: Mehrere tiefe Stiche in den Oberkörper, mindestens zwei davon tödlich, da lebenswichtige Organe verletzt wurden«, stellte der zierliche Arzt fest. »Die Klinge muss relativ breit gewesen sein, es sieht sogar danach aus, als wären es zwei gewesen. Also kein Messer, eher eine größere Schere mit recht breiten Schneiden.«

»Mehrere Stiche? Da muss jemand seine ganze Wut an ihr ausgelassen haben«, folgerte Jules. »Gibt es Abwehr- oder Kampfspuren? Hat sich Camille gegen ihren Angreifer gewehrt?«

»Es sieht nicht danach aus. Entweder sie wurde überrascht, oder sie kannte den Täter und ließ ihn nahe an sich herankommen, da sie nichts Böses ahnte«, erklärte Noël. »Aber fragen Sie doch die Zeugin. Sie hat alles beobachtet.«

»Eine Zeugin?« Jules richtete sich auf und sah sich um. Sein Blick blieb am Heck eines der beiden Krankentransporter hängen, dessen Türen offen standen. Auf dem Trittbrett saßen zwei Frauen, in Decken gehüllt, in den Händen dampfende Becher, wahrscheinlich Tee. Bei einer der beiden handelte es sich unzweifelhaft um Chloé, und die andere war – Clotilde!

Jules überließ Noël seiner Arbeit und schritt zügig auf den Krankenwagen zu. »*Bonsoir*«, grüßte er, woraufhin beide die Köpfe hoben. Chloé wirkte müde und mitgenommen. Ihr ungeschminktes Gesicht, die Badelatschen und der Bademantel, den Jules unter der Decke bemerkte, sprachen dafür, dass sie schon im Bett gelegen und sich nur rasch etwas übergezogen hatte. Auch Clotilde zeigte nicht die unerschütterliche Stärke und Willenskraft, die sie sonst an den Tag legte. Man sah ihr an, dass sie etwas Schlimmes erlebt hatte.

»Sie beide sind Zeugen der Tat?«, vergewisserte sich Jules.

»Nein«, stellte Chloé richtig und ließ wieder den Kopf hängen. »Ich kam erst dazu, als ich die Hilferufe hörte. Da war es aber schon zu spät …«

»Ich habe gerufen«, sagte Clotilde mit erstickter Stimme. »Ich bin dabei gewesen, als es passiert ist. Also nicht direkt dabei, aber ganz in der Nähe. Ich habe alles mit ansehen müssen.«

»Was genau haben Sie mit ansehen müssen?«, fasste Jules nach.

»Alles. Die ganze grausame Tat. Schrecklich, einfach schrecklich.«

Jules musste Rücksicht auf ihren Zustand nehmen, das war ihm bewusst. Doch jetzt kam es darauf an, möglichst schnell präzise Auskünfte über den Tatablauf und vielleicht auch eine Beschreibung des Täters zu bekommen, damit eine Fahndung ausgelöst werden konnte. Daher bat er Clotilde mit ruhiger Stimme und dennoch eindringlich darum, ihm ganz genau zu schildern, was sich abgespielt hatte.

Clotilde bemühte sich um einen umfassenden Bericht. Angefangen damit, dass sich Camille und sie für den Abend verabredet hatten, um über den Todesfall Morel zu sprechen.

»Camille hatte etwas auf dem Herzen, das sie loswerden wollte«, beschrieb sie ihre Eindrücke. »Zu mir hatte sie aus irgendeinem Grund Vertrauen gefasst. Vielleicht hoffte sie auch darauf, dass ich mich mit dieser Information an die Polizei wenden würde, wobei ich sie nicht als Quelle genannt hätte. So wäre es ihr möglich gewesen, ihr Gewissen zu erleichtern, ohne sich selbst als Zeugin anbieten zu müssen. Das wäre ihr wahrscheinlich unangenehm gewesen. Es geht ja vielen Menschen so, dass sie gegenüber der Polizei Beklemmungen haben.«

»Wie ging es dann weiter?«, fragte Jules. »Warum hat Camille Ihnen nicht gleich gesagt, was sie wusste?«

»Sie wollte abwarten, bis wir unter uns sind«, erklärte Clotilde. »Also bin ich geblieben, bis der Park geschlossen wurde. Als dann auch Gerard und Patrick gegangen waren, waren da bloß noch Chloé und ihr Freund. Und der ist wenig später mit dem Motorrad weggefahren.«

»Stimmt«, bestätigte Chloé. »Clément brauchte ein bisschen Abwechslung. Er wollte nach Straßburg ins Kino oder in eine Bar.«

»Weshalb haben Sie ihn nicht begleitet?«, wollte Jules wissen.

»Zu müde«, antwortete Chloé. »Ich habe Ihnen doch gesagt, dass ich Frühaufsteherin bin.«

»Nachdem ich mitbekam, wie sich Chloé ins Wohnmobil zurückzog, dachte ich mir, der geeignete Zeitpunkt wäre gekommen«, setzte Clotilde ihre Schilderung fort. »Ich habe noch etwas gewartet und bin dann im Schutze der Dunkelheit zur Baracke gegangen, wo noch Licht brannte und Camille auf mich wartete.«

»Und weiter?«

»Sie muss ungeduldig geworden sein, denn statt im Büro zu bleiben, kam sie heraus und sah sich nach mir um. Daraufhin machte ich mich bemerkbar und winkte. Ich war ja nicht mehr weit weg. Höchstens dreißig Meter, vielleicht auch weniger.«

»Doch bevor Sie beide aufeinandertrafen, tauchte der Täter auf?«, fragte Jules.

»Ja, so war es. Der kam wie aus dem Nichts. Ganz plötzlich, fast wie ein Geist. Er muss Camille hinter dem Besucherzentrum aufgelauert haben.«

»Es war also ein ›Er‹. Sind Sie davon überzeugt? Können Sie den Mann beschreiben?«

Clotilde ließ Anzeichen von Unsicherheit erkennen. »Schwören könnte ich das nicht. Es war dunkel auf dem Platz, und dahinter blendete das Licht aus den Fenstern der Baracke. Man konnte nur eine Silhouette erkennen.«

»Selbst wenn es bloß Konturen gewesen sind, so haben Sie vielleicht von der Figur her ableiten können, ob es sich um einen Mann oder eine Frau handelte.«

»Ähm …« Clotilde versuchte, sich zu erinnern. »Ich

glaube, es müsste ein Mann gewesen sein. Ja, ich bin ziemlich sicher: eher ein Mann. Wobei …« Sie kratzte sich am Kopf.

»Nun gut«, sagte Jules, der mit dieser vagen Festlegung nicht zufrieden sein konnte. »Wie sieht es mit dem Gesicht aus? Konnten Sie einen Blick darauf werfen?«

»Nein. Ich sagte doch, dass die Lichtverhältnisse sehr schlecht waren. Ich habe nicht einmal Camilles Gesicht sehen können, aber ich wusste ja, dass sie es sein muss, weil ich hörte, wie sie nach mir rief. Das ist ihre Stimme gewesen, ganz klar. Aber wie der andere aussah? Keine Ahnung. Wirklich.«

»Ist Ihnen etwas an der Kleidung des Täters aufgefallen?«

»Er trug eine Hose und einen Pullover oder ein Sweatshirt. Es könnte auch eine Jacke gewesen sein. Oder ein Jogginganzug? Ich habe in dem Moment nicht darauf geachtet.«

»Die Farben?«

»Alles grau in grau. Der Eindruck kann aber täuschen, weil ich ja bloß die Umrisse seiner Gestalt gesehen habe. Und im Dunkeln sieht man ja sowieso keine Farben.«

»Danke, Clotilde«, sagte Jules, dem die unpräzise Personenbeschreibung leider überhaupt nicht half. »Wir reden weiter, wenn Sie sich erholt haben, einverstanden? Ich möchte dann auch wissen, warum Sie uns nicht hinzugezogen haben, nachdem klar war, dass Camille etwas über Morels Tod wusste.«

»Aber ich …«, setzte Clotilde zu einem Protest an.

»Später, Clotilde. Das hat Zeit.« Nun sprach er

Chloé an, die mehr oder weniger teilnahmslos neben Clotilde saß. »Sie sagen, dass Sie Clotildes Hilferufe gehört haben und daraufhin hergekommen sind?«

»Ja, so ist es. Ich hatte mich schon hingelegt und war gerade am Wegdämmern. Im Fernsehen lief eine Netflix-Serie, aber die hat mich nicht so interessiert. Als ich die Rufe hörte, bin ich natürlich hochgeschreckt. Ich habe nicht lange nachgedacht, sondern mir den Mantel übergezogen, bin in die Schuhe geschlüpft und gleich losgelaufen.«

»Clotildes Rufe konnten Sie hören, obwohl im Fernsehen diese Serie lief?«

»Der Camper ist ziemlich hellhörig«, erklärte sie. »Dünne Wände, nicht viel besser als in einem Zelt.«

Jules nahm das zur Kenntnis. »Sie waren es auch, die den Notruf gewählt hat?«

»Ja«, bestätigte Chloé.

Bevor Jules weitere Fragen stellen konnte, wurde er durch ein Motorengeräusch abgelenkt. Er sah sich um und erkannte das Licht eines einzelnen Scheinwerfers, das rasch näher kam.

»Das ist Clément!«, sagte Chloé voller Überzeugung, streifte die Wärmedecke ab und stand auf.

Sie hatte recht gehabt, erfuhr Jules wenig später, als die Maschine neben ihnen zum Stehen kam.

Der Fahrer klappte das Visier seines Helms nach oben und fragte: »Überall Gendarmerie! Ist etwas passiert?« Weil Chloé nicht sofort antwortete und die inzwischen abgedeckte Tote von seiner Position aus nicht zu sehen war, wiederholte Clément die Frage, diesmal an Jules gerichtet: »Sagen Sie mir bitte, was los ist, Major.«

Auch Jules gab zunächst keine Antwort, sondern erkundigte sich: »Sie kommen gerade aus Straßburg?«

»Ja«, sagte Clément, stellte den Motor aus und nahm den Helm ab. Mit der freien Hand fuhr er sich durch das zerzauste Haar. »Ja, ich war unterwegs. Aber warum…«

»Was haben Sie in Straßburg unternommen? Wie ich hörte, wollten Sie sich einen Film ansehen.«

»Eigentlich schon, aber es lief nichts Gutes im Kino. Deswegen bin ich ein bisschen durch die Bars gezogen. Ist das jetzt wichtig?«

»Unter Umständen ja. Sind Sie allein unterwegs gewesen, oder gibt es jemanden, der Ihren Aufenthalt in Straßburg bezeugen kann?«

Cléments Unterkiefer klappte nach unten. »Das gibt es doch nicht!«, rief er dann. »Stehe ich etwa unter Verdacht? Aber weswegen? Sagen Sie doch endlich, was hier los ist!«

»Camille ist tot«, mischte sich Chloé ein. »Jemand hat sie…« Sie stockte. »Sie wurde erstochen.«

»Was?« Clément riss die Augen auf. »Wann ist das passiert?«

»Vor etwa einer Stunde«, sagte Jules. »Darf ich Sie nun bitten, auf meine letzte Frage zu antworten?«

»Wie? Was?« Clément wirkte aufgelöst und fahrig. »Ob mich in Straßburg jemand gesehen hat? Na klar! Schätzungsweise hundert Leute, denen ich im Laufe des Abends begegnet bin. Aber ich kenne niemanden von denen. Wenn Sie also einen Namen von mir hören wollen: Tut mir leid, nein, damit kann ich nicht dienen.«

»Schon gut«, sagte Chloé und strich ihm über den Kopf. »Der Major meint es nicht so. Aber er muss ja wissen, wer während der Tatzeit hier gewesen ist und wer nicht.«

»Ich jedenfalls nicht!«, gab Clément gereizt von sich. »Überzeugen Sie sich selbst, und fassen Sie ans Auspuffrohr, da verbrennen Sie sich die Finger. So heiß wird die Maschine nur, wenn ich weit gefahren bin.«

»Nein danke«, sagte Jules, ohne eine Gemütsregung zu zeigen. Er wies Clément an, sich für weitere Fragen zur Verfügung zu halten.

Dreiundzwanzig Uhr. Die Tote war inzwischen abtransportiert worden, und Jules war davon ausgegangen, dass auch Noël bereits weggefahren war. Umso mehr überraschte es ihn, als der zierliche Gerichtsmediziner, nach wie vor in Schutzanzug und Latexhandschuhen, auf ihn zusteuerte, ein Paar derber Gummistiefel in der Hand. Die Stiefel, deren Schuhgröße Jules ungefähr auf vierzig schätzte, hielt er wie eine Trophäe in die Höhe und strahlte Jules dabei an.

»Bingo!«, rief Noël. »Ich habe den Jungs von der Spurensicherung ein wenig unter die Arme gegriffen, da ich mit der Leiche ziemlich schnell fertig war. Sie wissen ja, Major: Colmar ist eine kleine Stadt, entsprechend eingeschränkt sind unsere personellen Kapazitäten. Da muss man schon mal über den eigenen Aufgabenbereich hinaus aktiv werden.«

War es nicht vielmehr so, dass Noël liebend gern in fremden Revieren wilderte, weil es ihn schlichtweg reizte? »Was haben Sie herausgefunden?«, fragte Jules, ohne Noëls Äußerung zu kommentieren.

»Die Abdrücke, die sich am Tatort befanden, entsprechen denen dieses Stiefelpaares.«

»Donnerwetter!« Jules staunte über den raschen Ermittlungserfolg. »Wem gehören sie?«

Nun strahlte Noël nicht mehr ganz so sehr. »Die haben wir in einer Scheune gefunden, genauer gesagt: in einer dort untergebrachten Umkleidekabine, in der sie am Boden standen. Es gibt mehrere Paar Stiefel der gleichen Marke, in verschiedenen Größen. Auf die hat wohl jeder Zugriff, der für die Farm arbeitet.«

»Das stimmt«, bestätigte Clotilde, die jetzt neben ihnen aufgetaucht war. Sie schien den ersten Schock verarbeitet zu haben. Längst nicht mehr so blass und erschüttert wie vorhin, klärte sie Jules darüber auf, dass sich das kleine Team sowohl die Gartengeräte wie auch Handschuhe und eben die Stiefel teile. »Man schnappt sich einfach das, was einem passt.«

»Mit anderen Worten: Jeder hätte diese Stiefel getragen haben können«, schlussfolgerte Jules wenig begeistert.

»Darauf läuft es wohl hinaus«, räumte Noël ein und kündigte an, dass das Polizeilabor eine Menge Arbeit vor sich habe, um die Stiefel näher zu untersuchen.

Jules sah ein, dass er in dieser Nacht keinen Durchbruch erzielen konnte, und beschloss, für heute Schluss zu machen. Zuvor aber nahm er sich Clotilde noch einmal zur Brust und forderte sie auf, die Schnüffelei auf der Storchenfarm unverzüglich einzustellen. »Um Ihrer eigenen Sicherheit willen!«, lautete sein Appell.

Aber davon wollte Clotilde nichts wissen. Gerade jetzt sei ihre Anwesenheit besonders wichtig. »Wer soll sich denn sonst um die Vögel kümmern?«

FÜNFUNDZWANZIG

Viel Schlaf war ihm nicht vergönnt gewesen, was Jules am nächsten Morgen nur allzu deutlich spürte. Während er der morgendlichen Lagebesprechung im Konferenzzimmer der Gendarmerie mehr oder weniger aufmerksam folgte, umklammerte er seine Kaffeetasse.

Wieder war es Sandrines Aufgabe, mit den Namensschildchen an der Tafel zu jonglieren, um das, was die Ermittlungsergebnisse hergaben, zu visualisieren. Hinzugekommen waren nun auch Fotos vom zweiten Tatort. Dass die tödliche Attacke auf Camille im unmittelbaren Zusammenhang mit Morels Unfall zu sehen war, stand für alle Anwesenden fest. Einigkeit bestand auch darin, dass die Tätersuche sich ab sofort vorrangig auf den Dunstkreis der Storchenfarm konzentrieren musste und andere Spuren zu vernachlässigen waren.

»Ich möchte eine Bestandsaufnahme der An- und Abwesenheiten haben«, ordnete Capitaine Debré an. »Wer hat sich im Park aufgehalten und wer nicht, als es passierte?«

»Dank der Aussagen von Clotilde können wir das sehr genau eingrenzen«, sagte Jules und führte noch einmal explizit auf, was Clotilde zu Protokoll gegeben hatte. Demnach hatten Gerard und Patrick zeitgleich und gemeinsam das Gelände verlassen, während Clément etwas später abfuhr und sie auf der Straße überholte. Zurück blieben – neben Clotilde selbst – nur Chloé, die sich in ihr Reisemobil zurückgezogen hatte, und das spätere Opfer Camille. »Besucher hielten sich zu diesem späten Zeitpunkt längst nicht mehr im Park auf«, fügte er der Vollständigkeit halber hinzu.

»Wie verlässlich ist diese Clotilde?«, wollte Debré wissen. »Hat das, was sie sagt, Hand und Fuß?«

»Absolut, ja«, beteuerte Jules.

»Gehen wir also davon aus, dass sich zum Tatzeitpunkt von den uns bekannten Personen lediglich Clotilde sowie Chloé im Park aufhielten«, resümierte Debré. »Schließen wir Clotilde, unsere einzige Augenzeugin, aus, bleibt nur Chloé übrig.«

»Aber sie hatte sich bereits schlafen gelegt und kam erst später hinzu«, wies Sandrine ihn darauf hin.

»Kann das jemand bezeugen?«, fragte Debré.

»Clotilde hat sie durch ein Fenster des Wohnmobils beobachtet, da trug sie bereits ein Nachthemd«, sagte Jules.

»Das war aber einige Zeit vor der Tat, nicht wahr?«, hielt Debré dagegen. »Chloé könnte ihr frühes Zubettgehen vorgetäuscht haben, um sich in einem unbeobachteten Moment aus dem Wohnmobil zu stehlen und zur Tat zu schreiten. Anschließend tauchte sie in der Dunkelheit unter, um wenig später erneut auf der Bildfläche zu erscheinen und die Trauernde zu mimen.«

»Abgesehen davon, dass wir kein Motiv wissen, welches Chloé zum Mord an Camille verleitet haben könnte, erscheint mir ein solcher Tathergang ziemlich konstruiert«, kritisierte Jules. »Wir dürfen nicht ausschließen, dass es einen dritten Beteiligten gegeben haben könnte, den wir noch nicht auf unserer Liste führen.«

»Wer könnte das Ihrer Meinung nach denn sein?«, fragte Debré in schroffem Ton, denn er konnte mit Kritik nicht besonders gut umgehen. »Etwa der große Unbekannte?«

Jules verzog den Mund. »Ja, warum nicht? Es ist durchaus möglich, dass unsere Namensliste unvollständig ist. Genauso gut könnte eine oder einer der anderen bisher bekannten Akteure unbemerkt zurückgekehrt sein, um die Tat zu vollbringen.«

»Sie sprechen jetzt von dieser Hilfskraft Gerard und dem Praktikanten?«

»Und von Clément, der für seinen angeblichen Ausflug nach Straßburg keinen Zeugen benennen kann«, ergänzte Jules. »Allerdings muss ich zugeben, dass mir auch für diese drei Kandidaten keine stichhaltigen Gründe oder Auslöser für die Tat einfallen.«

»Wenn ich an dieser Stelle einhaken darf?« Sandrine löste sich von ihrer Position am Whiteboard. »Nach meiner Recherche in Besançon …«

»… zu der ich Sie ausdrücklich ermuntert hatte …«, bemerkte Debré.

Sandrine nickte irritiert. »Ja, Capitaine, danke. Wie Sie wissen, erfuhr ich in dem Heim, dass Chloé aus ärmlichen Verhältnissen stammt, möglicherweise im Elsass auf die Welt kam und bereits als Kleinkind aus einer Problemfamilie geholt wurde. Diesen Teil ihrer Vita verschweigt Chloé beharrlich, und wir gehen inzwischen davon aus, dass Morel genau diese Tatsache in seinem Artikel öffentlich machen wollte. Vielleicht ist es Morel gelungen, die Identität von Chloés leiblichen Eltern aufzudecken und eine Verbindung zum Storchenpark herzustellen.«

Debré sah sie entgeistert an. »Wollen Sie damit etwa sagen, dass Chloés Eltern etwas mit dieser Farm zu tun haben könnten?«

»Ja, das halte ich durchaus für möglich«, antwortete Sandrine entschieden.

Nun kehrte Ruhe im Konferenzraum ein, alle hingen ihren eigenen Gedanken nach.

Jules ging all seine Eindrücke und alles, was sie bereits wussten, durch und überlegte zunächst, ob vielleicht Camille selbst ein Glied in der Kette gewesen sein könnte. Womöglich war sie die Mutter von Chloé gewesen? Doch er verwarf diesen Gedanken augenblicklich wieder, dafür war der Altersunterschied nicht groß genug. Es sei denn, Camille wäre bei der Geburt ihrer Tochter fast noch ein Kind gewesen. Nein, unmöglich! Und wenn doch …?

Jules führte seine Überlegungen jetzt für alle hörbar fort: »Nehmen wir einmal an, Camille wäre in ihrer Jugend schwanger geworden und war, genau wie der unbekannte Kindsvater, mit dem Kind völlig überfordert. Es folgte der Zugriff des Jugendamtes und die Verbringung des Babys ins Heim. Mehr als zwei Jahrzehnte später fand Chloé die Identität ihrer Mutter heraus, suchte unter dem Vorwand der Spendenaktion deren Nähe und rächte sich schließlich grausam an ihr für die Entbehrungen und das Leid, die sie als Heimkind erdulden musste. Nehmen wir weiter an, dass auch Morel das Geheimnis von Camille und Chloé entdeckt hatte und lüften wollte, was Chloé unter allen Umständen zu verhindern suchte – deshalb ermordete sie ihn als Ersten. Alternativ könnten wir unterstellen, dass bei gleicher Motivlage Clément die Taten für Chloé ausführte, da er in einem finanziellen Abhängigkeitsverhältnis zu ihr steht. Seine Vorstrafe legt ja nahe, dass er über eine gewisse kriminelle Energie verfügt.«

»Nicht schlecht, Major«, attestierte ihm Debré, nachdem er die Worte auf sich hatte wirken lassen. »Gar nicht schlecht.«

»Aber sie sehen sich nicht ähnlich«, monierte Sandrine.

»Bitte?«, fragte Jules.

»Camille und Chloé – die beiden sind völlig unterschiedliche Typen, finden Sie nicht auch?«

»Das muss nichts heißen«, polterte Debré, der wie immer auf eine schnelle Lösung drängte. »Konzentrieren wir uns auf das Pärchen, auf Clément und Chloé. Sie müssen erkennungsdienstlich erfasst werden. Besorgen Sie uns Vergleichsproben, die brauchen wir für einen DNA-Abgleich mit dem, was auf und in den Stiefeln zu finden ist, die für die zweite Tat benutzt wurden. Dann sehen wir ja, wer von beiden es getan hat!«

»Bei Clément können wir uns den Aufwand sparen, da wir ihn bereits in unserer Datenbank führen. Wegen der Drogengeschichte«, erinnerte Jules ihn.

Debré nahm die Belehrung mit unwirschem Grummeln auf. »Aber über diese Chloé haben wir rein gar nichts. Wir benötigen ihr genetisches Profil, die Fingerabdrücke und so weiter, eben den kompletten Katalog. Bekommen wir dafür die Zustimmung der Richterin?«

»Ich denke schon«, sagte Jules zuversichtlich und

nahm das Telefon zur Hand. »Ich rufe Joanna gleich an und erkläre ihr die Lage.«

Bevor er ihre Nummer wählen konnte, klingelte sein Handy. Eine ihm nicht geläufige Mobilfunknummer wurde angezeigt.

»Ja bitte?«, meldete er sich und wandte sich ab, um die anderen nicht zu stören. Er hörte jemanden schwer atmen.

»Ich bin's, Clotilde.« Sie redete ungewöhnlich leise. »Sie müssen sich beeilen, *Monsieur le commissaire*.«

»Womit beeilen?« Jules fing die verwunderten Blicke von Capitaine Debré und Sandrine auf, die ihre Unterhaltung unterbrochen hatten.

»Die Ratten verlassen das sinkende Schiff«, kam es gepresst durch den Hörer.

»Ich begreife noch immer nicht, worum es geht. Werden Sie bitte deutlicher, Clotilde.«

»Rund ums Wohnmobil herrscht seit heute früh Aufbruchsstimmung. Die bauen alles ab und räumen zusammen. Sieht so aus, als wollten sie abreisen. Außerdem hat Patrick sein Praktikum hingeschmissen. Auch Gerard sagt, dass er nicht mehr kommen will, jetzt, da Camille tot ist und der Park wohl geschlossen wird.«

»Verstehe«, sagte Jules. »Vielen Dank für den Hinweis. Wir machen uns gleich auf den Weg!« Bevor er auflegte, schob er nach: »Sie selbst unternehmen nichts, Clotilde, hören Sie? Kommen Sie bloß nicht auf die Idee, sich vor das Wohnmobil zu werfen, um die Abfahrt zu verhindern.« Zuzutrauen wäre es ihr.

SECHSUNDZWANZIG

Sandrine übernahm das Steuer, während Jules vom Beifahrersitz aus telefonierte. Sie fuhren mit Blaulicht, weil sie nicht riskieren wollten, dass ihnen Chloé und ihr Freund durch die Lappen gingen. Zwar wäre es nicht schwierig, das behäbige Reisemobil einzuholen, doch je nachdem, welche Strecke die beiden wählten, könnte es Probleme mit der polizeilichen Zuständigkeit geben. Auch die deutsche Grenze war ja nicht weit. Also lieber Gas geben!

»Gut, dass ich dich erreiche«, sagte Jules, als er Joannas Stimme am Handy hörte. Er schilderte ihr in kurzen Worten die Situation und bat sie um grünes Licht, Chloé aufhalten und sie mit aufs Revier nehmen zu dürfen. »Wir brauchen einen Abstrich für die Genanalyse.«

Joanna sah ein, dass die Zeit drängte, äußerte sich jedoch zurückhaltend. »Wir können Chloé und Clément nicht zwingen, im Elsass zu bleiben. Gegen keinen von ihnen besteht ein hinreichender Anfangsverdacht.«

»Ach nein? Ich habe dir doch gerade gesagt, wie die Dinge liegen. Wir müssen endlich handeln!«

»Bleib auf dem Teppich, Jules. Es fehlen nach wie vor handfeste Beweise, es gibt ja nicht einmal überzeugende Indizien, bloß eure Theorie.«

»Zugegeben, forensische Belege liegen fast keine vor. Doch was sollen wir tun? Tatenlos zusehen, wie sich die beiden verdrücken?«

Joannas Antwort ließ einige Sekunden auf sich warten. Sehr ruhig erklärte sie dann: »Prominente Leute, die womöglich etwas zu verbergen haben, werden leicht nervös, wenn die Polizei ihnen zu sehr auf die Pelle rückt. Sie beschweren sich dann gern über ihr Management bei Abgeordneten oder dem Präfekten. Das ist nicht gut, denn es sorgt für Sand im Getriebe der Ermittlungsbehörden.«

»Worauf willst du hinaus?«

Joanna rang nach Worten: »Ich bin der Ansicht, von dieser Angelegenheit sollte nicht zu viel an die Öffentlichkeit dringen, denn sollten wir falschliegen, dann könnte es später zu unseren Ungunsten ausgelegt werden, sprich: uns auf die Füße fallen, ganz zu schweigen vom Shitstorm in den sozialen Medien, der über uns einbrechen wird. Außerdem: Wenn wir jetzt allzu plump vorgehen, dann decken wir unsere Karten viel zu früh auf und verlieren am Ende vielleicht das ganze Spiel.«

Sie hatte die Hosen voll, vermutete Jules, anders konnte er sich diese Ausflüchte nicht erklären. Weil es sich bei Chloé um eine VIP handelte, scheute Joanna davor zurück, hart durchzugreifen. Doch genau das wäre in diesem Moment dringend geboten! Jules bemühte sich, nicht die Beherrschung zu verlieren, und fragte: »Was schlägst du also vor?«

»Du kannst an ihr Verantwortungsgefühl appellieren und ihr klarmachen, dass wir auf ihre freiwillige Mithilfe angewiesen sind.«

»Ich brauche aber nicht bloß ihr Verantwortungsgefühl, sondern vor allem ihre DNA!«, beharrte Jules. »Sonst können wir rein gar nichts bewirken.«

Joanna schniefte. »Also schön. Ich rede mit meinem Chef und gebe euch so schnell wie möglich Bescheid. Fahrt so lange weiter und versucht, die beiden hinzuhalten. Aber wendet keinesfalls Zwang an, bis ich eine Vorladung für Chloé besorgt habe.«

»Ja«, sagte Jules und dachte: Ich versuche es zumindest.

Der Frühschoppen in der Rebenheimer *Brasserie Georges* war für Lino eine lieb gewonnene Gewohnheit. Wie üblich versammelte sich am Vormittag die Altherren-Riege auf der Terrasse, die in ähnlicher Konstellation auch Abend für Abend zum Boulespielen zusammentraf. Die Luft war angenehm mild, und über ihnen wiegten sich die frischen grünen Blätter der Kastanienbäume im leichten Wind.

Heute gab es kein anderes Thema als die Bluttat auf der Storchenfarm, die sich binnen kürzester Zeit herumgesprochen hatte. Die Männer waren so sehr damit beschäftigt, sich über die neuesten Gerüchte auszutauschen, dass die Croissants auf ihren Tellern unangerührt blieben und der Kaffee in den Tassen erkaltete. Selbst das Bier, das sich der eine oder andere hatte kommen lassen, wurde schal.

»Du bist ja so still heute«, sagte Jean-Marie Bovier zu Lino. Der örtliche Apotheker zählte mit seinen fünfundfünfzig zu den Jüngeren in der Runde und wunderte sich über Linos Zurückhaltung. »Hast du schon etwas läuten hören, was die polizeilichen Ermittlungen anbelangt? Du hast doch den besten Draht zur Gendarmerie. Gibt es bereits einen Verdächtigen?«

Lino schüttelte den Kopf und brummte so etwas wie: »Keine Ahnung« und »Weiß nicht«. Das stimmte sogar. Denn noch hatte er nicht den Mut gefunden, sich bei Clotilde zu melden, um sich von ihr aus erster Hand informieren zu lassen. Als er von Camilles Tod erfahren hatte, war ihm der Schrecken in alle Glieder gefahren. Sein erster Gedanke war, dass es vielleicht ebenso gut Clotilde hätte treffen können. Das wäre dann seine Schuld gewesen, denn er hatte sie dazu überredet, sich unter das Personal des Storchenparks zu mischen. Entsprechend schwer lastete das schlechte Gewissen nun auf ihm. Von wegen abgebrühter Ex-*flic*!

»Eine böse, böse Geschichte«, meinte Pierre. Der alte Lehrer setzte eine Leidensmiene auf. »Ein solches Schicksal hat Camille nicht verdient.«

»Bei all ihren Ticks – im Grunde ist sie ein herzensguter Mensch gewesen«, stimmte Immobilienmakler Antoine ein. »Was soll nun bloß aus ihrem Lebenswerk werden? Ohne sie steht die Storchenfarm vor dem Aus.«

»Die armen Viecher«, merkte Fahrradhändler Gilbert an, dessen Laden erst später öffnete und der daher meist Zeit hatte, um in der Brasserie vorbeizuschauen.

»Nicht nur die Vögel können einem leidtun, es geht hier auch um menschliche Schicksale«, fand Jean-Marie. »Das Ende des Parks wäre ein herber Schlag für Gerard. Der hat doch sonst nichts in seinem Leben!«

»Wie wahr!«, pflichtete Pierre ihm bei. »Es wäre ja nicht das erste Mal, dass das Dasein ihm übel mitspielt …«

Auf was wollte der alte Pauker da wohl hinaus?, überlegte Lino und blickte ihn aufmerksam an. Ging es wieder um den von Gerard verursachten Unfall und den schwer verletzten Radler? Offenbar nicht. Pierre holte eine weitere längst vergessene Geschichte aus der Mottenkiste seiner Erinnerung.

»Habt ihr damals Ingrid gekannt, mit der er seinerzeit zusammen gewesen ist? Sie sprach dem Teufel Alkohol mindestens genauso zu wie Gerard und starb an Leberzirrhose. Das mag fünfzehn, sechzehn Jahre her sein, der arme Gerard wäre fast daran zerbrochen. Hätte er dank Camille nicht Halt in seiner Arbeit auf der Farm gefunden, wäre er seiner Ingrid sicher bald ins Grab gefolgt.«

Stimmt, dachte Lino, dem der Anblick der stets schwankenden Ingrid nun wieder präsent war. Einmal hatte er sie volltrunken in einer Seitengasse entdeckt und war kurz davor gewesen, sie in die Ausnüchterungszelle zu stecken. Doch dann hatte er sich besonnen und sie auf dezentem Wege nach Hause in Gerards Obhut gebracht.

»Man darf nicht vorschnell über Ingrids Alkoholsucht urteilen«, redete Pierre weiter. »Manch einer von uns hätte sich wohl zu Tode gesoffen, wenn ihm das Liebste genommen worden wäre.«

Auf was wollte er denn nun hinaus? Lino hing gebannt an seinen Lippen.

»Nachdem den beiden das Sorgerecht für ihr Kind aberkannt wurde, ging es für sie nur noch bergab. Ob gerechtfertigt oder nicht – Ingrid hat das ins Grab gebracht.«

Verzweifelt kramte Lino in seiner Erinnerung, jedoch vergeblich. »Ein Kind?«, fragte er.

Pierre sah ihn aus großen Augen an. »Weißt du denn nicht mehr? Was ist bloß mit deinem Gedächtnis los, Lino? Ein Mädchen! Es war im Krabbelalter, als das Jugendamt kam und es den ständig alkoholisierten Eltern wegnahm. Das muss Ende der 1990er-Jahre gewesen sein. Wenn mich nicht alles täuscht, hast du als Gendarm sogar Amtshilfe leisten müssen. Na ja, ist lange her …«

Und tatsächlich: Die verschütteten Eindrücke dieses unschönen Einsatzes kamen wieder zum Vorschein – und mit ihnen eine erschreckende Erkenntnis. Lino merkte, wie seine Hände zitterten, als er in seiner Jacke nach dem Handy suchte.

Er musste Clotilde anrufen. Sofort! Hoffentlich hörte sie es klingeln.

Sandrine drückte auf die Tube. An ihr ist eine Rennfahrerin verloren gegangen, dachte Jules und vertraute darauf, dass sie mit hohen Geschwindigkeiten auf den engen Straßen besser zurechtkam als Morel.

Sie hatten das Stadtgebiet von Colmar verlassen und fuhren über Land, da meldete sich erneut Jules' Handy. Hatte Joanna etwa schon das Einverständnis ihres Vorgesetzten eingeholt? Das wäre toll!

Aber die Hoffnung kam verfrüht. Trotz der Erschütterungen durch Schlaglöcher konnte er den Namen des Gerichtsmediziners Noël vom Display ablesen.

»Was gibt es?«, rief Jules gegen Motorenlärm und Sirenengeheul an.

»Eine Überraschung! Ich komme gerade aus dem Labor der Spurensicherung. Die Kollegen waren fleißig und haben die Nacht durchgearbeitet. Die sichergestellten Stiefel haben sich als Goldgrube mit zahllosen Gewebespuren, Hautpartikeln, Haaren et cetera erwiesen.«

»Das ist ja schön, nutzt uns momentan aber überhaupt nichts.« Jules tastete in einer Kurve nach der Halteschlaufe. »Uns fehlen die Gegenproben, und ich bin mir nicht sicher, ob wir sie überhaupt bekommen.«

»Das ist es nicht, worauf ich hinauswill.«

»Sondern?« Wieder eine Kurve. Diesmal in die andere Richtung. Jules hörte die Reifen quietschen.

»Einige der Proben haben bereits einen Treffer in der Polizeidatenbank ergeben«, teilte Noël ihm mit.

»In unserer Datenbank?«, fragte Jules verblüfft und dachte an Clément. Gab es eine Überschneidung mit den Befunden, die bereits von ihm gespeichert waren? »Clément Tessier, habe ich recht?«, platzte er heraus. Jules glaubte, dem Ziel jetzt ganz nah zu sein.

»Nein«, lautete die ernüchternde Antwort. »Erstaunlicherweise handelt es sich um Spuren, die ein gewisser Gerard Rapp hinterlassen hat. Das ist der Name des Mannes, der im *parc ornithologique* aushilft, nicht wahr?«

»Ja«, bestätigte Jules und benötigte einige Sekunden, um die Information zu verarbeiten. »Sind Sie sicher, Noël?«

»Gewiss, die Ergebnisse haben eine Treffergenauigkeit von neunundneunzig Prozent.«

»Gerard ist im Park fürs Grobe zuständig. Natürlich trägt er dafür Stiefel, das liegt doch auf der Hand«, sagte Jules enttäuscht. »Es ist also keine Überraschung, wenn sich Spuren von ihm nachweisen lassen. Ich frage mich allerdings, woher wir sein genetisches Profil kennen.«

»Laut Kartei ist Gerard Rapp in früheren Jahren wiederholt mit dem Gesetz in Konflikt geraten«, erläuterte Noël. »Besonders schwer wiegt ein von ihm verursachter Verkehrsunfall, bei dem er unter Alkoholeinfluss stand. Er wurde dafür verurteilt.«

»Verstehe, danke«, sagte Jules und wunderte sich darüber, dass Capitaine Debré das nicht schon früher herausgefunden hatte. Schließlich wollte er die polizeilichen Führungszeugnisse aller Beteiligten prüfen. Da war ihm wohl was durchgegangen. Jules beendete die Verbindung und berichtete Sandrine, was er soeben erfahren hatte.

»Hilft uns diese Information?«, fragte Sandrine, ohne die Straße aus den Augen zu lassen.

»Ich bin mir nicht sicher«, sagte Jules, dem diese Art der unstrukturierten Vorgehensweise nicht behagte. Dennoch suchte er gedanklich nach weiteren Optionen und möglichen Tatverläufen. »Gerard könnte gestern Abend zurückgekehrt sein und die Tat begangen haben. Aber aus welchen Gründen?«

»Es sieht doch so aus, dass die Parkausstattung inklusive der Gummistiefel von mehreren Personen benutzt wird«, merkte Sandrine an. »Also denke ich nicht, dass Gerard dadurch belastet wird.«

Vielleicht nicht, stimmte Jules im Stillen zu. Völlig ausschließen durfte man Gerards Beteiligung allerdings nicht. Jules suchte weiter nach einer Erklärung. »Möglicherweise haben wir uns getäuscht«, sagte er nach einer Weile. »Die Theorie, dass es Chloé auf der Suche nach ihren leiblichen Eltern ins Elsass verschlug, mag richtig sein. Doch was, wenn anstelle von Camille jemand anderes betroffen ist?«

»Gerard?« Nun löste Sandrine ihren Blick doch kurz von der Straße und sah Jules überrascht an. »Könnte das denn sein?«

Jules konnte darauf keine verlässliche Antwort geben, denn zu viele Elemente waren noch unklar. Er wusste nur eines mit Bestimmtheit: Es bahnte sich etwas an.

Es war zum Aus-der-Haut-Fahren! Lino, der sich mit seinem Handy von der Frühschoppenrunde abgesetzt hatte und nun unruhig über den staubigen Bouleplatz lief, lauschte dem Wartezeichen, doch niemand nahm ab. Immer wieder wählte er Clotildes Nummer, seine innere Spannung wuchs mehr und mehr an. Es war vergebens. Clotilde wollte oder konnte nicht ans Telefon gehen.

Was sollte er tun? Lino war hin- und hergerissen, ob er sich mit Jules Gabin in Verbindung setzen oder gleich selbst nach dem Rechten schauen sollte.

»Was ist denn auf einmal los mit dir?«, sprach Jean-Marie ihn an. Er hatte Lino wohl schon eine Weile beobachtet und war ihm auf den Platz gefolgt. »Du läufst herum wie ein aufgescheuchtes Huhn.«

»Alles okay«, wiegelte Lino ab und ließ das Handy in der Hosentasche verschwinden. »Geh nur wieder zu den anderen und kümmere dich nicht um mich.«

»Wenn dich irgendetwas bedrückt, Lino, dann sag es mir. Wozu hat man denn Freunde?« Jean-Maries Augen schienen ihn durchleuchten zu wollen.

»Mir geht es gut«, entgegnete Lino, und das stimmte ja auch. Er fragte sich nur, ob es Clotilde ebenfalls gut ging.

Nachdem Lino sich ihm nicht anvertrauen wollte, wandte sich Jean-Marie schließlich ab und kehrte zurück auf die Terrasse der Brasserie.

Lino startete einen neuen Versuch, Clotilde zu erreichen, und lief dabei weiter im Kreis. Nach den nächsten drei Runden um den Bouleplatz beschloss er endlich, selbst die Initiative zu ergreifen.

Ohne sich von den anderen zu verabschieden, eilte er davon. Lino sprang in seinen Wagen, um zur Storchenfarm zu fahren und Clotilde zu Hilfe zu eilen. Denn dass sie in Bedrängnis war, spürte er mit jeder Faser seines Körpers.

Gut, dass Sandrine so schnell gefahren war! Jules konnte den weißen Koloss, der sich langsam über die Ausfahrt der Storchenfarm wälzte, schon aus einiger Entfernung sehen.

»Die hauen tatsächlich ab!«, rief er, worauf Sandrine wieder die Sirene heulen ließ.

Dass das Wohnmobil den Park verlassen konnte, ohne von den noch anwesenden Kollegen der Police municipale gestoppt zu werden, wunderte Jules hingegen nicht. Die abgestellten Stadtpolizisten hatten lediglich die Aufgabe, den Tatort zu sichern, nicht aber, jemanden in seiner Bewegungsfreiheit einzuschränken. Dies blieb nun Jules und Sandrine überlassen – obwohl sie die Legitimation von Joanna noch nicht in den Händen hielten.

»Wie gehen wir vor?«, erkundigte sich Sandrine, während sie den Wagen auf die schmale Seitenstraße trieb, die zur Farm führte.

Jules legte sich einen spontanen Schlachtplan zurecht.

»Wir stellen uns quer vor das Wohnmobil, und du versuchst, die beiden hinzuhalten. Erzähle ihnen irgendetwas, aber lass sie nicht weiterfahren. Nicht ehe wir die Genehmigung haben, Chloés Fingerabdrücke und die DNA-Probe zu nehmen.«

»Und was machst du so lange?«

»Ich versuche, Gerard zu finden und ihn zur Rede zu stellen. Vielleicht ist ja alles bloß ein Irrtum und eine weitere falsche Spur in diesem Verwirrspiel, aber wenn er wirklich Chloés Vater sein sollte, gewinnen seine Gewebespuren in den Stiefeln enorm an Bedeutung.«

»Okay«, sagte Sandrine und hielt auf das Reisemobil zu. »Schaffst du das ohne Unterstützung?«

»Ich werde mit dem alten Mann schon fertig«, beruhigte Jules sie, für den Fall des Falles vertraute er auf sein regelmäßiges Nahkampftraining. Außerdem trug er ja seine Waffe bei sich.

Wie befohlen bugsierte Sandrine das Polizeiauto direkt vor das anrollende Reisemobil, sodass der Fahrer zum Bremsen gezwungen war. Durch die große Frontscheibe war zu erkennen, wie Clément, der am Steuer saß, die Hände nach oben riss. Auch die Fassungslosigkeit in Chloés Gesicht war nicht zu übersehen.

»Das wird keine leichte Aufgabe für dich«, sagte Jules und riss die Tür auf. Er überließ die schimpfenden Insassen des großen Reisemobils seiner Kollegin und drängte sich an dem breiten Gefährt vorbei. Für ihn hatte die Suche nach Gerard jetzt oberste Priorität.

SIEBENUNDZWANZIG

Schon nach den ersten Metern bereute Jules, dass er seinen Vorsatz, sich aus der Apotheke ein Mittel gegen die juckenden Augen zu besorgen, nicht beherzigt hatte. Das unangenehme Gefühl setzte ein, kaum dass er sich den Gehegen näherte.

Er bemühte sich, den Juckreiz zu ignorieren, und hielt Ausschau nach den Kollegen der Police municipale. Vor dem Besucherzentrum stieß er auf zwei Uniformierte, die sich gerade eine Kaffeepause gönnten, sie informierten ihn, dass der Park heute für den Publikumsverkehr gesperrt sei und sie deshalb nicht viel zu tun hätten.

»Ist sonst jemand hier?«, fragte Jules.

»Ja, das Personal. Eine ältere Frau und ein Mann.«

Clotilde und Gerard, vermutete Jules und erkundigte sich, wo sie sich gerade aufhielten.

»Vorhin sind sie zur Scheune gegangen.«

»Wann genau?«

»Vor ungefähr einer halben Stunde.«

Jules wies die beiden Polizisten an, besonders aufmerksam zu sein und die Parkmitarbeiter zu stoppen, falls sie vorbeikamen. Er gab ihnen noch den Rat, im Umgang mit ihnen besondere Vorsicht walten zu lassen.

Seine Umgebung sah Jules mittlerweile so verschwommen wie durch eine Milchglasscheibe. Je höher die Sonne stieg, desto gleißender wurde das Licht in den Augen. Es war, als wollten sich die Strahlen in seine Netzhaut bohren. Wenn er doch wenigstens eine Sonnenbrille dabeihätte!

Die Scheune nahm er nur als hoch aufragende, unscharfe Kontur wahr. Aufs Geratewohl rief er zunächst Clotildes Namen, dann den von Gerard. Niemand antwortete. Also ging Jules weiter. Oder besser gesagt: Er tastete sich voran.

Eigentlich war das unverantwortlich. So schlimm wie heute hatte die Allergie noch nie zugeschlagen. Ausgerechnet jetzt! Dennoch dachte Jules nicht ans Aufgeben, weil er befürchtete, die Spur zu verlieren. Er konnte nicht ausschließen, dass Gerard kalte Füße bekam und ebenso das Weite suchte wie seine vermutliche Tochter.

Deshalb kämpfte er sich trotzig weiter bis zum Tor, das halb offen stand. Jules knöpfte den Holster auf und legte die Hand an den Griff seiner Dienstwaffe. Er hoffte, keinen Gebrauch von der Schusswaffe machen zu müssen, doch sicher sein konnte er sich nicht.

Tränen traten Jules in die gereizten Augen, nachdem er die Scheune betreten hatte. Er war nun nahezu blind, und als er ein Geräusch aus einer Ecke wahrnahm, ahnte er, dass er einen fatalen Fehler begangen hatte.

Abrupt blieb er stehen.

»Clotilde? Gerard?«, rief er.

Zunächst blieb es still, und Jules versuchte, sich dicht an der Wand zu halten. Er wollte sich nicht zur Zielscheibe machen.

Noch einmal machte er sich bemerkbar: »Hallo? Ist jemand hier?«

Keine Reaktion. Jules behielt die rechte Hand an der Pistole, während er mit der linken ein Taschentuch aus der Hose zog, mit dem er sich übers Gesicht wischte. Viel brachte es nicht, aber immerhin konnte er jetzt eine Gestalt am anderen Ende der Scheune erkennen. Sie rührte sich nicht.

»Gerard? Sind Sie das?«, fragte Jules und ging langsam auf die Person zu.

»Was ist mit Ihren Augen?«, fragte eine tiefe Männerstimme.

Also war er es wirklich, das war Gerards Stimme! Jules hatte ihn aufgespürt.

Im Näherkommen antwortete er: »Eine Allergie. Halb so schlimm. Ich muss mit Ihnen reden, Gerard.«

»Ja«, kam es knapp zurück. »Kann mir denken, worüber.«

Jules hatte sich dem anderen bis auf wenige Meter genähert. Er bemühte sich, ihn im Blick zu behalten, obwohl ihn der Juckreiz fast wahnsinnig machte. »Chloé ist Ihre Tochter, nicht wahr?«

»Sie haben es also herausgefunden«, sagte Gerard mit matter Stimme.

Zu gern hätte Jules Gerards Gesicht gesehen, um sein Mienenspiel zu deuten. Doch da er nur unscharfe Konturen wahrnahm, musste er sämtliche Emotionen allein aus Gerards Stimmlage heraushören. Jules sagte: »Es hat ein paar Tage gedauert, aber inzwischen wissen wir es. Nun erschließt sich uns der ganze Fall. Möchten Sie darüber sprechen, Gerard?«

»Ich wüsste nicht, was ich dazu noch sagen soll.«

»Dann lassen Sie es mich versuchen.« Jules blieb in Habachtstellung, so unauffällig wie möglich schob er seine Hand wieder in Richtung seiner Pistole. »Sie haben es nie verwunden, dass man Ihnen die Tochter weggenommen hat. Damals, vor zwanzig Jahren. Andererseits wussten Sie sehr wohl, dass Sie Chloé nicht hätten großziehen können. Also arrangierten Sie sich mit diesem Schicksal und verfolgten Chloés Weg aus der Ferne, wobei ihr imponierender Werdegang Sie mit Stolz erfüllte. So weit richtig?«

»Ja, Major. So ist es gewesen.«

»Chloés Karriere bereicherte auch Ihr eigenes Leben, Sie fanden zu Ihrem stillen Glück zurück. Denn Ihrer Tochter war es – im Gegensatz zu Ihnen selbst – gelungen, etwas aus ihrem Leben zu machen. Dieses Leben wollten Sie ihr nicht kaputt machen, indem Sie sich als ihr Vater zu erkennen gaben, und hielten deshalb weiterhin Abstand zu ihr. Auch wenn Ihnen das gewiss schwerfiel. Doch die Zufriedenheit Ihrer Tochter ging Ihnen über alles, sie sollte nicht geschmälert werden, indem sie von ihrer wenig glanzvollen Herkunft erfuhr.«

»Ja, Major«, bestätigte Gerard auch diese Vermutung.

Jules entspannte sich ein wenig, denn Gerard schien einsichtig und nicht auf Krawall gebürstet zu sein. Er redete weiter: »Alles ging gut, bis Chloé selbst begann, nach ihren Wurzeln zu suchen. Obwohl die Spuren ihrer Herkunft gut verwischt waren, blieb sie hartnäckig und fand schließlich heraus, wer ihre Eltern waren. Sie überlegte, wie sie sich ihrem Vater nähern konnte, ohne dass ihr Ansinnen öffentlich wurde. Denn der Schutz ihrer Privatsphäre geht ihr bekanntlich über alles. Da kam ihr die Idee mit der Spendenaktion, die ihr einen plausiblen Grund für einen Aufenthalt auf der Storchenfarm lieferte. So konnten Sie beide sich einander annähern, ohne dass es jemand mitbekam. Eine gute Idee – wenn sie denn geheim geblieben wäre.«

»Chloé hat sich sehr bemüht, diskret zu sein«, ergänzte Gerard. »Für sie steht so viel auf dem Spiel. Ihre Fans glauben ja, dass sie die Tochter zweier Filmstars ist.«

»Fühlten Sie sich durch diese Geheimniskrämerei nicht zurückgesetzt?«, fragte Jules und wagte sich noch näher heran, denn Gerard machte keinerlei Anstalten, ihn anzugreifen oder zu flüchten.

»Nein, ich wollte es nicht anders. Ich habe sie sogar ausdrücklich darum gebeten. Die Fans sollen die Vorstellung, die sie von Chloé haben, bewahren. Es ist schön, dass Chloé zu mir zurückgefunden hat – aber das geht nur sie und mich etwas an.«

»Umso mehr muss es Sie gestört haben, dass Morel Ihr Familiengeheimnis aufzudecken drohte, indem er darüber berichten wollte.«

»Dieser Reporter war sehr hartnäckig«, bestätigte Gerard verbissen. »Er hat meiner kleinen Chloé sehr zugesetzt. So etwas gehört sich nicht.«

»Wäre Morels Artikel in der Zeitung erschienen, hätte das sicher hohe Wellen geschlagen, vor allem im Netz. Weil sie ihre angebliche Herkunft aus einer Promifamilie ja nie dementiert hat, hätten die Presse und die sozialen Medien Chloés wahre Abstammung wahrscheinlich eher negativ dargestellt. Das konnten Sie als liebender Vater natürlich nicht gutheißen. Haben Sie deshalb die Bremsanlage von Morels Auto beschädigt? Um Ihre Tochter vor diesem ruchlosen Reporter zu schützen?«

»Was?« Gerard trat einen Schritt zurück.

»Es hat keinen Zweck, es zu leugnen: Sie sind es doch gewesen, der den Bremsschlauch durchtrennt hat«, sagte ihm Jules auf den Kopf zu. »Doch wie so oft zog eine Tat die nächste nach sich. Camille fand heraus, was Sie getan haben, und drohte damit, ihr Wissen preiszugeben. Sie erfuhren von dem abendlichen Treffen, das Camille mit Clotilde vereinbart hatte, und sahen keinen anderen Ausweg, als Camille zu töten, ehe sie sich Clotilde anvertraute und so die Polizei informierte.«

»Was?«, fragte Gerard noch einmal. Obwohl Jules nach wie vor kaum etwas sehen konnte, merkte er, wie sich der Körper seines Gegenübers anspannte.

»Am Abend von Camilles Tod kehrten Sie auf die Farm zurück, holten eine Heckenschere aus dem Schuppen und stachen zu. So oft, bis jegliches Leben aus Camilles Körper gewichen war. Auch damit wollten Sie vor allem Schaden von Ihrer Tochter abhalten.«

»Das … aber …«, stammelte Gerard.

»Man hat Sie am Tag des Unfalls in der Nähe von Morels Auto beobachtet, Gerard. Und in den Stiefeln, die Camilles Mörder trug, wurden Gewebespuren von Ihnen sichergestellt, eindeutig belegt durch einen Genabgleich. Sie wissen, was das bedeutet? Es ist vorbei, Gerard. Sie brauchen sich nicht mehr zu verstecken.«

»Meine Gene?«

»Ja, sie wurden vor vielen Jahren gespeichert, nach dem von Ihnen verschuldeten Unfall. Es hat keinen Zweck zu leugnen, Gerard. Geben Sie auf.«

Plötzlich fasste Gerard mit einer raschen Bewegung

hinter sich. Im nächsten Augenblick hielt er einen dünnen langen Gegenstand in den Händen. An dessen oberem Ende ragten mehrere schlanke Spieße in die Höhe. Eine Mistgabel?

»Ho, ho! Ganz ruhig!«, rief Jules und zog seine Pistole aus dem Holster. »Legen Sie das weg, Gerard.«

Der andere schien zu zögern. Aus Respekt vor der Pistole?

»Gut, Gerard: Tun Sie nichts Unüberlegtes, sondern geben Sie auf. Stellen Sie die Forke ab. Lehnen Sie sie einfach an die Wand.«

Doch Gerard rührte sich nicht. »Ihre Augen sind total verschwollen, Major. Sie sehen mich doch gar nicht richtig. Wie wollen Sie dann zielen?«

Jules streckte die Arme aus und entsicherte die Waffe. »Lassen Sie es nicht darauf ankommen«, sagte er scharf und versuchte, die Schattengestalt vor sich anzuvisieren. »Bitte, Gerard, kommen Sie zur Vernunft, lassen Sie die Mistgabel los.«

Jetzt, endlich, bewegte sich der andere. Gerard hob die Forke an. Doch statt sie wie befohlen an die Wand zu stellen, holte er aus und schleuderte sie in Jules' Richtung. Der machte einen schnellen Schritt zur Seite, um auszuweichen.

Mitten in seiner Bewegung löste sich versehentlich ein Schuss. Der Knall, so dicht neben Jules' Kopf, war ohrenbetörend laut. Fast zeitgleich hörte er einen erstickten Schrei von dort, wo eben noch Gerard gestanden hatte. Doch von ihm selbst war nichts mehr zu sehen.

Jules stürzte vor, konnte den Mann aber nirgends entdecken. Gab es eine Hintertür, durch die Gerard entkommen war? Jules, der mit seinen verschwollenen Augen keine Chance hatte, die Verfolgung aufzunehmen, ging in die Hocke und tastete den Boden ab. Seine Finger berührten eine feuchte Stelle. Blut.

ACHTUNDZWANZIG

Zunächst war Lino einfach nur erleichtert, als er durch die Frontscheibe seines klapprigen Lieferwagens Clotilde sah. Sie war unversehrt, wie schön! Winkend lief sie ihm auf der Zufahrtsstraße der Farm entgegen. Freute sie sich so sehr, ihn zu sehen?

Erst als sein Wagen ein Stück weiter über die holprige Piste gerumpelt war, erschloss sich ihm, dass Clotilde ihn nicht begrüßen wollte, sondern ihn auf etwas aufmerksam machte.

Er blickte in die Richtung, in die sie deutete, und bemerkte jemanden, der über eine Wiese abseits der Straße humpelte. War das nicht Gerard?, fragte sich Lino überrascht. Wo wollte er denn hin? Und weshalb zog er das linke Bein nach?

Lino brachte den Wagen neben Clotilde zum Stehen und kurbelte das Fenster herunter. »Was ist los mit Gerard? Sieht beinahe so aus, als wäre er auf der Flucht.«

»Ich weiß es nicht genau«, stieß Clotilde hervor, sie war völlig außer Atem. »Aber ich habe einen Schuss gehört, und jetzt läuft Gerard weg. Da stimmt etwas nicht. Kannst du ihn aufhalten?«

»Ich? Auf dem Hof steht ein Polizeiwagen, das sehe ich ja von hier aus. Und da vorn am Tor ist noch einer, direkt vor dem großen Wohnmobil. Sollen sich doch die Kollegen darum kümmern. Ich bin schließlich Pensionär.«

»Bis ich zurückgelaufen bin, um sie zu informieren, ist Gerard über alle Berge«, entgegnete Clotilde, umrundete die Fahrzeugfront und stieg neben Lino ein. »Gib Gas, alter Mann! Dein Citroën darf jetzt beweisen, dass er auch querfeldein fahren kann.«

Lino verkniff sich eine weitere Widerrede und legte stattdessen den Gang ein. Der altersschwache Motor röhrte, als der Wagen eine Rinne überwand und die Räder durch das dichte Gras pflügten. Lino hielt das Steuer mit beiden Händen fest umklammert und brachte das sperrige Gefährt schaukelnd voran.

Vor ihnen taumelte Gerard durch Pfützen und über Grasbüschel. Mehrmals strauchelte er, fiel einmal sogar der Länge nach hin. Doch er rappelte sich immer wieder auf und lief weiter, ohne sich auch nur einmal umzusehen.

»Er ist verletzt«, meinte Lino. »Was kann da bloß passiert sein?«

Clotilde kam nicht dazu zu antworten, weil ihr Smartphone klingelte.

Lino hob den Blick kurz von der Wiese und sah seine Beifahrerin vorwurfsvoll an. »Du hast dein Handy dabei, und es ist nicht einmal leer? Warum zum Teufel bist du nicht drangegangen? Ich habe hundertmal versucht, dich zu erreichen.«

Clotilde zuckte die Schultern. »Mal höre ich es, mal höre ich es nicht.« Sie nahm das Gespräch an und sagte: »*Monsieur le commissaire?* Sie klingen ja ganz aufgeregt! … Ja, das ist richtig: Lino und ich versuchen gerade, Gerard einzuholen. Was sagen Sie? Wir sollen vorsichtig sein, weil er gefährlich ist? Gerard ist der Mörder von Morel und Camille? Ist das wirklich wahr?… Wir sollen warten, bis Sie da sind und nichts unternehmen? Aber das geht nicht, Monsieur Gabin. Gerard ist gleich am Waldrand. Wenn wir nichts machen, verschwindet er auf Nimmerwiedersehen.« Damit beendete sie das Gespräch und blickte Lino entschlossen an. »Du weißt, was zu tun ist?«

Lino nickte grimmig und hielt mit dem Wagen auf den Flüchtigen zu. Gerard hatte kaum mehr eine Chance, ihnen zu entkommen, er wurde langsamer und langsamer und fasste sich immer wieder an die Verletzung. Das Hosenbein war inzwischen blutdurchtränkt.

»Gleich haben wir den Schurken!« Lino drückte mehrmals auf die Hupe.

Sie durchfuhren eine Kuhle, ließen gischtartig das Wasser einer großen Lache aufspritzen und pflügten durch eine Ansammlung von Maulwurfshügeln. Gerards Vorsprung schmolz mehr und mehr dahin.

Nur ein paar Meter blieben noch zwischen Linos Wagen und dem Flüchtenden, als dieser plötzlich stehen blieb, sich langsam umdrehte und die Arme in die Höhe streckte. Sein Gesicht war schmerzverzerrt.

Jules und die Beamten der Police municipale waren wenige Minuten später zur Stelle. Zu Fuß folgten Sandrine, Chloé und Clément, die von Weitem alles mitverfolgt hatten. Aus der Ferne erklang das Martinshorn eines Rettungswagens, den Jules angefordert hatte.

Kaum hatte Chloé die kleine Gruppe erreicht, ließ sie sich neben dem auf dem Boden kauernden Gerard auf die Knie fallen. Jules ging nicht dazwischen, als sie sich ihrem Vater schluchzend an den Hals warf und ihn fest an sich drückte. »Papa«, jammerte sie mit tränenerstickter Stimme. Immer wieder »Papa«.

Eine rührende Szene, empfand Jules, blieb jedoch auf alles gefasst. Als er meinte, dass es nun genug war, tippte er Chloé auf die Schulter und gab ihr zu verstehen, sich von dem Verdächtigen fernzuhalten.

Widerwillig gab sie Jules' Drängen nach, wischte sich die Tränen aus dem Gesicht und fragte: »Wovor läufst du bloß weg, Papa? Es ist mir egal, wenn alles herauskommt. Ich stehe dazu, dass du mein Vater bist.«

Gerard, sichtlich geschwächt, hob die Hand. »Ich bin ein Versager, mein Kind. Hab es mein Leben lang zu nichts gebracht. Du bist das Beste, was mir je passiert ist. Ich bin so stolz auf dich und auf alles, was du tust. Ich will nicht, dass man von mir auf dich schließt. Ich möchte nicht, dass mein jämmerliches Dasein auf dein Leben abfärbt.«

»Aber das ist doch Unsinn! Wieder und wieder habe ich dir gesagt, dass ich froh bin, dich endlich gefunden zu haben. Ich verstehe nicht, warum du dich so dagegen sträubst, dich zu mir zu bekennen.«

»Zu deinem Schutz, Kind, nur zu deinem Schutz. Wer bin ich denn schon? Ein gescheiterter Mensch, ein Versager. Ich würde dir nur Unglück bringen.«

»Zu meinem Schutz, sagst du?« Ihre Lippen bebten, als Chloé fragte: »Ist dir denn nicht klar, in was für eine Situation du dich gebracht hast? Die halten dich jetzt für einen Mörder! Sag bitte, dass du es nicht getan hast, Papa. Sag es ihnen hier und jetzt! Du bist nicht der Mörder von Morel und Camille.«

»Chloé …«, setzte Gerard mit schwacher Stimme an.

Abermals musste Jules etwas tun und dazwischengehen. Ein Geständnis in einer dermaßen emotionsgeladenen Atmosphäre, noch dazu von einem Verletzten, war unbrauchbar, es wäre ein gefundenes Fressen für jeden gewieften Anwalt. Zunächst musste Gerard ärztlich versorgt werden, und erst nach Freigabe durch einen Arzt durfte er verhört werden.

»Lassen Sie ihn bitte«, sagte Jules und stellte sich zwischen Chloé und Gerard. »Ihr Vater muss über seine Rechte belehrt werden, außerdem steht ihm ein Anwalt zu.«

Der Krankenwagen hielt unmittelbar neben ihnen, zwei Sanitäter sprangen heraus. Sie betteten den Patienten auf einer Trage, legten die Schusswunde frei und setzten eine Infusionsnadel für den Tropf. Behutsam wurde der Verletzte in den Transporter gehoben. Inzwischen war auch ein Notarzt zur Stelle, der sich zu dem Patienten in den Rettungswagen setzte.

Für Jules gab es vorerst nichts mehr zu tun, erleichtert stellte er fest, dass das Jucken und Brennen in seinen Augen nachließ. Als Nächstes musste die Spurensicherung ran, und er musste herausfinden, wie es geschehen konnte, dass sich ein Schuss aus seiner Dienstwaffe gelöst hatte. Doch diese Formalitäten konnten warten. Nun gab es keinen Grund zur Eile mehr.

Er spürte eine gewisse Erschöpfung, aber auch ein Gefühl der Befreiung, als er zurück zum Einsatzwagen ging, der noch immer das Reisemobil blockierte. Das war nicht länger nötig, ebenso wenig wie eine Vorladung für Chloé, um die er Joanna gebeten hatte.

Der Täter war gefasst. Joanna dürfte darüber mindestens ebenso erfreut sein wie er selbst.

NEUNUNDZWANZIG

»Was machen wir mit diesem herrlichen Tag?«, fragte Joanna unternehmungslustig, während sie voller Ungeduld darauf wartete, dass Jules sein Frühstück beendete.

Gute Frage, dachte er. Joanna hatte heute ihren freien Tag, und auch er musste nicht zu Arbeit, weil er Überstunden abbaute. Das Verhör von Gerard, der die Nacht in der Zelle verbracht hatte, wollte Capitaine Debré persönlich übernehmen. Sollte er nur, für Jules war der Fall erledigt.

»Klettern, Drachenfliegen … oder vielleicht eine Quadtour, wir könnten uns eins ausleihen«, zählte Joanna die diversen Möglichkeiten auf. »Oder wie wär's mit einer Kanufahrt?«

Ja, da hatte sie recht, im Elsass gab es schier unbegrenzte Möglichkeiten. Jules hatte den hohen Freizeitwert seiner neuen Heimat bereits schätzen gelernt. Trotzdem konnte er sich für keine ihrer Ideen erwärmen.

»Oder hättest du Lust auf eine Wanderung?«, schlug Joanna vor, die seine Unentschlossenheit bemerkte. »Ich wollte schon immer mal den Vogesen-Kamm überqueren. Anstrengend, aber man wird für seine Mühe mit sehr eindrucksvollen Bergpanoramen belohnt.«

»Darf's auch eine Nummer kleiner sein?«

»Kleiner?« Joanna kratzte sich am Kopf. »Es gibt da eine historische Tour durch das Münstertal, auf den Spuren der Schlachten aus der Zeit des Ersten Weltkriegs. Dauert nur etwa drei Stunden.«

»Weniger blutig, bitte.«

»Puh, bist du anspruchsvoll!«

»Eher anspruchslos.«

»Okay, ich kenne eine nette Wanderroute zwischen den Seen Lac Vert und Lac des Truites, sehr einfach zu laufen, und man kann zwischendurch eine Badepause einlegen, falls das Wasser nicht noch zu kühl ist.« Sie beobachtete, wie Jules sein Baguette mit Marmelade bestrich. »Oder wir bewaffnen uns mit Eimerchen und pflücken Heidelbeeren, die in unglaublichen Mengen im Wald wachsen. Daraus lässt sich nicht nur Konfitüre machen, sondern auch *tarte myrtille*, der elsässische Heidelbeerkuchen. Total lecker.«

»Für Heidelbeeren ist es noch zu früh«, erklärte Jules.

Am Ende saßen sie doch wieder auf ihren Fahrrädern und suchten sich ihren Weg durch die Hügelketten der Weingüter. Joanna gab ein angenehmes Tempo vor. Herausfordernd, aber nicht übertrieben ambitioniert, was Jules sehr entgegenkam. So konnte er auf das achten, was sich am Wegesrand befand: überwucherte Bruchsteinmauern, Rebfelder, die fast bis zum Fahrbahnrand reichten, und ein hübsch verschnörkeltes gusseisernes Tor, das die Zufahrt zu einem der vielen Winzerbetriebe markierte. Ein herrlich entspannender Ausflug bei Temperaturen im Wohlfühlbereich.

Sie waren etwa eineinhalb Stunden unterwegs, als Joanna ihr Rad neben einem unberührten Fleckchen Erde auslaufen ließ. Zeit für die erste Pause.

»Weißt du, Jules, das ist meine liebste Jahreszeit, wenn die Natur zu neuem Leben erwacht.« Joanna ließ ihre flache Hand über die jungen Triebe der Blumenwiese gleiten, auf der sie sich niedergelassen hatten. »Das Elsass ist an sich ja immer lebenswert. Ich mag auch den Altweibersommer sehr, und im Winter entwickelt unsere Region ihren ganz besonderen Reiz. Aber jetzt ...« Sie holte ganz tief Luft und atmete genussvoll aus. »Jetzt ist es hier am aller-, allerschönsten.«

Jules konnte ihr nur beipflichten und machte sich daran, den mitgebrachten Picknickkorb auszuräumen. Zum Vorschein kamen allerlei Köstlichkeiten, bei deren Anblick ihm das Wasser im Mund zusammenlief. Neben der obligatorischen Baguette gab es unter anderem verschiedene Weckgläser, gefüllt mit *rillettes* und *terrine de campagne*, einer herzhaften Bauernpastete. Auch für das passende Getränk war gesorgt, in einem Mantel aus Kühlpackungen steckte eine Flasche Pinot Gris.

»Ein Jahr, Jules, ein ganzes Jahr. Wer hätte das gedacht? Lass uns darauf anstoßen«, sagte Joanna, während sie ihnen eingoss. »Wie ist dein Eindruck? Ist es so, wie du es dir vorgestellt hast?«

Sie spielte zweifellos auf ihre Partnerschaft an. Seit einem Jahr lebten sie nun unter einem Dach. Hatte sich Jules von Joanna anfangs mehr geduldet als willkommen gefühlt, konnten sie sich im Laufe der vergangenen Monate mehr und mehr arrangieren. Sie lebten die Zweisamkeit und ihre große Liebe aus, ohne sich gegenseitig die Eigenständigkeit zu nehmen. Ein wahres Kunststück, wie Jules aus seiner früheren Beziehung mit Lilou wusste, bei der sie diese gesunde Balance nie hatten finden können.

»Alles gut«, sagte er und zog Joanna an sich. Mehr Worte brauchte es nicht, wie er fand, denn alle Gefühle legte er in seinen leidenschaftlichen Kuss.

Es dauerte Minuten, bis sie voneinander abließen. Anschließend musterte Jules ihr hübsches Gesicht. Er würde sich jederzeit wieder in sie verlieben! »Ich möchte keinen Tag mit dir missen«, sagte er.

Sie widmeten sich dem Essen und genossen die Harmonie zwischen ihnen. Obwohl … Jules bekam plötzlich den Eindruck, als hätte Joanna etwas auf dem Herzen, als wollte sie etwas loswerden, was ihrem perfekten Glück im Wege stand.

Seine Empfindung täuschte ihn nicht. Kaum hatte sie eine Handvoll Mini-Quiches verspeist und ihr Weinglas zur Hälfte geleert, formten sich einige winzige Sorgenfalten auf Joannas Stirn. »Gerard sitzt in U-Haft und wird von Capitaine Debré verhört. Macht dir das eigentlich gar keine Sorgen?«

»Warum sollte es?«

»Ich habe läuten hören, dass Gerard kein einziges Wort mehr gesagt hat, seitdem sie ihn in den Krankentransporter geschoben haben. Dein Chef wird sich die Zähne an ihm ausbeißen, denn ein Elsässer Urgestein vom Schlage eines Gerard kann ausgesprochen zäh und stur sein.«

»Debré ist selbst Elsässer in der x-ten Generation«, konterte Jules und tat so, als wäre es nichts Ungewöhnliches, wenn ein Tatverdächtiger starrköpfig schwieg. »Vermutlich hat Gerards Anwalt ihn dazu verdonnert, den Mund zu halten. Jedenfalls so lange, bis er eine Version des Geschehens vorbringen kann, die sich vor Gericht günstig für ihn auswirkt.«

»Ja, dieser Anwalt…«, sagte Joanna nachdenklich. »Chloé hat dafür gesorgt, dass ihr Vater einen der versiertesten Strafverteidiger bekommt. Gerard kann seiner Tochter sehr, sehr dankbar dafür sein.«

»Nutzen wird ihm das angesichts der Beweislage aber nicht viel.«

Jules streckte die Hand nach einer weiteren Leckerei aus, zuckte jedoch zurück, als Joanna unerwartet scharf erwiderte: »Was denn für Beweise? Alles, was wir haben, sind Indizien, die noch dazu auf wackeligen Füßen stehen. Der Anwalt wird sie vor Gericht zerpflücken, da bin ich mir ziemlich sicher.«

Jules registrierte verärgert, dass ihr Ausflug seine Unbeschwertheit eingebüßt hatte, und gab Kontra: »Allein seine Flucht lässt Gerard in einem äußerst schlechten Licht dastehen. Weshalb hätte er weglaufen sollen, wenn es nichts zu verbergen gab?«

»Ach ja? Du meinst, das reicht? Da täuschst du dich aber, Jules. Wenn ich Gerards Anwalt wäre, würde ich den Spieß ganz einfach umdrehen und die Flucht meines Mandanten damit rechtfertigen, dass er sich von dir unter Druck gesetzt fühlte.«

»Ach, hör doch auf.«

»Doch, doch. Gerard wähnte sich bedroht, weil er dir argumentativ nicht gewachsen war und sich gegen deine Vorwürfe nicht verbal verteidigen konnte. Er entzog sich der Verhaftung nur deshalb, weil er sich nicht anders zu helfen wusste.«

»Und der Angriff mit der Forke?«

»War eine Panikreaktion. Somit handelte es sich um einen Akt des Selbstschutzes.« Sie lächelte schwach. »Du wirst sehen: So oder so ähnlich wird es laufen.«

»Aber das ist blanker Unsinn, und das weißt du.«

Joanna zog langsam die Schultern nach oben. »Weiß ich das wirklich? Ich bin mir nicht ganz sicher. In dubio pro reo – im Zweifel für den Angeklagten. Und dass du auf ihn geschossen hast, macht es nicht besser.«

»Aber Joanna …«

»Keine Ausreden jetzt. Nicht umsonst beharre ich ja so darauf, dass ihr ordentlich arbeitet und mir gerichtsfeste Beweise liefert.«

Jules konnte nicht glauben, mit welch zweifelhaften juristischen Kniffen ihn Joanna zu verunsichern versuchte. Oder wollte er nur nicht wahrhaben, auf welch unsicherem Grund die Anklage gegen Gerard stand? Zumindest so lange, wie kein Geständnis vorlag. Inzwischen bereute Jules, dass er Gerard bei der Verhaftung nicht doch hatte weiterreden lassen. Denn dann, dessen war er sich sicher, hätte er das Eingeständnis der Taten längst in der Tasche.

»Das Ganze muss hieb- und stichfest sein«, beharrte Joanna, »sonst stehen die Chancen gegen einen so ausgefuchsten Verteidiger nicht besonders gut. Tu mir den Gefallen und sprich noch einmal mit Capitaine Debré darüber. Der ist sich seiner Sache zwar mindestens genauso sicher wie du, aber ich als Vertreterin der Anklage möchte nicht auf halber Strecke verhungern. Ich will, dass ihr noch einmal nachbessert. Das verstehst du doch sicher, oder?«

Jules nickte widerwillig und erwiderte: »Natürlich verstehe ich das. Eine Blamage möchte ich dir wie uns unter allen Umständen ersparen. Aber was können wir noch tun? Die Ermittlung ist abgeschlossen, unsere Ergebnisse weisen eindeutig auf Gerard: Er ist der Täter, denn er bringt das Motiv, die Tatgelegenheit sowie die Tatgeneigtheit mit – der Dreiklang der Kriminalistik. Letzteres hat er dadurch bewiesen, dass er mit der Mistgabel auf mich losgegangen ist.«

»Ist er das wirklich?« Joanna gab abermals den Advocatus Diaboli. »War es nicht vielleicht so, dass er die Harke im Weglaufen nur von sich geschleudert hat und sie zufällig in deine Richtung flog? Kannst du einen Vorsatz wirklich beweisen?«

»Verdammt!«, polterte Jules. »Muss ich mich am Ende noch dafür rechtfertigen, dass ich Gerard überhaupt verhaftet habe? Wer ist denn hier der Gute und wer der Böse?«

»Du kennst doch das Spiel, Jules«, entgegnete Joanna schmallippig. »Wir haben nur dann gute Karten, wenn wir Beweise vorlegen können, sonst trumpft die Gegenseite auf. Ich würde mit einem weitaus besseren Gefühl in diesen Prozess gehen, wenn ich wenigstens ein oder zwei echte Trümpfe in der Hand hielte.«

Jules, der nichts mehr verabscheute, als einen abgeschlossenen Fall neu aufzurollen, suchte nach Argumenten, um Joanna doch noch zu überzeugen. Allerdings konnte er nicht leugnen, dass die Beweislage wirklich dünn war.

Als sein Handy klingelte, war er durchaus froh, nicht weiter über dieses Thema sprechen zu müssen. Nahezu zeitgleich meldete sich das Smartphone von Joanna. Nach einem Moment der Irritation nahmen beide ihre Gespräche an.

Jules kam es so vor, als schiebe sich eine Wolke vor die Sonne, während er dem Anrufer lauschte. Ihm wurde kalt angesichts der Tragweite des Geschehens, das ihm soeben geschildert wurde.

Mit düsterer Miene steckte er das Handy ein und machte sich daran, die Picknicksachen wieder einzupacken. »Hast du die gleichen Informationen bekommen wie ich?«, fragte er, nachdem auch Joanna ihr Gespräch beendet hatte.

»Ich fürchte, ja«, antwortete sie mit ungewöhnlich fahlen Wangen. »Claudine Stangl ist tot. Wie es klang, muss sie regelrecht hingerichtet worden sein.«

DREISSIG

Sie radelten eilig zurück, um möglichst schnell zum Ort des Geschehens zu gelangen. Zeit, die Trikots gegen andere Kleidung zu tauschen, blieb ihnen nicht. Und so, stellte Jules fest, kreuzten Joanna und er zum zweiten Mal innerhalb weniger Tage im Sportoutfit an einem Tatort auf.

Sandrine führte sie in die Wohnung von Chefredakteurin Stangl, wo die Kolleginnen und Kollegen der Spurensicherung bereits eifrig zugange waren. Ebenfalls mitten im Geschehen: Noël, der Gerichtsmediziner.

Jules ließ sich von Sandrine briefen, während sich Joanna, die als Untersuchungsrichterin nicht mit den unmittelbaren Ermittlungen befasst war, beobachtend im Hintergrund hielt.

»Madame Stangl wurde in der Redaktion erwartet, wo sie die Frühkonferenz leiten sollte«, berichtete Sandrine. »Sie erschien aber nicht und hatte sich auch nicht abgemeldet, was ungewöhnlich für sie war. Daher versuchte man, sie anzurufen, doch weder auf ihrem Smartphone noch unter der Festnetznummer war sie zu erreichen. Die Redaktion schickte einen Volontär aus, er sollte an der Wohnungstür klingeln, für den Fall, dass Madame Stangl verschlafen hatte. Es öffnete aber niemand. In der Redaktion machte man sich inzwischen echte Sorgen, daher überredete der stellvertretende Chefredakteur

Monsieur Bertram den Hausmeister, in seiner Anwesenheit die Tür zu öffnen. Monsieur Bertram und der Volontär, der ihn begleitete, sitzen unten in einem Rettungswagen. Sie brauchen psychologische Betreuung. Warum, davon solltest du dir selbst ein Bild machen.«

Sie führte Jules durch den Flur in den eleganten Ess- und Wohnbereich des Apartments, wo an diversen Stellen Tatortmarkierungen in Form kleiner, mit Zahlen versehener Aufsteller standen. Die Tote lag unübersehbar mitten im Raum auf dem Boden, rücklings und mit angewinkelten Gliedmaßen. Ihre Bluse wies mehrere Einschnitte auf, die von Bluträndern umgeben waren. Unter dem Körper hatte sich eine große Menge Blut gesammelt. Der Kopf war zur Seite geneigt, das Gesicht wirkte entstellt. Alles in allem ähnelte die Auffindesituation der von Camille.

Jules, der seine Sportschuhe mit Überziehern versehen hatte, umrundete langsam die Tote. Dabei formten sich verschiedenste Überlegungen in seinem Kopf. Die naheliegende Erklärung für das, was hier passiert war, wäre gewesen: Es handelte sich um eine weitere Tat von Gerard, der seine Tochter vor der Presse schützen wollte. Das Motiv wäre das gleiche wie bei den vorangegangenen Morden, denn auch bei Claudine Stangl handelte es sich um eine Journalistin, die womöglich die falschen Fragen gestellt hatte. Trotzdem war das unmöglich, so konnte es nicht gewesen sein. Denn der potenzielle Mörder saß ja bereits in Haft.

»Noël!«, rief er und winkte den Gerichtsmediziner zu sich, der sich gerade auf einem Tabletcomputer Notizen machte. »Können Sie schon etwas über den Todeszeitpunkt sagen?«

Noël, dessen weißer Schutzanzug einige Nummern zu groß aussah, wusste sofort, was Jules mit dieser Frage bezweckte. »Wenn Sie darauf spekulieren, dass sie seit mehr als zwei Tagen hier liegt, muss ich Sie enttäuschen. Ich möchte mich nicht auf die Stunde genau festlegen, doch dürfen Sie davon ausgehen, dass die Frau erst heute Nacht gestorben ist. Die Wunden wurden ihr mit einem langen, zweischneidigen Gegenstand zugefügt, sehr ähnlich dem, der bei der Toten auf der Storchenfarm zur Anwendung kam. Nicht auszuschließen, dass es sich sogar um ein und dieselbe Waffe, eine Heckenschere, handelt. Das werden die genauen Untersuchungen sicherlich zeigen. Reicht Ihnen das fürs Erste, Major?«

Jules nickte gedankenverloren, denn er hatte seine liebe Not damit, das, was er gerade sah und hörte, in einen logischen Zusammenhang zu bringen. Eines wusste er, seine bisherige Theorie war auf jeden Fall Makulatur. Es sei denn, sie hatten es mit zwei Tätern zu tun: Gerard und Mister X. Doch wer sollte das sein?

»Eines noch«, knüpfte Noël an. »Auch ohne Obduktion wage ich zu behaupten, dass unser Opfer in den Stunden vor der Tat eine nicht unerhebliche Menge Alkohol zu sich genommen hat. Dafür sprechen einige äußerlich erkennbare Merkmale und das hier…« Er trat an eine Anrichte, auf der ein fast leeres Glas stand und eine Flasche Whisky, in der sich nur noch ein Fingerbreit der braunen Flüssigkeit befand. Beides war mit Erkennungstafeln versehen worden. Außerdem verriet ein feiner mehlartiger Staub, dass Flasche und Glas bereits auf Fingerabdrücke untersucht worden waren.

Jules setzte die Inspektion der Wohnung fort und

bemerkte weitere Einzelheiten wie eine umgestoßene Vase und einen Teppichläufer, der sich wellte, als wäre er verrutscht. Weil Opfer und Täter ihn verschoben hatten, als sie miteinander rangen?

Je länger sich Jules mit den Räumen vertraut machte, desto stärker wurde ihm bewusst, dass etwas fehlte. In Claudine Stangls Wohnung fanden sich kaum persönliche Dinge. Es gab weder Familienfotos noch sonstige Erinnerungsstücke, die etwas über ihr Privatleben verraten hätten. Warum nur?

Dann musterte Jules die Fensterfront, die auf die Straße hinausging. Da sich die Wohnung im zweiten Stock befand und es keinen Balkon gab, hielt es Jules für unwahrscheinlich, dass der oder die Täter von der Straßenseite her eingedrungen waren. Noch ehe er sich die Haustür vornehmen konnte, um sie nach Einbruchspuren zu untersuchen, trat Sandrine auf ihn zu.

»Ist dir aufgefallen, wie merkwürdig steril Claudine eingerichtet ist?«, fragte sie. »Nirgends sieht man irgendetwas Persönliches.«

»Ja«, sagte Jules. »›Steril‹ ist der richtige Ausdruck. Ich hätte mich in einer solchen Umgebung nicht wohlgefühlt.« Er wollte weiter zur Wohnungstür, aber Sandrine hielt ihn zurück.

»Das haben wir schon erledigt«, sagte sie. »Es gibt keine Anzeichen für ein gewaltsames Eindringen. Claudine muss ihrem Besucher freiwillig die Tür geöffnet haben. Vermutlich kannte sie ihren späteren Mörder. Dafür spricht auch, dass es keine Kampfspuren gibt, ausgenommen die Vase und der verrutschte Teppich. Claudine war arglos und hat den tödlichen Angriff nicht erwartet.«

»Mag sein, dass sie den Besucher gekannt hat, aber sie hat ihm keinen Whisky angeboten«, erwiderte Jules.

»Wie meinst du das?«

»Auf der Anrichte steht nur ein Glas.«

»Vielleicht hat ihr der Mörder nicht mehr die Zeit gelassen, ihm ein Getränk anzubieten?«

»Oder sie wollte ihn schnellstmöglich wieder loswerden und trat deshalb als schlechte Gastgeberin auf. Darin war sie ja geübt. Denk an den Kopierraum, in den sie uns abgeschoben hatte.«

»Ein unerwünschter Gast«, folgerte Sandrine und fügte, nicht ganz ernst gemeint, hinzu: »Die Schwiegermutter?«

»Die wohl kaum. Claudine war nie verheiratet, soweit ich weiß, und die Sache mit Morel liegt zwei Jahrzehnte zurück. Doch es könnte sich um einen anderen ungeliebten Bekannten oder Verwandten gehandelt haben.«

»Einer, mit dessen Fotos sie sich bewusst nicht umgeben hat?«

»Apropos«, sagte Jules, »wir müssen die nächsten Angehörigen über Claudines Tod informieren. Kannst du dich bitte darum kümmern und herausfinden, wen es da gibt? Vielleicht leben die Eltern noch, oder sie hat Geschwister.«

Sandrine legte die Handkante an die Stirn. »Wird erledigt, Chef.«

»Nenn mich nicht so, sonst wird Capitaine Debré neidisch.«

EINUNDDREISSIG

Nachdem Jules sich frühzeitig verabschiedet hatte, weil er von seinem freien Tag retten wollte, was noch zu retten war, wechselten Joanna und er sich unter der Dusche ab, bevor sie noch einmal hinausgingen, um ihre rare Freizeit zu genießen. Diesmal allerdings zu Fuß. Während jeder von ihnen seinen Gedanken nachhing, ließen sie sich im Strom der Touristen treiben, der von Woche zu Woche anwuchs.

Ihr Weg führte sie zu den Fischerstaden. Gelegen zwischen Gerberviertel und dem malerischen Klein-Venedig zählten die Staden zu Jules' absoluten Lieblingsorten in Colmar. Die liebliche Gegend mit ihren farbenfrohen Fachwerkfassaden und dem üppigen Blumenschmuck war früher einmal fest in den Händen des Fischereigewerbes gewesen, wie er wusste. Fischer und Schiffer, in einer Zunft vereinigt, wohnten dort in den Häusern, verarbeiteten ihre Fänge aus Flüssen und Bächen der Region und boten sie in der nahe liegenden Markthalle zum Verkauf an. Um 1700 zerstörte ein Großfeuer mehr als vierzig dieser hübschen Häuser. Erst Ende der 1970er-Jahre machte man sich daran, die Fachwerkbauten des Viertels wiederherzustellen.

Die Fischerei würde sich heute immer noch lohnen, fand Jules, der es jedes Mal wieder erstaunlich fand, wie viele muntere Forellen sich im Flusslauf der Lauch tummelten.

Joanna fing seinen Blick auf und sagte: »Die Zeit des Fischhandels endete hier im Jahr 2002, als der letzte Fischladen schloss. Rentierte sich wohl doch nicht mehr, trotz der vielen Forellen im Bach.«

»Dafür machen einem heute Wurstgeschäfte mit duftender Salami Appetit«, merkte Jules an.

Sie schlenderten weiter zur Markthalle, die immer einen Besuch wert war. Jules schätzte die gefällige Bauweise aus rotem Ziegel- und ockerfarbenem Sandstein. Im Innern wurde das Dach von einem Stahlgerüst auf gusseisernen Säulen gestützt. Die ursprünglichen Haupteingänge befanden sich auf der Kanalseite. So konnten die Bauern früher mit ihren Barken die Markthalle direkt anfahren und ihr Gemüse bequem abladen. Heute dienten diese Verladerampen in erster Linie der prachtvollen Blumendekoration entlang der Lauch.

»Kaum vorstellbar, dass diese wunderschöne Halle jahrzehntelang als Garage für Autos herhalten musste«, meinte Joanna im Vorbeigehen. »Nur gut, dass sie heute wieder ihrer ursprünglichen Bestimmung dient.«

»Das stimmt«, bestätigte Jules und rieb sich den Bauch. »Hier kommen Feinschmecker voll auf ihre Kosten.«

»Appetit?«

»Eher Durst.«

»Dann weiß ich was Nettes für uns.« Joanna lächelte keck und zog Jules am Ärmel hinter sich her. Zielsicher lenkte sie ihn durch das Gedränge in der Markthalle bis zu einem eher unscheinbaren Stand, vor dem drei kleine runde Bistrotische standen. Einer war noch frei, wie für sie reserviert.

Joanna winkte einem Mann hinterm Tresen zu, der sie offensichtlich kannte, kurz darauf stand er mit einem silbernen Tablett neben ihnen. Darauf befanden sich zwei gefüllte schlanke Sektgläser.

»Crémant d'Alsace«, sagte Jules anerkennend. Ein ausgezeichneter Schaumwein, sozusagen die elsässische Antwort auf Champagner. Genau so etwas konnte er jetzt gebrauchen.

Der klassische Crémant wurde aus verschiedenen Rebsorten hergestellt: Pinot Blanc bildete die Basis, Riesling lieferte frische, lebendige Noten, Pinot Gris verlieh ihm Körper und Komplexität. So weit hatte sich Jules – eigentlich ein passionierter Rotweintrinker – bereits kundig gemacht. Er ließ sein Glas an das von Joanna klirren.

Später folgten sie der Schulstraße entlang der Markthalle bis zur Rue des Vignerons, wo sie vor einer Statue innehielten. Sie stellte einen aus einem Weinfass trinkenden *petit vigneron* dar, den kleinen Winzer. Beide betrachteten das Kunstwerk, ohne es wirklich wahrzunehmen. Denn trotz aller Ablenkung wanderten ihre Gedanken immer wieder zurück zu dem jüngsten Todesfall.

Joanna sprach als Erstes aus, was auch Jules beschäftigte: »Wir sind weit davon entfernt, den Fall zu lösen.«

»Wohl wahr«, erwiderte Jules mit ausdrucksloser Stimme. »Selbst wenn Gerard jetzt gestehen würde – womit ich nicht mehr rechne –, hätten wir keinerlei Erklärung für den Mord an Claudine Stangl. Das Ganze ist ein verdammtes Rätsel.«

»Wir können eigentlich nur hoffen, dass die Spurensicherung etwas Entscheidendes entdeckt. Ansonsten fischen wir im Trüben.«

»Ganz genau«, bestätigte Jules, der sich glücklich schätzen konnte, mit der Untersuchungsrichterin liiert zu sein. Sonst hätte sie ihm angesichts der kläglichen Resultate seiner Ermittlungen wohl längst die Hölle heißgemacht. »Wenn wir wenigstens die Tatwaffe hätten.«

»Noël wird anhand der Wunden bald sagen können, ob Camille und Claudine tatsächlich mit der gleichen Waffe erstochen worden sind«, meinte Joanna in optimistischem Ton. »Sollte es so sein, dann ist Gerard entlastet …«

»… und wir stehen wieder ganz am Anfang.« Jules konnte ihre Zuversicht nicht teilen.

Er hatte sein Handy auf stumm geschaltet, spürte aber das Vibrieren in seiner Hosentasche. Er ahnte, dass es sich wieder mal um einen dienstlichen Anruf handelte, doch diesmal störte es ihn nicht, weil sie im Kopf ja ohnehin mit dem Job befasst waren.

»*Qui est à l'appareil?*«, meldete er sich.

»Sandrine. Ich habe sensationelle Neuigkeiten!«, rief sie so laut durch den Hörer, dass es auch Joanna hören konnte und verwundert die Brauen hob.

»Das klingt spannend. Erzähl!«

Sandrine schien völlig aus dem Häuschen zu sein, denn sie redete so schnell, dass Jules kaum folgen konnte. »Das verbindende Glied zwischen den Taten, wir haben es gefunden! Ich bin darauf gestoßen, als ich nach Claudines Angehörigen geforscht habe. Eltern gibt es nicht mehr, auch keine Geschwister. Wohl aber einen Ex-Mann, mit dem sie bis vor fünf Jahren verheiratet war. Und – ein Kind!«

»Was für ein Kind?«, wunderte sich Jules. »Da war niemand sonst in der Wohnung, es gab nicht einmal ein Kinderzimmer.«

»Ich meine kein kleines Kind, sondern einen inzwischen erwachsenen Sohn im Alter von einundzwanzig Jahren«, korrigierte sich Sandrine. »Er lebt nicht mehr zu Hause bei seiner Mutter. Trotzdem ist es wichtig, dass wir jetzt von ihm wissen. Wenn du seinen Namen hörst, wird es dich umhauen.«

»Sag schon: Wie heißt er?«

»Patrick!«

Jules war baff. »Unser Patrick? Der Praktikant vom Storchenhof?«

»Mit vollem Namen Patrick Chirac.«

»Warum heißt er nicht wie seine Mutter?«, wollte Jules wissen.

»Chirac ist der Nachname von Claudines geschiedenem Mann. Nach der Trennung hat sie wieder ihren Mädchennamen Stangl angenommen, Patrick dagegen trug weiter den Familiennamen.«

»Kompliziert«, fand Jules. »Da wundert es mich nicht, dass wir die Chefredakteurin und den Praktikanten nicht in Zusammenhang gebracht haben. Hast du dich schon mit Patrick in Verbindung gesetzt?«

»Wir haben es versucht. Eine Streife ist zu seiner gemeldeten Adresse gefahren. Doch niemand hat uns aufgemacht. Die Kollegen haben auch durch die Fenster geschaut: Fehlanzeige.«

»Kann es sein, dass er sich auf der Farm aufhält?«, mutmaßte Jules.

»Auch dorthin sind schon Leute unterwegs«, sagte sie.

»Gut. Wir sollten wirklich dringend mit ihm sprechen.«

»Absolut, ja! Er muss von uns hören, was mit seiner Mutter passiert ist, ehe er es aus den Medien erfährt.«

Oder aber er weiß es längst, dachte Jules düster.

ZWEIUNDDREISSIG

Es war später Nachmittag, als Jules zum zweiten Mal seinen freien Tag unterbrach. Er wollte die Kollegen in einer solchen Situation nicht allein lassen, wofür Joanna volles Verständnis zeigte. Die Suche nach Patrick überließen sie zwar zunächst der Police municipale, die dafür schlichtweg mehr Kapazitäten besaß und deren Wagen ohnehin kontinuierlich Streife fuhren. Doch es gab genug anderes zu tun, etwa ein Gespräch mit Claudine Stangls Ex-Mann zu führen. Er wohnte, wie sie inzwischen wussten, nach wie vor in Colmar und war bei einer Bank beschäftigt. Jules vereinbarte mit Sandrine, gemeinsam dorthin zu fahren und Monsieur Chirac abzufangen, bevor die Bank um siebzehn Uhr ihre Pforten schloss.

»Ich weiß wirklich nicht, wo uns das am Ende hinführt«, bemerkte Sandrine, während sie den Polizeiwagen durch den dichten Verkehr lenkte.

Das Kreditinstitut lag in einem der äußeren Bezirke Colmars, wo das Stadtbild nüchtern-modern war und wirklich gar nichts mit der nostalgischen Behaglichkeit der Altstadt gemein hatte. Gesichtslose Bürogebäude reihten sich aneinander, dazwischen gab es Kleingewerbe und einen Reifendienst. Nach einem Verkehrskreisel schlossen sich die großen Super- und Fachmärkte an: Super U, Carrefour, Mr. Bricolage und Decathlon.

Das Bankhaus passte mit seiner bläulich schimmernden Glasfront ins Gesamtbild dieses Gewerbegebiets. In der Schalterhalle sprach Sandrine eine der Angestellten an, die zum Telefonhörer griff, um Monsieur Chirac Bescheid zu geben. Zeitgleich öffnete sich die Tür eines Fahrstuhls, worauf sie auflegte und auf den Mann zeigte, der den Lift verließ. Ein grau melierter Anzugträger mit Krawatte, hochgewachsen und schlank, unter dem Arm eine Aktentasche.

»Da kommt er ja«, sagte die Angestellte. »Das ist Monsieur Chirac.«

Sie traten auf den überrascht wirkenden Banker zu und teilten ihm die traurige Nachricht mit. Chirac nahm die Information sehr gefasst auf und bat Sandrine und Jules in einen Nebenraum, ein kleines Besprechungszimmer mit sechs Stühlen, einer Zimmerpflanze und einem Wasserspender in der Ecke.

»Bitte nehmen Sie Platz«, sagte er und setzte sich selbst. »Wie …« Er lockerte die Krawatte. »Wie ist Claudine gestorben?«

»Sie wurde Opfer einer Gewalttat«, antwortete Sandrine. »Jemand hat sie vergangene Nacht in ihrer Wohnung niedergestochen.«

»Ein Einbrecher?«, tippte Chirac auf das Naheliegende.

»Dafür gibt es keine Hinweise«, antwortete Jules. »Wir vermuten den Täter vielmehr im Bekanntenkreis Ihrer geschiedenen Frau. Offenbar hat sie ihren späteren Mörder oder die Mörderin selbst in die Wohnung eingelassen.«

»Jemand aus dem Bekanntenkreis?« Chirac sah ihn nachdenklich an. »Wer sollte das gewesen sein? Und warum? Könnte das nicht eher mit einem der Artikel zu tun haben, die sie als Chefredakteurin zu verantworten hatte? Mitunter haben wir Drohanrufe erhalten, damals, als wir noch zusammenlebten. Claudine hat daraufhin eine Geheimnummer beantragt.«

»Unsere Ermittlungen gehen in alle Richtungen«, versicherte Sandrine. »Doch vielleicht können ja auch Sie einen Hinweis geben. Wissen Sie von jemandem aus dem privaten Umfeld Ihrer Ex-Frau, mit dem es Unstimmigkeiten gab?«

Chirac dachte angestrengt nach. »Nein, tut mir leid, da fällt mir niemand ein. Wir sind seit mehr als fünf Jahren auseinander und hatten in letzter Zeit wenig bis gar keinen Kontakt. Nein, wirklich nicht, ich habe keine Ahnung, mit wem sich Claudine getroffen hat. Ob es da zum Beispiel einen neuen Mann in ihrem Leben gab … Ich weiß es einfach nicht.«

»Wir haben Hinweise, die einen Zusammenhang mit anderen Todesfällen vermuten lassen«, sagte Jules. »Sie führen zur Storchenfarm außerhalb von Colmar, dem *parc ornithologique*. Ist Ihnen diese Einrichtung bekannt?«

»Ja. Ich habe vom Tod der Leiterin gehört. Im Radio wurde darüber berichtet.« Er führte seine Hand zum Mund und rieb sich über die Lippen. »Meinen Sie, es war ein und derselbe Täter? Dass er erst diese Frau aus dem Park und dann meine Ex umgebracht hat?«

»Vorläufig können wir nichts mit Bestimmtheit sagen«, wich Sandrine aus. »Die Art und Weise, wie beide Opfer ums Leben gekommen sind, weist Parallelen auf. Daher noch einmal die Frage: Kennen Sie jemanden, der oder die eine Verbindung darstellen könnte? Bitte denken Sie noch einmal nach.«

Das tat Chirac, doch nach etwa einer halben Minute gab er auf. »Ich komme nicht drauf. Mir fällt niemand ein. Wie gesagt, ich hatte so gut wie keinen Kontakt mehr zu Claudine und weiß nicht, wie sie ihr Leben inzwischen gestaltet hat. Sicher gab es früher die eine oder andere Freundin, mit denen sie wahrscheinlich noch immer befreundet war. Aber im Wesentlichen drehte sich ihr Leben um den Job, zu unserer Zeit kam das Private meistens zu kurz. Ich will ihr daraus keinen Vorwurf machen, denn so war sie nun einmal: ein Karrieremensch.« Noch einmal ging er in sich, um dann entschieden den Kopf zu schütteln. »Tut mir leid, dass ich Ihnen nicht helfen kann. Aber es gab nichts mehr, was Claudine und mich verbunden hat.«

»Das ist wohl nicht ganz zutreffend«, merkte Jules an, der an Patrick dachte. »Immerhin hatten Sie ein gemeinsames Kind. Patrick ist zwar inzwischen erwachsen, aber tauschen sich Eltern nicht auch dann über das Wohl ihrer Kinder aus, wenn diese aus dem Haus sind?«

»Oh«, sagte Chirac und fasste abermals nach seinem Schlips. »Da liegt wohl ein Irrtum vor. Die Ehe von Claudine und mir war kinderlos. Patrick ist nicht mein Sohn.«

Jules war verwirrt und schaute sich ratsuchend nach Sandrine um, auf deren Informationen er sich verlassen hatte. Doch sie wirkte ebenfalls irritiert. Er sagte zu Chirac: »Patrick heißt genau wie Sie, Chirac. Wie kann das sein, wenn Sie nicht sein Vater sind?«

»Lassen Sie mich das erklären«, holte der Banker aus. »Als Claudine und ich zusammenkamen, ging Patrick schon in die Schule. Claudine hat ihn mit in die Ehe gebracht. Als wir heirateten, nahmen sie und ihr Sohn den neuen Familiennamen Chirac an. Das war eine sehr bewusste Entscheidung, wir wollten unsere Zusammengehörigkeit zeigen und die Familienbande festigen. Leider ist dieser Plan nicht aufgegangen. Zwischen Patrick und mir hat sich nie ein echtes Vater-Sohn-Verhältnis entwickelt, er blieb mir gegenüber stets reserviert, und seit der Trennung von Claudine herrscht vollständige Funkstille zwischen uns. Das ist alles sehr schade, aber man kann Familienglück ja nicht erzwingen. Claudine nahm nach unserer Trennung ihren alten Namen wieder an, während Patrick den Familiennamen behielt. Wahrscheinlich, weil es ihm einfach egal war.«

Jules hörte bei den letzten Worten kaum noch zu, denn eine neue Frage brannte ihm unter den Nägeln: »Wenn Sie nicht Patricks leiblicher Vater sind – wer ist es dann?«

»Patrick stammt aus einer früheren Beziehung meiner Ex-Frau«, antwortete Chirac. »Der Name ihres damaligen Partners war während unserer Ehe ein Tabu, da Claudine und Patricks Vater im Streit auseinandergegangen waren und sie sich sehr darüber ärgerte, dass er keinerlei Interesse an seinem Sohn zeigte. Sie müssen wissen, dieser Mann hatte die Beziehung beendet, während sie noch schwanger war. Er zahlte nicht einmal Unterhalt, doch Claudine sah davon ab, die Zahlungen einzuklagen, dazu war sie zu stolz.«

»Der Name, Monsieur Chirac«, drängte Jules. »Nennen Sie uns den Namen des Vaters!«

»Er lautet Yves Morel. Wie ich hörte, ist auch er vor Kurzem verstorben. Sehr tragisch das Ganze.«

DREIUNDDREISSIG

Die eilig einberufene außerplanmäßige Lagebesprechung fand kurz nach achtzehn Uhr in der Gendarmerie statt. Anwesend waren Capitaine Debré, Jules, Sandrine sowie zwei Vertreter der Police municipale, die über ihre erfolglose Suche nach Patrick berichteten.

Auch Joanna schaffte es gerade noch, pünktlich dazuzustoßen. Eigentlich hatte sie um diese Zeit im Fitnessstudio einen Spinning-Kurs, den sie nur ungern versäumte. Der schweißtreibende Sport verhalf ihr zu noch mehr Ausdauer und Beinmuskulatur, womit sie Vorsorge traf, dass sie Jules bei ihren gemeinsamen Radtouren immer eine Nasenlänge voraus blieb. Mindestens …

Heute aber musste sie auch auf dieses Freizeitvergnügen verzichten, denn nach dem, was Jules ihr vor zehn Minuten am Telefon geschildert hatte, nahm der Fall eine neue Wendung. Eine Person trat plötzlich in den Vordergrund, die jeder von ihnen bisher für völlig unverdächtig gehalten hatte, ein unauffälliger und bislang unbeachteter Praktikant. Offensichtlich hatten sie sich gründlich getäuscht!

»Fassen wir zusammen«, eröffnete Debré mit seiner dröhnenden Stimme die Sitzung. »Patrick Chirac, einundzwanzig Jahre alt und wohnhaft in Colmar, ist der leibliche Sohn von Chefredakteurin Claudine

Stangl und Gesellschaftsreporter Yves Morel, die beide innerhalb der letzten Woche eines gewaltsamen Todes starben. Ein drittes Todesopfer, Storchenfarmleiterin Camille Krueger, stand ebenfalls in einer Beziehung zu Patrick, da sie ihn als Praktikanten eingestellt hatte.«

Sandrine machte sich sogleich daran, die Namenstafeln am Whiteboard an ihre neuen Positionen zu verschieben.

»Wie Sie sehen«, fuhr Debré fort, »konzentriert sich jetzt alles auf Patrick Chirac, dessen momentaner Aufenthaltsort uns nicht bekannt ist. Nach einer vorläufigen Theorie könnte es sich bei ihm um den Täter in allen drei Mordfällen handeln. Sein Motiv vermuten wir im familiären Zusammenhang. Möglicherweise könnte ein frühkindliches Trauma Ursache der Gewaltexzesse gewesen sein, zumindest, was die Morde an den beiden Elternteilen anbelangt. Camille musste wahrscheinlich deshalb sterben, weil sie Patricks Täterschaft erahnte. Das ist noch alles ins Unreine gesprochen und muss erst verifiziert werden. Soeben machen sich Noël und die Kollegen der Spurensicherung daran, gesicherte Beweismittel von den Tatorten mit Gewebe- und Textilproben zu vergleichen, die in Patricks Spind auf der Storchenfarm sowie in seiner Wohnung sichergestellt wurden. Gleichzeitig setzen wir natürlich alles daran, den Gesuchten zu finden«, sagte er mit Blick zu den beiden Stadtpolizisten. »Ein entsprechender Fahndungsaufruf ist ergangen und gilt inzwischen landesweit.«

»Frühkindliches Trauma? Ist der Capitaine neuerdings unter die Psychologen gegangen?«, raunte Jules Joanna zu.

»Diese Hypothese finde ich angesichts der mageren Informationslage auch ziemlich gewagt«, gab sie zurück. »Aber lass uns mal hören, welche Strategie er verfolgt.«

Mit nachdrücklichem Blick sah Debré in die Runde. »Was können wir jetzt tun? Erstens: wachsam bleiben. Zweitens: kreativ werden. Drittens: immer einen Schritt voraus sein.«

»Also gut, er hat keine Strategie«, stellte Joanna fest. »Du musst dir etwas einfallen lassen, Jules.«

Dieser verzog den Mund. »Und das alles an meinem freien Tag …«

Clotilde wusste natürlich, dass Störche eigentlich autarke Lebewesen waren, die ganz prima ohne das Zutun des Menschen zurechtkamen. In der kurzen Zeit, die sie auf der Farm arbeitete, hatte sie aber auch gelernt, dass die dort ansässigen Vogelpaare sehr wohl auf Unterstützung angewiesen waren, vor allem was das Verabreichen von Medizin anbelangte. Gerade jetzt, in der Brutzeit, musste für den Schutz der Population gesorgt werden, das hatte Gerard ihr eingeschärft.

Doch wer sollte diese Aufgabe übernehmen?, fragte sie sich, während sie in der Küche ihres Gasthauses saß und Kartoffeln schälte. Gerard saß in Untersuchungshaft und war mittlerweile ins ferne Straßburg überstellt, Camille war tot, und Patrick hatte sich seitdem nicht mehr blicken lassen. Bliebe Dr. Bierot, aber dessen Tätigkeit beschränkte sich nach Clotildes Erfahrung mehr oder weniger aufs Beraten und Kritisieren der Handlungen anderer.

Da sie die Sorge um die Störche und deren Nachwuchs

sie so sehr umtrieb und der Betrieb ihrer *Auberge* dank der fleißigen Nachfolger Anna und Gustave auch ohne sie lief, beendete sie kurz entschlossen die Küchenarbeit und beschloss, sich aufs Rad zu setzen. Sie rechnete aus, dass das Licht gerade noch reichen würde, um im Gehege nach dem Rechten zu sehen. Zurück würde sie im Dunkeln fahren müssen, aber das machte ihr nichts aus, denn Gilbert hatte das Fahrrad erst letzten Monat inspiziert. Die Lampen funktionierten einwandfrei.

Also sagte Clotilde ihrem Mann Pierre Bescheid, der heute Abend ohnehin keine Zeit für sie hatte, weil er etwas im Weinkeller reparieren wollte. Sie zog sich eine Strickjacke über und schob das Rad aus der Garage. Bald hatte sie das holprige Kopfsteinpflaster der Rebenheimer Altstadt hinter sich gelassen und trat auf der asphaltierten Ausfallstraße kräftig in die Pedale.

Clotilde war beileibe keine ängstliche Natur. Es gab wenig, was sie aus der Ruhe brachte oder ihr gar ernsthaft Sorgen bereitete. Trotzdem fand sie es etwas unheimlich, als die Farm im Halbdunkel einer Senke vor ihr auftauchte. Der Park wirkte verlassen, nirgends brannte Licht. Dort, wo Chloés Wohnmobil gestanden hatte, war nur noch ein Flecken verdorrten Grases zu erahnen. Sie und ihr Freund campten nun vermutlich in der Nähe von Straßburg, um Gerard näher zu sein, der dort in U-Haft saß. Verdenken konnte Clotilde es ihnen nicht, aber sie fragte sich, ob sie nicht doch zu spät losgefahren war. Die Nacht brach schneller herein als erwartet.

Mit gemischten Gefühlen bog sie auf die Zufahrt des Parks und atmete auf: Auf dem Parkplatz sah sie die Scheinwerfer eines Autos aufleuchten. Sie war also nicht allein, wie beruhigend. Kurz darauf setzte sich der Wagen in Bewegung und fuhr ihr entgegen. Im Näherkommen erkannte sie die typische blau-weiße Lackierung und wusste, dass es sich um ein Polizeifahrzeug handelte.

Neben ihr hielt der Wagen an. Eine Frau in Uniform ließ das Seitenfenster herunter und erkundigte sich, wohin Clotilde denn wolle.

»Ich gehöre zum Personal«, sagte sie. »Ich muss nachschauen, ob mit den Vögeln alles in Ordnung ist.«

Die Polizistin sprach sich kurz mit ihrem Beifahrer ab, bevor sie sich wieder Clotilde zuwandte. »Wir haben uns auf dem Gelände gerade umgesehen, es ist sonst niemand dort. Haben Sie denn einen Schlüssel für das Tor?«

Clotilde klopfte auf die Tasche ihrer Jacke. »Ja, und ich werde danach wieder zusperren, keine Sorge.«

Wieder tauschte sich die Beamtin mit dem Kollegen aus. Dann sagte sie: »In Ordnung. Viel Erfolg und einen schönen Abend.«

»Ihnen auch!« Clotilde sah zu, wie sich der Streifenwagen entfernte und die Rücklichter hinter der nächsten Kuppe verschwanden.

Sie setzte sich wieder auf den Sattel und ließ das Rad den kurzen Rest des Weges ins Tal rollen. Währenddessen dachte sie darüber nach, weshalb die Gendarmen die Farm wohl aufgesucht hatten.

»Kann ich irgendetwas tun?«, fragte Joanna, als sie das Konferenzzimmer verließen.

»Nein«, antwortete Jules, »und das ist auch nicht deine Aufgabe. Du kannst erst wieder aktiv werden, wenn wir dir Ergebnisse liefern. Sandrine und ich werden uns Patricks Bekanntenkreis vornehmen. Herausfinden, wo er sich gern aufhält. Kneipen, Clubs oder Spielhallen abklappern. Je nachdem, wo uns die Suche nach ihm hinführt. Wir können nur hoffen, dass er überhaupt noch in der Stadt ist.«

»Hört sich nach einem langen Abend an.«

»Puh!«, stöhnte Jules. »Ich fürchte, das wird es. Am besten gehst du nach Hause und kochst dir etwas Feines. Lass es dir schmecken und stell den Rest für mich warm – als Mitternachtshappen.«

»Ja, mache ich«, sagte Joanna verständig. »Dann viel Glück euch beiden.«

»Danke dir.«

»Wie läuft's denn eigentlich mit der neuen Kollegin?« Joanna hatte diese Frage eigentlich ohne Hintergedanken gestellt, doch Jules' misstrauischer Blick signalisierte ihr, dass er ihr das nicht abnahm. Was sie ihm nicht verübeln konnte. Denn sie hatte sich neulich ja deutlich eifersüchtig gezeigt.

»Ich kann mich nicht beklagen«, lautete Jules' knappe Antwort.

Da hätte er genauso gut sagen können: »Es hätte schlimmer kommen können.« Für Joanna klang das wie eine Botschaft an sie, ihn und Sandrine in Ruhe zu lassen, denn sie hatte ja mitbekommen, wie gut die beiden harmonierten. War es also doch angebracht, misstrauisch zu sein?

»Jedenfalls hängt sich Sandrine ganz schön rein, wenn man bedenkt, dass es ja gar nicht ihre Dienststelle ist, für die sie eine Überstunde nach der anderen aufbaut«, merkte sie an und beobachtete Jules' Reaktion.

»Was sagt denn ihr Freund dazu? Sie hat doch einen Freund, oder?«

Jules' Augen verengten sich. »Ganz ehrlich, dieser Fall beschäftigt uns so sehr, dass wir kaum dazu kommen, über private Dinge zu reden.« Joanna merkte ihm an, dass er sich nicht länger aufhalten lassen wollte.

Sie stieß ein gezwungenes Lachen aus. »Ist das dein Ernst? Da verbringst du mehr Zeit mit dieser neuen Kollegin als mit mir und behauptest, nicht zu wissen, ob sie liiert ist?« Verdammt, jetzt war sie übers Ziel hinausgeschossen.

»Ich kann sie fragen, sobald ich sie sehe, wenn dich das glücklich macht«, gab Jules verärgert zurück.

Na prima! Wie sollte sie bloß aus dieser Nummer wieder herauskommen? »Nein, Jules, macht ihr nur eure Arbeit. Es war blöd von mir, solche Fragen zu stellen. Aber du musst verstehen, dass es nicht immer leicht für mich ist. Der Beginn unserer Beziehung stand ja nicht gerade unter einem guten Stern.«

»Lilou ist längst Geschichte, und das weißt du.«

»Lilou, deine Ex. Ja, das weiß ich.«

»In meinem Leben gibt es nur noch dich«, versicherte Jules mit aufrichtigem Blick.

Joanna drückte ihn an sich, wünschte ihm noch einmal viel Erfolg und gab ihm einen schnellen Kuss. Für mehr blieb keine Zeit, denn Sandrine bog um die Ecke und wirkte nicht weniger tatendurstig als Jules.

Auf dem Heimweg wurde Joanna bewusst, wie schade sie es fand, diesen schönen Frühsommerabend nicht gemeinsam mit Jules verbringen zu können. Sie war hin- und hergerissen, ob sie nicht trotzdem etwas aus den verbleibenden Stunden dieses verkorksten Tages machen und in einem netten Bistro einkehren sollte. Doch das, so fand sie, wäre Jules gegenüber unfair gewesen. Während er Überstunden schob, sollte sie sich amüsieren? Nein, dann musste eben ein Abend zu Hause vor dem Fernseher genügen.

In der Wohnung angekommen, legte sie ihre Sachen ab und stellte dabei fest, dass der Akku ihres Smartphones fast leer war. Sie schloss es ans Ladekabel im Flur an und ging in die Küche. Mal schauen, was der Kühlschrank hergibt, dachte sie und hoffte darauf, einen Salatkopf vorzufinden. Denn wenn sie heute Abend schon auf ihren Sport verzichten musste, wollte sie wenigstens etwas Gesundes essen.

Das hohe Tor quietschte in den Scharnieren, als Clotilde es hinter sich zuzog. Sie schob das Fahrrad über den verwaisten Parkplatz bis zum Besucherzentrum, um es dort abzustellen. Dann machte sie sich auf den Weg zum Freigehege, wo sie sich davon überzeugen wollte, dass die Gatter zugezogen waren. Dabei klangen ihr noch die Worte von Camille in den Ohren, die immer besorgt gewesen war, Füchse oder Wildkatzen könnten ins Storchengehege eindringen. Clotilde wähnte die Störche auf ihren hoch liegenden Horsten zwar in Sicherheit vor solchen Räubern, aber man konnte ja nie wissen, denn zumindest die Katzen galten ja als Kletterkünstler. Anschließend wollte sie nachsehen, ob auch die Scheune und das Büro ordnungsgemäß verschlossen waren. Nach dem Trubel um Camilles Tod hatte sich ja niemand um diese Dinge gekümmert.

Die Kontrollrunde fiel allerdings länger aus als geplant. Denn auf ihrem Gang durchs Gehege bemerkte sie, dass in einem der großen Nester heftige Unruhe herrschte. Sie sah näher hin und erkannte im Dämmerlicht, wie ein Storch über den Rand seines Baus stakste und dabei immer wieder seine Flügel ausbreitete. Das kam Clotilde ungewöhnlich vor, denn in den benachbarten Horsten hatten sich die Bewohner, wie es schien, schon zur Ruhe begeben; von dort war nur noch vereinzeltes Klappern zu hören. Clotilde spähte durch den Maschendrahtzaun und entdeckte die Ursache für das seltsame Verhalten des Storchs: Am Fuß des Holzstamms, auf dem das Nest thronte, stolzierte ein zweiter Storch hin und her. Auch er schlug immer wieder mit den Flügeln. Es sah ganz danach aus, als versuchte er, zurück in den Horst zu gelangen, konnte aber aus irgendeinem Grund nicht fliegen.

Ob sich der Vogel verletzt hatte? Clotilde dachte daran, Dr. Bierot zu informieren, denn einen anderen Tierarzt würde sie um diese Uhrzeit nicht mehr erreichen. Doch auch Bierot würde wohl kaum so spät zur Farm fahren. In einer halben Stunde wäre es ohnehin so dunkel, dass man auf dem unbeleuchteten Freigelände die eigene Hand nicht mehr vor Augen sehen würde. Die Hilfe für den Storch musste daher bis morgen warten, dachte sich Clotilde. Dann aber fielen ihr wieder die Raubtiere ein, für die ein flügellahmer Storch eine leichte Beute wäre.

Sie suchte nach einer Lösung, als sie plötzlich das Knirschen von Kieselsteinen zu hören glaubte. Schritte! Sie blickte sich um: Jemand kam von der Scheune her geradewegs auf sie zu. Wer konnte das sein? Die Polizistin hatte doch gesagt, dass niemand sonst auf dem Gelände war!

Mit einem Mal spürte sie ein unbehagliches Ziehen in der Brust, und ein Urinstinkt tief in ihrem Inneren warnte sie, dass Gefahr drohte.

Im Schummerlicht sah Clotilde zunächst nur die Umrisse einer Person, die ihre Hände beim Gehen in den Hosentaschen versenkt hatte. Dann erriet sie aufgrund von Statur, Körperhaltung und Frisur, um wen es sich handelte. Aus kürzerer Distanz konnte Clotilde erkennen, dass ihr Gegenüber mindestens genauso überrascht war, sie zu sehen, wie umgekehrt.

»Patrick«, sagte Clotilde mit trockener Kehle. »Was machst du denn hier?«

VIERUNDDREISSIG

Patricks Wohnung war inzwischen gründlich durchsucht worden, ohne dass ein Hinweis auf seinen Verbleib gefunden werden konnte. Auch die Fahndung nach ihm hatte bisher zu keinem Erfolg geführt. Nur mit Mühe gelang es Jules und Sandrine, die Namen von Bekannten zu ermitteln, mit denen Patrick hin und wieder etwas unternahm. Viele waren es nicht, denn der junge Mann galt als Einzelgänger. Von einem seiner wenigen Freunde erfuhren sie den Namen einer Bar, die Patrick ab und zu besuchte: *Le Saloon*, in einer Seitenstraße der Altstadt gelegen.

Die Kneipe war gut besucht. Jules und Sandrine teilten sich auf, um die Räume nach Patrick abzusuchen. Wie sie erwartet hatten, ohne Erfolg. Trotzdem erkundigte sich Jules beim Barmann nach dem jungen Mann. Der Muskelmann mit tätowierten Armen konnte zwar ebenfalls nichts erzählen, was ihnen weiterhalf. Dafür aber meldete sich ein Mädchen von etwa zwanzig Jahren, die in der Nähe stand und offenbar mitgehört hatte.

»Haben Sie es schon im *parc ornithologique* versucht?«, fragte sie mit erhobener Stimme, um die Musik zu übertönen, die aus den Deckenlautsprechern schallte. »Seitdem Chloé dort gastiert, lässt er sich hier so gut wie nicht mehr sehen.« Das Wort »gastiert« betonte sie derart stark, dass ihre Antipathie gegenüber der Youtuberin nicht zu überhören war.

Jules taxierte sie genau. »Wie kommen Sie darauf, Madame …«

»Marie-Ann«, sagte sie. »Weil er hinter ihr her ist. Sie ist ja auch ziemlich hübsch, zugegeben.« Sie neigte den Kopf. »Aber es ist doch nicht verboten, sich in einen Youtube-Star zu verknallen – oder hat Patrick sie etwa gestalkt?«

»Nein, wir suchen ihn aus einem anderen Grund«, schaltete sich Sandrine ein. »Irgendeine Ahnung, wo er sich gerade aufhalten könnte?«

Das hatte Marie-Ann nicht. Stattdessen wiederholte sie ihre Vermutung, Patrick würde die Nähe zu Chloé suchen.

Zurück im Auto merkte Jules Sandrine gleich an, dass sie über etwas nachdachte. Und tatsächlich begann sie wenig später zu reden und unterbreitete ihm eine Theorie, mit der sie Patricks Verhalten zu erklären versuchte: »Der Aspekt, dass Patrick angeblich hinter Chloé her sein soll, ist neu und könnte uns endlich auf die richtige Spur bringen«, setzte sie an. »Diese Schwärmerei liefert uns nämlich eine schlüssige Erklärung für Patricks Arbeit auf der Farm. Nehmen wir mal an, dass sein Job ihm nur als Vorwand diente, um an seine Angebetete heranzukommen, dann lässt sich der Rest daraus ableiten: Patrick hat sein Praktikum entweder für Annäherungsversuche genutzt oder sich darauf beschränkt, das Objekt seiner Begierde zu beobachten. Wie auch immer, durch die Nähe zu ihr steigerte sich sein Verlangen von Tag zu Tag. Die Verehrung für Chloé nahm schließlich extreme Züge an. Er verehrte sie so sehr, dass er irgendwann auch meinte, sie vor imaginären Gefahren schützen zu müssen …«

»Du hörst dich an wie Capitaine Debré«, monierte Jules. »Gehst du jetzt auch unter die Hobbypsychologen?«

»Hobby? Nein«, gab Sandrine selbstbewusst zurück. »Psychologie war Teil meiner Ausbildung.«

»Ach ja?«, fragte Jules, dem klar wurde, dass Joanne recht hatte und er viel zu wenig über die neue Kollegin wusste. Nicht nur, dass er sie nicht nach den Schwerpunkten ihrer Ausbildung gefragt hatte, er wusste ja nicht einmal, ob Sandrine einen Partner hatte oder vielleicht eine Partnerin. »Dann mach bitte weiter«, forderte er sie auf.

Sandrine war ganz bei der Sache. »Patrick witterte in Morel und dessen Bestrebungen, eine Skandalstory über Chloé zu schreiben, eine Bedrohung und handelte entsprechend. Patrick hegte ja ohnehin einen Groll gegen seinen Vater, der nie als solcher in Erscheinung getreten war und sich einen Dreck um seinen Sohn scherte. Das mit der Bremsleitung sollte höchstwahrscheinlich nur eine Warnung sein, er muss nicht zwingend die Absicht verfolgt haben, Morel zu töten. Doch wie wir wissen, endete dieser Sabotageakt trotzdem tödlich.«

»Also gut, kann ja sein, dass deine Theorie zutrifft«, stimmte Jules zu. »So ähnlich haben wir es ja auch Gerard unterstellt. Aber warum musste Camille sterben?«

»Weil sie in Patricks Augen ein falsches Spiel gespielt hat. Chloés Geld wollte sie zwar nehmen, aber in Wahrheit hat sie sie verabscheut. Camille wollte Chloé loswerden, und Morel mit seiner Skandalstory kam ihr dafür gerade recht. Oder sie hatte Patrick unter Verdacht, und er wusste von ihrer Verabredung mit Clotilde, in der er einen Spitzel der Polizei vermutete. Deshalb musste er handeln. Möglicherweise traf auch beides zu.«

»Klingt logisch. Doch wir haben uns schon mehrfach schwer getäuscht. Außerdem bin ich neugierig, welche Erklärung dir für den gewaltsamen Tod von Claudine Stangl einfällt. Seine eigene Mutter zu töten, bei der man aufgewachsen ist, das ist schon eine andere Hausnummer.«

Tatsächlich musste Sandrine an dieser Stelle passen. Jules folgerte, dass sie Patricks wahre Motive noch nicht ergründet hatte. Gleichwohl inspirierte ihn ihre Hypothese zu eigenen Überlegungen, die sich bald selbstständig machten. In seinem Kopf entspann sich ein imaginärer Dialog zwischen ihm und Patrick.

Jules: »Warum haben Sie das getan, Patrick? Weshalb wollten Sie Ihren Vater töten?«

Patrick: »Meinen Vater? So hätte ich ihn niemals bezeichnet. Allerhöchstens als Erzeuger. Er hat mich all die Jahre ignoriert, aber das hat mich nicht gestört, ich kannte es ja nicht anders. Trotzdem habe ich ihn gehasst. Für das, was er meiner Mama angetan hat.«

Jules: »Was hat Morel Ihrer Mutter angetan?«

Patrick: »Ihr das Herz gebrochen. Auch wenn sie es niemals zugeben hätte, sie hat ihn immer noch geliebt. Ist nie über ihn hinweggekommen. Von meinem Kinderzimmer aus habe ich sie oft weinen hören. Besonders dann, wenn er sich mal wieder eine Neue angelacht hatte.«

Jules: »Und deshalb musste er sterben? Warum dann erst jetzt und nicht schon früher?«

Patrick: »Es ging mir dabei nicht um mich oder Mama. Jetzt aber wollte er auch das Leben von anderen zerstören. Ich habe mitbekommen, wie er sich an Chloé herangeschlichen hat. Wie er in ihrer Vergangenheit grub und sie als Tochter eines Säufers demaskieren wollte. Morel gierte nach einer Schlagzeile, die ihn landesweit bekannt machen würde. Doch um welchen Preis?«

Jules: »Also haben Sie den Helden gespielt und die Veröffentlichung durch Ihren Anschlag verhindert. Nur leider wurden Sie dabei von Camille beobachtet, was für sie ebenfalls das Todesurteil war. Auch Ihre Mutter kam Ihnen schließlich auf die Schliche …«

Patrick: »Ja, und sie hielt mir vor, ich sei blind vor Liebe und habe einen fürchterlichen Fehler begangen. Sie verlangte von mir allen Ernstes, ich sollte mich der Polizei stellen. Da bin ich durchgedreht und auf sie losgegangen.«

»Jules?«

Er spürte eine Hand auf seinem Arm. Sandrine sah ihn ungeduldig an.

»Fahren wir dann mal weiter?«, drängte sie. »Wir haben noch einige Adressen vor uns, die wir abklappern müssen.«

»Ja«, sagte Jules und kehrte in die Wirklichkeit zurück. Er drehte den Zündschlüssel und startete den Motor, um ihn gleich darauf wieder auszustellen, weil sein Handy klingelte. Linos Name wurde angezeigt. Ob er sich bei Jules erkundigen wollte, wann er endlich mal wieder an der Boulerunde teilnahm?

»Keine Zeit«, rief Jules, bevor Lino zu Wort kam. »Wir sind im Einsatz.«

»Umso besser«, entgegnete der Gendarmerie-Veteran. »Könnt ihr einen Schlenker bei der Storchenfarm vorbei machen?«

»Wieso das denn?«, fragte Jules gehetzt. Er hatte jetzt wirklich nicht die Zeit und Muße, sich mit Linos Extratouren zu befassen.

»Es geht um Clotilde«, erklärte der Anrufer. »Pierre sagt, sie ist zum Park geradelt, um dort nach dem Rechten zu sehen, wollte aber längst wieder zurück sein. Du weißt doch, Clotilde ist fit, aber inzwischen eben auch ein altes Mädchen. Nicht dass sie im Dunkeln in den Graben gerutscht ist…«

Jules' erster Impuls war es, Lino an die Police municipale zu verweisen. Aber die Kollegen der Ortspolizei waren ja genauso in die Suche nach Patrick eingebunden wie er selbst. Außerdem machte es Jules stutzig, dass es wieder einmal um die Storchenfarm ging, von der schon so viel Unglück ausgegangen war. Vielleicht gab es doch einen Grund, sich um die verspätete Clotilde Sorgen zu machen.

»Habt ihr es auf ihrem Handy versucht?«, fragte er.

»Natürlich!«, antwortete Lino. »Pierre und ich tippen uns die Finger wund, aber sie geht nicht ans Telefon.«

»In Ordnung«, sagte Jules schließlich. »Wir kümmern uns darum.«

»Danke dir, dafür hast du was gut bei mir.« Lino klang erleichtert.

»Du sagst, Clotilde ist mit dem Rad zur Farm gefahren?«

»Ja, auf der üblichen Strecke von Rebenheim aus.«

»*D'accord*, wir halten dich auf dem Laufenden.«

Sandrine hatte mitbekommen, worum es ging, und sprach aus, was in diesem Moment auch Jules durch den Kopf ging: »Ob sich Patrick doch dort versteckt hält? In einem Unterschlupf im Park?«

»Dort war zwar eine Streife der Police municipale, aber Patrick kennt sich bestens aus und weiß, wo ihn niemand findet. Gut möglich, dass er bis zur Dämmerung abwarten wollte, um dann im Schutz der Dunkelheit zu entkommen«, mutmaßte Jules. »Dabei kam ihm Clotilde in die Quere …«

»Dann müssen wir sofort handeln!«, sagte Sandrine und griff zum Funkgerät, um die Zentrale zu alarmieren.

»Wir fahren selbst hin!«, entschied Jules und stellte das Blaulicht ein. »Aber vorher legen wir einen Zwischenstopp ein. Google bitte mal, welche Apotheke auf dem Weg dorthin heute Nacht Notdienst hat.«

FÜNFUNDDREISSIG

Die Scheinwerfer des Autos tauchten die Hügellandschaft in ein unwirkliches Licht und ließen für Sekundenbruchteile die Weinberge der Umgebung erkennen. Büsche und Sträucher huschten an ihnen vorbei, über die allgegenwärtigen Bruchsteinmauern wischten die leuchtend blauen Blitze, die vom Autodach in alle Richtungen ausgeschickt wurden.

Jules konzentrierte sich ganz und gar auf das schmale Asphaltband vor ihnen, das sich in engen Windungen zwischen den Weinbergen hindurchschlängelte. Eine knappe halbe Stunde war seit Linos Anruf vergangen, als sie die Zufahrt zum *parc ornithologique* erreichten und Jules das Einsatzfahrzeug auf dem Besucherparkplatz abrupt zum Stehen brachte. Im selben Moment wie Sandrine riss er die Tür auf und sprang aus dem Wagen.

Wortlos eilten sie zum Besucherzentrum, das im Dunkeln wie ein großer grauer Kasten wirkte. Sandrine entdeckte Clotildes Fahrrad als Erste und deutete mit dem Kegel ihrer Stabtaschenlampe darauf: ein altmodisches Damenrad mit Korb am Lenker.

»Also ist sie tatsächlich noch hier.« Jules sprach mit gesenkter Stimme, er war jetzt aufs Höchste alarmiert und absolut nicht sicher, wie er die Situation einschätzen sollte.

»Schauen wir uns um«, schlug Sandrine vor, und Jules nickte.

Nachdem sie durch die Fenster des Büros geleuchtet und die Innenräume leer vorgefunden hatten, machten sie sich auf den Weg zur Scheune. Sie verhielten sich äußerst vorsichtig und sicherten sich mehrfach ab, indem sie immer wieder stehen blieben, sich umsahen und in die Stille lauschten, die nur von vereinzelten Tiergeräuschen durchbrochen wurde.

Auf halber Strecke hielten sie erneut inne – und diesmal konnte Jules etwas ausmachen. »Warte!«, zischte er Sandrine zu. »Dort hinten, ungefähr zweihundert Meter vor uns, an den Gehegen!«

»Ich sehe es auch«, gab Sandrine angespannt zurück. »Da flackert etwas. Eine Taschenlampe?«

Jules fokussierte auf das tanzende Licht in der Ferne. »Ich glaube, ja.« Noch einmal sah er genau hin. »Nein!«, flüsterte er. »Es sind sogar zwei. Zwei Taschenlampen!«

»So wie sich die Lichter bewegen, geht es da gerade wild zu.« Sandrine legte die Hand auf den Knauf ihrer Pistole. »Ein Kampf?«

Jules, der den gleichen Gedanken hatte, setzte sich in Bewegung. »Wir müssen hin. Schnell!«

Sie hielten sich abseits des Weges, hetzten über Stock und Stein und mussten dabei auf den Boden leuchten, um nicht hinzufallen und kostbare Sekunden zu verlieren. Jetzt war sich Jules sicher, dass Clotilde in höchster Gefahr schwebte. Es sah ganz danach aus, als würde sie sich mit Leibeskräften gegen einen Angreifer – gegen Patrick! – zur Wehr setzen!

Im Näherkommen schien sich seine Befürchtung zu bestätigen. Er erkannte die vorgebeugte Clotilde an ihrer gedrungenen Figur, dicht neben ihr stand, aufrecht und schlank, ein junger Mann. Beide dicht beieinander und in ständiger Bewegung.

Sie waren noch etwa zwanzig Meter entfernt, da zog Jules seine Waffe. »Auseinander!«, brüllte er.

Daraufhin hob Clotilde einen Arm, ohne ihre gebückte Haltung aufzugeben. Auch Patrick reagierte nur kurz, machte aber keine Anstalten, von dem abzulassen, was er gerade tat.

Jules durchzuckte der Impuls, einen Warnschuss abzugeben. Doch nach ein paar weiteren Schritten fiel ihm noch etwas auf: Zwischen Clotilde und Patrick kauerte ein Tier am Boden. Ein großer Vogel …

»Was geht hier vor?«, rief Jules den beiden zu. Sandrine trat neben ihn und sah so aus, als könnte sie die Situation ebenso wenig erfassen wie er.

»Gut, dass Sie kommen, *Monsieur le commissaire*«, sagte Clotilde, ohne den Blick von dem vor ihr hockenden Storch zu lassen. »Leuchten Sie bitte hierher.«

Nun begriff Jules, dass Clotilde mit Patricks Hilfe am Flügel des Storchs eine Art provisorische Schiene festzumachen versuchte, eine Konstruktion aus einem Streifen starrer Pappe und Klebeband. Er ließ die Waffe sinken.

»Das arme Tier hat sich den Flügel gebrochen«, erklärte Clotilde, während sie versuchte, den aufgeregten Vogel zu beruhigen. »Da müssen wir natürlich helfen.«

»Wir legen die Schwinge für die Nacht still und bringen ihn gleich morgen früh zum Tierarzt«, fügte Patrick hinzu.

Für weitere Erläuterungen blieb keine Zeit, die beiden wandten sich wieder ihrem gefiederten Patienten zu.

Jules steckte seine Pistole zurück in den Halfter. Er hörte, wie Sandrine neben ihm zum Handfunkgerät griff und die Fahndung abblies.

Als sie später im Verwaltungsbau standen und Sandrine dem jungen Mann vom Mord an seiner Mutter erzählt hatte, wirkten Patricks Bestürzung und seine sichtliche Trauer auf Jules überzeugend. Der junge Mann schwor Stein und Bein, dass er von dem tragischen Ereignis bisher nichts gewusst hatte, und das nahm Jules ihm ab.

»Aber wo sind Sie gewesen?«, erkundigte sich Sandrine. »Polizeikräfte aus der ganzen Region haben nach Ihnen gesucht.«

Der sonst so stille Patrick reagierte mit einem Redeschwall. »Nach dem, was mit Camille passiert war, und als ich dann hörte, dass Gerard es getan hätte, wollte ich nur weg von hier«, erzählte er aufgewühlt. »Allein in meiner Wohnung hielt ich es nicht aus, darum habe ich mich bei einem Freund in Mülhausen einquartiert. Ich wollte nichts mehr hören und nichts mehr sehen. Das alles ging mir unheimlich nahe. Ich war echt fertig und brauchte Abstand. Doch nach einer Weile dachte ich an die Vögel und daran, dass jetzt niemand mehr da war, der sich um den Park kümmerte. Also bin ich zurückgekommen.«

»Aber auch hier hat Sie niemand gesehen«, sagte Sandrine. »Die Police municipale ist hier gewesen und hat den Hof überprüft. Das kann Ihnen doch nicht entgangen sein.« Weil Patrick nichts erwiderte, fasste sie nach: »Weshalb haben Sie sich vor den Polizisten verborgen gehalten?«

Patrick verzog den Mund. »Ich habe es nicht so mit den *flics*. Nichts gegen Sie, Madame, aber wenn möglich gehe ich Leuten in Uniform aus dem Weg.«

Auch das klang in Jules' Ohren plausibel. Dennoch erkundigte er sich: »Wie heißt dieser Freund in Mülhausen, bei dem Sie untergekommen sind?«

»Eduard«, antwortete Patrick, ohne zu zögern. »Eduard und Pauline haben ein Klappsofa, das ich ab und zu nutze.«

»Sie werden Verständnis dafür haben, dass wir Ihre Angaben überprüfen und uns den Aufenthalt bei Ihren Freunden bestätigen lassen«, sagte Jules.

Patrick brauchte einen Moment, um zu begreifen, was Jules damit andeutete. »Sie glauben doch nicht, dass ich …« Er schluckte. »Meine Mutter und ich standen uns nicht besonders nahe. Ich glaube, ich bin kein einfaches Kind gewesen und habe es ihr nicht leicht gemacht. Ich bin von zu Hause ausgezogen, kaum dass ich achtzehn war. Aber sie war doch meine Mutter! Wie können Sie glauben, dass ich ihr etwas antun könnte?«

Sandrine ging auf Patricks Protest nicht ein. »Wir müssen von Ihnen außerdem wissen, wo Sie waren, als Yves Morel und Camille Krueger ermordet wurden.«

»Für Yves' Tod soll ich auch verantwortlich sein?« Patrick schnappte nach Luft. »Der Mörder von Mutter und Vater?« Seine Augen liefen rot an, er vergrub das Gesicht in den Händen.

»Schluss!«, fuhr Clotilde dazwischen, die das Gespräch mit zunehmender Unruhe verfolgt hatte. »Der erste Eindruck täuscht, Patrick ist ein guter Junge«, erklärte sie. »Wenn man sein Vertrauen einmal gewonnen hat, erkennt man, dass er das Herz am rechten Fleck hat.«

Jules neigte dazu, ihr zuzustimmen, und war fast sicher, dass Patrick überzeugende Alibis bringen konnte. Bis dahin allerdings musste er sich der Polizei zur Verfügung halten, so lauteten nun einmal die Vorschriften.

Die Uhr über dem Prospektständer zeigte eins, nur mit Mühe konnte Jules ein Gähnen unterdrücken. Wieder war ein Tag verstrichen, stellte er bedrückt fest – und der Fall noch immer nicht gelöst.

So durfte es nicht weitergehen.

SECHSUNDDREISSIG

Es fühlte sich so an, als wäre man in einer Zeitschleife gefangen, dachte Jules, während er die Routine der morgendlichen Lagebesprechung über sich ergehen ließ. Es war das übliche Prozedere: Capitaine Debré fasste die neuesten Erkenntnisse zusammen und ergänzte sie durch eigene Überlegungen über mögliche Zusammenhänge, mögliche Verdächtige und immer wieder neue Motivlagen. Dazu schob Sandrine fleißig Namenskärtchen hin und her.

Jules konnte sich nicht erinnern, während einer Ermittlung schon einmal so lange auf der Stelle getreten zu sein, wie das diesmal der Fall war. Obwohl sie mehrfach auf vielversprechende Spuren gestoßen waren, waren diese bei näherer Betrachtung binnen weniger Stunden erkaltet. Wie auch diesmal, denn noch in der Nacht hatten die von Patrick genannten Zeugen sein Alibi bestätigt. Auch für die Zeit der tödlichen Attacke auf Camille konnte er seinen Aufenthaltsort benennen: seine Lieblingsbar *Le Saloon*, was vom Barkeeper bestätigt wurde.

Woran es mangelte, waren schlicht und einfach forensische Beweismittel und Hinweise. Nur wenn es gelang, weitere Belege zu finden und den oder die wahren Täter mithilfe von klar zuzuordnenden Spuren, Fasern oder DNA-Material zu überführen, durften sie mit einem belastbaren Resultat rechnen. Alles andere blieb, wie es schien, Kaffeesatzleserei.

Jules hielt es nicht mehr aus. Unter einem Vorwand stahl er sich vorzeitig aus der Besprechung, setzte sich an seinen Schreibtisch und ging die Aktenlage der vergangenen Tage durch. Allein und ohne dass Capitaine Debré und die anderen ständig ihren Senf dazugaben. Er wollte sich auf die Grundprinzipien seines Berufsstands besinnen und sich strikt an die Fakten halten. Nach dem Ausschlussprinzip würde er die wirklich wesentlichen Details herausfiltern und auf diese Weise Klarheit schaffen. Dafür ließ er sich Zeit und leerte währenddessen zwei Tassen Kaffee. Anschließend griff er zum Telefon und rief bei Noël in der Gerichtsmedizin an.

»Hat sich bei der Obduktion von Claudine Stangl noch etwas ergeben?«, erkundigte er sich.

»Wenn es so wäre, hätte ich Sie informiert«, antwortete Noël. Er hörte sich so an, als wäre er mit der Situation selbst nicht zufrieden.

Das konnte Jules gut nachvollziehen, kannte er Noël doch als einen extrem akribischen Menschen, der nicht lockerließ, bis er nicht wenigstens einen kleinen Anhaltspunkt benennen konnte.

»Die Spurenlage in der Wohnung gibt übrigens auch nichts her«, fügte Noël bedauernd hinzu. »Das Gesamtbild deutet zwar darauf hin, dass Madame Stangl öfter Besuch von verschiedenen Personen empfangen hat, doch welche Hinterlassenschaften dem Täter zuzuordnen sind, lässt sich nicht eindeutig erkennen.« Er holte Luft. »Immerhin kann ich nun mit neunundneunzigprozentiger Sicherheit sagen, dass Camille Krueger und

Claudine Stangl mit ein und derselben Tatwaffe getötet wurden. Die metallurgische Untersuchung weist – wie schon von mir vermutet – auf eine handelsübliche Gartenschere mit Gebrauchsspuren hin. Korrosionsrückstände inklusive.«

»Also tatsächlich eine Gartenschere …« Jules dachte kurz über diesen Aspekt nach. »Wer tötet mit einem so unhandlichen Gerät?«

»Der Gärtner«, scherzte Noël.

»Warum nicht?«, meinte Jules und spürte erstmals seit vielen Stunden wieder Aufwind. »Zumindest muss es sich um jemanden handeln, der Zugriff auf ein solches Werkzeug hat. Womit wir abermals auf der Storchenfarm wären. In dem dortigen Geräteschuppen lagern Dutzende solcher Utensilien. Man hätte nur zuzugreifen brauchen. Das Personal, Besucher, ein heimlicher Eindringling …«

»Auch jeder andere könnte sich eine Schere dieser Art besorgt haben«, gab Noël zu bedenken. »Die gibt es nämlich im Baumarkt.«

»Sie sagten aber gerade, dass die Schere Gebrauchsspuren aufwies«, wandte Jules ein. »Sie kann also nicht neu gewesen sein. Deshalb denke ich, dass der Täter eher spontan nach irgendeiner Waffe gegriffen hat. Es war die erstbeste. Der Schuppen mit den Werkzeugen ist bloß einen Steinwurf vom Besucherzentrum entfernt. Der Täter hätte sich die Waffe also binnen kürzester Zeit besorgen und die vor der Baracke wartende Camille damit töten können. Nach dem Mord an ihr hat er die Schere wahrscheinlich irgendwo versteckt und sie später bei Claudine Stangl erneut verwendet.«

»Gut kombiniert. Doch wo ist die Heckenschere jetzt?«, fragte Noël. »Am Grund der Lauch?«

»Tja, wenn wir Pech haben, hat sie der Täter nach dem Mord an Madame Stangl einfach in den Fluss geworfen. Andererseits hätte ihn dabei jemand beobachten können. Daher halte ich es für wahrscheinlicher, dass er sie wieder mitgenommen hat.«

»Mitgenommen? Wohin?«

»Womöglich zurück auf die Storchenfarm, wo sie sonst ja gefehlt hätte«, spekulierte Jules. »Dann hat er sie gereinigt und dorthin zurückgelegt, wo er sie gefunden hatte. In der Hoffnung, es würde niemandem auffallen.«

»Das mit dem Reinigen klappt nicht«, bemerkte Noël. »Selbst wenn er sie in ein Laugenbad gelegt und anschließend desinfiziert hätte, würden wir Restspuren finden, die auf die Morde hinweisen.«

»Dann ist das unsere Chance.« Jules verspürte vorsichtigen Optimismus.

»Was schlagen Sie vor? Eine Hundertschaft zur Farm zu schicken, um dort alles zu durchkämmen?«

»Das würde Debré nicht genehmigen«, erwiderte Jules. »Das Budget ist jetzt schon ausgereizt. Wenn ich richtigliege, sind so viele Einsatzkräfte auch gar nicht nötig. Ich werde selbst nachsehen. Entweder ich habe Glück, oder wir müssen etwas anderes finden.«

Noël seufzte. »Mir gehen die Alternativen nur leider allmählich aus.«

Eine halbe Stunde später befand sich Jules wieder auf der Storchenfarm, diesmal allein und dank des Wundermittels aus der Apotheke nahezu beschwerdefrei.

Das Einfahrtstor stand offen, sodass er gleich bis zur Verwaltung gehen konnte. Mittlerweile kannte er sich ja bestens aus.

»Wie geht's dem Storch?«, fragte er Clotilde, die er hinter dem Empfangstresen antraf. Sie war damit beschäftigt, ein Bündel Papiere zu sortieren.

»Ah, Monsieur Gabin!« Sie löste sich von dem Papierstoß, um sich dem Gast zu widmen. »Dr. Bierot hat den Vogel gleich heute Morgen abgeholt, um ihn in eine Tierarztpraxis zu fahren. Er meinte, Patrick und ich hätten gute Arbeit geleistet, als wir die gebrochene Schwinge stabilisiert haben.« Mit einem Blick auf die vor ihr liegenden Unterlagen fügte sie hinzu: »Ich hoffe, es gelingt mir auch bei der Buchhaltung, einen guten Job zu machen. Camille hat leider ein ziemliches Chaos hinterlassen.«

»Haben Sie vor, in ihre Fußstapfen zu treten und den Laden am Laufen zu halten?«, erkundigte sich Jules. »Ich hatte angenommen, Ihr Einsatz hier wäre auf Linos Mist gewachsen und hätte nur der Tarnung für Ihre detektivischen Tätigkeiten gedient. Jetzt aber sieht es ganz danach aus, als könnte sich daraus eine echte Leidenschaft entwickeln.«

Clotilde wirkte unschlüssig. »Es wäre eine wichtige und sinnvolle Aufgabe, aber ich glaube nicht, dass Pierre damit einverstanden ist. Schließlich treten wir in der *Auberge* deshalb kürzer, weil wir unsere neu gewonnene Freizeit nutzen und reisen wollen. Durch die Storchenfarm wäre ich erneut angebunden.« Sie schüttelte den Kopf. »Nein, nein, ich sorge hier nur ein wenig für Ordnung und bleibe, solange es notwendig ist. Dann sollen sich andere darum kümmern.«

Mit einem hoffnungsfrohen Lächeln fügte sie hinzu: »Wenn die Stadtverwaltung von Colmar den Park offiziell übernehmen und mit einem Etat ausstatten würde, könnte Camilles Stelle mit einer Person besetzt werden, die sich mit Vögeln wirklich auskennt. Noch besser wäre, man würde gleich dazu eine weitere Stelle für eine Assistenz schaffen. Das wäre ein prima Berufseinstieg für unseren Patrick. Ich bin sicher, er würde diese Aufgabe mit Bravour meistern und aufblühen.«

»Die Alibis, die er uns genannt hat, sind inzwischen bestätigt worden«, brachte Jules sie auf den neuesten Stand. »Gegen Patrick besteht keinerlei Verdacht mehr, also spräche nichts dagegen.«

Anschließend teilte er Clotilde mit, dass er sich im Zuge der Nachermittlungen noch einmal auf dem Gelände umsehen wolle, und verließ die Baracke, ehe sie ihm Fragen dazu stellen konnte.

Das Scheunentor fand er wie stets unverschlossen vor. Obwohl draußen die Frühsommersonne hoch am Himmel stand, herrschte im Inneren des Zweckbaus ein diffuses Halbdunkel, gegen das die wenigen, hoch oben angebrachten Glühbirnen wenig ausrichten konnten. In der kühlen Luft hing feiner Staub, und die Atmosphäre wirkte feucht und klamm.

Zunächst verschaffte er sich einen Überblick. Er schritt die Seitenwände ab, schaute in jede Ecke und hinter einen Berg von aufgestapelten Holzpaletten, durchsuchte sogar einen aufgetürmten Satz alter Stühle. Anschließend nahm er sich die Umkleide mit den Spinden vor. Die Türen der schmalen Blechschränke waren nur angelehnt, sodass er in jeden hineinsehen konnte. Doch er fand nur ein paar persönliche Hinterlassenschaften der Mitarbeiter und nicht das, was er sich erhofft hatte.

Vielversprechender erschien ihm der Geräteraum, der in einem angebauten Schuppen untergebracht war. Auch hier ließen die Lichtverhältnisse zu wünschen übrig, waren aber für Jules' Zwecke allemal ausreichend. Es gab eine ganze Palette mit Schaufeln, Spaten und Forken, er entdeckte außerdem zwei Hacken, eine langstielige Axt und ein Beil, die alle auf eigenen Befestigungen an der Wand hingen.

Jules' Interesse galt allerdings in erster Linie den zahlreichen Gartenscheren, die an einer mit Nägeln bestückten Pressholzwand hingen. Da gab es so gut wie alle Ausführungen, von kleinen Rosenscheren bis hin zu großen Astscheren, mit denen sich mehrere Zentimeter dicke Äste schneiden ließen. Jules richtete seine Aufmerksamkeit auf die beiden Heckenscheren. Eine hatte Schneiden, die etwa dreißig Zentimeter lang waren, die andere brachte es auf stattliche vierzig Zentimeter oder mehr. Jules musterte die Werkzeuge genau, ohne sie zu berühren. Um mehr erkennen zu können, schaltete er seine helle Stabtaschenlampe an. Sichtbare Spuren von Blut konnte er auf den ersten Blick nicht entdecken, die Schneiden sahen jedoch auch nicht so aus, als wären sie vor Kurzem gereinigt worden. Lag er also wieder einmal falsch?

Egal! Jules dachte an Noëls Worte: Selbst kleinste, für das menschliche Auge nicht sichtbare Partikel könnten zum Erfolg führen. Daher würde Jules beide Scheren konfiszieren und sie forensisch untersuchen lassen. Im Grunde genommen hätten sie das längst schon machen müssen, nur war bisher niemand darauf gekommen.

Er hatte sich bereits ein paar Latexhandschuhe übergezogen, um weder Spuren zu verwischen noch neue zu hinterlassen, da fiel ihm etwas Merkwürdiges auf: Hinter der Reihe von Nägeln hatte jemand mit dünnen, fast schon verblassten Bleistiftstrichen die Formen der verschiedenen Gartengeräte nachgezeichnet. Ein einfaches Hilfsmittel, um Ordnung zu halten und ein jedes Werkzeug dort wieder aufzuhängen, wo es hingehörte. Die Striche waren kaum noch zu erkennen, dennoch sah Jules, dass die beiden Heckenscheren nicht exakt über den für sie vorgesehenen Schablonen hingen.

Stutzig geworden, nahm er sie von ihren Halterungen und legte sie auf den mitgebrachten Plastiksack. Damit war der Blick auf die blanke Holzwand frei – auf der Jules nun nicht nur die Umrisse von zwei großen Heckenscheren, sondern noch den einer dritten Schere erkannte. Bei der fehlenden dritten musste es sich um ein deutlich kleineres, eher handliches Exemplar handeln. Wo war die dritte Schere geblieben?

Eine knappe Stunde später stand er wieder vor dem Tresen im Verwaltungsbau. Clotilde musterte ihn mit gekräuselter Stirn. »Sie haben Ihre Uniform dreckig gemacht.« Eilig kam sie um die Theke und begann, ihm den Staub von Schultern und Ärmeln zu klopfen. »Oje, da sind ja auch Flecken von Maschinenöl und Schmiere auf dem Hemd.«

»Lassen Sie es gut sein, Clotilde.« Jules wich zurück, um sich ihrer Bemutterung zu entziehen.

»Und was tragen Sie da in dem schwarzen Plastiksack mit sich herum? Ist das Müll? Soll ich ihn für Sie entsorgen? Hinterm Haus steht der Container.«

»Bloß nicht!«, entgegnete Jules, ließ die Tüte hinter seinem Rücken verschwinden und wechselte schnell das Thema: »Sagen Sie, Clotilde, haben Sie eigentlich noch mal etwas von Chloé und Clément gehört? Nachdem Gerard nun wieder auf freien Fuß gesetzt wird, werden Sie bestimmt nicht länger in Straßburg bleiben, oder?«

»Ganz richtig. Lino sagt, dass Gerard heute oder morgen wieder in Rebenheim eintreffen soll. Soweit ich weiß, wollen Chloé und ihr Freund ihn dort abliefern und dann sehr bald nach Südfrankreich aufbrechen.« Mit betrübter Miene ergänzte sie: »Es tut weh, mit anzusehen, wie ein junges hübsches Ding wie Chloé sich an einen solchen Tunichtgut verschwendet. Ich meine natürlich Clément. Zu gern würde ich ihr verraten, was ihr Freund hinter ihrem Rücken so alles treibt. Das mit dem zweiten Handy und der heimlichen Freundin geht wirklich gar nicht!«

»Vielleicht ergibt sich ja die Gelegenheit, ihr einen dezenten Hinweis zu geben«, meinte Jules verschmitzt.

»Ich wüsste nicht, wann.«

»Im Rahmen einer Abschiedsfeier zum Beispiel …«

Das hatte Jules eher unbedacht dahingesagt, doch im nächsten Moment war daraus ganz spontan ein Plan geworden. Und er gefiel ihm.

Clotilde machte große Augen. »Was denn für eine Abschiedsfeier?«

»Liegt das denn nicht auf der Hand?« Jules verspürte einen Anflug von guter Laune und erklärte, dass es die Wiedervereinigung von Vater und Tochter nach so langer Zeit doch auf jeden Fall wert sei, sie mit allen daran Beteiligten gebührend zu zelebrieren. »Wenn das kein

Grund ist, die Sektkorken knallen zu lassen, dann weiß ich auch nicht.«

»Meinen Sie?« Clotilde wirkte nicht überzeugt. »Ist das denn angebracht nach all dem Unheil und den Toten?«

»Aber sicher!«, bekräftigte Jules. »Das Leben geht weiter, und Sie alle, vor allem Patrick und Gerard, haben schließlich schon genug durchmachen müssen. Es ist an der Zeit für ein bisschen Aufheiterung.« Schauplatz dieser *fête* müsste natürlich die Storchenfarm sein, wo Chloé und Gerard einander endlich gefunden haben. »Und damit das Ganze auch ein kulinarischer Erfolg wird, könnten Sie ein Barbecue ausrichten«, spann er den Faden weiter. »Mit Entrecôtes, Merguez, eingelegten Zucchini, gegrillter Aubergine ...«

»Ich soll ein Barbecue ausrichten?« In Clotildes Gesicht war deutlich zu lesen, dass sie an einen missglückten Scherz glaubte.

Doch Jules beharrte auf seiner Idee. »Ich helfe bei der Organisation und stelle mich gern auch mal hinter den Grill. Joanna sorgt für die Salate. Wichtig ist nur, dass die Einladung von Ihnen ausgesprochen wird, Clotilde.« Er legte seine Hände auf ihre Schultern und sah sie eindringlich an. »Setzen Sie sich am besten noch heute Mittag mit allen in Verbindung. Neben Chloé, Clément und Gerard sind das natürlich Patrick, Dr. Bierot, gern auch Lino und natürlich Ihr Mann Pierre mit seiner mobilen Grillstation. Dass Joanna, meine Kollegin und ich kommen, brauchen Sie nicht eigens zu erwähnen. *Compris?*«

SIEBENUNDDREISSIG

Joanna war sauer. Nicht genug, dass Jules sich im Laufe des Tages kein einziges Mal gemeldet hatte, blieb er jetzt, da er endlich, wenn auch reichlich spät, nach Hause kam, noch immer wortkarg und verschlossen.

»Wo bist du bloß den lieben langen Tag gewesen?«, fragte sie nicht sehr freundlich. »Es wäre nett, wenn du mich als zuständige Untersuchungsrichterin wenigstens in groben Zügen auf dem Laufenden halten würdest.«

»Dafür ist doch Capitaine Debré zuständig, oder?«, entgegnete Jules lässig und nahm sich einen Apfel aus der Obstschale.

»Der wusste ja selbst nicht so genau, womit du beschäftigt warst, nachdem du dich still und heimlich aus der Lagebesprechung verdrückt hattest. Also: Wo hast du gesteckt?«

Jules biss in den Apfel, kaute und schluckte in aller Ruhe herunter und sagte dann: »Hier und da. Es gab einiges, was ich klären musste.«

»Geht das auch etwas genauer?« Joanna fand dieses Herumgeeiere gar nicht lustig.

»Na schön, wenn du auf einem Rechenschaftsbericht bestehst, sollst du ihn haben: Ich bin erst auf der Storchenfarm und dann am Tatort Nummer drei gewesen: in Claudine Stangls Wohnung.«

»In ihrer Wohnung? Warum? Die Spurensicherung ist längst durch und hat alles dokumentiert. Was hast du dir von einem erneuten Besuch dort versprochen?« Ihr Freund stellte sie heute vor Rätsel, und seine Ein-Mann-Recherchen waren nicht das Einzige, was ihr zu denken gab: »Wo wir gerade dabei sind: Ich hätte gern auch eine Erklärung dafür, warum ich heute eine Mail von Clotilde bekommen habe, mit einer Wunschliste von Salaten, die ich zubereiten soll.« Sie machte zwei Schritte bis zur Anrichte, griff nach einem Zettel und las vor: »Salade niçoise, Elsässer Käsesalat, Grüner Salat mit Vinaigrette und Croûtons und so weiter und so fort. Ich habe sie angerufen, um zu fragen, ob sie sich vielleicht vertan und die E-Mail an die falsche Adresse geschickt hat. Aber nein, sie sagte, das sei für mich bestimmt und ich wisse ja sicher Bescheid, dass es sich um die Beilagen für das Barbecue handele.« Sie trat dicht vor Jules und wedelte mit der ausgedruckten Nachricht. »Das Barbecue, das du geplant hast, Jules. Meinst du nicht, wir sollten so etwas vorher abstimmen?«

Jules behielt das verdächtig zufriedene Lächeln bei, mit dem er schon über die Türschwelle getreten war, und sagte: »Keine Bange, das ist bloß eine Vorschlagsliste. Wenn es zwei, maximal drei Schüsseln Salat sind, reicht das vollkommen.« Dann fügte er mit einem Zwinkern hinzu: »Ach ja, beim Salatputzen helfe ich dir natürlich.«

Ganz offensichtlich war Jules nicht willens, ihr mehr zu verraten über das, was er da gerade ausheckte. Auch ihrer erneuten Frage nach dem Stand der Ermittlungen wich er aus und schlug stattdessen mit verstörender Begeisterung einen Besuch im Museum vor.

»Ins Museum? Jetzt noch?«, wunderte sich Joanna.

»Aber ja! Ich habe auf dem Weg hierher die Ankündigung für eine Vernissage im Musée Unterlinden gehört. Dort eröffnen sie heute Abend die Sonderausstellung ›Têtes à têtes – Lucas Cranach der Jüngere‹. Im Radio sagten sie, dass es noch Restkarten gibt.«

»Cranach?« Joanna schürzte die Lippen. »In Colmar sind ja immerhin drei teilweise ziemlich bedeutende Künstler geboren: Martin Schongauer, der spätmittelalterliche Maler und Kupferstecher, Auguste Bartholdi, Schöpfer der amerikanischen Freiheitsstatue, und der Zeichner Jean-Jacques Waltz alias Hansi. Aber Cranach?«

»Er stammt aus Wittenberg in Mitteldeutschland, aber im Radio schwärmten sie davon, dass die Ausstellung von Weltformat sei. Wenn die so etwas Tolles nach Colmar holen, sollte man sich das nicht entgehen lassen.«

»Soso. Mir ist ganz neu, dass du dich für Kunst interessierst.« Joanna witterte ein Ablenkungsmanöver. Es war offensichtlich, dass Jules nach Vorwänden suchte, um sich nicht mit ihr austauschen zu müssen. Aber warum?

»Ich bin eben immer für Überraschungen gut.« Jules nahm ihre Jacke vom Garderobenhaken.

»Nicht so fix«, bremste sie seinen Elan. »Wenn wir heute Abend wirklich ausgehen, muss ich mich vorher zurechtmachen. Du wirst bestimmt nicht von mir erwarten, dass ich ungeschminkt eine Vernissage besuche. Was hat dieser Cranach eigentlich so zu bieten?« Mit dieser Frage wollte Joanna abklopfen, ob Jules den Anlass für diesen abendlichen Ausflug aus der Luft gegriffen hatte oder sich tatsächlich für die Ausstellung interessierte.

»Cranach verkörpert die Schnittstelle zwischen Zeichnen und Malen, seine Werke sind fast wie fotografische Zeugnisse von Persönlichkeiten aus der Mitte des sechzehnten Jahrhunderts. Wirklich sehenswert.« Er warf ihr einen Kussmund zu. »Auf dem Heimweg machen wir einen Abstecher in eine Cocktailbar.«

Echt jetzt? Joanna fühlte sich von ihrem Freund auf den Arm genommen. Sein Kurzreferat über Cranach hörte sich an wie in fünf Minuten auswendig gelernt. Sie konnte ihm zwar schwerlich verübeln, dass er nach all den Entbehrungen der letzten Tage einen schönen Abend für sie beide plante. Doch ihr Misstrauen begleitete sie ins Bad, wo sie etwas Rouge auflegen, den Lidstrich nachziehen und einen passenden Lippenstift auswählen wollte. Die Tür ließ sie bewusst einen Spaltbreit offen stehen. Und das war gut so!

Joanna hörte, wie Jules' Handy klingelte, binnen Sekunden nahm er ab. Gleich war sie mit dem Ohr an der Tür, um zu lauschen. Obwohl er flüsterte, gelang es ihr, den Namen Sandrine aufzuschnappen. Was wollte sie um diese Zeit von Jules? Joanna spähte durch den Türschlitz und sah seinen gebannten Gesichtsausdruck. Während er aufmerksam zuhörte, nickte er wiederholt mit ernster Miene.

»Eine Nachbarin?«, hörte sie Jules fragen. »Ganz sicher, dass sie Sie erkannt hat? – Ich verstehe. Das muss wohl reichen, mehr kann man nicht verlangen.«

Was sollte das? Ihr gegenüber hatte Jules so getan, als wäre er voll und ganz im Freizeitmodus und wollte von der Arbeit nichts mehr hören oder sehen, gleichzeitig aber führte er hinter ihrem Rücken Dienstgespräche. Nun wurde es Joanna zu dumm. Sie warf den Kajalstift auf die Spiegelablage und stürmte zurück ins Zimmer.

Jules schaffte es gerade noch, das Handy in der Hosentasche verschwinden zu lassen, doch Joanna hatte genug gesehen. »Schluss mit dem Theater!« Sie stellte sich dicht vor ihn und funkelte ihn an. »Ich mag es nicht, wenn du Geheimnisse vor mir hast.«

»Habe ich welche?«, mimte Jules weiter den Unschuldigen.

»Ja! Ich will auf der Stelle wissen, was das alles bedeutet. Ein mysteriöses Grillfest, dein seltsames Schweigen über den Fall und jetzt dieser Anruf. Von was für einer Nachbarin war denn da die Rede?«

Jules konnte die aufgesetzte Lässigkeit nicht länger aufrechterhalten. Er sah zur Seite und rieb sich den Hals. »Du musst mir glauben, Joanna. Ich habe meine Gründe. Wenn ich dir jetzt alles sagen würde, wärst du wahrscheinlich dazu gezwungen, etwas dagegen zu unternehmen.«

»Wogegen? Etwa gegen das Barbecue?«

Jules schmunzelte. »Ganz richtig, mein Schatz, und das kann ich nicht zulassen.« Er fasste sie zart an den Oberarmen und sah ihr tief in die Augen. »Daher bitte ich dich, dass du dich entspannst, den Abend genießt und morgen hilfst, die Salate für die *fête* vorzubereiten – und bis dahin keine weiteren Fragen stellst. Ich kann dir versichern, dass du am Ende alles verstehen und gutheißen wirst.«

»Werde ich das?« Joanna hatte große Zweifel daran.

»Bei unserem Restaurantbesuch, neulich im *Le secret*,

sollte ich dir vertrauen«, sagte Jules mit sanfter Stimme. »Nun erwarte ich das gleiche Vertrauen von dir. Denn wenn ich diesen Fall lösen soll, muss ich unorthodoxe Methoden anwenden.«

Joanna ließ die Worte auf sich wirken. Aber mehr noch als das, was er sagte, überzeugten sie Jules' dunkle Augen, mit denen er sie unverwandt ansah. Sie ließ sich erweichen. »Ich sehe ein, dass du mich nicht in die Bredouille bringen willst. Das kann ich verstehen, jedenfalls bis zu einem gewissen Punkt. Aber deute mir wenigstens die Richtung an. Was ist es, worauf du aus bist?«

Auch Jules ließ sich erweichen. »Das Motiv«, sagte er. »Ich bin jetzt davon überzeugt, dass es in Yves Morels Wandlung zu finden ist.«

»Seiner Wandlung?« Joanna sah ihn verständnislos und fragend an.

»Genau! In seiner Wandlung vom oberflächlichen Klatschreporter, der völlig aufging in der Welt der *haute société*, der sogenannten feinen Gesellschaft, und dessen Terminkalender gefüllt war mit Empfängen, Partys reicher Snobs und Misswahlen, hin zum ambitionierten Journalisten, der ernst genommen werden wollte. Aus unerfindlichen Gründen – möglicherweise als Folge einer Midlife-Crisis – besann sich Morel auf sein Arbeitsethos und klopfte seine Klientel nach Schwächen ab. Er suchte nach Fehltritten, Entgleisungen und Verstößen. Und er wurde fündig.«

»Du glaubst also wirklich, das Motiv liegt in Morels Tätigkeit als Reporter?«

»Ja«, bekräftigte Jules. »Morels journalistischer Eifer führt uns direkt zum Mörder.«

»Und …« Joanna spürte die Spannung, die im Raum stand. »Und du weißt nun, wer es ist?«

»Ja. Doch ich kann es nicht beweisen. Noch nicht. Aber ich stehe dicht davor. Alles, was ich brauche, um den Sack zuzumachen, ist dieses Grillfest.«

Noch immer sah Joanna ihn unverwandt an. »Dann sollst du es kriegen. Ich kümmere mich um die Salate.«

»Danke!« Jules strahlte.

»Und was machen wir jetzt?«, fragte sie.

Er legte ihr die Jacke über die Schultern. »Jetzt besuchen wir Lucas Cranach.«

ACHTUNDDREISSIG

Das Szenario war ganz so, wie er es sich vorgestellt hatte. Während Jules über die weiche Wiese schlenderte, wo zwei Biertischgarnituren aus dem Bestand der *Brasserie Georges* aneinandergereiht standen, sodass sie eine lange Tafel bildeten, hielt er Small Talk mit den Gästen, die bereits eingetroffen waren. Ein Blick auf die Armbanduhr zeigte ihm an, dass sie früh dran waren: gerade erst halb acht Uhr abends, und die Sonne strahlte noch voller Kraft.

Jules gesellte sich zunächst zu Capitaine Debré, der wie Sandrine und er in Zivil erschienen war. Ganz wie es in Clotildes Einladung geheißen hatte, die dem Anlass entsprechend um legere Kleidung bat. Der Capitaine wusste bisher ebenso wenig um die Hintergründe dieser Veranstaltung wie Joanna, obwohl sie nach seinen Andeutungen vom Vortag sicher etwas ahnte. Doch sie musste sich gedulden, denn Jules spielte mit hohem Risiko und hatte lediglich Sandrine ins Vertrauen gezogen. Sie und er würden es heute Abend richten müssen – oder aber die Chance, den Fall zu lösen, wäre auf unabsehbare Zeit verspielt.

»*Bonsoir*, Lino«, grüßte er das Rebenheimer Urgestein und schlug ihm freundschaftlich auf die Schulter. Damit unterbrach er ihn mitten im Gespräch mit Clotilde, die zünftig in Tracht gekleidet war.

»Netter Einfall«, lobte Lino. »Ein Grillfest unter Freunden. Wirklich nett. Nur frage ich mich, aus welchem Anlass? Warum ausgerechnet hier draußen auf der Farm, und wen erwartet ihr noch als Gäste? Das Ganze ist doch auf deinem Mist gewachsen, oder? Clotilde will partout nicht verraten, was es damit auf sich hat.«

»Und dafür gibt es gute Gründe!«, entgegnete Jules überzeugt.

»Die da wären?«

»Sie will dir die Überraschung nicht verderben.« Nochmals klopfte Jules dem ehemaligen Polizisten auf die Schulter und setzte seinen Weg fort.

Jetzt kam er an der Grillstation vorbei, wo Clotildes Mann Pierre mit eiserner Hand regierte. Eine Schürze mit der Aufschrift »Maître de grill« spannte über seinem Kugelbauch. Eigentlich hätte ja Jules neben ihm am Grillrost stehen und aufpassen sollen, dass nichts anbrannte. Doch hatte Pierre lieber Patrick dazu vergattert, dem er offenbar die Aufgaben eines Grillmeisterassistenten eher zutraute. Gerade war er dabei, den jungen Mann einzuweisen. Jules wollte nicht stören und ging ein paar Schritte weiter zum Salatbüfett, das von Joanna gestaltet worden war. Sie hatte sich wirklich alle erdenkliche Mühe gegeben und eine viel größere Auswahl geliefert, als bestellt worden war.

»Meine Güte, willst du eine ganze Rugby-Mannschaft versorgen?«, fragte Jules, dem schon bei der Herfahrt die vielen Schalen und Plastiktöpfe aufgefallen waren.

»Entweder ganz oder gar nicht«, sagte sie, ohne von ihrer Arbeit aufzublicken. »Wenn du mich für die Beilagen einteilst, liefere ich eben keine halben Sachen ab.«

Zufrieden bummelte Jules zur nächsten Station, wo er Gerard dabei zusehen konnte, wie er, auf einer wackeligen Leiter stehend, eine Lichterkette zwischen zwei Bäumen festband. Bei dem Anblick wurde es Jules ganz anders, und er stellte sich eilig neben die Leiter, um sie zu halten. Nachdem Gerard fertig war und heruntersteig, erkundigte sich Jules nach seiner Tochter.

»Chloé und Clément kommen doch, oder?«, vergewisserte er sich mit leichter Sorge. »Ich sehe nämlich nirgends das Wohnmobil.«

»Jaja, sie kommen«, antwortete Gerard beiläufig und war schon unterwegs zu seiner nächsten Aufgabe: Es galt, das von Georges gelieferte Bierfass anzustechen.

Jules wechselte erneut die Position und trat neben Sandrine, die damit beschäftigt war, die Tische mit Papierdeckchen und Wiesenblumen zu dekorieren. Der hellbraune Hosenanzug, den sie heute Abend trug, stand ihr gut, fand Jules.

»Hast du sie dabei?«, raunte er seiner Vertrauten zu.

Sie öffnete unauffällig das kleine Handtäschchen, das sie auf einer Bierbank abgelegt hatte. Unter einem Taschentuch verborgen steckte darin ihre Dienstwaffe. Jules nickte, woraufhin Sandrine die Tasche wieder schloss.

Fast acht Uhr. Bislang lief alles genau nach Plan. Dennoch spürte Jules eine leichte Nervosität aufkommen, als er zur Auffahrt spähte, in der Hoffnung, den weißen Reisemobilkoloss auftauchen zu sehen. Stattdessen konnte er beobachten, wie ein jägergrüner Renault-Kombi auf den Besucherparkplatz rollte. Dem Wagen entstieg Dr. Bierot, der nun seinen Hut aufsetzte, die Anzugjacke zurechtzupfte und mit eigentümlich staksigen Schritten auf sie zukam. Ob er sich diese Gangart von den Störchen abgeguckt hatte? Gut, dachte Jules, damit waren die eingeladenen Gäste beinahe vollständig anwesend.

»Dr. Bierot!«, hieß er den Ornithologen in fröhlichem Tonfall willkommen. »Wie schön, dass Sie auch gekommen sind! Eine wirklich gute Idee von Clotilde, uns alle hier zu versammeln. Das hilft vielleicht, über den Verlust Ihrer gemeinsamen Bekannten Camille hinwegzukommen.«

»Wenn Sie das sagen …«

»Irgendwie muss es ja weitergehen mit der Farm«, bekräftigte Jules. »Eine solche Anlage will gepflegt sein, und dafür braucht es auch weiterhin zupackende Hände und jemanden mit der nötigen Expertise – also Sie, Dr. Bierot. Eine solche Feier wie heute kann doch viel dazu beitragen, die verbleibenden Helfer bei der Stange zu halten, finden Sie nicht auch?«

»Ja gewiss«, gab der Vogelkundler einsilbig zurück.

»Sie werden Ihre Unterstützung für den Park doch beibehalten, nicht wahr, *docteur?*«

»Nun, ich finde es zu früh für so eine Entscheidung. Viele Punkte sind ungeklärt, aber an und für sich …«

»Ihr ehrenamtliches Engagement für die Farm ist unverzichtbar. Das hat mir Clotilde erst heute wieder bestätigt. Wenn Sie also darüber nachdenken, ob Sie weitermachen oder nicht, gehen Sie die Sache doch positiv an und bleiben dem Park gewogen.«

»Gewogen …«, wiederholte Bierot mit gerunzelter Stirn und richtete das Brillengestell. »So ist das also: Das Grillfest dient als eine Rekrutierungsmaßnahme für alte und neue Kräfte?«

»Wenn Sie es so ausdrücken möchten: in gewisser Weise, ja.«

»Ich hatte mich nämlich schon gefragt, was das Ganze zu bedeuten hat. Offen gesagt bin ich bis zuletzt unschlüssig gewesen, ob ich überhaupt kommen soll.«

»Aber nun sind Sie hier, und darüber freuen wir uns!«

Dr. Bierot traute dem Frieden offenbar immer noch nicht und beendete die Konversation mit Jules schnell. Abrupt wandte er sich ab und ließ Jules stehen. Ob er etwas von seinen wahren Absichten ahnte?

Dann kehrte Jules zur Grillstation zurück, umrundete sie und widmete sich den Styroporboxen, in denen Fleisch und Fisch lagerten. Eine dieser Frischhaltekästen diente jedoch einem völlig anderen Zweck. Um Verwechslungen auszuschließen, hatte Jules sie mit einem kurzen Streifen Klebeband markiert und Pierre eingeschärft, die Kiste auf keinen Fall zu öffnen. Nun hob er den Deckel an, um sich davon zu überzeugen, dass der Inhalt komplett war. Alles in Ordnung, stellte er mit einem Blick fest.

Auf einem Tablett balancierte Clotilde gefüllte Sektgläser von Grüppchen zu Grüppchen. Nachdem der *crémant* verteilt war, hob sie ihr Glas und prostete den anderen zu.

»Auf einen entspannten Abend!«, rief sie in die Runde. »*Santé!*«

Jules, inzwischen wieder bei Joanna angekommen, stieß mit ihr an und nippte an der perlenden Flüssigkeit. Nur ein winziger Schluck, denn er musste unbedingt völlig nüchtern und hellwach bleiben.

»Läuft alles so, wie du es dir vorgestellt hast?«, erkundigte sich Joanna.

Jules sah noch einmal zur Einfahrt. »Nicht ganz. Zwei Gäste fehlen.«

»Trotzdem sollten wir mit dem Grillen bald beginnen«, meinte Joanna. »Mein Magen knurrt.«

»Für einen wahren Franzosen ist das doch noch keine Zeit fürs *dîner*«, gab er zurück.

»Für uns Elsässer aber schon!«, konterte Joanna.

Also gab Jules Pierre ein Zeichen, dass er loslegen sollte. Der *Maître de grill* drehte das Gas an und erteilte Patrick Anweisungen, welche Fleischsorten zuerst aufgelegt werden sollten.

»Ich nehme an, du möchtest mich noch immer nicht teilhaben lassen an dem, was du mit Sandrine ausgeheckt hast?«, erkundigte sich Joanna bei Jules. »Dass sie mit dir unter einer Decke steckt, brauchst du gar nicht zu leugnen.«

»Unter einer Decke? Ist da etwa schon wieder jemand eifersüchtig?«, foppte Jules sie.

»Treib es nicht zu weit, mein Lieber«, mahnte Joanna ihn und kniff ihn warnend in den Oberschenkel.

»Aua!« Jules sah sie empört an.

»Vergiss nicht, dass ich zwar deine Freundin, in gewisser Weise aber auch deine Vorgesetzte bin«, legte sie nach und drehte sich mit – wie Jules fand – hochmütiger Geste um.

Sie konnte es nun einmal nicht leiden, wenn man sie an der Nase herumführte. Dafür hatte Jules durchaus Verständnis, doch noch konnte er seinen Plan nicht offenlegen. Nicht, solange die letzten Gäste fehlten.

Kurz darauf verbreitete sich ein köstlicher Duft über der Wiese, der einen Vorgeschmack auf das gab, was Clotilde und Pierre für sie vorbereitet hatten: Nackensteaks, eingelegt in einer Marinade aus Chili und Pfeffer für die Schärfe sowie Kreuzkümmel und Koriander für die Würze. Rib-Eye-Steaks mit einer Kräutermischung und einer ordentlichen Portion Knoblauch. Außerdem Rinderfilets, schlachtfrische Würstchen sowie Forelle, Lachs und Dorade. Die Menge hätte für die doppelte Anzahl an Gästen gereicht, schätzte Jules. Doch Clotilde wollte sich nicht lumpen lassen, schließlich galt sie offiziell ja als Gastgeberin.

In der zunehmenden Dämmerung kam Gerards Leuchtgirlande gut zur Geltung. Auf den Tischen sorgten Teelichter für eine gemütliche Atmosphäre. Die Stimmung war ausgelassen, Capitaine Debrés dröhnendes Lachen übertönte mehrfach die Chansons, die aus einem von Sandrine mitgebrachten Smartphone-Lautsprecher plätscherten. Selbst Dr. Bierot schien allmählich aufzutauen, nachdem er in Joanna eine ihm genehme Gesprächspartnerin gefunden hatte.

Hätte es sich wirklich nur um ein vergnügliches Sommerfest gehandelt, dann hätte Jules sein Ziel nun erreicht gehabt. Da er jedoch eine andere Strategie verfolgte, stellten ihn die noch fehlenden Gäste und die Tatsache, dass es immer später wurde, vor ein Problem. Sollte etwa all der Aufwand umsonst gewesen sein?

NEUNUNDDREISSIG

Endlich – es war bereits nach halb neun – konnte Jules aufatmen. Die anderen Gäste saßen auf den Bänken, genossen das ausgezeichnete Essen, tranken Bier oder Wein und ließen es sich gut gehen. Nur Sandrine hielt sich wie er zurück und behielt das Umfeld im Auge. Ein Stein fiel ihm vom Herzen, als sich die Lichtkegel des klotzigen Wohnmobils auf der geschwungenen Zufahrt abzeichneten.

Wenige Minuten später erschienen Chloé und Clément, beide in ebenso leichter wie teuer aussehender Sommergarderobe, ganz in Weiß und Hand in Hand. Sie gaben ein harmonisches Bild ab.

Jules hielt sich zunächst zurück und ließ Chloé ihren Vater begrüßen. Herzlich schlossen sie sich in die Arme, während Clément schon das Bierfass entdeckt hatte und sich bediente.

»Fein, dass Sie es einrichten konnten, Chloé«, hörte Jules Clotilde sagen, welche die junge Frau nun an der Armbeuge fasste und zum Büfett führte.

»Ja, eigentlich wollten wir heute schon zurück nach Nizza fahren, aber Sie wollten eine Absage auf Ihre Einladung ja nicht akzeptieren«, meinte Chloé mit einem Lächeln.

»Umso mehr freut es mich, dass Sie beide doch noch gekommen sind.« Clotilde wies mit der Hand auf die

Schalen. »Die Salatbar ist leider schon ziemlich geplündert. Ein gewisser Capitaine Debré konnte sich nicht zurückhalten. Aber Sie werden ganz sicher nicht verhungern.«

Jules wartete noch immer ab und bemühte sich, ebenso gelöst zu wirken wie die anderen, während in seinem Inneren die Anspannung stetig wuchs.

»Greift zu!«, forderte Clotilde die Gäste auf und stellte eine große Schüssel Mousse au Chocolat auf einen der Tische. »Für alle, die schon zum Dessert übergehen möchten!«

»Oh, là, là, noch mehr Kalorien. Dabei platze ich jetzt schon aus allen Nähten«, dröhnte Debré.

»Sie können diesmal ja den anderen den Vortritt überlassen«, stichelte Clotilde.

Um kurz vor zehn fand Jules, dass der geeignete Augenblick gekommen war. Patrick servierte gerade eine Runde Obstbrand, als Jules die neben ihm sitzende Sandrine anstieß und »Jetzt« sagte. Sandrine erhob sich unverzüglich und ging zum inzwischen verwaisten Grill. Dort brachte sie sich mit verschränkten Armen in Stellung.

Jules selbst stand ebenfalls auf, hielt das Schnapsglas in die Höhe und rief laut und deutlich: »Auf unsere Gastgeber! Auf Clotilde und Pierre!«

Die anderen ließen ihre Gläser hochschnellen und riefen die Namen der Einladenden. Jules nutzte die Aufmerksamkeit, die er mit seinem Trinkspruch auf sich gezogen hatte, um mit der Umsetzung seines Vorhabens zu beginnen.

»Auf die großzügigen Gastgeber und darauf, dass die unsägliche Mordserie, die uns alle so sehr bewegt hat, endlich zu ihrem Ende findet«, setzte er seine Trinkrede fort und merkte, wie nach dem Reizwort »Mordserie« alle an seinen Lippen hingen. »Ich kann Ihnen heute verkünden, dass es uns gelungen ist, den Fall beinahe aufzuklären. Wir stehen kurz vor dem Abschluss der Ermittlungen und sind guter Hoffnung, die Akte in Kürze schließen zu können.«

Mit einem Mal herrschte Stille. Nur die Lieder aus der Lautsprecherbox liefen unentwegt weiter. Jules sah sich unter den Anwesenden um, registrierte aufmerksame, überraschte, kritische und verstörte Blicke. Capitaine Debrés Mimik konnte sich zwischen Vorwurf und Verblüffung nicht entscheiden. Offensichtlich hatte er wirklich geglaubt, heute Abend an einem rein privaten Fest teilzunehmen. Glücklicherweise hielt er den Mund und fuhr Jules nicht in die Parade.

Nachdem Jules sich davon überzeugt hatte, dass das Augenmerk der Anwesenden weiterhin ganz und gar auf ihm lag und Sandrine bei den Frischhalteboxen am Grill wartete, redete er weiter: »Lassen Sie mich kurz erklären, was wir herausgefunden haben und warum es so schwer war, auf die richtige Spur zu kommen. Das interessiert Sie doch sicherlich alle brennend, oder?«

Ein langer Blick in die Runde. Niemand sagte etwas.

»Diese Mordserie zeichnete sich durch ein permanentes Tarnen und Täuschen aus«, fuhr Jules fort. »So ziemlich jeder der Beteiligten hatte offenbar etwas zu verbergen und wollte sich aus verschiedenen Gründen nicht in die Karten blicken lassen. Ein Umstand, der es uns Ermittlern nicht leicht machte und dazu führte, dass vorübergehend die Falschen ins Visier unserer polizeilichen Maßnahmen geraten sind. Gerard zum

Beispiel.« Jules ging zu dem älteren Mann und legte ihm den Arm um die breiten Schultern. »Ein durch und durch anständiger Kerl, wie wir wissen. Doch er hat so lange Katz und Maus mit uns gespielt, dass es ihn um ein Haar das Leben gekostet hätte. Ich bin heilfroh, dass mein versehentlicher Schuss auf ihn nicht tödlich war.«

Jules ging noch ein paar Schritte weiter und blieb am Kopfende des Tisches stehen. »Oder nehmen wir Camille, die heute Abend sicher gern dabei gewesen wäre. Ihr hätte der Platz hier an der Spitze gebührt. Warum ausgerechnet sie, der vermutlich die Identität des Täters von Anfang an bekannt gewesen ist, sich nicht an uns gewendet hat, bleibt mir ein Rätsel. Um den Schuldigen zu schützen? Aber weshalb? Oder hatte sie vor, aus ihrem Wissen Profit zu schlagen? Wie auch immer, am Ende bezahlte sie teuer für das Zurückhalten der Wahrheit.«

Als er bei Dr. Bierot angelangt war, konnte er die neugierigen und ungläubigen Blicke, die auf ihn gerichtet waren, nahezu körperlich spüren.

»Sprechen wir als Nächstes über Dr. Bierot. Ein Tierfreund, wie er im Buche steht. Aber ist er auch ein Menschenfreund? Yves Morel scheint da seine Zweifel gehabt zu haben, nicht wahr, Dr. Bierot?«

Der Ornithologe zuckte zusammen.

»Warum haben Sie uns nichts von den kränkenden und brüskierenden Artikeln erzählt, die Morel über Sie verfasst hat?«, fuhr Jules fort. »Sie haben uns auch verschwiegen, dass Morel eine weitere Story über Sie plante, diesmal hatte er es auf Ihren Doktortitel abgesehen. Sie wissen ja, was dank Internetrecherche heute alles möglich ist. Morel hatte vor, Sie mit Plagiatsvorwürfen zu konfrontieren. Das geht aus Aufzeichnungen des Verstorbenen hervor, die mir Chefredakteurin Stangl auf einem USB-Stick überlassen hat.«

»Ich … aber … ich«, stammelte Bierot.

»Das ist noch nicht alles. Aus Morels unveröffentlichtem Nachlass habe ich ebenfalls erfahren, dass Sie sich um die Leitung der Storchenfarm beworben hatten. Sie wollten Camille aus dem Amt drängen. Ging es Ihnen dabei ums Geld, oder wollten Sie Ihr angekratztes Renommee aufpolieren?«

»Ich muss doch sehr bitten!«, protestierte Bierot mit belegter Stimme.

»All diese unschönen Enthüllungen hätten Sie sich ersparen können, wenn Sie mit uns kooperiert hätten«, resümierte Jules in scharfem Tonfall. »Aber wie ich schon sagte: In diesem Fall hielt so gut wie jeder mit der Wahrheit hinterm Berg.«

Wieder ging er ein paar Schritte und beobachtete die anderen genau. »Ein weiteres Beispiel? Gern: Chefredakteurin Claudine Stangl, von der gerade schon die Rede war, ist nämlich ebenfalls so eine Kandidatin gewesen. Auch sie spielte ein falsches Spiel, als sie mir den USB-Stick aushändigte. Angeblich enthielt er Yves Morels komplette Recherchen der jüngsten Zeit. Anfangs ließ ich mich täuschen und glaubte ihr. Doch dann kamen mir Zweifel, denn ich fragte mich, warum sie mir den Stick ohne richterliche Verfügung überließ, obwohl sie sich zuvor mit Händen und Füßen gegen einen solchen Eingriff in die Redaktionsfreiheit gesträubt hatte. Weshalb war sie mit einem Mal eingeknickt? Das hätte sie nämlich nicht tun müssen, es bestand überhaupt kein Anlass dafür. Die Zweifel wuchsen, als ich das Material wiederholt durchging und merkte, wie trivial und harmlos es war. Außer den Informationen über Dr. Bierot war da nämlich nicht viel zu holen. Da blieb nur eine Schlussfolgerung: Claudine Stangl hielt die eigentliche Sensation, die Morels Recherchen zutage gefördert hatte, weiterhin zurück, um sie für eine spätere Veröffentlichung aufzusparen, die ihre Zeitung und somit sie selbst groß herausgebracht hätte. Und wie ich inzwischen weiß, die eigentliche große Story, die Yves Morel vorbereitete, ist tatsächlich eine Bombe.«

»Jetzt sind wir aber neugierig!«, durchbrach Lino das Schweigen der anderen und ließ von der Riesenportion Spareribs ab, die er sich als Nachschlag gegönnt hatte. »Was ist das für eine Geschichte, hinter der Morel her war?«

Jules machte es spannend. »Ebenfalls eine, in der es um Lug und Betrug geht. Insofern passt sie gut ins Bild«, sagte er. »Eine neuerliche Untersuchung der Wohnung von Madame Stangl brachte ans Licht, wonach meine Kollegen zuvor erfolglos gesucht hatten: Ein weiterer USB-Stick fand sich in einem Versteck, auf das mich freundlicherweise Patrick hingewiesen hat. Eine Art Geheimfach, untergebracht im Kleiderschrank der Verstorbenen. Danke noch mal für deine Hilfe, Patrick.«

Dieser nickte verhuscht und senkte den Blick. Er stand nun mal nicht gern im Mittelpunkt.

»Die Auswertung der gespeicherten Daten öffnete uns schließlich die Augen, denn sie führten uns zu dem Motiv, nach dem wir bis dahin vergeblich geforscht hatten. Morel war es gelungen, einen schweren Betrug aufzudecken oder zumindest stichhaltige Belege dafür zu sammeln. Ob er durch Zufall auf diesen Skandal gestoßen war oder dank seiner journalistischen Hartnäckigkeit, bleibt dahingestellt. Fakt ist, dass seine Informationen für den wirtschaftlichen Erfolg einer bestimmten Person brandgefährlich gewesen wären. Und diese Person weilt heute Abend unter uns.«

»Wer ist es?«, fragte Debré laut. Seine Wangen hatten sich krebsrot gefärbt. »Und warum weiß ich nichts davon?«

Jules bedeutete ihm, sich zurückzunehmen und weiter zuzuhören. »Um wen es geht, werden sich einige von Ihnen inzwischen vielleicht schon denken können. Denn es ist kein Zufall, dass die Mordserie begann, als diese Person im Elsass in Erscheinung trat.« Nun fokussierte er den Blick auf Chloé und Clément, die dicht beieinandersaßen.

Als Jules nicht gleich weiterredete, fuhr Clément auf und rief: »Sie können uns gar nichts!« Chloé fasste ihn am Ärmel und sah ihn böse an.

»Ihnen vielleicht nicht, Clément«, sagte Jules. »Doch auch das muss sich erst noch zeigen, denn wir wissen nicht, inwieweit Sie in die Betrugsaffäre Ihrer Partnerin involviert sind.«

Spätestens jetzt richteten sich alle Blicke auf Chloé, die ihre Lippen fest zusammenkniff.

Jules wartete ab, um ihr die Gelegenheit zu geben, sich zu äußern, doch Chloé zog es vor zu schweigen. Daher setzte er seine Rede fort: »*Accord vert* nennt sich die Pflegeproduktserie, für die Sie, Chloé, in Ihren Youtube-Beiträgen werben und für deren faire Produktionsbedingungen und klimaneutrale Herstellung Sie mit Ihrem Namen einstehen. Hunderttausende, ja Millionen Followerinnen und Follower halten Sie und Ihre Beiträge für verlässlich und ehrlich. Ihre Fans glauben Ihnen, so wie sie der besten Freundin oder dem besten Freund glauben würden. Dass Sie in Wahrheit Reklame machen für minderwertige Ware, gefertigt in asiatischen Billiglohnländern, und die gepriesenen Produkte zu weit überzogenen Preisen an Ihre meist jugendlichen Anhängerinnen verkaufen, ahnte niemand, bis Morel Ihnen auf die Schliche kam. Äußerst heikel für Sie, denn dieser Etikettenschwindel ist nicht nur unredlich, sondern auch strafbar. Das habe ich mir vom Betrugsdezernat bestätigen lassen.«

»Pah!«, platzte es aus Clément heraus. »Selbst wenn es so wäre, das machen andere doch genauso. Chloés Anwalt wird Sie und Ihre absurden Vorwürfe in der Luft zerfetzen!« Wieder versuchte Chloé, ihren Freund in seine Schranken zu weisen. Diesmal mit einem Stoß in die Rippen.

Jules überzeugte sich davon, dass ihm noch jeder zuhörte. Dabei fiel ihm der ungläubige Blick von Gerard auf, dem der Mund halb offen stand. Ihm war bewusst, dass er dem alten Mann in diesen Minuten sehr viel zumutete. Doch es ging nicht anders. Er wandte sich wieder Chloé zu: »Sie wollten nicht zulassen, dass Morel Ihr Geschäftsmodell zerstört und Ihnen damit die Lebensgrundlage nimmt. Keinesfalls wollten Sie verlieren, was Sie sich aus eigener Kraft mühsam aufgebaut hatten. Denn Sie wussten sehr wohl, was es heißt, Entbehrungen hinnehmen und erdulden zu müssen. Die Zeit im Kinderheim ist Ihnen bis heute stets präsent, habe ich recht? Deshalb entschieden Sie sich dafür, Morels Auto zu sabotieren. Ob das eher spontan geschah oder langfristig geplant und mit Vorsatz, muss vor Gericht geklärt werden. Doch damit nicht genug: Auch für den Tod von Camille sind Sie verantwortlich, denn diese hat Sie durchschaut, hatte Sie womöglich sogar bei der ersten Tat beobachtet. Ihr drittes Opfer wurde dann Madame Stangl, die Morels gefährliche Recherchen wieder aufnahm und Sie damit erneut in Bedrängnis brachte. All das ist uns jetzt klar.«

»Aber beweisen können Sie nichts davon«, gab Chloé schmallippig von sich.

»Sie meinen, weil wir die Tatwaffe nicht gefunden haben?«, fragte Jules und schnippte mit den Fingern.

Auf dieses Zeichen hin öffnete Sandrine die markierte Frischhaltebox und entnahm ihr ein in Klarsichtfolie eingepacktes Instrument. Als sie damit zum Tisch kam und es ins Licht hielt, war eine Heckenschere zu erkennen.

»Unser Beweisstück Nummer eins, Chloé«, verkündete Jules. »Zugegeben, Sie haben die Schere sehr gut versteckt, letztendlich aber nicht gut genug. Ich habe sie in der Scheune sichergestellt und untersuchen lassen. Das Ergebnis können Sie sich denken?«

Chloé funkelte ihn feindselig an, sagte aber nichts.

»Obwohl Sie sie oberflächlich gereinigt haben, konnten daran Blut- und Gewebereste sowohl von Camille wie auch von Madame Stangl nachgewiesen werden. Und auch Ihre eigene DNA wurde zweifelsfrei identifiziert. Wobei wir uns fragen, weshalb Sie dieses ungewöhnliche und sperrige Tatwerkzeug zweimal verwendet haben. Das erste Mal fanden Sie in der Kürze der Ihnen zur Verfügung stehenden Zeit vermutlich nichts Besseres, nehmen wir an. Und das zweite Mal, weil Sie sich nicht mit einer weiteren Tatwaffe belasten wollten, richtig? Denn Sie sind clever, und Ihnen war bewusst, dass die Entsorgung eines solchen Beweismittels problematisch werden könnte. Wir gehen übrigens davon aus, dass Sie die Schere in einem Rucksack in Madame Stangls Wohnung und wieder hinaus transportiert haben. Wie ich darauf komme? Eine Zeugin sagte aus, sie habe zur fraglichen Zeit eine Person Ihrer Größe und Statur mit Rucksack beobachtet, wie sie das Wohnhaus betrat, in dem sich Madame Stangls Apartment befindet.«

Auf diese Bemerkung ging Chloé nicht ein, sondern sagte: »Sie wollen meine DNA gefunden haben? Wie soll das gehen ohne Vergleichsprobe? Ich bin bis heute nicht erkennungsdienstlich erfasst worden. Das Ganze ist doch bloß ein mieser Bluff, Major!«

Erneut schnippte Jules, und Sandrine ging zurück zur Styroporbox. Diesmal kam sie mit einem kleineren Beutel zurück, in dem eine Tasse steckte.

»Erkennen Sie sie wieder?«, fragte Jules triumphierend.

Chloé zuckte zusammen. Ihre Augen weiteten sich, als sie in dem Becher einen ihrer eigenen Werbeartikel erkannte. »Verdammt, so ein Mist!«, stieß sie aus.

»Sie haben mir diese Tasse netterweise geschenkt, erinnern Sie sich?«, fragte Jules. »Handsigniert und persönlich überreicht. Unsere Experten fanden daran ausreichend Hautpartikel und sogar ein Haar, um Ihren genetischen Fingerabdruck festzustellen. Er ist identisch mit den Spuren auf der Tatwaffe. Für uns war es ein Glücksfall, denn dank Ihres Geschenks haben Sie uns Ihr genetisches Profil ganz freiwillig und ohne richterlichen Beschluss überlassen.«

Chloé war kreideweiß, als sie sagte: »Ich will meinen Anwalt sprechen.«

»Das steht Ihnen zu«, sagte Jules und beobachtete, wie sich Sandrine hinter Chloé postierte. Die Beweismittel hatte sie auf einem Beistelltisch abgelegt und hielt ihre Finger nun über die Handtasche, jederzeit bereit, nach der Pistole zu greifen. »Doch zunächst begleiten Sie uns bitte zur Gendarmerie«, sagte Jules ungerührt.

Mit versteinerter Miene registrierte Chloé, wie Clément von ihr abrückte. Auch von Gerard, ihrem Vater, kam keine Hilfe. Es sah aus, als habe es ihm die Sprache verschlagen.

»Also gut«, sagte sie schließlich und machte Anstalten aufzustehen. »Ich bin so weit.«

»Folgen Sie uns bitte«, sagte Sandrine und trat einen Schritt zurück, um ihr den Weg frei zu machen. Alle anderen verharrten regungslos auf den Bänken. Niemand traute sich, auch nur zu zucken.

Chloé kletterte über die Bierbank und streckte sich. »Das war's dann also?«, fragte sie. Es klang fast gelöst. Ihre Augen glitten noch einmal über die Tafelrunde. Mit verklärtem Blick sagte sie: »So ein schöner Abend. Und so nette Menschen. Ich werde das alles nie mehr wiederhaben.« Nahezu zärtlich fügte sie hinzu: »Und auch Clément nicht – und meinen Vater nicht. Wie sehr werde ich euch vermissen.«

»Bitte, Chloé. Machen Sie es sich und Gerard nicht unnötig schwer«, sagte Jules, der die Angelegenheit nun zu einem schnellen Abschluss bringen wollte.

Doch Chloé blieb stehen, wo sie war, und fragte: »Bin ich nicht eine schöne junge Frau?«

»Ja, ohne Zweifel«, bestätigte Jules. »Und ich bin sicher: Wären Sie auf dem rechten Weg geblieben, könnten Sie noch immer die liebenswürdige, erfolgreiche Frau sein, für die Sie die meisten hielten. Diejenigen, die Ihnen nahestehen und die zahlreichen Fans haben es Ihnen doch immer wieder bestätigt.«

Chloé schien ihm gar nicht zuzuhören. »Man wird mich wegen dreifachen Mordes zur Höchststrafe verurteilen. Das heißt Gefängnis, bis ich alt und grau bin oder sogar bis an mein Lebensende.«

»Ja, das steht wohl zu erwarten, so wie die Dinge liegen.«

»Steigen Sie jetzt bitte in den Wagen«, drängte Sandrine. »Er steht drüben auf dem Besucherparkplatz.«

Chloé bewegte sich noch immer nicht vom Fleck. »Nur ein letzter Blick noch auf den Park, die Störche …«

»Bitte kommen Sie!«, beharrte Jules. »Andernfalls sind wir dazu gezwungen, Ihnen Handschellen anzulegen.«

»Vielleicht wäre es besser gewesen, Sie hätten es längst getan, Major.« Chloé hatte diesen Satz kaum ausgesprochen, da machte sie einen Ausfallschritt nach hinten, rammte der verblüfften Sandrine den Ellbogen in die Seite und sprang auf den Beistelltisch zu. In der gleichen Sekunde hatte sie sich die Heckenschere gegriffen und zerrte hastig an der Folie.

Während alle anderen wie im Schock erstarrt waren, bückte sich Sandrine nach der Handtasche, die ihr von der Schulter gerutscht war. Auch Jules hangelte nach seiner Pistole. Er hatte sie samt Holster dezent unter seiner Jacke auf der Bank drapiert.

Doch Chloé war schneller. Kaum lagen die Schneiden der Schere frei, stürzte sie sich auf den nächstbesten Gast: Es traf Dr. Bierot, dem sie die gespreizte Heckenschere an den Hals legte.

»Ich hatte gehofft, dieses Ding nie mehr sehen zu müssen. Aber egal: Die Schere hat mir zweimal gute Dienste geleistet. Sie wird es auch ein drittes Mal tun!« Sie spie diese Worte voller Hass aus.

»Chloé! Nein!«, rief Jules, der merkte, wie ihm die Situation entglitt. Inzwischen hielt er die Dienstwaffe in der Hand, genau wie Sandrine.

Chloé sah das und schrie: »Werfen Sie Ihre Pistolen zu mir herüber! Aber schnell, sonst stirbt dieser Mann!« Um ihrer Drohung Wirkung zu verleihen, ließ sie die langen Schneiden ein Stück weit zusammenfahren. Blut rann in dünnen Streifen von der Schnittstelle an Bierots Hals. Er stöhnte auf.

Entsetzt sah Jules in Sandrines Richtung. Diese erwiderte seinen Blick und verharrte unschlüssig in ihrer Position.

»Ich will Ihre Pistolen!«, wiederholte Chloé ihre Forderung. »Jetzt! Sofort!«

Debré mischte sich ein: »Tun Sie, was sie verlangt!«, lautete sein Befehl.

Sandrine gehorchte und warf die Dienstwaffe in flachem Bogen Chloé vor die Füße. Jules tat sich schwer damit, seinem Vorgesetzten zu gehorchen. Doch angesichts der tödlichen Schneiden an Bierots Hals und Chloés beängstigender Willenskraft gab er seinen Widerstand auf und schleuderte seine Pistole ebenfalls hinüber.

Chloé reagierte abermals blitzschnell. Mit der einen Hand hielt sie die Schere in ihrer bedrohlichen Position, während sie in die Knie ging und eine der Pistolen aufhob. Auf die andere setzte sie ihren Fuß. Erst nachdem sie sich davon überzeugt hatte, dass die Waffe entsichert war, gab sie Bierot frei, der sich sofort an den Hals fasste und röchelte.

»Ich habe das Richtige getan, Monsieur Gabin!«, rief Chloé selbstbewusst, während sie den Lauf der Pistole abwechselnd auf ihn und auf Sandrine richtete. Alle anderen blieben auf ihren Plätzen und zogen die Köpfe ein. »Manchmal muss man sich nämlich über Recht und Gesetz hinwegsetzen, um seine Ziele zu erreichen und Erfolg zu haben.« Angriffslustig blickte sie in die Runde. »Ich bin eine Kämpferin und stelle mich nicht. Niemals. Wenn es jetzt vorbei sein soll, dann ist es eben vorbei. Andere Heimmädchen sind viel früher zerbrochen, ich hatte wenigstens ein paar tolle Jahre.« Mit diesen Worten drehte sie die Waffe langsam in ihrer Hand, sodass die Mündung schließlich auf ihren eigenen Kopf zeigte.

»Chloé!«, brüllte Jules entsetzt. »Tun Sie nichts Unüberlegtes!«

»Zu spät, Major, zu spät!« Jetzt setzte sie den Lauf der Waffe an ihre Schläfe.

»O mein Gott«, stammelte Clément, offenbar unfähig, sich zu bewegen. Er war so blass, als könnte er jeden Augenblick kollabieren.

Chloé sah für einen Sekundenbruchteil zu ihm. In diesem Moment stieß Gerard seinen Stuhl zurück und stürzte sich auf seine Tochter. Er packte sie am Arm, versuchte, ihr die Pistole zu entwinden. Chloé, nur kurz irritiert, wehrte sich nach Kräften.

»Lass mich!«, schrie sie und trat kräftig nach ihm.

»Niemals!« Gerard setzte sein volles Körpergewicht ein, um sie niederzuringen. »Noch einmal werde ich dich nicht verlieren!«

Jules beobachtete alles mit äußerster Anspannung. Noch war Chloé im Besitz der Waffe und der Ausgang ungewiss. Konnte er eingreifen, ohne dass die Lage noch mehr eskalierte? Sandrine schienen die gleichen Gedanken durch den Kopf zu jagen. Sie stand da wie zum Sprung bereit, und doch rührte auch sie sich nicht von der Stelle.

Im nächsten Moment zerriss ein scharfer Knall die angespannte Stille. Augenblicklich stellten Gerard und Chloé ihren Kampf ein. Das Entsetzen war beiden ins Gesicht geschrieben, und Jules rechnete damit, dass einer von ihnen in die Knie ginge, getroffen vom Projektil aus der Dienstwaffe.

Doch nichts dergleichen geschah. Chloé und ihr Vater standen einander wort- und fassungslos gegenüber. Auf dem Boden, genau zwischen ihnen, sah Jules nun die Pistole liegen. Der Schuss hatte sich offenbar gelöst, ohne dass jemand getroffen worden war. Die Kugel musste irgendwo im Boden eingeschlagen sein.

Was für ein unfassbares Glück!

Sofort stellte sich Sandrine hinter Chloé und riss ihr die Arme nach hinten. Jules hörte das Ratschen des Kabelbinders, mit dem Sandrine ihr die Hände hinterm Rücken fixierte. Er kam ihr zu Hilfe.

Gerard, dessen Gesicht von der Anstrengung krebsrot leuchtete, taumelte auf wackligen Beinen zu seinem Stuhl zurück und ließ sich darauf fallen. »Warum?«, stieß er aus, ohne Chloé aus dem Blick zu lassen.

»Weil ich so nicht weiterleben will!«, rief Chloé und begann bitterlich zu weinen. »Mein Leben, alles, was ich mir aufgebaut habe, ist kaputt. Und was kommt jetzt? Gefängnis. Das ist genau wie das Heim, und da will ich nicht wieder hin. Nie mehr!«

»Du bist am Leben, mein Kind, und das ist alles, was zählt«, sagte Gerard und versuchte, sich noch einmal zu erheben. Doch nun verließ ihn die Kraft, er sackte zusammen. Seine kurze, aber heftige Attacke hatte den übergewichtigen alten Mann völlig erschöpft.

Zwei Uniformierte, die sich mit ihrem Wagen in der Nähe aufgehalten hatten, kamen hinzu, um Chloé abzuführen. Sie ließ es wehrlos und mit hängenden Schultern geschehen. Ihr Widerstand schien gebrochen.

Jules' Aufmerksamkeit blieb auf Gerard gerichtet. Der alte Mann, dessen schwerer Leib bebte, konnte die Augen nicht von seiner Tochter lassen. »Mein kleiner Engel«, wisperte er, während ihm Tränen über die Wangen rollten. »Mein trauriger kleiner Engel.«

»Armes Kind«, stimmte Clotilde ein, die alles aus nächster Nähe verfolgt hatte. »Armes, armes Kind.« Sie stellte sich hinter Gerard und legte ihm die Hände auf die Schultern.

EPILOG

»Wer ist am Apparat?«, fragte Jules, der gerade aus der Dusche kam.

Joanna war ins Badezimmer geplatzt und hielt ihm das Telefon hin. »Clotilde«, sagte sie und reichte ihm zusammen mit dem Hörer ein Handtuch, das er sich um die Taille schlang. »Sie sagt, es eilt.«

Eine Woche war seit den dramatischen Ereignissen am Grillabend verstrichen, und Jules hatte die Wirtin nach Aufnahme ihrer Zeugenaussage seither nicht mehr gesprochen.

»*Bonjour*, Clotilde«, sagte er und verließ das dampfige Bad. »Was ist denn los?«

»Sie müssen schleunigst kommen, *Monsieur le commissaire!*«, rief sie aufgeregt. »Beeilen Sie sich, und bringen Sie Madame Laffargue mit.«

Jules, der den Hörer so hielt, dass Joanna mithören konnte, fragte: »Wohin sollen wir kommen? Und was ist passiert?«

»Zur Storchenfarm! Um was es geht, das müssen Sie sich selbst ansehen!«

Damit war die Verbindung unterbrochen.

»Bitte kein weiterer Kriminalfall!«, stöhnte Jules, der die letzten Tage hauptsächlich mit Papierkram beschäftigt gewesen war, um den komplizierten Verlauf der Ermittlungen ordnungsgemäß zu protokollieren.

»Glaub ich nicht«, meinte Joanna. »Dafür klang sie zu aufgekratzt.«

»Trotzdem sollten wir der Sache nachgehen«, fand Jules.

»Klar! Zieh dich an und vergiss nicht, deine Pillen einzuwerfen. Du weißt schon …«

Gewappnet dank des Antiallergikums stieg Jules eine halbe Stunde später aus dem Wagen. An Joannas Seite verließ er den Besucherparkplatz, um Clotilde am oder im Verwaltungsbau zu suchen. Wieder meinte es das Wetter gut mit ihnen, es war angenehm warm, ein lauer Wind trug den Duft von blühenden Bäumen und Gräsern heran. Alles in allem wirkte der Park heute friedlich und ruhig.

Statt im Besucherzentrum trafen sie Clotilde auf halbem Weg zum Freigehege, wo sie die beiden heftig gestikulierend aufforderte, ihr zu folgen. Das taten sie und begleiteten Clotilde durch ein Gatter bis in das Gehege hinein.

Jules' Bereitschaft, das Gehege zu betreten, hielt sich in Grenzen, denn er wollte die Wirkung der Medizin nicht ausreizen. Daher achtete er darauf, bloß keinem der Stelzvögel zu nahe zu kommen, was nicht einfach war. Die Tiere entpuppten sich als ebenso neugierig wie frei von jeder Scheu. Die kleine Besuchergruppe schien sie magisch anzuziehen.

»Weg, weg!«, bemühte er sich, die vorwitzigsten Exemplare zu verscheuchen.

»Stell dich nicht so an«, meinte Joanna, die kein Problem damit hatte, wenn sich die gefährlich langen Schnäbel nach ihr ausrichteten. Ganz im Gegenteil! In aller Ruhe und mit einem Lächeln auf den Lippen musterte sie das Federvieh und plauderte dabei mit Clotilde.

»Stimmt es eigentlich, dass Storchenpaare einander ein Leben lang treu sind?«, fragte Joanna.

»Das habe ich auch immer gedacht, aber Gerard hat mich eines Besseren belehrt«, entgegnete Clotilde. »Wirklich treu sind sie nämlich nur ihren Nestern. Sie versuchen immer, den Horst vom Vorjahr zu besetzen. Wenn sich dabei zufällig wieder das gleiche Paar zusammenfindet, kann es sein, dass sie sich noch einmal paaren. In der Brutsaison bleiben sie dann aber zusammen, deswegen sagt man auch, Störche führen eine Saisonehe.«

Clotildes Ziel lag inmitten des Freigeländes. Es war einer der aufgepflanzten Baumstämme, auf dessen abgeflachter Spitze ein Storchennest thronte. Am Stamm lehnte eine Leiter, auf der zu Jules' Überraschung Gerard stand.

»Arbeitet er wieder für den Park?«, erkundigte er sich leise bei Clotilde.

»Das beste Mittel, um seinen Schmerz zu überwinden«, lautete ihre Antwort. »Die Besuchsmöglichkeiten bei Chloé in der Untersuchungshaft sind rar, und bei sich zu Hause in diesem Einzimmerverschlag würde er in ein seelisches Loch fallen. Deshalb habe ich ihn überzeugt, es noch einmal hier zu versuchen.« Sie steckte zwei Finger in den Mund und stieß einen lauten Pfiff aus.

Gerard sah zu ihnen herunter und kletterte von der Leiter. Sein ausgemergeltes Gesicht und die geröteten Augen verrieten Jules, wie sehr ihn der Kummer und die Sorge um seine Tochter beutelten. Ein schwaches Lächeln, zu dem sich Gerard durchrang, kündete aber auch von Zuversicht.

»Wer von Ihnen möchte zuerst?«, fragte Clotilde und lehnte sich an die Leiter.

Jules wechselte einen Blick mit Joanna. »Um was geht es denn überhaupt?«

Clotilde hob auffordernd den Kopf. »Klettern Sie rauf, dann sehen Sie es.«

Joanna stupste Jules an. »Hörst du? Worauf wartest du?«

Jules, der sich ausnahmsweise weder mit laufender Nase noch mit juckenden Augen herausreden konnte, nahm die Herausforderung an und erklomm die Sprossen. Die Leiter reichte so weit, dass er von ganz oben in den Horst sehen konnte. Vom Boden aus hatte er den Eindruck gewonnen, das Nest wäre verwaist. Doch er hatte sich getäuscht.

Vor ihm, in der mit Grasbüscheln und Laub gepolsterten Nestmulde, kauerten drei faustgroße Küken. Sie trugen ein graues Daunenkleid und gaben ein kaum hörbares Piepsen von sich. Die winzigen Köpfchen fielen ungelenk mal auf die linke, mal auf die rechte Seite, eines der Vogelbabys breitete seine winzigen Stummelflügel aus.

»Unsere Erstgeborenen in dieser Saison!«, rief Clotilde von unten. »Süß, nicht wahr?«

Ja, musste Jules zugeben, sehr süß. Aber das behielt er für sich.

Als Nächste durfte Joanna die Brut begutachten, während Gerard zur Scheune weiterzog, wo sicher schon die nächste Aufgabe auf ihn wartete.

Während sie allein neben Jules stand, fragte Clotilde: »Sagen Sie mal, Monsieur Gabin, diese Geschichte mit dem Barbecue, das ich ausrichten sollte – wozu der ganze Zirkus, wenn Sie die Beweise längst in Händen hielten?«

Jules sah sie bedeutungsvoll an, ohne ein Wort zu sagen. Er war sich sicher: Sie würde selbst draufkommen.

Clotilde fuhr sich mit dem Zeigefinger über die Unterlippe. »Chloé hatte recht«, folgerte sie. »Das Ganze war ein Bluff. Sie haben gehofft, sie auf diese Weise zu einem Geständnis bewegen zu können.«

»Ein Bluff? Nicht ganz. Nur was die Spuren an der Tasse anbelangt, bin ich ein wenig von der Wahrheit abgewichen. Sie hatte sie zwar in den Händen gehalten, als sie sie für mich signierte, aber das reichte nicht für unser Labor«, gab Jules zu. »Und die Zeugin aus der Mordnacht hatte vor Madame Stangls Haus lediglich jemanden gesehen, der oder die Chloé ähnlich sah. Vor Gericht hätte eine solch vage Aussage keinen Bestand gehabt, daher brauchte ich das Geständnis.«

»Sie haben sie also aufs Glatteis geführt«, fasste Clotilde mit nachdenklichem Blick zusammen.

Jules zuckte die Achseln. »Manchmal geht es nicht anders, wenn man der Gerechtigkeit zum Sieg verhelfen will.«

Joanna hatte ein Leuchten in den Augen, als sie von der Leiter stieg. »So etwas Schnuckeliges habe ich noch nie gesehen«, freute sie sich.

»Dann hat sich die Fahrt hierher ja gelohnt«, zeigte sich Clotilde zufrieden und sprach eine spontane Einladung zum Tee im Besucherzentrum aus.

Beim Verlassen des Geheges schritt Clotilde voran. Jules wollte ihr folgen, doch Joanna hielt ihn fest.

»Was gibt es noch?«, fragte er verwundert.

Daraufhin strich sich Joanna demonstrativ über den Bauch und flüsterte: »Ich glaube, ich habe mich in letzter Zeit zu oft in der Nähe von Störchen aufgehalten …«

FIN

REZEPT FÜR JOANNAS ZEWELKUECHE

Zutaten (für ein Blech)

Teig:
250 g Mehl
125 g Butter oder Margarine
1 Ei
5 g Salz

Belag:
500 g Zwiebeln
Butter zum Anbraten
250 g Crème fraîche
250 g Magerquark
4 Eier
100 ml Milch
1 TL Salz
1 TL Mehl
Muskatnuss (gerieben)
weißer Pfeffer

Zubereitung

- Für den Boden Mehl, Butter, Ei und Salz in einer Schüssel verrühren und zu einem Mürbteig verkneten. Den Teig anschließend in Folie wickeln und für eine halbe Stunde in den Kühlschrank stellen.

- Nun die Zwiebeln schälen und fein würfeln. Die Zwiebelstücke in einer Pfanne mit etwas Butter glasig anbraten und zur Seite stellen.
- Den Backofen auf 180 °C vorheizen, den Teig aus dem Kühlschrank nehmen, das Ofenblech einfetten und den Teig darauf dünn ausrollen und an den Rändern hochziehen. Die geschnittenen Zwiebeln gleichmäßig darauf verstreuen, mit Alufolie abdecken und 15 Minuten backen.
- Unterdessen die Eier in einer Schüssel schaumig rühren, dann nacheinander Salz, Milch, Mehl, Quark und Crème fraîche hinzugegeben. Mit Pfeffer und Muskat würzen. Tipp: Wer möchte, kann klein geschnittene Schinkenstreifen oder Räucherspeck daruntermischen.
- Nach 15 Minuten Backzeit die Eiermischung gleichmäßig auf dem Teig ausbringen, wieder in den Ofen schieben und ohne Alufolie weitere 40 Minuten bei 180 °C fertig backen.
- Der Zewelkueche wird frisch aus dem Backofen serviert. Bon appetit!
- Für gewöhnlich wird zum Zewelkueche Federweißer serviert, sofern gerade Saison ist. Joanna und Jules trinken auch gern ein starkes, würziges Bier dazu oder einen geschmackvollen Weißwein wie Gewürztraminer, Sauvignon blanc oder Chardonnay.

MAJOR GABINS TIPPS FÜR COLMAR-BESUCHER

Auf den Spuren der Freiheitsstatue

Colmar, die Fachwerkperle mit der höchsten Dichte von Flammkuchenküchen im Elsass, ist immer einen Besuch wert. Man denke nur an touristische Highlights wie das Gerberviertel oder das von Wasserläufen durchzogene Klein-Venedig. Was gibt es Schöneres als einen gemütlichen Bummel entlang der Lauch mit dem malerischen Blick auf das Flüsschen und die umgebenden Häuser, wo auf den Fenstersimsen Geranien und Petunien blühen.

Die drittgrößte Stadt des Elsass hat aber noch weit mehr zu bieten. Major Gabin empfiehlt einen Abstecher in den Park des Wasserturms. Schon der im neogotischen Stil erbaute Turm selbst ist mit seinen dreiundfünfzig Metern ein beeindruckender Anblick. Dank seines Fassungsvermögens von mehr als tausend Kubikmetern diente er ab 1886 der Wasserversorgung der Stadt und ist damit der älteste und größte noch erhaltene Wasserspeicher in der Region. Der eigentliche Grund für unseren Besuch des Parks ist jedoch die Freiheitsstatue, die im Hafen von New York steht, beziehungsweise der Mann, der sie erschaffen hat.

Ja, richtig gelesen! Eine Büste im Park erinnert an Frédéric-Auguste Bartholdi, den Schöpfer der *Statue of Liberty*. Ihr Original, mit Sockel mehr als neunzig Meter hoch und Weltkulturerbe, ist eine neoklassizistische Kupferstatue und wurde 1886 als ein Geschenk des französischen Volkes an die Vereinigten Staaten eingeweiht.

Bartholdi wurde 1834 in Colmar geboren und gehört zu den bedeutendsten Künstlern der Stadt. Sein berühmtestes Werk ist ebenfalls in Colmar zu bewundern, zumindest als Kopie: Kleiner als das weltbekannte Vorbild vor der Küste Manhattans steht die Nachbildung der amerikanischen Freiheitsstatue inmitten eines Verkehrskreisels beim Aéroport de Colmar.

Für Touristen, die sich eingehender mit Bartholdi befassen möchten, wurde in seinem Geburtshaus ein Museum eingerichtet. Die Besucher erwarten Modelle und Skizzen der Freiheitsstatue sowie ein Nachbau von Bartholdis Wohnung in Paris.

Storchenparks in der Umgebung von Colmar

Den *parc ornithologique* aus dem Roman gibt es im wahren Leben nicht, wohl aber mehrere lohnenswerte Alternativen!

Der an der Elsässischen Weinstraße gelegene Storchen- und Fischotterpark von Hunawihr erstreckt sich über eine fünf Hektar große Fläche. Ein schattiger Rundweg führt durch die Anlage, wo rund zweihundert Störche in direkter Nachbarschaft von Enten, Biberratten und Ottern leben. Die Tiere können aus nächster Nähe betrachtet werden, zwischen Mitte Mai und Mitte August kann man sogar die Aufzucht von Jungstörchen in großen Nestern direkt am Weg verfolgen. Eine besondere Attraktion des Parks ist die tägliche Fütterung. Außerdem findet sich auf dem weitläufigen Gelände ein Aquarium mit heimischen Fischen wie Hecht und Forelle sowie ein Kiosk mit Gartenwirtschaft.

Naturoparc
Route de Ribeauvillé
68150 Hunawihr
www.naturoparc.fr

Das Cigoland befindet sich bei Kintzheim an der Route de Sélestat. Hier können Besucher Störche während der Brutzeit und bei der Aufzucht ihrer Jungen beobachten. Der Park bietet außerdem einige Attraktionen besonders für Familien mit Kindern.

Cigoland
Route de Sélestat
67600 Kintzheim
www.cigoland.fr

MERCI

… an Marie-Ann Tan, Dr. Uwe Meier, Dr. Dieter Johannes, Regine Schmitt, Uta Rupprecht, Sabine Gräwe und Werner Hellwig, Peter und Dietlind Beinßen, Susanna und an die ganze Familie!